堂場瞬一

独走

堂場瞬一スポーツ小説コレクション

実業之日本社

実業之日本社文庫

目次

独走

第一部　メダリスト

1

狂騒は長くは続かない。

オリンピックが終わってからちょうど一か月後、沢居弘人《さわいひろと》は、突然ぽっかり開いた暇な時間を持て余していた。スケジュールは真っ白。誰からも連絡なし。突然世界で一人きりになってしまったようだった。この一か月は何だったのだろう。

テレビの前に座りこんだ沢居は、いつの間にか拳を握り締めていた。実は、金メダルを獲得した試合を最初から通して観るのは、今日が初めてである。オリンピックが終わった後は、テレビ出演や関係者への挨拶回りに追われ、そんな時間がなかったのだ。試合全体を通して観ると、やはり改めて感じ入るものがある。我ながら、教科書に載せてもいいような見事な技の切れ味だと思った。もう自画自賛してもいいだろう。現役だったら嫌味になるかもしれないが……。

決勝の対戦相手は、同い年で長年のライバルだったフランスのブロンコ。七十三キログラム以下級の選手としては背が高く、手足も長い。絡みつくような粘っこい組み手で相手の隙を見つけていくのが身上だが、あの時だけは迂闊《うかつ》だったと思う。

決勝で互いに「効果」を一つ取って四分が経過し、膠着《こうちゃく》した状況。さすがに焦ったのか、ブロンコは不用意に奥襟を取りにきた。沢居は完全にブロンコの腕の下に潜りこむ格好――ブロンコの得意の組み手だ――になってしまったが、体が勝手に動いた。相手の胴に腕を回し、一気に引き寄せて後ろへ投げ捨てる。ブロンコの体がくの字に折れ曲がるほどの、完璧な裏投げだった。決まった瞬間の、会場全体が揺れるほどのどよめきはよく覚えているが、「決めた」という意識は薄かった。練習ではともかく、試合で裏投げを決めたことなど一度もなかったから。

沢居は足技で世界を戦い抜いてきた。特に内股。オリンピックでは準決勝まで、全て内股で一本か、ポイントを奪って勝ち上がってきたほどである。しかしさすがに決勝では、自由にさせてもらえなかった。自分の得意の組み手にならない……相手の奥襟を狙って低い姿勢を保ち、簡単に投げられないように防御するのは、ヨーロッパの選手の得意とするところだ。そして相手のスタミナが切れたところで大技をしかけてくる――それは分かっていたが、有効な対策がないまま畳に上がり……最後は体が勝手に動いた。

「また観てるの？」

「え？」

優里奈《ゆりな》がからかうように言った。振り返ると、苦笑を浮かべる妻の顔が目に入る。

「またって、試合全体を観るのは今日が初めてなんだけど」

「だから、朝から何回観てるのかって話」腰に両手を当てたまま、優里奈が首を振った。

「私なんか、もう観飽きてるわよ」

「飽きた、はひどいな」沢居は唇を尖らせた。我ながら子どもっぽい仕草だとは思うが、不満は抑え切れない。彼女は飽きるほど観てるかもしれないけど、俺は初めてなんだから。

「それより、時間、大丈夫？」

指摘されて、慌てて壁の時計を見る。そう、暇なのは午前中だけだった……家を出なければならない時間はとうに過ぎている。

「おっと、遅れてる」

「急いで」

見ると、優里奈はネクタイを手にしている。まだネクタイもしていなかったのか、とさらに焦った。床から立ち上がって受け取り、顔をしかめる。

「少し派手じゃないかな」

「どうして？　金メダリストなんだから、金色は当然でしょう」

「わざわざそんなアピール、しなくていいよ」沢居は苦笑した。このネクタイは、母校の明央《めいおう》大校友会から贈られたものだ。活躍したOBに与えられるメダルのようなものだが、やたらと審査基準が厳しく、「国民栄誉賞並み」と言われている。実際、ここ五年で選ばれたのは沢居だけだった。面映《おもはゆ》い気もする。確かに自分は明央大の柔道部に籍を置いてはいたが、「明央の選手だ」と意識できたのはインカレの時などだけだった。普段の練習は全て、よりレベルの高い――国内最高レベルの人間が集まる場所で行なっていたし、常に世界で戦っていたから。

国内最高の場所、スポーツ省強化トレーニングセンター。長年、あそここそが沢居の家だった。そこへ行かなくなってから一か月が経っている。

ネクタイを締め、優里奈の正面に立ってぱっと手を広げてみせる。優里奈がわずかに顔を左右に動かし、ネクタイの締め具合を確認した。最後ににこりと笑う。

「大丈夫。凹《くぼ》みもちゃんとできてるわよ」

「了解」

「それより今日、何の話なの？」

優里奈が急に心配そうな顔つきになった。実は、沢居も詳しい事情は聞いていない。引退に伴い、特別強化指定選手――SA《エスエー》の指定を解除され、スポーツ省との縁は公式に切れている。今さら用事があるとは思えない。金の問題？　それもないだろう。金メダルの報奨金一億円も既に受け取っているのだ。

「分からない。何も聞いてないんだ」

「熊本《くまもと》さんに呼ばれたの？」スポーツ省格闘技局柔道部長の熊本は、これまでの沢居の「上司」である。

「いや、谷田貝《やたがい》さん」

「谷田貝さんって……」

「強化局長」

「ずいぶん偉い人じゃない。何かあったの？」

「いや……」不安そうな優里奈の顔を見ているとこちらまで心配になってくる。「怒られるようなことはしてないけど」

「仕事のことかしら」

「仕事って言っても、なあ」沢居は首を捻った。「特に思い当たる節がないんだ」

「何か分かったら、すぐ電話してね。気になるから」

「分かった」

うなずき、部屋を出る。約束の時間は午後三時。谷田貝と個人的に話したことはあまりなかったな、とふいに思い出した。どんな話になるか想像もつかないし、時間がどれだけかかるかも分からない。夕飯までには帰れるだろうが……優里奈の不安がすっかり感染してしまったな、と思う。

現役の選手だった頃は――つい一か月前までは、こんな気分になることなど絶対になかった。

何故なら、今までの自分は守られていたから。しかしこれからは、どうなるか分からない。スポーツ省の保護から外れた今、普通の社会人として一歩を踏み出さなければならないのだが……沢居はこの一か月、普通の社会人になるための努力をしてこなかった――する必要もなかったのだ。引く手数多《あまた》で、問題は「どこを選ぶか」だけだったから。

しかしいかんせん、疲れていた。十歳から実に二十二年間に及ぶ、ＳＡとしての人生。練習と大会に追われまくる日々……致命的な怪我をしなかったのはありがたい限りだが、肉体的にも精神的にもくたくただった。正直に言えば、一年ぐらいは何もせず、ひたすらのんびりしていたい。四年前のオリンピックの後に結婚した優里奈にも、夫らしいことをしてやりたいし、早く子どもが欲しいとも思う。一年間休んで、その間に生活を立て直せれば、と呑気に構えていたのだが、今日の面談が変化の兆しになるかもしれない、という予感もあった。

何もなければ、強化局長が自分を呼び出すわけがないではないか。

スポーツ省は、八つの局に分かれている。「陸上局」、「水泳局」、「体操局」、ボールスポーツ全般を担当する「球技局」、柔道などの「格闘技局」、「冬季競技局」、予算編成や人事を行う「総務局」、そして「強化局」だ。強化局の下には、他の局の枠に収まらない自転車やボート競技などの担当部がぶら下がっており、さらに特に強化すべき競技についで責任を持つ、という役目も負っている。つまり、他の局に対するスーパーバイザー的立場でもあるのだ。そこの局長が自分を呼び出す理由は何だろう。柔道のことなら、熊本が声をかけてくるはずである。

沢居は、マンションの駐車場に降りていった。都内の移動では、基本的に自分で車を運転するのだ。駐車場のゲートが上がるのを待つ間に、バックミラーをさっと見る。髪の毛が中途半端に伸びてきて、みっともない感じだった。現役時代はずっと短くしていたのだが、これからは本格的に伸ばそうと思っている。潰れた耳を丸出しにするのが、少しだけ嫌だったのだ。

車の流れが途切れたので、アクセルを踏みこむ。優里奈はこの車——四年前にオフィシャルスポンサーのトヨタから提供されていた——を結構気に入って乗り回していて、走行距離も軽く二万キロを超えているのだが、それでもまだまだ元気だ。

自宅マンション——報奨金には手をつけず、毎月律儀にローンを払っている——のある三田から霞ヶ関までは、桜田通りを走って十分ほど。あっという間だが、一人になれる貴重な時間でもある。現役時代は常に柔道関係者と一緒だったし、この一か月はずっとマスコミ関係者に囲まれていた。考えてみれば、物心ついた頃から、一人きりの時間はほとんどなかった。最近ようやく、車の中では一人になれると気づいた次第である。

優里奈がセットしていたCDは、よりによってハロウィーンだった。『イーグル・フライ・フリー』のイントロが流れ出して、思わず苦笑する。特にヘヴィメタルが好きなわけではないが、この曲は現役時代のテーマ曲だった。試合前に聴くと、突進するような疾走感に気分をかきたてられた。

今は、な……この曲で気合いを入れる必要もない。そう考えると、聴き慣れたざくざくしたギターの音が、急に耳障りに感じられてきた。


スポーツ省に足を踏み入れるのは一月《ひとつき》ぶりだった。オリンピックから戻って、報奨金とSA指定解除の「辞令」を受け取ったのが最後である。その一か月の間に、かつては自分の家のようだったこの建物は、急に遠い存在に思えてきた。ましてや局長室など、非常に入りにくい存在だ。谷田貝と話したことはあるが、二人きりは初めてだと気づく。しかも今年の六月に局長になってからは顔を見るのも初めてだ――こちらはオリンピックの準備に入っていたから当然だが。

局長室は素っ気ない造りで、個人の趣味を感じさせる物は何もなかった。全体の内装は、ベージュに近い薄い茶色。壁を飾る賞状の数々を除いては、十人以上が楽に座れる応接セットが目立つぐらいだ。沢居が部屋に入ると、谷田貝が勢いよく自席から立ち上がる。地味なグレーのスーツに濃紺のネクタイ。長身痩躯で、髪は半ば白くなっていた。

「ありがとうございます……お陰さまで」沢居はソファに浅く腰かけ、丁寧に頭を下げた。

「元気でしたか」沢居にソファを勧めながら谷田貝が切り出した。

柔らかい物腰だが、眼鏡の奥の眼光は鋭い。


「どうですか、辞めて一か月経ってみて」

「なかなか……何と言いますか、不思議な感じです。こんなに長く柔道から離れたのは初めてですから」

「腕がうずきますか」笑みを浮かべながら谷田貝が言い、右腕を九十度に曲げてみせた。

「現役復帰とか、どうでしょう。三十二歳だったら、まだまだやれるでしょう」

「まさか」沢居は苦笑したが、もしかしたらこれが今回の会合の本題かもしれない、と緊張もした。柔道界は人材豊富で、一度引退した選手を呼び戻すほど困ってはいないはずだ。「一度切れた気持ちは、簡単にはつなげません。それに、一か月も練習していないと、体を元に戻すのに半年かかりますよ」

「そうでしょうねえ。私のような素人とは訳が違う」

素人、と言えば自分も素人なのだが……企業、あるいは観客から金を貰う選手を「プロ」とすれば、自分はまさに「素人」「アマチュア」である。スポーツで金を稼いでいたわけではなく、国から「強化費」を受け取っていただけなのだから。ちなみにＳＡ

――State Amateur《ステート・アマチュア》というのは、俗語であり、正式には「スポーツ省特別強化指定選
手」である。しかし世間でもスポーツ省でも、呼びやすい「ＳＡ」が完全に定着してい
た。
「局長が素人というのは……ちょっとどうですか」
谷田貝は優秀な市民ランナーで、毎年何回もマラソンの大会に出ているのは有名だ。
五十代前半なのだが、サブスリー目前というから本格派である。
「マラソンのことですか？　いやいや、最近はタイムも伸びなくなりました」谷田貝が
苦笑する。「年齢的な限界はあるでしょうね」
馬鹿丁寧な態度を前にして、沢居は少しだけリラックスするのを感じた。この男には、
キャリア官僚特有の厳《いか》めしさや居丈高な雰囲気がなく、選手を緊張させない。沢居はＳ
Ａになった頃――十歳だった――から、何人もの強化局長と対面してきたが、普通に話
せたのは谷田貝一人である。
しばらく雑談が続いたが、やがて谷田貝が真面目な顔つきになった。わずかに前屈《かが》み
になり、沢居に真っ直ぐ視線を向けてくる。
「明央大の話はどうなっていますか」
沢居は一瞬混乱した。明央大からコーチ就任を要請されていることを、この男に話し
ただろうか……話していない。会ってもいないのだから。だが、どこかで情報を耳に入

れたのだろう。スポーツ省は、全国の学校に情報網を張り巡らせている。

「まだ返事をしていません」

「大学でコーチになる気はあるんですか」

「後輩を育てたいとは思っています」いつかは。しかし、今ではない。

「いいことですね」谷田貝がうなずいた。「ただ、狭い世界でまとまるのは、私はどうかと思いますよ」

「狭い世界、ですか」何を言っているのだろう、と訝《いぶか》った。柔道に――スポーツに狭いも広いもあるものか。

「一つの大学で教えるということは、どうしてもその大学の事情優先になりますよね」

「それはそうです」

「沢居さんは、明央大に愛着がありますか？　愛校心はありますか？」

「それは……一応ＯＢですから」

　言ってはみたものの、自分の言葉は浮いている、と感じた。確かに「明央大柔道部員」としてインカレや国体などには出場したが、それは「余技」のようなものだった。目標は常に、日本代表として国際大会で勝つことだったから。明央大に対しては、「取り敢えず籍を置いていた場所」「腰かけ」だったという感じしかない。そもそもあの大学に進んだのも、スポーツ省の指示によるものだった。だからこそ、コーチ就任の要請に対して、少し腰が引けている。

「積極的にコーチになりたいと思っていますか?」

「ええ……いや」谷田貝の本音が読めず、沢居は言葉を濁した。自分の気持ちを上手く説明できるとは思えない。

「もう少し大きなことをしてみませんか」

「どういう意味でしょう」

「スポーツ省に入っていただけないですかね」

「はい?」一瞬、意味を掴みかねた。「ナショナルチームのコーチですか?」

ＳＡの「再就職先」として最も多いのがこれだ——コーチやスタッフとして、後輩たちの面倒を見る。沢居が指導を受けたコーチやトレーナーにも、ＳＡ出身者がたくさんいた。

「いえ、ここで働く、ということですよ。このスポーツ省で」谷田貝が、人差し指を自分の足元に向けた。「いずれにせよ、スポーツ関係です」

谷田貝が言葉を切り、沢居の顔を見詰めた。すぐにでも「イエス」という答えを期待している様子だったが、簡単には言えない。スポーツ省に入るとなると、今度こそ正式に公務員になるわけだ。まさか、自分が公務員……ナショナルチームのコーチやスタッフなら、何をするかは簡単に想像できるのだが、ここで——スポーツ省の「中」で働くとなると、どんな仕事なのかまったく分からない。

谷田貝がふっと笑みを漏らした。それを見て、思わず釣られて笑ってしまったが、相手の術中にはまったとも感じる。谷田貝がコーヒーに手を伸ばしたのを見て、自分もカップを手に取った。

「急に返事はできないよね」ふいにくだけた口調になって谷田貝が言った。

「はあ」沢居はつい、気の抜けた返事をしてしまった。

「もちろん、今日話をして、すぐに返事を貰おうとは思っていません」谷田貝がカップをソーサーに置いた。「ただ、私がどういうつもりなのか、まずは聞いてもらえますか」

「ええ、それはもちろん」断る理由はない。

「だったらまず、これに目を通しておいて下さい」

谷田貝が、ずっと腿の上で伏せていた書類を差し出す。沢居は手を伸ばして受け取った。それほど分厚い書類ではないが、表紙を見た瞬間に驚いて眉をひそめる。

『金メダル倍増計画　次回五輪に向けて』

真面目なのか？　真面目だろう。表紙のフッター部分には「スポーツ省　強化局」とあり、「S」の字をデザインした青いロゴマークもついている。つまりこれは、公式文書だ。

「初めて見ました」

「まだ表に出ていない資料ですからね。詳しい内容については、後でじっくり読んでもらうとして、今、簡単に説明しましょう。要するに四年後のオリンピックで、金メダルを今回の十五個から、一気に三十個に増やそうという計画です」

「いや、それは……」

「無理だと思いますか？」

「あまりにもスケールが大きい話で」

谷田貝が声を上げて笑ったが、目が真剣なことに、沢居はすぐに気づいた。谷田貝が、ぐっと身を乗り出してくる。

「今回の十五個の金メダルは、八つが柔道でしたね。格闘技局は今、鼻高々ですよ。来年度の概算要求では、大きい顔ができるでしょうね……細かく見ていくと、柔道については、次回も同数程度の金メダルを見こめます。格闘系の競技だけでも、最低十個の金を取りたいですね」

「それでも、あと二十以上ですよね？　そんな簡単な話じゃないと思いますが」

沢居から見れば、この計画は机上の空論だ。柔道男子は今回、沢居を含めて四つの金メダルを獲得しているが、次回も確実にそれだけの数をキープできる保証はない。二十歳で金メダルを獲得した明央大の後輩、唐沢《からさわ》はまだ不安定だし——国際大会での優勝はこれが初めてだった——決勝戦までオール一本勝ちした武藤《むとう》は膝に慢性的な故障を抱えている。次世代のエースはこの二人だが、連覇はそれほど簡単ではない。代わりの選手が出てくればいいが、それは一種の運試しのようなものである。

「金メダル数を増やすとすれば、球技系ではなく、やはり陸上と競泳ですね」沢居の懸念にはまったく気づいていない様子で、谷田貝が言った。

「陸上ですか……」それはまた、現実味の低い話だ。「競泳の方が、メダルの可能性は高いんじゃないですか」

「確かに競泳では、一人で二つも珍しくないですからね」

今回は平泳ぎの百メートルと二百メートルで、森野《もりの》が銀メダルに輝いている。伸び盛りの二十二歳で、四年後はアスリートとして全盛期の二十六歳だ。一気に金メダル二つも、無謀な期待というわけではない。実際、周りからはそういう声が既に出ているし、本人もやる気満々である。選手村で一緒だっただけで、それほど話はしなかったが、そんな沢居でさえ「やれそうだな」という予感を抱いたものである。何というか……自信たっぷりなのに傲慢に見えないという、稀有なタイプなのだ。今回の銀メダルは、百も二百も百分の一秒差だったたから、本人も次回に期するものがあるだろう。

「例えば森野とか、ですか？」

「まさにそうです」谷田貝が嬉しそうに言った。

「今、あいつのことを考えていました」

「彼には平泳ぎの百と二百、さらにメドレーでも期待できるでしょう。全ての種目で底上げを狙って、勝ちに行くんです。競泳は元々、日本のお家芸ですからね」

甘い計算ではあるが、これにはうなずくしかない。伝統云々《うんぬん》はともかくとして、競泳は今、科学的トレーニングが最も進んでいる競技なのだ。そして日本は、その最先端を行っている。

「でも、競泳はともかく、陸上は難しいんじゃないですか」

かつては、男女とも世界に通用する強いランナーを多数輩出した長距離も、今や長期低落傾向にある。短距離や投擲《とうてき》競技も期待はできない……今回のオリンピックでもメダル——入賞さえゼロだったはずだ。谷田貝の目つきが急に鋭くなる。何かまずいことを言ったか、と沢居は怯《おび》えた。

「いけるかもしれません……いや、いけると思います」

「誰か、有望な選手が出てきたんですか？」

今回の選手団の面々を思い浮かべてみる。メダルはゼロ。次回に期待できそうな選手もいなかった。となると、今回のオリンピックには出なかった、ずっと若い選手か——そういう選手がいてもおかしくはない。自分がSAだったからといって、他の競技の選手全員を知っているわけではないのだから。よく分かっているのは、せいぜい柔道のことだけで、陸上はほぼ未知の世界である。

「我々は常に、若い選手に注目していますよ」

「高校生？　それとも中学生ですか」

「高校生です。ＳＡのＡクラスに指定したばかりの、仲島雄平《なかじまゆうへい》という長距離の選手がいます。今、都立渋谷総合高校の三年生ですね」

「そうですか」東京出身の沢居は、渋谷総合高校の名前だけは知っている。スポーツの強豪校というイメージはなかった。

「去年、二年生で一万メートルの高校記録を更新しましてね。急に伸びてきたんです。タイムは二十七分四十秒二十二でした」

「日本記録はどれぐらいなんですか？」さすがにこのニュースを知らないのは恥ずかしいな、と悔いた。しかし、「高校記録」ではマスコミもそんなに騒がないだろうし、自分は最後のオリンピックに向けて集中していた。

「二十七分三十五秒台です」資料をまったく見ずに、谷田貝がすらすらと答えた。

一万メートルにおける五秒差というのは、どれぐらい大きいのだろう。一瞬目を瞑《つぶ》って考えたが、イメージできない。ほとんど誤差のようなものではないだろうか。

「日本記録は狙えそうですね」

「ええ……しかし世界記録は、二十六分十秒台です。まだ一分以上も開きがある」

「一万メートルであっても、一分差は大きいんですよね」

「もちろん」少しだけ渋い顔で、谷田貝がうなずいた。コーヒーを一口飲んで舌を湿らせ、さらに勢いをつけて続ける。「ちなみに彼は、五千メートルの高校記録も持っています。この二つの種目に関しては、大学生になったらすぐ日本記録を破るでしょう。大型ランナーなんですが、とにかく走りが柔らかい。怪我に縁がなさそうなタイプなので、これからの伸びも十分期待できますよ」

「大型というと、どれぐらいですか？」

「一メートル八十二」

確かに……日本人の長距離選手で、百八十センチを超える人間は多くないはずだ。期待の大型ランナーということか。確かにいい記録も持っているが、これだけで次のオリンピックの金メダル候補と持ち上げるのはどうだろう。それに、高校生から大学生にかけては、伸びる選手は伸びるが、そこで頭打ちになってしまう場合も少なくないはずだ。メダルを期待するには、あまりにも早過ぎる気がする。

沢居はコーヒーを飲んだ。冷めてしまった……苦味が、少しだけきつく感じられる。

「SAなんですね」

「ええ、去年からですが。今はA指定です」

「どうしてそこまで期待するんですか」

「総合的に判断して、ということです。専門家の見立てですから、私としてはそれを信用するしかありません」

「局長は直接見たんですか？」

「見ましたよ」また身を乗り出してきた。目の輝きが違う。仕事としてというより、一人の陸上ファンとして、仲島に期待を寄せているようだった。「無理がない走りなんです。楽々と走っているようで、スピードの乗りが全然違う。つまり、非常に効率的なんですね。最大酸素摂取量、心拍数とも、常人のレベルではありません。と言うより、既に日本の一流ランナーを超える域に達しています。アフリカの長距離選手に似た感じです。あとは、素直に伸ばしてやればいいんですよ」

「高校を卒業したら、どうするんですか？　大学に行かせるんですよね？」

「もちろんそうですが、基本的にはトレセンでの練習に集中させます」

ああ、俺と同じパターンだな、と沢居は納得した。若い選手がSAに指定された後には、いくつかのパターンがある。中学生の場合、高校には進学させるが、基本的にはスポーツ省が認める学校だけが対象である。大学はケースバイケースだ。大学での競技生活がそのまま実力向上につながると判断されれば進学が許されることもあるが、そうでない場合、あるいはより集中した環境でトレーニングに専念させたい場合は、大学には進学させない。

「今のランクはAなんですね？」沢居は念押しした。

「そうです。ただし、すぐにSに引き上げて、特別に育てるつもりです」

最上級ランクのSか……沢居がSに指定された時には、一つの頂点を極めたように感じたものである。もちろんそれは世界一へのステップに過ぎないのだとすぐに気づき、気を引き締めたのだが。

「それでですね、あなたには強化局で仕事をしてもらいたいのです」

「話のつながりがよく分かりませんが……私の専門は柔道ですよ」

「今後、SAのOBには、自分とは関係ない選手の強化も手伝ってもらおうと思います。もちろん、トレーニングに関しては専門家に任せますが、メンタル面においては、他の競技の選手から学ぶことも多い。あなたのような金メダリストには、若い選手に教えることもたくさんあるでしょう」

「いや……」何だか話が妙な方向に向かってきた。メンタルのことを言うなら、その専門家もたくさんいる。

「仲島を担当してもらえませんか」

「はい？」

「あなたに、仲島を支えて欲しいんです」

「いや、しかし、陸上のことは……しかも長距離なんて、全然分かりませんよ」

「メンタルには、競技の差はないはずです。仲島にしても、あなたから学ぶことは多いでしょう」谷田貝がソファにゆっくりと背中を預けた。「仲島には……一つだけ決定的な弱点がありましてねえ」

「どういうことでしょう」

「考え過ぎます。それで自信をなくしてしまうんです」

2

そう、仲島は自信がない。それが、現段階での最大の悩みだ。

有り余る才能を持ちながら、メンタルの弱さで潰れてしまう選手は少なくない。特に日本人はそういう傾向が強い。大舞台になると萎縮して、本来の力を発揮できずに敗れてしまったケースは、枚挙に暇《いとま》がないのだ。そういう敗者の列に仲島を加えるわけにはいかない。数少ない、トラック長距離の期待の星なのだから。

沢居を送り出した後、谷田貝は久しぶりに一人になった。局長というのは、報告を受けたり会議を主宰したりすることが主な仕事で、庁内にいる限り、一人になれる時間はほとんどない。ともすれば、話を右から左へ流しているだけで、一日が終わってしまう。こういうのは貴重な時間なのだ。

個人的に作っているスクラップブックを広げた。既に仲島の記事を集め始めているのだ。様々な大会での活躍……人柄を紹介する読み物……読み続けていると、「素質は余りあるが気が弱い」という分析がもっともに思えてくる。

例えば、五千の高校記録を打ち立てた時のコメント――「たまたまです」。一万メートルの時は「まぐれです」。どうも、取材を受けても必要最低限のことしか喋らないように決めているらしい。あるいは緊張して喋れないのか。もちろん、ぺらぺら喋ればいいというわけではないが、これではあまりにも消極的過ぎる。スポーツ選手は子どもの手本にもならなければいけないから、もっとはきはきしないと。

何となく、ちぐはぐな感じがする……レースを見た限り、顔は涼しげだ。ラストスパートの段階に至っても、苦しそうな表情は一切ない。ガッツポーズすらなく、ただ淡々と「走り終わった」という感じである。「一万メートル」というと大したことがなさそうな感じがするのだが、実際は「十キロ」、「クオーターマラソン」だ。自分でも走る谷田貝には、その苦しさと厳しさがよく理解できる。普段はどんなに余裕がある人間でも、長距離では追いこまれ、本性が出る。

陸上局から回ってきた動画を再確認した。パソコンの小さな画面だと迫力はないのだが、それでも仲島の走りっぷりはよく分かる。五千のレースなのだが、一人だけ異次元、という感じなのだ。終盤になると、どんなに淡々と走り続けてきても、普通の選手は緊迫感と疲労感に支配されてしまう。特にラスト一周になると、最後の力を振り絞るようにスピードを上げてくるものだ。まして、競っていれば……このレースでは、仲島をぴたりとマークする選手が一人いた。ゼッケン番号、26。小柄で、一切の贅肉を削《そ》ぎ落とした、典型的な長距離ランナーの体型である。仲島は一周目から先頭に立って集団を引っ張っていったのだが、26番の選手はぴたりとその背中にくっついていた。仲島を風除けにするように……その間隔はずっと、一メートルほどしかなかっただろう。長身でストライドの広い仲島に対して、足の回転が速い走りで食いついていったのだが、二人のリズムは不思議とぴたりと合っている。時折二人の顔がクローズアップされ、走っている時の心理状態まで読み取れるようだった。26番の選手は、終始苦しげな表情を浮かべている。仲島は無表情。二人以外の選手は、千二百メートルを過ぎた時点で既に遅れ始めていた。あのスピードによく食いついたものだ……谷田貝はむしろ、26番の選手の奮闘に感心したぐらいである。

つかず離れずの競り合いだったが、ラスト一周になったところで、26番がしかけた。残り四百メートルですっと横にずれ、アウトサイドから抜きにかかろうとする。だがその瞬間、仲島が一気にスピードを上げた。26番の選手の驚愕の表情がはっきりと分かる。さらにスピードを上げようと、全身に緊張が走ったが、仲島には何の関係もないようだった。まったく無表情のまま、いきなりスピードを上げる。ギアを一段落としてアクセルを踏みこんだような加速で、あっという間に26番を引き離し始めた。まるで、最後の一周でスピードアップすることを予《あらかじ》め決めていて、レースの展開に関係なく、それに従ったただけのようである。実際、スピードを上げる時、ちらりとも振り返らなかった。他の選手がついてきていようがいまいが、自分には関係ない、と宣言するような走りっぷり。

26番の選手は、あっさりと取り残された。ラストスパートに入った瞬間、仲島が予想以上のスピード域に入ったために、心が折れてしまったようである。

相手の心を折る——あらゆるスポーツで、勝つために絶対必要な作戦である。バットを振ることすら許さない圧倒的な速球で三振を奪うピッチャー。キックオフリターンから独走で、エンドゾーンまで一気にボールを持ちこむアメフトのリターナー。ディフェンス側が手も出せないまま、空中で全てが完結してしまうバスケットボールのアリウープ。やられる側としては、たまったものではない。

しかし陸上競技における一気の引き離しほど、心が厳しく折られる場面はない。チームスポーツなら様々な要素が絡み合うから、本当の一対一の対決という状況はあまりない。しかし陸上は基本的に一対一の勝負になるので、勝ち負けが明確であり、負けた方のショックはより強烈になるのだ。ただ単純に、基本的な能力の差——どうしようもない差を見せつけられることになる。

そのせいだろうか、26番の選手はゴールした直後——仲島には三十メートルほど引き離されていた――ゆらゆらと揺れたかと思うと倒れこんでしまった。一方の仲島は、最後までスピードを緩めることなく駆け抜ける。ゴールした直後にちらりと腕時計を見て顔をしかめたのは、設定タイムに及ばなかったからかもしれない。口をへの字にしたままスピードを落として、最後は歩きになり、一礼してトラックから去って行く。まるで本番の競技ではなく、練習のようだった。それも自分を追いこむ厳しい走りではなく、ウォーミングアップのような。

カメラは、トラックを去る仲島の後ろ姿を追っていた。納得がいかない様子で、しきりに首を傾げている。右の肩が少し下がっており、右足を引きずっているのが分かった。レース中に痛めたのだろうか、と谷田貝は不安を覚えた。それにしては信じられないようなスピードだったし、表情にも一切変化はなかったのだが。レース中に負傷すれば、どうしても体の動きや顔に出るものだ。

動画を終了させて、椅子に背中を預ける。妙に肩が凝っていた。

谷田貝は、仲島と直接会ったことはない。本当は自分で直接担当したいのだが。そんなことは局長の仕事ではないから無理だ。それができない以上、信頼する人間に任せるしかない。そして今、沢居以外に仲島を任せられる人材は見当たらなかった。

沢居は自分を過小評価している。強い選手にありがちだが、卑屈と言えるほど謙虚、かつ冷静なのだ。待望の金メダルを獲得した後のインタビューを見て、谷田貝はそれを確信した。

「最後は体が勝手に動いただけです。計算したわけではありません。ブランコが奥襟を狙ってくるのは分かっていましたから、そこから切り返そうとは考えていましたが、裏投げは咄嗟《とっさ》に出たものです」

試合直後で息が上がっている状態とは思えないほど、しっかりしたコメント、話し方だった。何度か直接話して、その都度頭の回転の速さに驚かされたものである。変な話だが、スポーツ選手にしては頭がいい……この男は、柔道の世界だけに押しこめておくにはもったいない、とかねがね思っていた。もしもSAでなかったら、頭から煙が出るほど勉強させて、キャリアとしてスポーツ省に迎えたかったほどの人材である。ただ、SAとして純粋培養されず、勉強漬けの日々を送っていたら、このような人間にはならなかったかもしれないが。頭でっかちで現場を馬鹿にして——うちの若いキャリアによくいるタイプだ、と谷田貝は鼻を鳴らした。あいつらは、我々の仕事がどれだけ大事か、分かっていない。

今やスポーツは、日本の基幹産業なのだ。強い日本の国際競争力の象徴。スポーツ省はその中心的な役割を果たしてきた。スポーツは最先端科学と融合した世界であり、各国で効率的な練習、選手育成を進める動きは止まらない。日本がそれに遅れるわけにはいかなかった。強ければ、指導者も引く手数多《あまた》になり、新たな「ソフトの輸出産業」にもなり得るのだ。そして選手をサポートする日本のスポーツ製品も、世界で売れる。産業としてのスポーツを展開していくためには、メダリストという最高の素材を上手く生かさなければならない。

そう、選手は「素材」だ。大事な素材ではあるが、日本のスポーツ振興という大きな目的の前ではパーツの一つに過ぎない。

全てを掌握し、道を示すのは俺だ。

電話が鳴り、谷田貝は崇高な――自分ではそう信じている――思いから現実に引き戻された。局長秘書からだった。

「大臣がお呼びです」

「今日は面会の約束はなかったと思うが」谷田貝は顔をしかめた。大臣は、少し面倒な女だ。

「お話がある、とのことです。金メダル倍増計画について」

「そうか」もう読んだのか、と驚いた。今朝、手元に届けたばかりなのに。元々、文章を読むのが好きな人ではなく、部下に口頭で説明されるのを好むのだが。「すぐ行く、と伝えてくれ」

電話を切って立ち上がる。面倒だな、という思いが先に立った。強化局として作ったレポートである以上、いつか説明しなければならないと思ってはいたのだが、予想したより早かった。心の準備ができていないわけではないが、多少落ち着かない。だが、これも仕事のうちなのだ、と自分に言い聞かせる。それに、早ければ早い方がいい。予算編成の時期はもう少し先だが、来年度から具体的に動き出すためには、一刻も早く根回しを終えなければならない。

スポーツ省――霞ヶ関においては異質な役所ではあるが、やっていることは他の省庁と何ら変わりない。根回し、談合、内密の話し合い。会議ではなく、その前の談合で決まることの方が、はるかに多い。

安藤夏子《あんどうなつこ》は、ＳＡとスポーツ省を象徴する存在である。何しろＳＡの一期生なのだ。

ＳＡ制度とスポーツ省は三十数年前に同時に発足したのだが、最初に「国家レベルで選手を育成する」というＳＡのコンセプトができ、それを実現するためにスポーツ省の設置が決まった、という状況がある。当然、手本になったのは当時の社会主義国のスポーツ強化策だ。あれほど厳しくはないが、国が全てをコントロールする。人材育成に、これほど有効な手段はない。そしてスポーツ省は各競技団体を統括し、アマチュアスポーツの全てに責任を負うことになった。育成と管理を一元化することで予算もつきやすくなり、慢性的な強化費不足に悩んでいた各団体には、潤沢な資金が流れ始めた。

安藤夏子がＳＡに指定されたのは、高校三年生の時だった。当時、女子のマラソンは今ほどメジャーな存在ではなく、日本人選手も世界レベルに達しているとは到底言えなかったのだが、一人図抜けた存在だった。強化策も功を奏して、オリンピックの女子マラソンで、日本人初のメダルを獲得。二十四歳の時だった。その後は故障に泣かされ、次のオリンピックには出場さえできなかったが、それでも「日本人初」の看板は大きかった。メダル獲得から五年後、請われて選挙に出馬。抜群の知名度を生かし、楽々と初当選を果たした。それから二十年、女性初のスポーツ大臣に就任している。

安藤夏子は、ＳＡの有効性を日本中に知らしめた。女性で初のオリンピックマラソンメダリスト。国会議員に当選後は、スポーツ行政に尽力。そして大臣——絵に描いたような人生である。それ故、「ＳＡの成功例」の代表として世間には受け入れられた。

しかし谷田貝から見れば、単なる広告塔である。仕事をするのは自分たちだ。

「金メダル倍増計画、読ませていただきました」

前置き抜きで、いきなり切り出してきた。前の大臣は話好きな男で——無能だったが——谷田貝と話をする時は必ず時事問題から入ったものだが、彼女は無駄な時間を嫌う。それ自体はありがたいことではあったが、覚悟してきていても、突然話が始まると、やはり緊張を強いられるものだ。

「いかがでしたか」そろりと切り出して、顔色を伺う。例によって無表情で、そこから本音を読み取るのは不可能だった。

「結構です。全体的には」

突然結論を持ち出され、谷田貝はすっと眉を上げて彼女の顔を凝視した。

「実現可能性は？」

そうきたか……ここは慎重に答えなければならない。谷田貝は早くも乾き始めた唇を舐め、「現段階では五十パーセントです」と告げた。

「どうとでも取れる数字ね」きつい一言を、表情を変えずに発する。

「逆に言えば、可能性はいくらでも上げられます」

「天井まで上げて下さい。スポーツ強化は国是ですから。そのための予算措置も考えます……それにしても、この言葉は刺激が強いかもしれませんよ」

「ええ」

「今回のオリンピックで結果が出ているだけに、国民の期待も大きいんです。そこで、スポーツ省がこれだけ大きな目標をぶち上げたら、反響も大きくなるでしょう。プレッシャーは大きくなりますよ」

「オリンピックで成功するために、具体的な目標は提示すべきです。日本のスポーツは世界レベルなのだと、宣言しましょう」

「具体的な方法は？　いつまでも、格闘技系におんぶに抱っこというわけにはいきません。陸上と競泳の強化は当然ですが、四年は短いですよ」大臣がレポートを取り上げた。それほど分厚い物でもないのだが、既にあちこちに付箋が貼ってあり、短い時間で入念に読みこんでいたことが分かる。

「若い選手で、何人か期待できますから、そこに注力します。現在Aクラスですが、直ちにSクラスに引き上げ、四年後に向けて強化していきます」

「強化局の中では、その人選は済んでいる、ということでいいですね」

「ええ」

「予算の根回しは？」

「大臣のOKをいただいた時点で、堂々と始めようと思います」

　実際には、根回しは始まっている。個別の予算措置など、一々大臣の了承を得ていては進まないものだ。だがここは、大臣の面子を立てておくのが大事だ。向こうにしても、谷田貝が動き始めていることはとうに知っているだろうが、こうやって一言宣言しておくだけで、ぎくしゃくせずに上手く進む。この大臣は「私は聞いていない」と後から文句を言い出す阿呆なタイプである。ただし事前に一言でも報告しておけば、絶対にクレームはつけない。谷田貝にすれば御しやすいタイプだ。

「この、仲島という選手はどうなの？」レポートをめくりながら、いきなり訊ねてきた。

「ポテンシャルは極めて高いです。今までにない逸材ですね。この計画の核になる選手です」

やはり、同じ長距離の選手は気にかかるのか……谷田貝は、仲島のこれまでの成績などについて細かく説明した。大臣はうなずきもせず、じっと集中してこちらの顔を見ているので、少し落ち着かない気分になってくる。

「問題はメンタルということね」

「ええ。その対策として、強化局に新たなスタッフをスカウトしようと思います」

「誰？」

「沢居弘人」

「柔道の？」大臣の眉間に皺が寄った。「まったく違う競技だけど、問題ないの？」

「彼はタフです。その精神力を、指導にも発揮してもらいたいと思いまして」

「でも、柔道と陸上ではね……」

この件は、レポートには盛りこんでいない。個別の人事案件になるので、内容に適さないと思って外したのだが、入れておいた方がよかったかもしれないと谷田貝は一瞬後悔した。「聞いていない」と言われるのが一番まずい。本来、職員を一人スカウトするぐらいでは大臣の決裁はいらないのだが、彼女は不必要に細部にこだわる。

「今後は、競技間の垣根をできるだけ取り払うつもりです。他の競技の第一人者から話を聞けば、刺激になるものですよ。ましてや沢居は金メダリストです」

「彼がタフで、人格者だということは分かっています。しかし、そこまでして仲島選手のケアをしなければならないのですか？」

「それだけ仲島に期待している、ということです」

「ただし、メンタルに問題あり、と」

話が堂々巡りになってきた。しかしこの大臣が何を心配しているかは、谷田貝にはよく分かった。「メンタルは育てられない」と、彼女自身が以前講演で喋っていたのを思い出す。いわく、「適切な指導で、メンタルをそれなりに強化することはできる。チームスポーツの場合は特に有効だ。いざとなれば頼れる仲間がいるし、逆に頼られることで、普段よりも力を発揮することもできる。しかし個人競技の場合、最後は持って生まれたメンタルが物を言う。仮に、弱気な選手に自信をつけさせることができても、最後の最後、ぎりぎりの場面では、本来の精神力が裸の状態で露出する。そこは、後から鍛えられるものではない」。

身も蓋もない発言だが、真理を突いている、とも思った。彼女には、生来の精神力があった。実はメダルを獲得したオリンピックのレースは、ハンディを背負った戦いだったのである。直前の合宿で膝の靱帯《じんたい》を痛め、本番はがちがちにテーピングを施しての出場になった。しかしいつもとまったくペースを変えず、表情にも苦しさは見えなかった。銀メダルという結果は誇っていいものだったのに、レース後の一言「実力不足でした」

は、テレビを見ている人に強烈な印象を与えたものである。谷田貝もその一人だった。まだスポーツ省の若手官僚だったのだが、これほどストイックに自分を追いこめる選手がいるとは、と驚いた。この時無理をした結果、後々故障に苦しめられることになったのだが。

「本質的に弱い選手は、表面しか鍛えられませんよ」

「しかし、四年あります」谷田貝は、四本の指を立ててみせた。「しかも彼はまだ、十八歳です。人の影響を受けやすい年齢ですし、沢居ならいい影響を及ぼしてくれるのではないでしょうか」

「そう、ですか」納得はしていない様子だったが、大臣は早くも議論を引っこめる気になったようだった。一瞬言葉を切り、すっと顔を上げて谷田貝の顔を凝視する。「谷田貝局長は、自分でもマラソンを走られますね」

「ええ」

「だったら、長距離走者の気持ちはよく分かると思いますが」

「どうでしょう」谷田貝は遠慮がちに聞こえるよう意識しながら言った。「私はあくまで素人ランナーです。きちんとした指導を受けたこともありません。自分の楽しみのためだけに走っているので――」

「どんな選手も基本は同じなんです」大臣が谷田貝の言葉を遮った。「自分のために走る――いい記録が出ると嬉しい、というのはどの競技にも共通しているでしょう。でも長距離の場合は特に、そういう傾向が強いのではないですか？　結果は自分一人に跳ね返ってきますからね。失敗すれば自分の責任、成功すれば自分一人の手柄。走っている時は、そんな風に考えるものでしょう。監督やコーチのことなど、頭にありません」

「そう、ですか」

「自信と不安が、常に入り混じるんですよ。特にマラソンは競技時間が長いですから……二時間以上も走っているうちには、いろいろ考えます。それに、十分調子がいいと思っても、次の一キロでは一気にペースダウンするかもしれない。どんなに調子がよくても、レースを完全にコントロールはできませんからね」

谷田貝にも覚えがあることだった。出だしから絶好調だと思っていたのに、給水のわずかなタイミングのずれで、完全にペースが狂ってしまったこともある。突然風向きが変わり、スピードを殺されたこともあった。三十キロ過ぎまで自己最高を更新する勢いだったのに、何の前触れもなく足が動かなくなった経験もある。

「大臣もそうでしたか？」

「自信満々に走り切ったことは、一度もありませんよ」珍しく苦笑した。「そういう意味では、私もメンタルは弱いと思います」

「まさか」

「そもそも何をもって強い、と言うのかも分かりませんけどね。それこそ人それぞれで、最後は勝てればいい、ということなんでしょうが……あなたは、仲島選手と直接面会はしたんですか」

「まだです。ただし、陸上局と強化局のスタッフからは、十分な報告を受けています。何しろ現段階でもA指定の選手ですから」

「記録を見た限り、素材としてはいいですね。ただ、世界と戦えるレベルに届くかどうかは、この時点ではまだ分かりませんよ。長距離選手が本当の意味で実力を発揮するのは、二十代後半からです」

ということは、あなたはずいぶん早咲きだったんですね……谷田貝は軽口を呑みこんだ。あの頃は、今とは状況が違う。女性ランナーの数は今よりずっと少なく、「底辺」が狭い状態だったのだ。早咲きというより、やはり一種の天才だろう。

「マラソンを狙わせるんですか？」

「いえ」

「一万メートル？」

「それと、五千もです」

大臣の眉がくっと上がった。何も言わないが、「無茶だ」と思っているのは分かる。

「一万メートルと五千、それぞれの日本記録と世界記録のタイム差は分かっていますね？」

「当然です」谷田貝は膝を叩いた。「でも、考えて下さい。マラソンの選手は、オリンピックで一度しかレースに出られないでしょう。しかし、一万メートルと五千メートルなら、両方にエントリーが可能です。メダル一つを狙うのか、二つを取りにいくのか……」

「目標ではなく、あくまで野望ですね」

そう取るか……仕方ないな、と谷田貝は思った。十八歳でどれだけ才能溢れるように見えても、その後記録が伸び悩み、二十歳になったらごく普通のランナーになってしまうことも珍しくない。いつか必ず頭打ちにはなるもので、ほとんどの選手はどこかで脱落する。だからこれは、一種の賭けだ。あらゆるデータが、仲島の将来は期待できると告げているが、「経年変化」は絶対に予測できない。

「あくまで目標とさせて下さい。金メダルを倍増させるには、一人で複数のメダルを獲得するのが、一番手っ取り早い方法なんです」

「それは、競泳の方が可能性は高いですね……陸上出身の私が言うのも何ですが」

「競泳は競泳です。もちろん私にも、陸上への個人的な思いはありますが……競泳に関しては、今は完全にレールに乗っていると思います。今まで通りの強化策を続けていけば、オリンピックで勝てる選手は確実に増えるでしょう。それより可能性の少ない陸上の選手を育てる方が、将来的に競技の底上げにもつながるのではないでしょうか」

「個人的な思いで動くべきではないですよ」

首を振って、谷田貝は忠告を拒絶した。大臣からどう見えたかは分からないが。

仲島を完璧なランナーに育て上げ、メダルを増やしたい――谷田貝にとってそれは、一種のスローガンだ。誰が聞いても納得するだろう。しかしその裏にある本音は、他人に読まれたくない。

スポーツ省で局長まで上がってきたが、この先の道は難しい。この役所でも、役人の頂点は他の官庁と同じように次官だが、最大のライバル――球技局長の岩城《いわき》がまだ脱落していないのだ。この男に絶対の差をつけ、次官レースで有利な立場に立つには、次のオリンピックが勝負である。向こうの足を引っ張るのではなく、自分の実績で岩城を上回りたい。

仲島はそのための引き金になるはずだ、と谷田貝は確信していた。

3

参ったな……予想もしていなかった提案に、沢居は戸惑いを覚えていた。スポーツ省の駐車場で車に乗りこんだものの、その場で動けなくなってしまう。優里奈と話をしても、答えは出てこないだろう。基本的に彼女は、自分ではなく沢居の判断を全肯定するのだ。現役時代はそれでもよかった。判断するようなこと自体、ほとんどなかったし。

今回は違う。今後の人生にも大きくかかわってくる問題で、それについて相談するのは、優里奈に対して申し訳ないような気もしていた。だいたいこういうのは、夫の方で決断して、「自分について来い」と言うのが正しいのではないか——古めかしい考えかもしれないが。

携帯をいじりながら、誰か相談できる人間はいないだろうか、と考える。すぐには思い浮かばなかった。考えてみれば、SAとして二十年もの歳月を過ごしてきたせいで、深い関係の知り合いといえばスポーツ省の人間ばかりなのだ。高校や大学は、あくまで「ついでに」通っていた感じで、恩師と呼べる存在すらいない。教えを請うのに相応《ふさわ》しいのは、ナショナルチームの監督やコーチなのだが、オリンピックが終わって一か月しか経っていないのに、もう合宿に入っているので簡単には会えない。電話で、というのも失礼な話だし、柔道の専門家に陸上のことを聞いても仕方ないだろう。

ふと、まったく予想もしていなかった人物の顔が浮かぶ。あいつ……藤城《ふじしろ》大吾《だいご》。バスケットボールの元S指定選手で、現在はスポーツ省の職員——バスケットボールナショナルチームのスタッフである。しかも沢居の高校の同級生だ。

高校時代か、とふと懐かしくなる。いや、寂しいと言った方が正確かもしれない。沢居に、高校生活はあってないようなものだった。トレセン内の宿舎に住み、高校へは通っていたものの、生活の中心はあくまで柔道だったから。練習、合宿、試合……高校には友だちらしい友だちもいなかったが、その中で藤城だけは例外的な存在だった。何しろ自分と立場が同じだったから。

相談するならあいつがいいだろう。

ただし、藤城の専門はバスケットボールだ。話が上手く転がる保証はない。

スポーツ省強化トレーニングセンター東京本部は、ＪＲ品川駅のすぐ近くにある。元々ホテルと、それに隣接する公園を再開発して建設されたので、敷地面積は二千五百ヘクタールと広大だ。国際大会にも使える陸上競技場と競泳プール、武道場、五万人収容のサッカースタジアム、バスケットボールやバレーボールの試合に使われるアリーナなどのスポーツ施設のほか、強化合宿棟、居住用のコンドミニアム、リハビリセンターなどが集まっている。

沢居にとっては、懐かしい場所だった。特に居住区域の宿舎が……実質的には七階建てのマンションで、最大二百人が同時に暮らせる。そしてＳＡの中でも、Ｓ指定の選手だけが、ここに入る資格を得るのだ。高校生や大学生は、ここで暮らしながら近くの学校へ通うことになる。一種の寮生活だが、何というか……ここそが学校のようだった。

毎日顔を合わせるのは、同年代の若者たち。競技も性別も違うが、やはり「仲間」という意識は強かった。特に高校時代は、学校よりもここで過ごす時間の方が長かったので、当時同じ宿舎で暮らしていた選手たちこそが、沢居にとっての「同級生」という感じである。

既に築二十年ほどになるのだが、いまだに清潔できちんと片づいている。久しぶりに行ってみようかとも思ったが、藤城はそこにはいない。バスケットボールチームのスタッフとして働いているので、だいたいアリーナの方に詰めているのだ。

たまたま練習のない時間で、広大なアリーナは閑散としていた。何しろ、収容人員は一万人。中へ足を踏み入れると、あまりの広さにくらくらしてくる。もしかしたら、シートのせいかもしれないが。東西南北で色が塗り分けられているのだ。東が白、西が赤、南が青、北が緑……客が入っている時には目立たないのだが、たった一人で入口に立つと、目がちかちかするようだった。

とはいえ、ここを通り抜けないと事務室には行けない。何となく居心地が悪く、沢居はうつむいたまま先を急いだ。スリッパに履き替えているせいか、足がすべりがちで、耳障りなきゅっきゅっという音が鬱陶しい。小さな甲高い音は、あまりにも天井が高いので共鳴もせず、足元に沈んでいくようだった。

これだけ広い場所なのに、何故か汗と消炎剤の臭いが消えずに染みこんでいるようだ。

鼻先に常に、沢居には馴染みの臭いが漂っている。ここ一か月ほどはこういう空気から遠ざかっていたが、突然懐かしさがこみ上げてきて、鼻の奥が痛んだ。柔道の場合には、ここに畳の香りが加わるのだが……立ち止まって天井を見上げると、高い位置にずらりと並んだ照明が見下ろしてくる。今はメーンの照明は落とされているので全体に薄暗く、黒い目玉の羅列のように見えた。

これだけの空間を贅沢に利用できる選手は、やはり恵まれていると思う。薄青いコートがバスケットボール用に準備され、観客が一杯に入っている光景は、沢居にも容易に想像できた——いや、記憶が蘇《よみがえ》ったというべきか。高校時代、沢居は何度も藤城の試合を観にここへ来ている。宿舎に入っている選手たちは、できるだけ仲間の試合を応援に行くべし、というのが暗黙の了解だった。あれはまさに、高校みたいだったよな、と今になっても思う。別の部活で活躍する同級生の試合を応援するようなものだ。もちろんレベルは、普通の高校生とは段違いだが。

沢居はある試合で、藤城が残り二秒で逆転のスリーポイントを決めるシーンを目の当たりにしたことがある。相手ディフェンスのプレッシャーから逃げ、やや後方にジャンプしながら放ったシュートは、リングに当たらずネットを通り抜けた。直後に試合終了のブザー。客席は半分も埋まっていなかったが、観客が総立ちになって一斉に歓声を上げた時の興奮は、今でも忘れられない。歓声がアリーナを埋め尽くしているのに、はっきりと自分の耳に飛びこんできた藤城の雄たけびも。

　華やかな記憶は、バックヤードに入ると途端に消え失せる。こちらでは常に、地味に働いている人がいるのだ。アリーナの管理をする人、それにバレーやバスケットなどのナショナルチームのスタッフ。選手が大会や合宿に臨んでいない時でも、スタッフはフル回転している。選手の状態把握や他の国のチームの戦力分析、トレーニング計画の策定、新たな選手のスカウト……スポーツ省の職員に休む暇はない。

「バスケットボール・スタッフルーム」の看板を見つけ、入館証をセンサーに当てると、ぴっと短く鋭い音がしてドアが自動的に開いた。

　ここへ入るのは初めてだったが、中の雰囲気は馴染みのあるものだった。トレセンの施設では、基本的にスタッフルームはどこも同じような作りで、バスケットの場合も、柔道のそれとよく似ている。違いは、やたらと背の高い人間が多いことだ。柔道の場合、選手出身のスタッフも体格はばらばらである。百九十センチを超える大男もいるが、一般の人より小柄な人間も少なくない。沢居の場合、身長は百七十五センチだから、身長的にはまったく一般人である。普通にスーツを着ていたら、どこにでもいる会社員に見えるだろう。首の太さと潰れた耳は、隠しようもないが。

「よう」

　藤城が笑みを浮かべて立ち上がる。相変わらずでかいな……慣れているつもりだが、百九十五センチの長身は、立った瞬間に天井に頭がぶつかるような印象を与える。しかも藤城の場合、背の高い人間にありがちな猫背ではなく、常に背筋を真っ直ぐ伸ばしているので、さらに長身に見えるのだ。

「久しぶりだな」デスクの間を縫うように近づいて来る。相手チームのディフェンスを惑わせるような素早い動きであり、現役を退いて何年経っても、いまだに彼はバスケットボールの選手なのだ、と沢居は少し嬉しくなった。

「悪いな、仕事中に」

「大丈夫だ。お茶でも飲もうか」気軽な調子で藤城が言った。

「ああ」

「じゃあ、外で」

　トレセン内の各施設には、簡単な食事ができる食堂が入っている。全て同じ「NTC」――ナショナル・トレーニングセンター・カフェの略だ――という店で、民間の給食会社が経営している。宿舎の食堂を運営しているのもこの会社で、沢居にとっては馴染み深い店、味だった。

　カフェは閑散としている。試合がある時などは観客でごった返すのだが、今日は二人の他に客は一人もいなかった。「俺の職場だから奢《おご》る」と言い張る藤城に無理に逆らわず、沢居は一人、席に座って待った。アリーナの「NTC」は、だだっ広いロビーの一角にあるせいか、他に客がいないことを強く意識させられる。

「お待たせ」藤城が、カフェラテの入ったカップをテーブルに置く。体格に見合った手の大きさで、大き目のカップが隠れてしまいそうだった。

「悪いな、忙しいところ」沢居は繰り返し言った。

「いや、今は暇だから……オリンピックも終わったしな」

「バスケ、惜しかったよな」

「まあ……あれが現在の実力ってことだよ」

藤城が苦笑した。久しぶりのオリンピック出場だったのだが、予選Aグループに入った日本はリーグ戦で全敗、9－12位決定戦で辛うじて一勝を上げただけで、11位で終わっていた。選手やスタッフの落胆ぶりが大きかったのは、大会前の盛り上がりが大変なものだったからだ。事実、バスケットボールは、日本選手団の「目玉」になっていた。メディア対策にも飛び抜けた費用がかけられ、大会前には選手をテレビで見ない日はなかったぐらいである。

「次回は、最低でもベストエイトは狙わないと」藤城が顎に力を入れた。

「可能性は？」

「まだ何とも言えない」

一転して、力なく首を横に振る。オリンピックで結果を残さないと、選手もスタッフも大変な批判にさらされる。藤城の身分も、決して安定しているとは言えないのだ。最悪、首を切られかねない。それぐらい厳しくやらないと、期待される結果は得られない、ということなのだが……自分もそういう、不安定な立場に立たされるのだろうか。

「それより、金メダル、よかったなあ」藤城が相好を崩す。

「まあ、頑張ったから」藤城に言われると素直に嬉しい。やはりこいつは、同じ時代を過ごした同い年の仲間だ。

「内輪に金メダリストがいると、気分がいいよ」

「内輪か……」沢居は思わず微笑んだ。「SAの人間は、皆内輪みたいなものだよな」

一通りオリンピックの想い出を話し合った後で、藤城が切り出した。

「……で、本当は何の用事だ？　旧交を温めに来たわけじゃないよな」

「実は、スポーツ省に来ないかって誘われたんだ」

「そうなのか？」藤城がくいっと眉を上げた。

「ああ。さっき、強化局長に呼ばれた」

「直々にか……」感嘆したように言って、藤城が長い顎を撫でた。「そういうことって、滅多にないぞ」

「ああ」

「お前はそれだけ、見こまれてるんだろうな」

「別に、そういうわけじゃないと思うけど」

藤城の言葉にかすかな羨望が混じっているのに、沢居は気づいた。ちょっと気遣いが足りなかったかな、と反省する。

藤城は大学時代に膝に致命的な故障を負い、ＳＡから外された。そのことで、だいぶ肩身の狭い思いをしたようだ。大学を卒業後に職員としてスポーツ省に入庁、裏方として選手たちを支える仕事を始めた。藤城の意識の中では、それが一種の罪滅ぼしというか、恩返しのようなものになっていると沢居は知っている。藤城がスポーツ省に入ってしばらくしてから呑んだ時に、問わず語りに話すのを聞いたのだ。そして藤城は今でも、やりきれなかった悔しさを抱いているだろう。そこへのこのこと、「相談」と称して顔を出したのは、あまりにも無神経だったのではないだろうか。何しろ自分は金メダリスト。十分過ぎるほどの報奨金と栄誉を得ている。藤城はいわば、「挫折者」であり、かつての仲間である自分が頂点に駆け上がったことを、複雑な気持ちで眺めていてもおかしくない。

もっとも藤城は、見た感じではそういう暗い心根を感じさせない男である。何というか、昔から茫洋《ぼうよう》とした感じなのだ。極度に背の高い人間にありがちな、長い顔。笑うと一本の線になってしまう細い目、コート以外の場所ではどこかぼんやりと動きの鈍い態度……陰で「でくの坊」と笑う人間がいたことを、沢居は知っている。しかし本当は、極めて大事な瞬間のために、普段はエネルギーを貯めこんでいるだけなのだ。試合での藤城を見たら、「茫洋」などとは絶対に言えない。体格だけでなく、海外の選手に負けない「強さ」があり、コートで転がされたことはほとんどないはずだ。叩きつけるようなダンク、冷静さと正確さを兼ね備えたスリーポイント、当たりの強さを利用したえげつないディフェンス……コートでは誰よりも横柄に、そして堂々と振る舞い、その姿は、「王様」と称するのが相応しかった。怪我さえなければ、今回のオリンピックでも主力として活躍していたかもしれないと思うと、沢居の胸は痛む。

藤城の通った道は、自分にも当てはまったかもしれない。

「あれかい、メダリストになると、そういう待遇なのか?」

藤城はさらりと聞いてきたが、沢居は皮肉な響きを感じ取っていた。報奨金以外にもさらに美味しいことがあるのか、とでも言いたそうだった——それも考え過ぎか。

「分からないけど、何だか特別な仕事みたいだ」

「特別な仕事?」藤城が目を細めて、鸚鵡《おうむ》返しに訊ねる。そうすると、右の眉毛にある傷が目立った。眉を縦に切り裂くような細い傷は、昔相手選手と接触して負った怪我の名残だという。

沢居は隠さず事情を話した。藤城は相槌も打たずに聞いていたが、沢居が話し終えると、「仲島なら知ってるよ」とさらりと言った。

「知り合いなのか？」

「いや、情報として。競技は違っても、注目の若手については、どんどん情報が入ってくるからな」

「そうか……どんな話を聞いてる？」

「才能は最高。気持ちは最低」

「最低、はひどいな」沢居は苦笑いしたが、藤城は真顔だった。そういう評判が回っているのは、いいことなのか悪いことなのか……カフェラテを一口飲む。懐かしい味だった。高校生の頃は、毎日のようにトレセン内のどこかの「ＮＴＣ」でカフェラテを飲むのが楽しみだった——もしかしたら、唯一の。

「実際、そうなんだ。致命傷になるかもしれない」

「そんなに弱気なのか？」

「そういう態度が垣間見えるそうだ。というか、会った人は皆そう言ってる。今は才能だけで勝ててるからいいけど、一回挫折したら、全部投げ出しちゃうようなタイプかもしれないな」

「それはちょっと……弱過ぎるな」

「そうなんだよ」うなずき、藤城もカフェラテに口をつけた。「でも、まだ高校生だからな。それにお前みたいに、小学生の頃からＳＡだった人間とは違う。小学生からあの特殊な世界にいれば、嫌でも鍛えられるだろう？　まだ精神的に安定していない頃から、徹底していろいろと叩きこまれるんだから」

「そうだな」また苦笑いせざるを得ない。

小学生なんて、何も分かっていない。どんな色にも染められる白い紙のようなものだ。初めてスポーツ省から接触があり、SAとして採用された時のことを思い出す。小学校五年生、十歳の時で、街の道場で柔道を習い始めてから四年が経っていた。全国小学生学年別柔道大会に出て、四十五キログラム級で優勝したのが、その五年生の時……直後に、スポーツ省から接触があったのだ。

道場を主宰していた蛯名《えびな》先生が、誇らしげな顔をしていたのをよく覚えている。それはそうだよな……今では分かる。自分の育てた選手が国に認められたのだから、指導者冥利に尽きるだろう。

その後、正式にSAになると、沢居は練習場所を街の道場からトレセンに移した。そこには小学生から今の自分の年齢ぐらいまでの選手が集まり、細かく、しかも厳しい練習が行われていた。厳しいといっても手が上がるような練習ではなかったが、その場の冷徹な雰囲気に、身がすくんでしまった。私語も許されず、常に背筋をぴしりと伸ばしていなければならない空気が張り詰めていたのである。

練習自体についていけないということはなかったが、精神的にはげっそり疲れたのを覚えている。初めての練習の後は、家に帰って夕食も食べないで寝てしまったものだ。

まあ、小学生だからそんなものだろうが……今ではとても考えられない。

「俺はよく分からないけど、小学生ぐらいから刷りこみされると、自然に身につくんじゃないか？」

「たぶん、な。自分でも意識しないうちに叩きこまれたことは多かったと思う。それにここが俺の『家』だったし」

「そうか？」

「俺は中学生の時からだったから、結構葛藤があったな」藤城が長い顎を撫でた。

「中学生ぐらいだと、大人っぽい考えとガキっぽい考えが混じってるだろう？　人格形成期に人から考えを押しつけられるのって、結構苦痛だったぜ」

「そんなにやりにくかったか？」

「お前みたいに、小学生の時から洗脳された人間とは違う」

洗脳、か。またも苦笑してしまったが、そういう側面は確かにある。しかしそのお陰で勝てたのは事実だ。

「高校生からとなると、改造するのも大変かもしれない」

「改造は、ちょっと言葉が悪いんじゃないかな」沢居は釘を刺した。スポーツ省は、何も奴隷を作ろうとしているわけではない。世界で通用する選手を育てるために、あらゆる手法を駆使しているだけだ。

「そうかもしれないけど、とにかく高校生になれば、何をされてるのか理解できるだろう。素直には受け入れられないかもしれないよ」

「仲島が本当に自分に自信がないなら、素直に受け入れるんじゃないかな。変われれば……って思ってる人は、スポーツ選手じゃなくても多いはずだぜ。そうじゃなければ、自己啓発本があんなに売れるわけがない」

「お、もうそういうことまで考えてるのか」にやにや笑いながら藤城が言った。

「いや、そういうわけじゃないけどさ……あのさ、俺にできると思うか？」

「精神的なコーチ役、ねえ」

「コーチでも座学の先生でもないとすると、何て言うのかな……アドバイザー？」

「そんなものかもしれないな。でも、仲島の面倒を見るだけじゃないだろう？　他にも仕事はあるはずだ」

「それは、強化局の中で仕事をするんだから、いろいろあるんだろうけど……」

「やってみればいいじゃないか。そんなに迷う必要、ないだろう」藤城がさらりと言った。

「そんな簡単に言うなよ」

「だけどお前も、いつかは仕事を始めなくちゃいけないんだろう？　報奨金で一生生活できるわけでもないんだし」

確かに……SAで、無事に目標を達成して引退した選手に対して、スポーツ省のフォローは手厚い。報奨金と年金がその象徴だ。それに仕事をしたいと望めば、最優先で斡《あっ》旋《せん》してくれる。

「で、どうするんだ？」藤城が答えを迫った。

「そう簡単には決められないよ。今日話を聴いたばかりなんだぜ」もしかしたら、自分がここに来ることを谷田貝は読んでいたのかもしれない、と思った。自分を説得するよう、藤城に依頼したとか。

「SA出身でスポーツ省に入ると、待遇は悪くないよ」微笑を浮かべて、藤城が言った。

「別に、他の職員と給料が変わるわけじゃないだろう？」

「いや、周りの見る目っていうかさ……やっぱり、SAは違うんだよ。この世界におけるエリートだからな。特にお前みたいに、小学生の時からSAで、長い間S指定をキープしていた人間は大事なんだ。ある意味、スポーツ省の中では、大臣よりも尊敬される。有頂天になっていいとは言わないけど、尊敬されながら仕事をするのは悪くないぞ。もちろん、結果を出さなければ、ひどい目に遭うけどな」

「馘《くび》とか？」

「それもないとは言えない」急に藤城の顔色が曇った。今から、四年後のオリンピックを心配しているのだろう。「でも、やりがいはあるぞ。お前には向いてるとも思う。どうだ？　今までの恩返しのつもりでやってみたら」

「……そうだな」言われてみれば、そうかもしれない。SAであること——失った物もあったが、得た物の方がはるかに多かったのは間違いない。名声、金、そして自己実現できたという満足感。自分の二十年間は全て税金で賄《まかな》われてきたわけだから、恩返しする意味も確かにあるだろう。

それより何より、今の自分の「力」がどの程度なのか知りたいという気持ちもあった。単なる柔道馬鹿なのか、それとも現役を退いても活躍できる力を持っているのか……自分のことながら、非常に興味深い。

4

谷田貝は、ある動画を紹介してくれた。スポーツ省では、専用サーバーに様々な動画をアーカイブしてあるのだが、その中に仲島のレースを収録した物があるというのだ。

自宅へ戻ってそそくさと夕食を済ませた後、沢居は自室のパソコンの前に陣取った。強化局の「スカウト網」に漏れはないということか……全国の有望な選手を訪ね、試合の様子を見守り、記録していく。撮影に関しても専門家がいるから、試合の様子は、まるでテレビのスポーツ中継のように観やすい。省内用にアーカイブしておくだけではなく、一般に公開してもいいのではないかと思うのだが、参考はあくまで参考、ということだろう。検索していくと、沢居は自分の動画——小学生の時の大会だ——を見つけた。興味は惹かれたが、後回しにする。

仲島のレース……一万メートルで高校記録を出した、去年のレースだった。沢居も、陸上の試合は何度か観に行ったことがある——SAの選手たちの応援だった——が、こんな風に画面で観ることは滅多になかった。

ドアを開け放しにしていたので、優里奈が声もかけずに入って来た。コーヒーの入ったマグカップを両手に持っている。

「それが、さっき話してた仲島選手?」

「ああ」カップを受け取ってコーヒーを一口飲み、沢居は画面に意識を集中した。夕食の席で、優里奈にはもう仲島のことを話している。基本的に夫婦の間で、隠し事はしないのが約束だった。そもそもこれは、隠す必要のないことだが。

「ずいぶん大きいのね」

「長距離の選手にしては——そうだね」

優里奈は、デスクの後ろにある一人がけのソファに腰を下ろした。この部屋は、沢居の感覚では「物置」だ。現役時代に獲得した賞状やトロフィー、記念品などを保管しておくための部屋——そう、保管だ。飾ってはいない。自分の記録を飾り立てることに興味はなかったから。金メダルさえ、デスクの引き出しに入れっ放しである。「見せてくれ」と頼まれることも多いから、一番分かりやすい場所に保管してあるだけだ。

スタート。四百メートルのトラックを二十五周か……考えるだけで気が遠くなる。一時、沢居も練習の一環としてずいぶん走りこみをしたのだが、これだけの距離を走ることは滅多になかった。走るのは、むしろ減量のためだった。七十三キロ級で身長百七十五センチは標準だが、気を抜くとすぐに太ってしまうタイプなのだ。今も、それを少しだけ気にしている。競技生活が終わり、自分を追いこむようなトレーニングをしなくなった結果、一か月で二キロも体重が増えていた。

トラックの長距離競技はひどく観にくい。塊になって走っているので、個々の選手を判別しにくいのだ。沢居はスタート直後、集団に呑みこまれた仲島の姿を完全に見失っていた。ゼッケン6……いない。最初に先頭を走っていたのがゼッケン15の小柄な選手だとは分かったが、一周終える前に集団に呑みこまれ、順番らしい順番はなくなった。

二周目が終わるまで、集団はほとんどばらけなかった。だが、三週目の中ほどになると遅れ始める選手が出て、塊の集団から次第に細長い列に変わってくる。それでも前を行く塊はスピードが落ちずに大きなままだ。彗星のようなものか、と沢居は想像した。核から長く尾が伸びて——そんなことを考え始めた瞬間、ゼッケン6がアウトサイドから一気に抜きにかかる。仲島。無表情だった。しかけるには早過ぎる気もしたが、まったく気持ちが読めないその顔つきからは、どういう意図でスピードを上げたのか、まったく分からなかった。

　一人だけ、別次元の走りだった。仲島はそれまで六番手か七番手辺りにいたようだが、一気にトップに躍り出ると、内側に切りこんで後続の頭を押さえた。しかもスピードをまったく緩めず、ぐんぐん引き離しにかかっている。ストライドが大きな走りは、まるで飛んでいるようだった。あるいはスピードスケートの選手。

「この子、レベルが違うわね」優里奈が溜息をつくように言った。

「ああ」答えながら、沢居の視線は仲島に釘づけになっていた。速い……レースは早々と崩壊し始めた。何とか仲島についていこうとする選手もいるが、長続きしない。一人が脱落すると、集団の中から他の選手が「今度は俺だ」とばかりに追走を始めるが、追いつけた選手は一人もいなかった。

　十周が終わる頃には、仲島は完全な独走態勢に入っていた。リードはトラック半周——二百メートルほど。多少スピードが落ちた感じはあるが、後続の選手はまったく追い上げられない。確かな計算があってこういうレース展開をしているかどうかは分からないが、仲島が完全に流れをリードしているのは間違いなかった。二位グループは四人の集団になったが、この時点ではまだ誰もしかけようとしない。仲島のスピードについていくことで、自分のペースを乱されるのを恐れるようだった。それはそうだろう、下手にペースを変えて仲島を追ったら、後半まで持たない。この四人の顔は時々大映しになったが、全員が苦しそうだった。明らかに、前半のオーバーペースの後遺症に苦しんでいる。

一方仲島は、まったく表情も変えずに淡々と走り続けていた。あれだけストライドが大きいと、体の軸がぶれて頭が上下しそうなものだが、そういう気配は微塵《みじん》もなく、相変わらず滑るように走っている。汗もほとんどかいていないようで、他の選手の肌が既に光っているのとは対照的に乾いていた。

画面に引き寄せられたまま、沢居は手探りでマグカップを掴んだ。一口啜り、喉の渇き——実際、かなり渇いていた——を癒してから、カップを両手で包みこむ。既に熱は引き始めていた。それだけ時間のかかる種目なのだと、改めて気づく。

この日のレースは荒れ模様だった。気温が高かったのに加え——映像の冒頭でコンディションが紹介されていた——前半がハイペースになり過ぎたせいだろうか、途中で選手たちのスピードががっくりと落ちてきたのである。一人仲島だけは、まったく表情を変えず、汗もかかずにペースを保ち続けている。レース中盤に入った時点で、勝負は既にあった、という感じだった。十五周を過ぎると周回遅れの選手が出てきたが、仲島はそういう選手の存在を気にもしていない様子で、楽々とパスしていく。

会場の雰囲気までは分からないし、高校生の大会だからそれほど観客もいないはずなのに、画面を見ただけでも、何となく全体にヒートアップしているような感じがした。大変な記録の達成を予感して……沢居もいつの間にか手に汗をかいているのを意識した。握り締めたカップの熱さのせいではない。既に結果は分かっているのに、仲島の走りには、人を熱くさせる何かがあった。マラソンなどの長距離競技の場合、一度も興奮を感じないまま、レースが終わってしまうことも多いのだ。競り合いもなく、最初に飛び出した選手が独走で走り終えてしまった時など、山場は一切なくなる。

このレースも、そういう展開だった。なのに何故か、仲島の走りを観ていると興奮する。それも妙だが……こういう走りで人を感動させるのは、「必死さ」だと沢居は思っていた。泣き出しそうな形相で走っている選手は、観ている方に「人間の限界」を感じさせる。だが仲島には、そんなものは見えない。終始表情を変えず、淡々と……フォームにも狂いがない。陸上では素人の沢居にも、このフォームが合理的で美しいものだと分かった。陸上というよりも、体操などを見て感動する時の感覚に近い。体操は力強さと美しさを競い合う競技で、長距離とはまったく趣旨が違うのに。

仲島は独走のまま、最後は他の選手ほぼ全員を周回遅れにしてゴールした。その瞬間にも、まだ明らかに余裕があった。他の選手はゴールした瞬間に倒れこんでしまったりするのだが、一人平然として、ただスピードをゆっくり落としただけである。大型タンカーがゆっくりとしか停止できないように、いきなり停まるのではなく、徐々にスピードを緩めていく……余裕があるというか、レースではなく少し軽めの練習をしただけのように見える。やはり顔にはほとんど汗が見えず、表情は——表情だけは変わっていた。何故か穏やかになっている。やはり、一仕事終えてほっとしたのだろう。

ちらりと腕時計に視線を落としたが、特に何の反応も見せない。高校記録を大幅に更新したことは分かっているはずなのに、それがどうした、という感じだった。

「この時のタイム、どれぐらいだったの？」優里奈が訊ねる。

「二十七分四十秒二十二」

「それって、どれぐらいすごいの？　高校記録なのは分かってるけど」

「日本記録まであと五秒」

振り向くと、優里奈がマグカップを持ったまま肩をすくめていた。

「あの……長距離って結構大変でしょう？」

「結構、じゃないよ。すごく大変だと思う」沢居は噴き出しそうになった。優里奈自身は、ほとんどスポーツの経験がない。長い距離を走ったといえば、学生時代の「持久走」がいいところだろう。

「一人だけまったく別みたい」

「化け物だよな」

沢居は動画の再生を停め、谷田貝にもらってきた資料を開いた。現在、五千と一万の高校記録保持者。しかしこの記録は二年生の時のものである。これから一番近い大会は……十一月に記録会がある。ここでの記録も当然公式な物になるから、注目が集まりそうだ。

「この子、物になると思う？」

「もう、十分なってるんじゃないかな」

「そうじゃなくて、オリンピックで金メダルを取れる？」

「それを俺に聞かれても分からないよ」沢居は首を振った。陸上の技術的な問題に関しては、まったくの素人なのだ。「でも、相当難しいと思う」

「マラソンに行くのかしら」

「それは俺が決めることじゃないけど……本人も、まだフルマラソンを走ったことはないから、どうなるかはまったく分からない」

同じ長距離でも、五千、一万、ハーフマラソン、フルマラソンではまったく戦い方、調整方法が違うはずだ。このうちのどれに力点を置くかによって、普段の練習もまったく変わってくるだろう。

「一万メートルの世界記録って、どれぐらい？」

「二十六分十秒台。仲島の記録とは、まだ一分以上差がある」

「そう……でも、マラソンよりは勝てる気がするけど」

「どうかなあ」

沢居は両手を頭の後ろにあてがった。マラソンでは一時、日本は絶対的な強さを誇っていた。今はアフリカ勢のスピードに席巻され、世界では勝てなくなってしまっているが、トラックの長距離よりは勝負できそうな選手が出てくる可能性はある。しかし、マラソンはオリンピックでも一発勝負だ。どれほど努力を積み重ねて勝っても、メダルは一つである。五千と一万の両方にエントリーするのは、体力的には極限の勝負になるだろうが……マラソンで確実にメダルを狙いにいくか、あわよくばと欲を出して、トラック二種目にエントリーするか。

それを決めるのは自分ではないが、沢居は早くも、仲島の気持ちを考え始めていた。自分に自信がない……そうは言っても、一言でまとめるのは難しい。選手の個性は、それぞれまったく違うのだ。

「なあ、俺、メンタルは強い方だと思うか？」

「なに、いきなり」優里奈が目を大きく見開いた。家にいるのでメイクもしていないが、まるで強調したように目が大きい。

「いや、そういうことをどうやって指導していけばいいのかな、と思って」

「メンタルは……強い方でしょうね」

「そうか？」

「だって、私に愚痴を零《こぼ》したこと、ないでしょう。いつも平静で」

「そうだったかな？」

「そうよ」優里奈が悪戯《いたずら》っぽく笑った。「一々愚痴を零されても大変だったかもしれないけど……他の奥さんに聞くと、フォローが大変みたいよ」

　スポーツ省は、家族にも積極的な協力を求める。独身者には両親や兄弟、既婚者には配偶者……普段の生活で何に気をつければいいか、食事はどうするか、精神状態が悪い時にどういう風にフォローするか。そういう問題に関する講座を定期的に開催している。結婚してから、優里奈はそういう講座に欠かさず出席していた。料理が苦手だったせいもあって、料理教室代わりに考えていた節もあるが……元来社交的な性格なので、そういう場で知り合いを増やすのが楽しかったようでもある。

「例えば？」

「言っちゃっていいのかな……」優里奈が困ったように眉をひそめた。

「別に、表に出るような話じゃないだろう」

「あのね、大澤《おおさわ》さん、いるでしょう」

「背泳ぎの？」

「そう」優里奈が低い声で認めた。

大澤孝之《たかゆき》。既に引退して、今回のオリンピックには出なかったが、長年日本競泳界を引っ張った名選手だ。前回のオリンピックでは、百メートル背泳ぎとメドレーリレーで銀メダルを獲得している。

「あの人、試合が近づくと部屋に閉じこもってたらしいわよ」

「そうなのか？」

「自分の部屋にラグを敷いて、座禅をしてたんだって。もちろん鍵をかけて、絶対に誰にも邪魔されないようにして」

「精神集中のためなら、座禅もおかしくないと思うけど」むしろ、古来からの精神集中法と言っていい。それなりに効果もあるはずだ。

「昼間なのにカーテンを引いて、お香を焚《た》いてても？」

「それって、何かの宗教じゃないのか？」沢居は鼻に皺を寄せた。

「違うわよ」優里奈が首を振った。「普段は全然そんなところはなくて、試合の前だけなんだって。何か特定の宗教っていうわけじゃなくて、大澤さんが独自に考えた儀式らしいんだけど。でも、あまりにもお香が臭くて、近所からクレームがくるぐらいだったのよ」

本当かね……大澤には何度か会ったことがある。前回オリンピックの時には選手村で部屋が近く、一緒に食事をしたこともあった。実に豪放磊落《らいらく》な男で、既に結婚していたのに選手村でせっせとナンパに精を出していたのは、選手同士の秘密である。そんな男が、一人で謎めいた儀式をしていた、というのが信じられない。遠征先などでそんなことをしていたら、選手の間で話題になりそうなものではないか。それを指摘すると、優里奈が苦笑しながら首を振った。

「あなたは、そういうことは全然なかったでしょう。スランプとかない人だったから」

「確かにね。ちょっと怪我して調子が悪いのは、スランプとは言わないし」

「だから、私は他の奥さんに比べて楽だったと思うわよ。ご飯を作って、ちゃんと睡眠時間を取るように言ってただけで」

「君に迷惑かけたって、何にもならないからな」

「それで金メダルを取っちゃうんだから、あなたは十分メンタルが強いと思うわよ」

「気楽なだけかもしれないけど。あるいは何も考えてなかったか」

「それができない人が多いのよ……だから、お香を焚いたりするわけでしょう?」

迷惑だが致命的な話ではないな、と思った。近所の人に謝って回った奥さんは大変だったかもしれないが。それよりも、大澤のそういう一面が、あまりにも意外だった。

「それで、どうするの?」

「引き受ける」迷っていた割に、意外にきっぱりと言い切ることができた。

「無理してない？　どういう仕事になるのかも分からないのに」

「でも、仕事がないと困るから」

「今はお金に困ってないし、他にも選び放題だと思うけど……ゆっくり選んでもいいんじゃない？」

自分たちSAは、引退後どういう生活を送るのが理想なのだろう……手本が見つからないほど、先輩たちの進路は様々だ。一番多いのは、自分が活躍した競技で指導者になるケースである。ただし、コーチや監督には向き不向きがあるし、いつまでも続けていけるわけでもない。多いのは学校の先生。スポーツの世界を離れて家業を継いだ人間もいるし、極めて少ないが、タレントに転向して成功している人もいる。

特に、三宅翔《みやけしょう》こと本名大野将大《しょうた》。元々体操のSAで、全日本選手権で個人総合二連覇という記録の持ち主である。大いに将来を嘱望されたのだが、怪我で離脱、その後に戦隊モノのヒーロー役で役者デビューした。体操をやめた後、特技を生かそうとスタントの学校に通っていたというのだが、芸能事務所に引き抜かれ、オーディションを勝ち抜いて大役を摑んだ。「若手俳優の登竜門」と言われているその番組でブレークし、その後は俳優として順調に活躍している。

また、「講演が仕事」という人もいる。メダリストの「成功講座」は常に引く手数多で、一回あたりの講演で数十万円を稼ぐのも難しくはないようだ。毎月一回話をするだけでも、十分暮らしていける……だが自分は、大勢の人を前に何かするのは苦手だ。試合ならいいが、喋るのは無理だ。

「でも、まあ……とにかくやるよ。やってみる」我ながら情けない決意表明だ。

「分かった。あなたがいいなら、私はそれでいい」優里奈がうなずく。顔を上げた時には、屈託のない笑顔が浮かんでいた。「それに、定収入があるのはいいことだし。やっぱり、安定の公務員が一番でしょう?」

苦笑しながらも、沢居はうなずいた。結局それも大事なんだよな。金がないと人間は卑《いや》しくなる。十分な金を稼げていれば、余裕が持てるのだ。

沢居は、金のことでSAに助けられた。必要十分以上の金が毎月支払われ、合宿や遠征の費用も自分で負担しなくて済んだ。そして最後は、金メダルに対する巨額の報奨金だ。もちろん辛いこと、苦しいことはあったが、ありがたいの一言である。今さらながら、SAは素晴らしい制度だと思う。選手は競技だけに集中できるし、日本人が世界で活躍するのを見て、国民は満足する。変な話だが、税金がこんな風に見える形で生かされているのを見れば、誰でも納得するのではないだろうか。

だがやはり、大変なことも多い。

選手は必ず引退する。一線で十年間活躍できたら、長寿の選手だと言っていいだろう。そしてスポーツ省としては、すぐに次のヒーロー——世界と伍して戦える人材を発掘しなければならない。自転車操業のようなものだが、あるいはそれこそがスポーツ省の仕事の醍醐味なのかもしれない。まだ子どものような選手の将来を見抜き、変な方向に曲がらないように育て上げ、世界へ送り出す。

もちろん自分の専門は柔道だが、他のスポーツにかかわって悪いことはない。陸上トラック競技——日本人がなかなか勝てない分野で、新たなスーパースターを育て上げるのは、男として、ＳＡのＯＢとしてやりがいのある仕事なのではないか。

5

初めて沢居という男と会った時、仲島は今まで経験したことのない緊張を覚えた。もちろん、柔道をやっている知り合いはいる。自分が通う渋谷総合高校にも柔道部はあるのだから。連中は胴着を着ていなくても、一目でそれと分かる。がっしりした体型、がに股、潰れた耳。特に、重量級で背がそれほど高くない選手は、上から圧縮されたような特徴的な体型になる。

だがスーツ姿の沢居は、柔道選手特有のそういう外見とは無縁だった。耳は潰れているが、それは「形が変わっている」という程度。中量級の選手なので身長も平均的で、スーツを着ていると、体格のいい普通のサラリーマンのようにも見える。眼鏡が、柔らかい印象にさらに拍車をかけていた。それなのに何故か、緊張させられる。

　渡された名刺には、「スポーツ省強化局　育成部」の肩書きがあった。これがどういう仕事なのかはまったく分からないが……去年から自分がSAになったにもかかわらず、仲島はスポーツ省の仕事そのものをあまり知らなかった。普段つき合いがあるのはコーチやトレーナーだけだから、それも当たり前かもしれないが。

　どうにも落ち着かない……何度も尻をもぞもぞさせたが、効果はなかった。だいたい、高校の校長室でたった一人で面会というのはどうなんだろう。こういう時は、学校の陸上部の監督が同席してくれるのが普通だと思うのだが。

「今度、君の担当になることになってね。今日はご挨拶です」

　切り出した沢居の声は、低く落ち着いている。その言葉が頭に染みこむうちに、仲島は自分がひどく気圧《けお》されていることに気づいた。これがメダリストのオーラなのかもしれない。沢居が金メダルを獲得したシーンは、テレビで散々観ている。決勝の、あの裏投げ……柔道部の連中が、興奮して話していたのを覚えている。あれが試合で決まる確率は、天文学的に低いのだそうだ。連中は、「最近の柔道はポイント重視で、思い切った大技にいかないいんだよ」と解説してくれたものだ……それにしても目の前の男は、大一番であんな切り返しの大技を決めた選手には見えない。

「まず、これを」沢居がバインダーノートを仲島の前に置いた。

「これは？」

「S指定の契約内容なんだ。ウエアや練習道具は全て支給、強化費も毎月支払われる。基本的には、必要な物は全部こちらで提供する形になる。君は未成年だから、最終的にはご両親の承諾と捺印が必要になるけど、もちろん、ご両親は賛成してくれているよね？」

賛成どころか、万歳しそうな勢いだった。「S指定になりそうだ」と話した時、母親は涙ぐみ、父親はとっておきのワインを開けて一人で乾杯したものだ。何だかずれている、と呆れてしまったが……両親との関係は、必ずしもしっくりいっていない。口煩《うるさ》いというか細かいというか、何と言うのだろう……小学生の時からそうだった。その頃は、人より速く走れるのがただ嬉しくて、ヒーローになれる運動会が大好きだった。様子が変わったのは、四年生で陸上のスクールに入れられてからである。それまでは好き勝手に走っていたのに、急に「練習」という感じになった。そして「長距離の方が向いている」と、強引に長い距離を走らされるようになった。まあ、それにもすぐに慣れて、実際向いていると分かったわけだが。

両親はスクールの練習にも必ずついてきて、大会の時には声援を送ってくれた。それを鬱陶しく感じるようになったのは中学生の頃である。口煩い両親、それに走るだけの生活が少し嫌になって、学校ではサッカー部に入った。ちょっとした反抗だったのだが、両親の熱意は衰えなかった。母親は、自分にきちんと食べさせるために栄養士の資格まで取った。父親は土日の試合に応援に行けるように、しばしば休みが潰れる営業の仕事から広報に移った。何だか、やり過ぎだよな……ステージママとかパパと言うんだろうか、常に親の顔が背後にあるのは、さすがに鬱陶しい。ただ走りたいだけなのに。

「契約内容は、後で説明するけど、自分でも目を通しておいて欲しい」沢居がノートを指差した。

仲島はノートを取り上げ、開いた瞬間に眩暈《めまい》を覚えた。いったい何ページあるんだ……仲島が今まで見たことのある契約書は、A指定になった時のものだけだが、この契約書はその何倍あるのだろう。とにかく細かい。ちらりと見ただけで、頭が痛くなってくる。

第四条

第一項　S指定選手は、宿舎にいない時でも常に連絡が取れるようにしなければならない

第二項　連絡用のため、選手には専用の携帯電話やパソコンなどの通信機器とメールアドレスを貸与する

第七条

第一項　S指定選手の練習、合宿、及び試合日程は、全てスポーツ省が規定するものとする
第二項　上記のために、学生の場合は学校行事よりも指定選手としての予定を優先する。既定の大会以外に出てはならない
第十六条
第一項　S指定選手は自らの行動に責任を持ち、その立場に恥じないふるまいをしなければならない
第二項　公の場に出る時は、必ず規定の服装（ブレザー、ズボン、ネクタイ等）を着用
第三項　練習、私生活でも、品位を崩すような服装は禁止
第十八条
第一項　練習、試合等で着用するウエア、道具に関しては、全てスポーツ省が公認するメーカーの物を使用すること
第二項　スポーツ省が公認する以外のメーカーに、広告宣伝等のために協力してはいけない

これは……「やってはいけない」ばかりじゃないか。仲島は、思わず苦笑してしまっ

た。とにかく「縛られる」ことは分かった。縛る相手が、親からスポーツ省に変わるわけか。A指定の今は、そこまで束縛された感じはない。

これでいいのかな。何だか、話がどんどん大きくなってくる。もちろん、これから世界で戦うためには、S指定は絶対に必要だと分かってはいるのだが。

「自分の携帯、持ってちゃいけないんですか」

「そうだね。渡される携帯は常に持っていなくちゃいけない。GPS機能がついていて、居場所がすぐ分かるんだ」

「監視ですか？」まさか、通話やメールの内容まで把握されるのだろうか。

「監視というか、何か事故があったら困るだろう」

「はあ……それで、沢居さんが担当するというのは、どういう感じなんですか？」

そう、これが分からない。どうして柔道のスペシャリストが俺の担当なんだろう？

「会いたい」と言われた時、まずそれを不思議に思った。

「別に、技術的にコーチするわけじゃない」沢居がお茶を一口啜り、仲島にも勧めた。

「実際、陸上は全然分からないし」

「はあ」お茶を飲む気にはなれない。ここは自分の学校なのだ。お客さん扱いされると戸惑うばかりである。

「君は、間もなくS指定に引き上げられる。そうなると、専任のコーチがつく。当然、世界最高レベルのコーチだ。ただ、専門家じゃない方が、いろいろなことが見えたりするからね。君を観察して適切な助言を与えるのが俺の仕事、ということらしい」

うなずいたが、「らしい」という語尾に引っかかりを感じた。何だか自信がないような……仲島の疑念に気づいたのか、沢居がすかさず説明した。

「実は、スポーツ省に入ったのはつい最近でね。君の担当ということでスカウトされたんだ」

「そうなんですか」選手から、管理する側へ、ということか……それにしても、柔道の選手を俺の担当につけるというのは、まだよく分からない。

「正直、俺もどういう具合に進めていくのか、まだ何も分かっていないんだ。ただ、俺は指導者――コーチとかじゃないことは分かってくれよ」

「はあ」

「パートナーとして考えてもらえればいい」

「そんな、とんでもないですよ」仲島は全力で首を横に振った。相手は金メダリスト、そして有名人である。自分とは立場がまったく違うのだ。そんな人に「パートナー」と呼ばれるのはもったいない。

「スポーツ省としても、いろいろ試したいんだと思うよ。縦割りで、競技別に固まってしまっていることに関しては、批判もあるからね。違う競技の選手同士で協力し合えば、互いにいい影響が出る、と考えているみたいなんだ。それに競技が違っても、精神面は同じだと思う」沢居が右の掌で胸を押さえた。

「そうですかねえ」釈然としないまま、仲島は曖昧な答えを返した。

「そうだ、と思うよ」沢居も釈然としていない様子で、中途半端な口調になっている。

大丈夫なのかな、と急に不安が襲ってきた。自分のことぐらい自分でできると思っていたのに、陸上に全然関係ない人が突然、「パートナー」と名乗ってやって来て、しかもその本人が不安がっている。自分は玩具じゃないんだから……スポーツ省の実験材料にされるのはたまらない、と思った。

「あの、一つ、聞いていいですか」

「どうぞ」沢居が両手を軽く前に差し伸べた。「俺で答えられることなら」

「SAって、どういう感じなんですか？」

「待遇のこと？　でも、君もA指定じゃないか。説明はいろいろ聞いているだろう？」

「それはそうなんですけど……Sは全然違いますよね。それにずっとSAでいるのがどんな感じなのか、分からないんです」

「それは……ちょっと答えるのが難しいな」沢居が首を捻った。「俺は十歳の時からSAだった。それが当たり前の環境だったから」

「そうなんですか」何となくそんな感じだろうとは思っていたが、想像していたよりも

「束縛」が強そうだ。「それできつくなかったですか？」

「いや」沢居が首を振った。「こういうことを話すのはみっともないんだけど、俺が小学生の時に、親が離婚してね。父親と一緒に暮らしていたんだけど、あまり居心地がいいものじゃなかった。父親は、男手一つで子どもを育ててるのに、あくまで仕事優先の人でね。家に帰って来ると、よく当たり散らされて居心地が悪かったし、食事だってろくに作ってくれなかったし……小学生の頃は、町の道場に通っていたんだけど、みかねて先生の奥さんが夕飯を食べさせてくれたりしてね。何だか惨めだったな。だから、高校からSAの宿舎に入った時には、本当にほっとした。ちゃんと三食食べられるし、周りは同い年の連中ばかりで気心が知れてたし。高校から大学にかけて、私生活は一番充実してたな」

それは「私生活」ではないだろうと思ったが、複雑な家庭環境の人だったら、そんな風に感じてもおかしくないだろうと思った。

「だから俺にとって、SAの宿舎が本当の『家』みたいなものだったんだ。周りもよくしてくれたし」沢居が感慨深げに言った。

「学校は普通に行ったんですよね」

「もちろん。高校でも大学でも、そこのチームのメンバーとして試合にも出た。でもそれは、あくまで『ついで』みたいなものだったけどね」

「ついで、ですか」嫌な響きの言葉だった。

「高校時代からずっと宿舎で暮らして、練習も基本的にはトレセンでやってたから。高校や大学にすれば、いい迷惑だったかもしれないけど……練習は不参加で、試合の時だけ出てくるわけだからね」

「でもそれ、柔道だけの話ですよね？」団体戦はあっても基本的には個人競技なのだから、何も常に一緒に練習する必要はないだろう。

「陸上や競泳の連中も同じだよ。個人競技は、だいたいそういう感じになるな。高校や大学は、スポーツ省と強い関係にあるところへ行くことになるから、協力してもらえる」

「そうなんですか」驚いた。進学先も自分で決められないのか。「あの、東京体育大はどうなんでしょう」

「ああ、あそこは当然ＯＫだよ。スポーツ省とは関係が深い大学だし」

「あ、そうなんですか」よかった……進学先として第一候補に考えていたのが、東体大なのだ。目的、というか目標があってのことである。

「でも、普通に陸上部で練習はできないぞ。あくまでトレセンでの練習が中心なんだ。もちろん大学の講義に出るのは構わないし、むしろ推奨される。ただのスポーツ馬鹿になるのは困るってことなんだろうね。東体大なら最先端のトレーニング理論やマネジメントも学べるし、いいんじゃないかな。あそこは、スポーツでは日本一の大学だから」

「練習は駄目で……試合には出られるんですか？　東体大の選手として？」

「スポーツ省が指定している大会なら問題ない。インカレや国体は調整になるからね」

これで進学に関しては問題ないだろう。しかしほっとしたのも束の間、沢居がいきなり爆弾を落とした。

「あ、ただし箱根駅伝は駄目だ」

「え」仲島はいきなり言葉を失った。「でも、試合はいいって……」

長距離を走る高校生で、箱根駅伝に憧れない選手はいない。仲島が東体大に入ろうと思ったのも、去年の正月の劇的な優勝を観たからだ。予選会からの出場で、往路では七位だったのが、復路での大逆転勝利。十区では、アンカー同士のラストスパート勝負になり、実に最後の十メートルで振り切っての優勝だった。テレビの画面で、東体大の選手たちは喜びを爆発させていた。あの輪の中に入りたい……高校の陸上部はそれほど強くないから、駅伝に出場してもこういう感動は味わったことがなかった。もしも、中学生の時にもう少しいい記録を出していたら、長距離の強い高校に入って、チームとしての勝利を味わっていたかもしれないが。もしそうだったら、箱根への思いは今よりずっと強かったかもしれない。それにしても、アンカーで大手町のゴールへ飛びこみ、仲間の手で胴上げされる快感と感動はどんなものだろう……いや、する方でもいい。常に一人で走っていたが故に、チームへの憧れは強く深い。

だが、沢居は全面否定した。あっさりと。

「箱根は将来につながらないからね。あれはドメスティックなもので、世界的には駅伝なんていう競技はないんだから。あまりにも特殊過ぎて、他の種目の強化につながらない。それにのめりこみ過ぎて、大学時代に燃え尽きる選手も多いだろう？」

「はあ、まあ……」それは事実だ。箱根で活躍した選手は、社会人になってももう一つ伸びないという批判が、最近よく聞かれる。実業団で活躍するのは、箱根駅伝に参加しなかった関西の大学出身者や、高校からそのまま社会人になった選手の方である。

それは分かっていても、箱根は特別なのだ。あの興奮に身を置きたいというのが、今仲島が苦しい練習に耐えられるたった一つの動機である。それを諦めろというのか……。

「SAって、途中で辞められないんですか？」

「怪我以外の理由で自分から辞退した人は、過去に一人もいないそうだ」沢居が当たり前のような顔で言った。「正直に言えば、金の話が大きいんだよ。アマチュアで競技を続けていくにしても、金がかかるだろう？　それを全部、国が肩代わりしてくれるから、余計な心配をしないで競技に専念できるんだ。この制度がなかったら、日本人選手は、今ほど世界で活躍できていなかったと思う」

「そう、ですか」参った。目の前に真っ黒い幕が下りたような気分だった。予定していた未来が、いきなり途切れる……だいたいこんなことは、最初に説明してくれるのが筋ではないのか。

「君は、世界で勝負できる素材だ。だからこそ、できるだけ早く練習だけに専念できる環境を作るべきなんだよ」

「途中でＳＡを辞めたら、罰金があるとか、聞きましたけど……Ａ指定になった時に」

「それは都市伝説だ」沢居が苦笑した。「ただ、正当な理由がなくて辞めたら、それまでに受け取った金の返還義務は生じる。罰金じゃなくて、ただ金を返すだけ。その件は、第三条にまとめて書いてある。ただの決まりだ」

「いくらぐらいなんですか？」

「いくら貰うか考えようか。強化費はＡ指定だと月十万円、Ｓ指定は百万円だ。他に、合宿や遠征の費用は別に出る。競技によって違うけど、トータルすると年間一千万円以上貰っている人は少なくない」

冗談じゃない……十年間Ｓ指定でいたら、補助金の額は一億円を軽く超える。そんな金、返せるわけがない。金で買われた奴隷みたいなものじゃないか。今はあまり、援助してもらっている意識がない——金は全部親に管理してもらっていたが、一気に今の十倍となると、また状況は変わるだろう。

「それって……すごくないですか」

沢居が声を上げて笑った。が、目は真面目なままである。それを見て、仲島はかすかな恐怖を感じた。この人、真面目に言っているのだろうか。

「それぐらいは当然だよ。スポーツだけに打ち込むには金がかかるんだから。でも、他の無駄な事業に比べれば、効果は抜群だ」

「宿舎はどんな感じなんですか?」何だか鬱々たる気分になって、仲島は話題を変えた。

「正直言って、大学の合宿所なんかよりはよほどいいよ。見たこと、あるか?」

「いえ」仲島は首を横に振った。

「あれはひどいんだぜ」沢居が苦笑しながら説明する。「アパートやマンションを借り上げてることが多いんだけど、滅茶苦茶に散らかってるからな。清潔な人なら、足を踏み入れただけで失神するよ。だいたい二人で一部屋を使うから、プライベートもまったくないしね……それに比べて、トレセンの宿舎は最高だよ。一人一部屋で、広いワンルームみたいなものだから。綺麗に使うかどうかは本人の心がけ次第だけど、基本的には掃除も業者がやってくれる。掃除だけじゃない。洗濯も自分でやる必要はないし、食事も完璧だ。栄養だけを考えてるわけじゃなくて、味もそれなりにいいからね」

「そうですか」無菌室、などという言葉が頭に浮かぶ。無味無臭、とも。別に汚れた部屋が好きなわけではないが、あまりにもきちんとし過ぎていると、落ち着かないのではないだろうか。もしかしたら、天井の片隅に監視カメラが……ということもあるかもしれない。それなら、大学の合宿所で二人部屋に入った方が、よほどプライバシーは保てるのではないだろうか。

「どうだろう、一回見学に来ないか？　トレセンの宿舎、見たことないだろう」

「ええ」

「自分がかかわるところは、事前に全部見ておいた方がいいよ。いきなり入るより、その方がイメージしやすいだろう」

「見学会とか、あるんですか？　だったらその時にでも――」

「いや、君の都合に合わせる。見学会もあるけど、人がたくさんいてざわざわしているから、ゆっくり見ている暇もない」

　沢居が仲島の言葉を遮るように言った。妙に慌てているな、と不思議に思う。それより何より、俺の都合に合わせるって……特別扱いされるいわれはないと思う。自分の同年代にも、ＳＡは何十人もいるのだし。

「どうかな？　試合や練習が空いている時に、ちょっと顔を出してくれたらいい。俺もいつでもスタンバイしてるから。土日や夜でも構わないよ」

「はあ」

　仲島は、沢居の勢いにすっかり押されていた。まあ、見るぐらいは……自分には「特別な事情」はないわけで、宿舎に入ることになる。事前に心構えができていて、悪いことはないだろう。それにしても……妙な気分だった。こんな風に持ち上げられたことなど、生まれてから一度もない。五千と一万で高校記録を出した時には、高校の中では大騒ぎになったものだが、それも長続きはしなかった。これが野球やサッカーだったら、もっとヒーロー扱いされていたかもしれないが、陸上というのは、結局地味なスポーツなのだ。こっちだって、別に目立とうとは思っていないし。

それが今や、上を下への扱いである。最初にスポーツ省の職員がS指定の案内に来た時からずっと、こんな調子だった。「君は国の宝だ」「世界を狙える逸材だ」「我々に力を貸して欲しい」。こんなことを言われると、かえって居心地が悪くなる。自分はただの高校生で、人より走るのが速いだけだ、という意識しかなかったから。こういうことには、いつまで経っても慣れそうにない。受けてはみたものの、かえって戸惑いは大きくなるばかりだった。

もちろん、S指定にはS指定のメリットがあると思う。金の心配をせずに競技に打ちこめるのだから、親に迷惑をかけることもなくなるし……むしろ仕送りできるぐらいじゃないか、と思った。東京に住む両親に仕送りというのも変な話だが、生活は決して楽ではないのだ。自分が毎日練習だけしているのが、申し訳なく思える時もある。まあ、それは後で考えるとして……気づくと仲島は、次の日曜日にトレセンを見学に行く、と約束していた。

「何か、元気ないけど」仲島の隣を歩く森山奈々子《もりやまななこ》が、横から顔を覗きこむようにして言った。

「そうかな?」仲島は顔を擦った。

練習終わりの午後七時半。すっかり暗くなっていたが、まだ暖かい空気が流れていて、心地好かった。だらだらと道玄坂を下りて行くと、強烈なネオンが網膜を刺激する。もう少し遅くなると、酔っ払った大学生や若いサラリーマンが街に溢れて、一気に雰囲気が悪くなるのだが、そこまで練習が遅くなることはない。

「今日、学校でスポーツ省の人と会ったでしょう」

「何で知ってるんだよ」

「そんなの、すぐに分かるわよ」奈々子が屈託のない笑みを浮かべた。

こいつは……と思わず苦笑してしまう。陸上部のマネージャーを務める奈々子は、噂が大好きだ。仲島がまったく知らない話を、よく聞かせてくれる。何の役に立つわけでもないし、苛々させられることも多いのだが、何故か本格的に頭にくることはなかった。何というか、愛嬌があるのだ。四人いるマネージャーのリーダーでもあり、面倒見もいい。もっとも、傷ついている人を助けたいという「ナイチンゲール精神」からマネージャーをやっているわけではなく、本人曰く「打算」だ。将来はスポーツ関係の職業に就きたいと常々言っており――本人の運動神経は皆無に等しいが――マネージャー業はそのための「下準備」だという。要するに、選手を材料にあれこれ研究している、ということだろう。もしかしたら、役人になってスポーツ省に入ろうとでも考えているのかもしれない。民間でもスポーツ関連企業はたくさんあるが、全てをコントロールしているのはスポーツ省である。総元締の方が、やりがいもあるだろう。

「何か言われたの？」

「そういうわけじゃないけど……S指定について説明を受けただけだし」

「じゃあ、別に落ちこむことないじゃない。ついていけそうにないとか？」

「それはやってみないと分からない」

引っかかっていることは……いくらでもある。向こうの言い分にそのまま従えば、ずっと憧れていた箱根に出られない。いろいろ縛りつけられる感じがするのも嫌だった。それでも、何も気にせず練習に打ちこめる環境は捨てがたいのだが。

「今度、施設の見学に行くよ」

「ああ、じゃあ、本当に準備が始まるんだ。すごいね」

「まあね」

「はっきりしないわね」

「何だか現実味がなくて」

「でも、いいじゃない。余計な心配しないでいいんだから……こっちは受験が大変なのに」

奈々子も東体大へ進学する、と聞いている。あそこには、「スポーツマネジメント学科」がある。プロスポーツチームの運営などについて学ぶのが目的で、スポーツ関係の仕事に就くには有利になるだろう。彼女の学力からすれば楽勝の偏差値だが、受験には受験で、独特のプレッシャーがあるはずだ。

「とにかく、全部の現実味がないんだ」

「そんな情けないこと言ってないで、ちゃんと見てきなさいよ」奈々子が肘で仲島の脇腹を小突いた。身長差が三十センチ近くあるので、伸び上がるようにしているのだが、奈々子はしばしば、気さくにこういうことをする――本気で痛いので、実は困っているのだが。

「分かってるよ」

もう引き返せないだろうな。それは分かっているのに、気持ちはもやもやしていた。最初に声をかけられた時には、「俺で大丈夫なのか」と心配したものだが、今は別のことを考えている。

縛られてしまう――その感覚は強かった。

トレセンの宿舎は、驚くような物ではなかった。外見は単なる巨大なマンションである。免震設計で地震対策も万全、と沢居からは聞かされていたが、だからどうしたという感じだった。何もマンションを買いに来たわけではないのだから。

一階部分は公共スペースで、広大な食堂、風呂、トレーニングルームなどが完備されている。最初にトレーニングルームに入ったのだが、まずそこで、設備の充実ぶりに度肝を抜かれた。最新のトレーニングマシンがずらりと揃い、何人もの選手が必死に体を動かしている。知った顔が——テレビや新聞で見るだけだが——何人もいて、仲島はかすかに緊張するのを感じた。やはりここは、自分がいるべき世界ではないのでは、と不安になってしまう。高校最高記録を二つ持っているのは確かだが、それがすごいこととはどうしても思えないのだった。

宿舎には管理スタッフが常駐しているということで、沢居の他に中年の男性が一人、おそらく二十代の女性が一人、仲島と一緒に回っている。二人ともジャージの上下という軽装だった。胸には「S」をかたどったスポーツ省のロゴ。何だかデザイン的にはダサい感じで……たぶんこれから、俺もこのロゴが入った物をたくさん身につけることになるんだろうな、と仲島は思った。スポーツ省の一員として……S指定っていうのは、要するに公務員になることなんだな、と最近は考えるようになっている。給料を貰って仕事——練習や試合をするんじゃないのか。

「トレーニングルームは、二十四時間開放されているから」男性スタッフが説明した。

「夜中にトレーニングするんですか？」仲島は思わず訊ねた。

「ああ、時差対策なんだよ。海外の大会に参加する時、事前に向こうの時間帯に合わせていく選手もいるから」

「俺も一度やったことがある」沢居が口を挟んだ。「アメリカの大会に出る時で……アメリカは時差がきついんだよ。スケジュールもタイトで、向こうで時差ぼけを直している暇がなさそうだったから、日本で時間をずらしていったんだけど、それなりに効果はあった」

「そうなんですか」トップアスリートともなるといろいろなことを考えるものだ、と仲島は度肝を抜かれた。

食堂は独特の雰囲気だった。広い——一度見学に行った東体大の学食がこんな感じだったが、それよりもずっと広く、清潔である。それなりに高級なレストランのフロアが、ずっと広がった感じ。その二か所にオープンキッチンがある。

「さあ、せっかくだから飯を食っていこうよ」沢居が切り出した。「ずっとここに住んで、ここの飯のお世話になるんだから」

「はあ」つい気のない返事をしてしまう。

昼飯時にはまだ早いので、食堂にはちらほらと人がいるだけだった。仕組みはやはり学食のようなもので、キッチンの前には今日のランチメニューが何種類か、見本で並んでいる。その他にサラダバーとドリンクバー。ファミレスなどと比べるとドリンクバーがやたらに大きいのだが、普通の飲み物だけでなく、プロテインなどが常備されているためだと分かった。

何を食べていいか分からず——緊張しているせいで食欲もあまりない——ランチメニューのハンバーグを頼んだ。ハンバーグなら無難だろう……しかし出てきたハンバーグは、冷凍食品ではないかという仲島の予想をあっさり裏切った。巨大な肉塊にかかったソースはどす黒く、まだぐつぐついっている。一口食べると強い酸味を感じたが、いかにもご飯が進みそうな味だった。サラダバーで適当に取ってきたサラダも、びっくりするほど美味い。何か凝ったドレッシングがかかっていて、仲島が今まで経験したことのない味だった。

「美味いですね」

感想を漏らすと、沢居が満足そうにうなずく。

「でも俺は、いつも自由に食べられるわけじゃなかったけどな」

「そうなんですか？」

「基本的には、栄養士の指示に従うんだ。競技によって、食べるべき物、食べちゃいけない物があるからね。それに俺たちは階級制だから、体重も気にしなくちゃいけなかった。長距離は……そんなに気にする必要はないのかな？　普通に練習してれば、体重が増えるわけはないよな」

「そうですね」

「じゃあ、どんどん食べればいい。その辺のレストランより、よほど美味いだろう」

「美味いです」

「ここを卒業しても、まだ食べに来る人がいるぐらいなんだよ」苦笑しながら沢居が言った。「ＳＡのＯＢならいつでもただで食べられるからね。さすがに俺は、久しぶりだけど」

確か、沢居は結婚している、と言っていた。奥さんも大変だろうな、と仲島は同情した。食事の管理だけでも、大変な手間がかかるだろう。まあここにいれば、そんな心配は一切いらないはずだけど……管理、か。今はほとんど何も考えずに食べているが、そんなことまで心配しなければならないのだろうか。大事なことだとは思うが、食べるので自分の体が変わるのかどうか、実感はない。

美味いのに、何故かあまり食欲が湧かない。ようやくハンバーグを食べ終えると、腹一杯になっていた。

「案外小食なんだな」沢居が意外そうに言った。そういう本人は、半ポンドのステーキを楽々と平らげ、山のように盛り上げたサラダもいつの間にかなくなっていた。

「普段から、そんなに食べないんですよ」小さな嘘。普段はこの倍ぐらいは食べる。

「そうか……ところで君は、どうして長距離を選んだんだ？」

「小学生の時にスクールのコーチに勧められたんですけど……決定的だったのはカリウキを生で観たことだと思います」

「カリウキって、日本にいたカリウキ？」

「そうです。中学生の時にたまたまマラソンの大会を観に行って、そこでカリウキが走っているのを観て……すごかったんですよ。風みたいなものでした。一瞬で走り抜けて」

「マラソンのスピード感は、生で観るとすごいからな」

「ええ。それまでは、サッカーもやってたんですけど、一発でノックアウトされました。自分が本当にやりたいのは長距離だって分かったんです。フォームなんかも研究して……カリウキのことは、勝手に先生だと思ってます」

「今は故障して一線から引いてるんじゃなかったか？」

「ええ。でも、復活してくれると信じてます。いつか一緒に走りたいんですよ」

「そのためには、君も世界レベルにならないとな……さ、そろそろ部屋を見に行こうか。一番長い時間を過ごす場所だからね」トレイを持って沢居が立ち上がった。自分で下げる——これだけが普通のレストランと違うところだ。

部屋の稼働率——埋まっているのは、常時八割程度だという。案内されたのは七階の七一二号室。沢居がドアを開けると、明るい陽射しがぱっと目に入った。南向きというのは本当だった。

空室なのでがらんとしている。広い部屋だ、とまず思った。八畳というが、そもそも自宅の自分の部屋より広いし、余計な物が置いていない分、さらに広く見える。左側にはベッド——の枠組みだけ。右側には壁に押しつけてソファが置いてある。ベッドの奥にはデスク。壁には扉が何枚もあるが、それはクローゼットのようだった。

「ベッドはどうなってるんですか」枠組みだけのベッドを見て、仲島は疑問を漏らした。

「マットレスは、個人の好みに合わせていいんだ。何種類も用意してあるし、それ以外に自分の好きな物を持ちこんでも構わない。快適な睡眠のために、マットレスにこだわる選手もいるからね」

「沢居さんは？」

「俺は畳だった」沢居が声を上げて笑った。「この上に畳を置いて、布団を敷いてた。柔道選手は、何となく畳が恋しくなるんだよ」

仲島はうなずいた。実際、畳に直に寝た方が背骨にはいい、と聞いたこともある。自分には合わないと思うが。

「あと、必要な物があれば何でも用意してもらえる。参考文献とか、部屋でトレーニングするための道具とか。このソファを取っ払ってしまう選手もいるんだ。それで、自分用のトレーニング器具を置く。テレビやＤＶＤなんかも揃えてもらえるよ。ほとんどの人は自分で持ってくるけどね。取り敢えず何が必要かな？」

「いや、特には……」急に言われても、何も思い浮かばない。だいたい、テレビなんかどうでもいいと思う。

「テレビとＤＶＤは必須だよ。参考用に、いろいろ観ることになるから。スポーツ省は記録班がすごくしっかりしていて、ＳＡの選手の試合は基本的に全部撮影しているんだ。それを観やすく編集してくれるから、レースを振り返って反省する時に役に立つ。それと、部屋には監視カメラがあるけど、あまり気にしないでくれ。あくまで何かあった時のためで、映像は一日で消えるから」

そこまで面倒を見てくれるのか。それにしても、やはり監視カメラがあるとは……プラスマイナスで考えたらどうなのだろう——そんな風に計算すべきではないかもしれないが。

部屋を出て、最後に陸上競技場に向かった。ここは何度か走ったことのあるお馴染みの場所なのだが、試合以外で足を踏み入れたことはなかった。スタンドの上部から見下ろすと、すり鉢の底にあるようなグラウンドがひどく小さく見える。グラウンドの広さがどう感じられるかは、自分の好不調を見極めるバロメーターなのだ、とふいに思い出す。トラックの周回距離は必ず四百メートルで、競技場が違えど絶対に変わらない。だが好調な時には、この四百メートルが三百メートルほどに感じられることがある。逆なら五百メートル……いずれにせよ、こうやって見下ろしていると、ミニチュアのトラックのようにしか思えなかった。都心部に建てられた競技場なので、観客席の勾配がきついせいもあるかもしれない。観客席の数を稼ぐために、こういう作りになっているのだろう。

秋の風が吹き抜けていく。少しだけ冷たいのは、地上からずいぶん離れた場所にいるせいだろうか。ホームストレッチ側の上から見下ろすと、ここで走った記憶が鮮明に蘇ってくる……バックストレッチ側のスタンドの最下部には、広告が設置されるスペースがある。ここは、数秒ごとにくるくると変わるタイプだ。今は何もなく、緑色のフェンスが寒々とした印象を与えた。

走っていて余裕がある時には、広告を見ることもある。だいたい、トラックの長距離は退屈さとの戦いでもあるのだ。ロードの場合、一歩進むごとに風景が変わるから、飽きることはない。それに対してトラックでは、同じ光景が延々と繰り返されるだけだ。見る物といえば、広告ぐらいしかない。

「君はここで、これから何回も記録を塗り替えるだろうな」沢居がさらりと言った。

「どうでしょう」

「自信を持ってやってくれないと困るぜ。ＳＡとしてスカウトしたスポーツ省の責任にもなるんだから」

仲島はズボンのポケットに両手を突っこみ、全身を風に晒《さら》した。程なく秋。走っていて気持ちのいい季節がやって来る。しかし今年の秋、そして冬は、今までとは違う物になるだろう。気持ちを固めなければならない。ＳＡとして、スポーツ省のために走る、と。

誰でもやっていることだ。優秀な選手はそうやって結果を出している。スカウトされない選手から見れば、俺は羨ましい存在だろう。

でも何故か、釈然としない。

これが正しいことかどうか、まったく分からなかった。

6

「――では、ここに判子をお願いします」営業マンはこんな風に仕事をするのだろうか、と沢居は思った。しつこいほど綿密な契約書類の説明。質問への端的な回答。時々軽いジョーク。そしていよいよ捺印。

仲島の父、達郎《たつろう》は、特に躊躇《ためら》いもなく契約書類に判子を押した。これで仲島は正式に

S指定になる。未成年のSAの場合、親の同意が必要で、さらに下から「S」に上がった場合には、新しい契約を交わすのが通例になっている。最高ランクの「S」は、「A」以下とは条件がまったく違うのだ。

沢居はもう一度、書類をざっと確認した。不備はなし。これで大仕事が一つ終わった、とほっと息を吐く。書類から顔を上げ、重々しい口調で宣言した。

「これで、新年度から息子さんがS指定になることが正式に決まりました」

「はい」

「奥さんは、同席しなくてよかったんですか」

「契約の内容は、ちゃんと説明してありますから」達郎が事も無げに言った。大手自動車会社の広報部課長。世慣れた態度は、沢居には新鮮なものだった。

「普通は、お宅へお伺いしてご説明するものです」

「今、自宅が改築中なんですよ。とても人をお招きできる状態ではないので」

「あ、そうなんですか」仲島の実家は都内にある一戸建てだ。先日宿舎を見学した後で送って行った時、ブルーシートが被っていたのを思い出す。住みながらリフォームというのは、いろいろ大変だろう。今の父親にとっては、会社が一番リラックスできる場所かもしれない。「とにかくこれで、息子さんは責任を持ってお預かりすることになります」

「よろしくお願いします……とにかくよかったですよ。息子がS指定になるのは、私の夢でしたから」

「期待してたんですね」

「小学生の頃から、走るのが好きでね……駆けっこで一番、というタイプだったんですけど、四年生になる頃には、そういうレベルじゃなくなっていたんです」

多少は親のひいき目だろうなと思いながら、沢居はうなずいた。父親が、遠い目をしながら話を続ける。

「子どもに才能があれば、伸ばしてやるのが親の役目でしょう？　だから小学生の頃から、もっと速くなるようにと、手を尽くしてきたんです。四年生の時に陸上クラブに入れて、週二回通わせました。最初は短距離かなと思ったんですけど、スクールの先生が、長距離の方が向いているし世界と戦える可能性が高いって言って下さって、それ以来ずっと長距離なんです」

「ずいぶん長いんですね」

「ええ。それに体が出来上がる前は水泳がいいって聞いて、スイミングスクールにも通わせました。それで基礎ができたんだと思います。もっとも、泳ぐのはあまり好きにならなかったですけどね。とにかく走るのが好きで……本当に、嬉しそうな顔で走ったんです。あの頃は楽しかったですね」

「その後は楽しくなかったんですか」微妙な言い方が気になって、つい訊ねてしまった。

「小学校の高学年からサッカーに興味を持ちましてね。中学ではサッカー部に入ったんです。相変わらず陸上のスクールには通わせたんですけど……あの頃はスケジュールの調整が大変でした。サッカー部の練習が終わってからスクールの夜間練習に行く感じでしたから、私も家内も送り迎えで大変でした。でも、大会で活躍するのを見るのは楽しみでしたよ」

「分かります。でも、サッカーと陸上両方、は大変じゃなかったですか」

「サッカーの大会は、そんなにたくさんあるわけじゃないですから。あくまで陸上優先で、サッカーは趣味です。中学の一、二年の頃は、サッカーの方が好きだって不貞腐れていましたけどね」父親が苦笑した。

「陸上に専念してくれてよかったでしょう」カリウキを見て長距離の素晴らしさに目覚めたというのは、その後の話か。

「そうです。本当に、これからトップレベルで戦えますし。我々も夢がかなったわけです……。心配なのは、息子は少し考え過ぎなところがあるんですよ。自分で全部抱えこんでしまうというか」

「ああ、まあ——そうですね」

「口数が少ないので、何を考えているか、親でも分からないことがあります。もしかしたら、私たちが世話を焼き過ぎたのかもしれません。それが煩《わずら》わしかったんですかね」

「中学生や高校生なら、親を煩《うるさ》く思うのは自然ですよ。いずれにせよ、あとは我々が引き継ぎます。必ず世界レベルの選手に育てます……それに勝つことで、メンタルは確実に鍛えられます。息子さんはまだ、経験が少ないだけなんですよ」俺もずいぶんぺらぺら喋るようになったものだ、と苦笑する。短い時間で、すっかりスタッフとして慣れてしまった。

「なかなか大人になれないで……正直、心配です」

「そこは、親御さんは信じてあげて下さい。それに仲島選手の場合は、宿舎に入るといっても同じ東京ですから。好きな時に実家にも帰れますし、今までとそんなに生活が変わることもないですよ」これは嘘だ。沢居は宿舎に入ってから、実家に帰ったことは数えるほどしかない。休みはせいぜい、大きな大会の後ぐらいだった。いつの間にか、SAとしての自分が、個人・沢居を凌駕していたのだと思う。だが、S指定を受けた以上、それは当然だと考えていた。

「そうですか……親としては、簡単には安心できないんですけどね。すぐに悩んで迷う子ですから」

「大丈夫です。そういうのは、経験を積むうちに変わりますから。ご両親としては、安心して応援してあげて下さい。国が全面的に責任を持ちます」

立て板に水の営業トークだ。しかし達郎の不安気な表情は消えない。この表情は、息子にも受け継がれたような……しかし、仲島は絶対に成功させなければならない。自分が担当する最初の選手には、どうしても栄光を味わわせてやりたいのだ。

「東体大記録会」は長年の伝統を持つ記録会で、七月、八月を除いて毎月行われる。場所は東体大横浜キャンパス。町田市との境に近い山間地を切り開いて作られた陸上部の専用グラウンドで、ランナーの目に優しいとされる青いトラックが特徴である。

初めて記録会を見学した沢居は、その規模の大きさに驚いた。実に、二日がかりなのである。何しろ男子五千メートルでは一組約三十人、それが三十組近く走る。都合千人近い選手が参加するので、それだけで半日以上が潰れてしまうほどだ。ただし、グラウンドが選手で埋め尽くされているわけではない。これはあくまで「記録」のための大会であり、勝敗を賭けるものではない。選手は自分の走る順番に合わせてグラウンド入りし、終わればさっさと帰っていく。仲間の応援をすることもほとんどないようだ。

一番参加者が多いのが五千メートルで、一万メートルは五組だけである。それでも百五十人が走るので、まさに「ピストン輸送」という感じだった。

二日目の日曜日は、どこか騒然とした雰囲気で幕が開いていた。土曜日の五千メートルで、仲島がまたも高校記録を大幅に更新したのである。

沢居は、仲島の出番を待ちながら、昨日のレースの様子を思い出していた。

走る順番は、自己申告によるベストタイムで遅い方からで、仲島は最終三十組に登場した。この時点で既に午後六時。気温十四度でほぼ無風という、走りやすいコンディションだった。最終組は各大学のエース級、実業団の選手ばかりで、スピードに優れるアフリカからの留学生も混じっていた。高校生は仲島一人。さすがにきついレース運びとなり、最後の一周の勝負になったのだが、仲島は最後の五十メートルでケニア出身の選手を振り切り、自己最高記録を大幅に更新したのだった。沢居は、最後は思わず立ち上がって声援を送っていた。その直後には、まずかったか、と反省したのだが……スポーツ省の人間としては、特定の選手を応援してはいけないのではないだろうか。

残って観戦していた選手や大会の運営者——東体大の学生たち——の間で、唸るようなどよめきが走ったのを、沢居は確かに聞いた。スタンドに人が固まっていたわけではなく、グラウンドのあちこちに散っていたのだが、それがあんな大きなどよめきになるとは……とんでもない物を見た、という驚き。

この記録は、今朝のスポーツ新聞でも一斉に取り上げられていた。記録会での出来事なのでそれほど扱いは大きくなかったが、高校記録更新はやはりニュースになる。実際スポーツメディアは、仲島に注目し始めているのだ。メディアは常に新しいスターを求める。スポーツ省としても、強化局の一部門である「報道部」が、今後メディアに働きかけて仲島をプッシュしていくだろう。

　朝からずっと関係者席に座っていた沢居は、完全に体が固まっていた。十一月らしく肌寒い風が吹き渡る日で、十分暖かい格好をしてきたと思っていたのに、午後になると悪寒を感じるほどになっていた。

　隣に座った岡部《おかべ》は涼しい顔をしている。同じようなグラウンドコートを着ているのだが、中にだいぶ着こんできたらしい。この男は東体大ＯＢで、卒業後にノンキャリアとしてスポーツ省に入って十年近くになる。現場が家のようなものだから、あらゆる状況に対応できるようになっているのだろう。

「この季節の屋外競技は、甘く見ない方がいいですよ」

　沢居がポケットに両手を突っこみ、背中を丸めているのを見て、岡部が何故か申し訳なさそうに言った。

「この寒さは予想できなかった。俺は基本、インドアの人間だからな」

「でしょうねえ」

「君は慣れてるんだろう」巨体の岡部は、東体大ラグビー部で活躍していた。冬のスポーツだし、試合中は半袖なので、そもそも寒さには強いのかもしれない。

「でも、年を取るとだんだんきつくなってきますね」

「俺より年下なんだから、年を取るって言うのは禁止だぞ」

「了解です」

既に陽は落ち、トラックには照明が入っていた。蒼白い照明に浮かび上がる選手たちは、誰もかれもが棒のように細い。長距離の選手だから当然なのだが、見ているだけで寒々しい光景だった。出番を待つ選手たちは、足首近くまであるグラウンドコートにジャージという格好なのだが、やはり冷えるのか、その場で足踏みしたり、ダッシュを繰り返したりしている。

沢居は双眼鏡を取り出して、仲島を探した。記録会も終盤で、選手の数も少なくなっているが、それでもグラウンドは広いので、探し出すのは容易ではない。

いた。漆黒のグラウンドコートを羽織り、ゆっくりと走っている。体全体を解《ほぐ》すつもりなのか、普段のストライド走法とは異なる、一歩一歩飛び上がるような走り方。それを見て、全身のバネの強さに改めて気づかされた。もしかしたら、幅跳びや高飛びでもかなりの記録を出せるのではないか——長距離と跳躍競技では、使う筋肉はまったく別のはずだが、可能性は感じさせる。

顔の横で何かが揺れている……細く白い線、イアフォンか。あいつも試合前に、何か音楽を聴いているのだろう。自分を鼓舞するためか、興奮しがちな気持ちを落ち着けるためか。

ずっと動いているので、表情がなかなか読めない。だが、ふと垣間見えた顔には、珍しく緊張の色が浮かんでいた。いや、試合前はこんなものか。徹底した無表情。他の選手にすれば、あれが怖いのではないだろうか。専門家に言わせると、長距離のレースでも駆け引きはある。その際何より大事なのは、相手のコンディションを見抜くことだ。疲れているのか、まだ余裕があるのか――それを判断して、どこでしかけるかを決める。

それにしてもこのレースは注目の的だな、と沢居は溜息をついた。何しろ最終組には、現在の一万メートル日本記録保持者、東京水産の花岡《はなおか》がいる。今年二十六歳、アスリートとして体力のピークであり、さらなる記録更新も期待されていた。それに加え、アフリカから日本の実業団チームに参加している選手が二人いる。大学生の選手も逸材揃いだ。高校生は仲島一人。

仲島がグラウンドコートを脱ぐ。下は上下とも真っ白のユニフォーム。沢居は、仲島のゼッケン「15」を脳裏に焼きつけた。トラックに出ると、順番に片足立ちになり、腕を軽くぶらぶらさせる。手足は細いが、くっきりと筋肉が浮き出ていた。

スタート。

スポーツ省に入庁してから、沢居は長距離のレース現場に何度も足を運んでいる。仲島とつき合うために、少しでも現場の雰囲気に慣れようと思ったからだが、毎回スタートの時点では自分がのんびりしているのに気づいていた。何というか……緊張感がないのだ。陸上競技の中では長丁場で、結果が出るのはずっと先だからかもしれない。これが短距離だと、観ている方の緊張感もスタート時点でいきなりピークに達するのだが。百メートルなど、心臓が数回脈打つ間に勝負がついてしまう。

　三十人が同時に走り出すので、仲島を追いかけるのは難しい。特に渋谷総合高校のユニフォームは目立たない白なので、集団に埋もれてしまっていた。

　先に先頭に出てレースを引っ張ったのは、アフリカの選手二人だった。ペースメーカーのような形で、レースをリードし始める。

「ずいぶんペースが速いですね」三周が終わったところで、岡部が腕時計を見てぽつりと言った。

「そうか？」

「まあ、まだ始まったばかりですけど」ぼそぼそと言葉を濁す。体がでかい――百八十五センチで百キロほどある――割に、話し方は暗い男だった。

「仲島の様子、見えるか」双眼鏡を覗きこみながら沢居は訊ねた。岡部は目はいいはずだ。

「いや……埋もれてますね」

　沢居は、集団がバックストレッチに入ったところで仲島の姿を見つけた。三十人は縦に長い集団になっているが、前から十番目ぐらいのポジションにつけている。互いの体が触れ合いそうなほど前後の選手と近い距離を保っているが、特に走りにくそうな感じではなかった。

「ぶつかりそうだけど、大丈夫かな」

「ああいうのは、あまり気にならないみたいです」岡部が答える。「前後の選手を気にしている余裕はないそうです」

余裕と言えば……仲島の走りには余裕があった。長い手足を生かした独特のストライド走法。この組の中でも背が高いので、彼の姿を捉えておくのは難しくなくなった。

レースは最初の五周、まったく順位が変わらぬままに展開した。先頭をアフリカの選手二人が押さえ、順位の入れ替わりもまったくない。仲島は十番手につけたまま、淡々と走っていた。間近で観ると、長距離といっても相当のスピードが出ているのだが、時々双眼鏡の中で確認できる表情を見た限り、レース中というより、練習をしているような気軽さである。余裕はあるな、と沢居は見て取った。

集団がばらけ始めたのは、六周目に入ったところだった。アフリカの選手のすぐ後ろにつけていた花岡が、すっと前に出る。無理に抜こうとしたわけではなく、二人の選手の間に自然に割って入った。この三人がトップ集団を形成し、仲島は第二集団に呑みこまれている。前を行く三選手との間隔は五メートルほど開いているが、周回を重ねるに連れ、その差はじりじりと開き始めた。

この分では大した記録は出ないかもしれない……仲島も無理に飛ばしている様子はな

いし。沢居は双眼鏡を目から離し、体を後ろへ倒した。関係者席とはいえ、椅子には背もたれもないから、楽な姿勢になるわけではなかったが。

「やっぱり速いですね」岡部がぽつりと言った。

「そうか？」

「日本記録が出そうなペースですよ」

本当に？　沢居はまた双眼鏡を目に押し当て、グラウンドの端にある時計を見た。デジタルで時を刻むこの時計を見れば、ラップタイムは即座に確認できる……三人の先頭集団がホームストレッチの中央を通り過ぎた瞬間、沢居はタイムを見て取った。七周を終了……七分十秒だった。それから五秒ほど遅れて仲島が八周目に入る。頭の中で計算を始めた。七周、二千八百メートルで七分十五秒ということは――このままのペースなら、ゴールでは二十六分を切ってくる。高校記録の更新は確実だし、日本記録、あるいは世界記録にさえ迫れるかもしれない。もっとも、レースはやっと四分の一を終えたばかりだ。この後でがくんとペースダウンする可能性もある。

「今日はコンディションもいいですからね。後半もタイムは伸びるんじゃないですか」岡部が説明した。

確かに。こうやってただ座っているだけだと寒いが、走っている選手にはちょうどいい気温だろう。湿度も低く、汗をかきにくいコンディション。しかもほぼ無風状態だ。

十周を過ぎると、第二集団がばらけ始めた。仲島は単独で四番手に上がる。仲島がスピードを上げたというより、他の選手がこのペースについていけなくて脱落しただけに見えたが。仲島と、前を行く三人の差は依然として五メートル開いているが、まだ誤差の範囲と言っていいだろう。

十二周目——仲島がわずかにペースを上げたような気がした。前の三人は同じペースでラップを刻んでいるようだが……仲島が、アウトサイドから抜きにかかる。あのスピードならあっという間に三人の前に出るのではないか——しかし予想に反して、仲島は三番手のアフリカ選手の前に割りこんだ。トップ集団の三人は同じペースで走っているのだが、その時点でそれぞれの差は二メートルほど開いていた。

その後仲島は、前を行く花岡の背中を追い始めた。風除けにするように、ぴたりと食いついている。花岡が一度だけ後ろを振り向き、驚いたような、鬱陶しそうな表情を浮かべた。全選手が集団になっているような状況だと、前後の選手の走りは気にならないというが、これだけばらけた状態で一人だけくっついてくると、やはり気になるのだろう。だが無理にスピードを上げて突き放そうとはせず、花岡は自分のペースを守り続けた。

仲島の様子に変わりはない。表情にも変化はなく、額には汗も浮かんでいなかった。大したもんだ、と感心しながら、沢居は手元のペットボトルを取り上げた。いつの間にか喉がひどく渇いていたことに気づく。

「いいペースです」岡部がぽつりと漏らす。

「仲島の様子は変わらないな」

「全然ばててませんね。後半も期待できそうですよ」

十九周目に入り、タイム掲示のボードを過ぎた瞬間、仲島が何の前触れもなく花岡に並んだ。特にスピードを上げた様子もなかったのに、ごく当たり前のようにアウトサイドから抜き去って行く。その瞬間、ちらりと横を向いた花岡が驚きの表情を浮かべたことに沢居は気づいた。このガキ、ここで上がってくるか、とでも言いたそうな表情。

その時点で、先頭を行くアフリカの選手——ケニアのテルガドだ——との差は十メートル。全体にハイペースなレースだが、テルガドはここにきて、明らかに他の選手とは次元の違う走りを見せ始めていた。筋肉のしなやかな動きが手に取るような躍動感。背は高くないのだが、空気を切り裂くような迫力があった。

仲島の走りは、花岡を五メートルほど引き離したところで安定した。彼にすれば、特に「抜いた」という意識もなかったかもしれない。花岡は苦しそうで、仲島についていくのに苦労している様子だった。二周する間に、仲島と花岡の距離は十メートルまで開く。この時には既に周回遅れの選手が出始め、テルガドと仲島は、パスしていくのに苦労している様子だった。周回遅れの選手はやはり相当苦しんでおり、できるだけ走る距離を短くしようと、トラックの左端ぎりぎりにコースを取っている。追い抜こうとすると、どうしてもアウトサイドからになってしまう。

テルガドが先を行き、二メートルほどの距離を置いて仲島が続く。今や完全にマッチアップの様相だった。

沢居は、二人を追いかけるのに苦労し始めていた。ペースの違う選手たちが入り乱れて走っており、最初の頃の整然とした様子は微塵も感じられない。

「これは……すごいペースかもしれない」岡部の声に興奮が滲む。ちらりと横を見ると、ポケットから出した両手をきつく握り締めていた。腿の上で、ノートパソコンが危なっかしく揺れている。

「ラップは？」

岡部が「ちょっと待って下さい」と言ってストップウォッチに視線を落とす。パソコンにラップタイムを入力すると――公式計時とオンラインでつながっている――溜息を漏らして沢居の方を向いた。

「タイムは上がってきてますよ。今の一周は六十五・一秒です」

「落ちてないのか」

「上がってきてるっていうのは、落ちてないってことですよ」岡部が苦笑した。「五周ごとにペースを上げてる感じですね」

「そんなこと、できるのか？」

「物理法則に逆らってるみたいですね」言って、岡部が乾いた笑い声を上げた。「だって、最初から相当なペースだったんですよ。ぎりぎり限界みたいな……後からスピードアップは考えられない。あいつ、本当に高校生ですよね？」

「ああ、制服がよく似合うよ」濃紺のブレザー。ネクタイをだらしなく緩めてズボンを腰穿きしていたのは、いかにも最近の若者らしい。

「これは本当に、日本記録、いくんじゃないですかね」

「それは一大事だ」沢居もいつの間にか寒さを忘れていた。背筋は自然にぴんと伸び、両手も外に出してしまう。寒さを忘れるどころか、暑い……水を一口飲んだが、興奮はまったく収まらなかった。

　その後はペースが落ち気味になったが、ラスト二周で仲島がしかけた。行けると思ってラストスパートにかかったのか、それとも最初からこういう予定だったのか。ちらりと腕時計に視線を落とした瞬間、ギアを一段上げたようだった。前を行くテルガドを一瞬にして捉え、アウトサイドから抜きにかかる。双眼鏡を覗いていた沢居は、テルガドが一瞬、ぎょっとした表情を浮かべるのを見逃さなかった。本能的なものなのか、一瞬スピードを上げかけたが、すぐに元のペースに落ち着く。

　仲島は、いったいどこにこんな力を残していたのだろう。残り二周は、まるで八百メートルのランナーのようだった。テルガドがぐんぐん離される。仲島のリードが十メートル、二十メートルと開き……そうしているうちにも周回遅れのランナーをかわし、空気を切り裂くように走り続ける。青いトラックの上を、白い物体が飛んでいるようなものだった。

ラスト一周。その時点で、居残っていた数少ない選手たちやチームの関係者も、異変に気づいたようだった。応援するわけではなく、ただ食い入るように仲島の走りに注目している。声援はないが、グラウンド全体に熱が満ちているようだった。

仲島の表情は変わっていない。さすがに額には汗が浮かび始めていたが、それでも苦しそうな様子は一切見せなかった。フォームにも変化なし。まだまだ体にはエネルギーが残っているようだった。

ゴール。

「うわ、マジで日本記録だ」岡部が低い声で告げる。

沢居も双眼鏡で、タイム掲示を確認した。目で見た赤い数字と、日本記録のデータがなかなか一致しない。ほとんど同じに見えたのだ。だがすぐに、わずか二秒だが従来の記録を上回っていたことを確認する。啞然として、思わずのけぞった。背もたれがないのを思い出して、慌てて腹筋を使い、姿勢を元に戻す。

もう一度双眼鏡を目に当て、仲島の姿を探す。仲島は既にトラックに入っていた。腰に両手を当て、さすがに苦しそうにうつむいている。だが歩みは止めようとせず、どこかへ向かって歩き続けた。おいおい、意識はあるんだろうな……何となく危うく見える足運びを心配しながら、沢居は仲島の姿を凝視し続けた。運営スタッフ——全て東体大の学生だ——が駆け寄って手を貸そうとした瞬間、仲島はぱっと顔を上げ、手を振った。口元が動いたのは「大丈夫です」と言おうとしたのだろう。

　確かに大丈夫だった。それからは決然と顔を上げ、ゆっくりだがしっかりした足取りで歩き続ける。まるで体の凝りを解すように……多くの選手がゴールし終えるまで、トラックの中で、クールダウンのような動きを繰り返していた。やがてタイミングを計り、トラックを横切ってスタンドに向かう。最前列に陣取った渋谷総合高校陸上部の佐橋《さはし》監督のところへ行ったのだ、と分かった。

　佐橋は仲島の頭にタオルをかけ、両手で頭を持って「よくやった」とでも言いたげに動かした。仲島はされるがまま。やがてタオルを引き下げて首にかけ、スタンドにいる佐橋を仰ぐ格好で話を聴き始める。佐橋がクリップボードを睨んでいるのは、今日の走りを分析しているのだろう。

　日本記録を更新したのだから、堂々としていていいはずだ。全身で喜びを表現すべきだ。だが時が経つに連れ、仲島は次第にうなだれ始めた。まるで佐橋に怒られているように。そんなはずはないのだが……いや、もしかしたら「飛ばし過ぎだ」と叱られているのかもしれない。

ようやく佐橋の前を離れると、東体大のベンチコートを着た数人のスタッフが駆け寄り、そのまま仲島を拉致するように連れていった。どうやら取材らしい。トラックの中へ入ると、すぐに囲み取材が始まり、テレビカメラのライトとカメラのストロボが、一帯を白く染め始めた。

明日の朝刊では、仲島の扱いは一段大きくなるだろう。テレビの連中も、新しいスターを世に送り出そうと常に必死なのだ。実際、仲島はテレビ映えしそうな顔だし……何というか、いかにも最近の若者らしい、毒気がないすっきりした顔立ちだから、女の子の受けもいいはずだ。人気が出るのは悪いことではない。応援されて悪い気になる人間はいないからだ。

しかしそうなると、女の問題を心配しないといけないか……別に、現役時代に恋人がいても問題はないが、気をつけないとそちらにエネルギーを吸い取られてしまう。そういう点、俺は幸運だったよな、と思う。優里奈は、俺のエネルギーを吸い取るどころか、逆に力をくれる存在だった。そういうことをごく自然にできたのが、彼女の強みだったと思う。天性のマネージャー気質というべきか。

いずれ女のこともアドバイスしないといけないだろうな、と思う。そこまで深く分け入って仲島を指導するのが、アドバイザーの役目だろう。

沢居はスタンドの反対側に回り、佐橋に挨拶した。顔を見て呆気に取られる。魂が抜けたような顔をしていた。

「すごい走りでしたね」

声をかけると、佐橋がようやく我に返った。一礼して笑みを浮かべようとして、かえって表情は引き攣《つ》ってしまったが。佐橋はまだ三十歳と若い。本人は、大学時代に箱根駅伝を三回走ったランナーだが、実業団には進まず教員になった。以前会った時に、「その先の伸びは諦めたんです」と寂しそうに笑っていたのが印象に残った。自分で走るよりも、若い選手を育てるために教員になりました、と。

「今日は少し抑えた方がいい、と言っておいたんですけどね」佐橋がキャップを取り、髪を撫でつけた。

「予定通りじゃなかったんですか」

「本人としては、全然予定通りじゃなかったみたいですよ。あいつ、全然言うこと聞かないんだから」

意味が分からず、沢居は首を捻った。佐橋が苦笑しながら説明を続ける。

「あいつは、もう少しタイムを短縮する目標を立てていたんです。でも昨日の疲れもあるし、無理だからやめておけと言ったんですけど、走り出したら止められませんよね。

まったく、無理しやがって……」

佐橋の声ががらがらなのに気づいた。おそらくレースの最中に、何度も指示を飛ばしたのだろう。「ペースダウンしろ！」「急ぐな！」と。仲島は聞こえていなかったのか、あるいは聞こえていても無視したのか。

「それで落ちこんでいるんだから、嫌になりますよ」

「そうなんですか？」

「自分が予定した通りに走れなかったですから。でも、日本記録を出しておいて、文句を言ってたら、ねえ」

「それだけ志が高いってことじゃないんですか」

「そうかもしれませんけど、とうとうあいつのことは分からなかったなあ」

三年近くつき合った監督が「分からない」と言う？　そんな人間をこれから相手にしていかなければならないと思うと、にわかに不安になった。今のところ、沢居が仲島に抱いているのは、彼の「戸惑い」程度だ。記録を出し、ＳＡに選ばれて注目を浴び……自分が明るいところへ引きずり出されたのを、迷惑に思っている感じ。

佐橋に挨拶し、一旦競技場の外へ出る。駐車場にはマスコミの車がやけに目立った。それだけ仲島が注目されているということか。メディア対策もしっかり教えないといけないな、と沢居は気持ちを引き締めた。余計なことは言わない――注目の選手は、マスコミも上手くおだて上げてヒーローに仕立て上げようとするものだが、時には足を引っ張る意地悪な記者もいる。

今日の報道陣は、概《おおむ》ね礼儀正しいようだった。着替えて出て来た仲島に食いついている記者が二人いたが、佐橋が一緒なので面倒なことにはならないだろう、と判断する。だいたい、スポーツ省の人間は、マスコミに好かれてはいないようだ——無用なところで口を挟み、取材を妨害する、と思われている。沢居はそういう場面に遭遇したことはなかったが、感覚としては何となく分かる。選手に都合の悪いことは一切書いて欲しくない、というのがスポーツ省の本音である。新聞は祝福と賛美の言葉で埋め尽くされるべきだし、テレビ番組は一種のお祭りであるべきだ。

佐橋が記者たちにぺこぺこと頭を下げ、何とか追い払った。一瞬立ち止まった仲島が、安心したように肩を上下させる。顔を上げると、沢居に気づいて会釈をした。どうやら普通の様子だな、と安心して、沢居は足早に二人に歩み寄った。

「ご苦労様——というか、おめでとうだね」

「いえ……」苦しそうな表情を浮かべて、仲島が顔を背けた。

「大変なことだぞ。高校生で日本記録は、長距離ではあり得ないんじゃないか」

「でも、駄目でした」

「駄目って……」沢居は苦笑したが、仲島が本気で落ちこんでいるようだと気づいて表情を引き締める。「立派なタイムじゃないか」

「設定より遅れたんです」

「それは……こういう時には仕方ないんじゃないか？　本番で想定通りに上手くいかないのは、どんなスポーツでも一緒だよ」

「でも、これじゃ駄目なんです。今日は単なる記録会で、他の選手のことは気にしないで走ればよかったのに……」

「気になった？」

「駄目ですね」仲島が首を振る。「まだまだ修業が足りません」

「そりゃ無理だよ」沢居は声を上げて笑った。「高校生で悟ってたら、大変なことになる。修業なんて、現役でいる間はずっと続くんだぞ」

「そうですかね……とにかく今日は駄目でした」

沢居は言葉を失った。負けた選手を慰める言葉なら、いくつも持っている。だが今日、仲島は日本記録を出したのだ。新しいヒーローが誕生したのだ。それを、自分で納得できる走りができなかったからといって、こんな風に落ちこんでいたら、かける言葉がない。

「そう落ちこまないで……これは誇っていいことなんだから」

「いえ、自分に負けました」

おいおい、お前は武士か？　古めかしい台詞《せりふ》を聞いて、沢居は妙な居心地の悪さを感じた。本当に納得できないレース展開になったら、腹を切るとか言い出すのではないだろうか。となると、二十四時間、三百六十五日の監視が必要になってくるかもしれない。そういう仕事はきっと、自分の役目になるだろう。これじゃしばらくは、子作りどころじゃないぞ……。

立ち去る仲島と佐橋を見送りながら、岡部が啞然として首を傾げた。

「勝ったんですよね、彼」

「勝ったどころか、日本記録を出した」

「まるでボロ負けしたみたいな感じじゃないですか。噂は本当だったんですね」

「ああ……俺も話は聞いてたけど、あんなにマイナス思考の奴だとは思わなかった」

「ああいうタイプを指導するのは、大変ですよ」

「俺は指導するわけじゃない」とても指導などできない。それは心理学者の仕事になるだろう。「せいぜい相談に乗るぐらいだ」

「何だか、こっちの精神状態までやられそうですよね」

「嫌なこと、言うなよ」

「すみません」謝ったものの、岡部の態度はそれほど深刻ではなかった。仲島のアドバイザーはあくまで沢居。自分はサポートするだけだと決めつけているようだった。

これなら、現役を続けていた方が楽だったかもしれないな、と沢居は溜息をついた。

第二部　チャレンジャー

1

谷田貝は静かにテレビ画面を見守っていた。改造内閣の顔ぶれが出揃った後の、お決まりの記念撮影――その中にはもちろん、安藤夏子の姿がある。残留は当然だろう。国会議員には「スポーツ族」と言われる一団がいるが、彼女はその代表格なのだ。よほど大きな政変がない限り、次のオリンピックまでスポーツ省の最高責任者として指揮を執ると見られている。谷田貝としても、彼女がトップにいてくれる方がありがたかった。口煩いが、スポーツについてはよく分かっているし、とにかくこちらの言う通りに動いてくれる。

しかし、このタイミングでの内閣改造は、スポーツ省にとってはいい迷惑だ。明日は、新年度の「謁見式」がある。SAが一堂に集められ、総理大臣とスポーツ大臣が「訓示」を行う恒例の行事。普段、SAは自分のスケジュール優先で動き、スポーツ省としてもそれを奨励しているのだが、これは数少ない例外である。SA同士が知り合い――

関係ない競技の選手同士が会う機会は少ないのだ――交流を深める。そうすることで、「日本により多くのメダルを」という基本認識を統一させる目的があった。

それはいい。所詮は毎年の決まりきった行事だから。面倒なのは、この謁見式に慣れていない新しい閣僚をエスコートすることだ。一流のアスリートに会って舞い上がってしまう、阿呆な政治家も少なくない。

谷田貝はニュースを見ながら何か所かに電話をかけ、明日の式典の準備状況を確認した。とはいっても、こちらでやることはほとんどない。毎回会場に使っているホテルが、進行を仕切ってくれるからだ。スポーツ省としては、それぞれの選手に対する取材の応対をするぐらいである。あとは大臣たちのお守《も》り……これはやはり面倒だ。

最後に沢居を呼び出した。一分と経たずにノックの音が響く。

「どうぞ」

声をかけると勢いよくドアが開く。沢居が膝にくっつきそうな勢いで頭を下げてから、室内に一歩を踏み入れた。

「どうぞ、座って下さい」

ソファを勧め、自分も席を離れる。沢居は律儀に、谷田貝が座るまで待っていた。

「スーツ姿も板につきましたね」

「どうでしょう……まだ慣れません」

沢居が苦笑した。実際には、似合っているとは言い難い。現役時代の体格が崩れていないせいか、肩の辺りがきつそうなのだ。吊るしのスーツだと、あんな風になるのだろう。まあ、変に贅沢してオーダースーツを着ているよりはいいかもしれないが……ＳＡのＯＢにも、調子に乗って数年で報奨金を使い果たし困窮してしまう人間もいる。その点、沢居は堅実にやっているようだ。

「新年度になりました」

「はい」

「仲島選手は、もう大学に馴染みましたかね」

「ええ。今のところ、順調にやっているようです。学内の協力者も作りました」

谷田貝はうなずきながらも、少しだけ不満だった。仲島は大学に行かせる必要はなかった。本当は、トレセンに缶詰にしたいぐらいである。大学は、何かと誘惑が多い場所なのだ。酒、女、薬物――大事なＳＡが危険に近づかないようにするためには、どうしても「監視要員」としての協力者が必要になる。その分、手間がかかるのだ。

「協力者は、どういう人たちですか」

「二人います。二人とも仲島と同じスポーツマネジメント科の人間で、一人は大阪出身。晴風《せいふう》学苑高校野球部の主将だったんですが……」

「ああ、あの悲劇のキャプテンですか」谷田貝はうなずいた。晴風学苑高校は去年の夏の甲子園に出場したのだが、外野を守っていた主将は一回戦で打球を追ってフェンスに激突、重傷を負って退場した。チームはその後も快進撃を続けて優勝したのだが、主将はとうとう戦列に戻れず、病院のベッドで決勝戦を見守ったという。「彼は、もう野球はしないんですか」

「怪我がひどくて、現役続行は断念したようです」沢居の顔が暗くなる。「指導者になるために、東体大に進んだと聞いています」

「残念ですが、仕方がないですね。信頼できる人物ですか？」

「大阪人らしくオープンな子ですよ。問題ないと思います」

「結構です。それで、もう一人は？」

「渋谷総合高校陸上部のマネージャーだった女性です」

「ほう？　ということは、元々仲島君の知り合いですか」

「ええ。選手とマネージャーの関係でしたけど、三年間一緒でした。既に顔見知りですから、自然にフォローできると思います」

「女性で大丈夫ですかね」

「問題ないと思います。これまでにも同じようなケースはありましたし……二人には直接会いましたが、信頼できる人物です。こちらの意図もしっかり理解してくれています」

「分かりました。フォローをよろしくお願いします」

「しかし、こういうことまで必要なんですか?」遠慮がちに沢居が訊ねる。

「当然です」谷田貝はうなずいた。表情が強張る。「実際、過去に大学で、SA絡みの問題が起きたこともあるんです。そういうのは、絶対に避けなければいけません」

嫌な事件だった。もう十五年以上前のことだが、間違いなく近い将来のメダル候補と見られていた競泳の選手が、覚醒剤に手を出して逮捕されたのである。その汚染は大学の競泳部全体に広がっており、同情すべき要素はまったくなかったのだが……それをきっかけに、「協力者」の制度が導入されたのだ。実際、導入を強く進めたのは谷田貝本人である。世間を知らない阿呆な選手は、徹底して守らなければならない。

「それは分かっていますが……どうなんでしょうね。そこまでやる必要があるとは思えないんですが」沢居は、まだ釈然としない様子だった。

「一分《いちぶ》の隙もあってはいけないんです」谷田貝は沢居の疑念に釘を刺した。「彼らは、完全に守られなければならない。メダリストを産むためには必要なことなんです」

「分かりました」依然として納得していない様子だったが、沢居がうなずいた。

仲島の件で、沢居も自分に監視がついていたことを知った。それで憮然としているのだろう。気持ちは分かるが、やらねばならないことなのだ。SAは鍵のかかる温室に入れ、汚い世間との接触は絶対に避けるべきである。

「あとは、明日の謁見式、よろしくお願いしますよ。仲島君は初めてだから、緊張するかもしれません」

「あれ……必要なんですかね」沢居が疑わしげに訊ねた。「私も毎回出ましたけど、要するにただのパーティじゃないですか」

「そうなんですが、他の競技の選手と知り合うのは、悪いことではないでしょう。仲島君にも、あの雰囲気に早く慣れてもらわないと。国の代表だという意識を持ってもらう必要があります」

実際、仲島にSAの意味を知ってもらうためのいい機会だろう。自分がどれだけ期待され、周りの人間がバックアップしているか、強く意識することになるのが、あの謁見式なのだ。


毎年のことだが、毎年大変だ、と谷田貝は改めて思った。このホテルの一番大きな宴会場は、最大三千人を収容できるというのだが、それでも狭苦しい感じがする。現在のSAは、総勢約千六百人。合宿や大会に参加していない選手は、全員がこの場に集まっている。それに加えてスポーツ省の職員、内閣の主だった大臣、マスコミ関係者などが集合し、明らかにキャパシティオーバーになっている。

謁見式の後はパーティになるので、会場をぐるりと取り囲むように料理のテーブルが設置されている。中央の広いスペースには、SAが集合していた。

特別強化指定選手はSを頂点にA、B、Cと四段階に分かれ、その順番に前から整然と並ぶ。ブレザーの色ですぐそれと分かるのだが、まるで地層のようだ、と谷田貝は思った。前から、赤、キャメル、濃紺、緑。S指定は数からすると一番少ないのだが、何故か一番大きな集団に見える。やはり、放つオーラが違うのだ。

それを取り囲むように、スポーツ省の人間が壁の近くに位置する。壇上には各省の大臣が並んでいた。

式典は、昨日内閣改造を終えたばかりの首相の挨拶から始まった。

「——ご紹介いただきました、首相の清水《しみず》でございます。今日は、日本のスポーツ界を担うSAの皆さんにお会いできて、大変光栄に思います」

相変わらず無難な始まりで、と谷田貝は皮肉に思った。清水は二世政治家——正確には三世——で、いつまで経っても坊ちゃん臭さが抜けない六十二歳である。派閥の力関係で首相になっただけ、と揶揄《やゆ》されたものだが、意外に安定して長続きしそうだとも評価されている。中肉中背、この年齢の男性にしては背筋がぴんと伸びているが、髪が大分白くなっているので、その分「若々しさ」という点では少し損をしている。

「さて、去年のオリンピックでは、真に輝かしい結果を得て、皆さんは国民に大きな力を与えてくれました。今やスポーツは、日本人にとって元気の源であります。普段から身を削って研鑽している皆さんに、まずはお礼を申し上げたい。同時に、昨年のオリンピックは、三年後のオリンピックに向けたステップに過ぎなかった、と言わせていただきます。練習台とは言いませんが、我々にとって本番はあくまで次のオリンピックであります。一つでも多くの金メダルを獲得することで、日本の未来に勇気を与えることになると思います。そのために援助の手を惜しみません。戦っているのは、皆さんたちだけではない。我々も一緒に戦っているのです」

出だしは無難だったが、演説そのものは上手い。身振り手振りを交え、抑揚も人の心に染み入る感じだ。初めて演説を聴く人は、思わず引きこまれるだろう。だが、古手のSAの選手にとっては、首相の演説など退屈以外の何物でもない。うつむいている連中は必死に欠伸《あくび》を噛み殺しているし、所々に混じっている子どもたち——小学生もいる——は意味が分からない様子できょとんとしている。

「——我々は今年からの三年を、次のオリンピックに向けた大事な三年と捉えます。どうか皆さんも誇りを持って、これまで以上の研鑽に励んでいただきたい。国民の支持と我々のバックアップがあることを、常に忘れないで下さい。皆さんは一人ではないのです」

終わった——谷田貝はいつもの癖で、腕時計を見た。五分を切っている。この首相にしては短い挨拶だった、とほっとした。その後のスポーツ大臣の挨拶は常に短いと分かっているから、もう山場を越えたような気分だった。挨拶が終わると、今年度から新しくSAに指定された選手と、S指定に昇格した選手が壇上に上って紹介される。メーンイベントは当然こちらなのだが。

「——では最後に、今年度から新たにSAに加わった選手と、S指定に昇格した選手を紹介します」

司会を務める広報部の職員が告げた。それが合図になったように、整然と並んだ選手団の中から、何人かの選手が抜け出して前の演壇に向かって行く。今年は二十人……オリンピック翌年ということもあり、まだ「様子見」で例年より人数は少ない。

その中で、やはり仲島は目立った。体格のいいアスリートたちの中に入ると、特に大柄というわけではないが——バレーやバスケットなど、二メートルを超える選手も珍しくない——放つオーラが違う。この中で、日本記録を持っているのは仲島一人なのだ。

もっとも、本人は相変わらずおどおどした様子である。赤いブレザーも金色のネクタイも、板についた感じがしない。両手を組み合わせて股間の辺りに置き、うつむきがちにしている。時折顔を上げるものの、視線は泳いでいた。

「では、壇上に向かって左から順番に紹介していきます」

職員が競技名と名前、所属を読み上げていく。「所属」というのも、あまり意味がないんだがな……と谷田貝は思った。どの学校、どの実業団チームに所属していても、結局は「SA」。本当の所属がどこかということになれば、「日本」だ。

紹介された選手は一歩前に進み出て、軽く一礼する。どの選手も、誇らしげな表情を浮かべていた。今年はS指定で一番若いのは高校生だから、全員がそれなりに堂々としている。滅多にないが、小学生が混じっていると微笑ましい雰囲気になる。

「陸上、仲島雄平、東京体育大学一年」

仲島は一瞬、自分が呼ばれたのが分からないようだった。きょとんとした表情で、ぼんやりと左右を見回す。右隣に立ったボクシング選手——先に紹介されたばかりだった——が目を細め、「お前だ」と言いたげに首を振る。それで気づいたのか、慌てて前に出て深々と頭を下げた。どこか滑稽で、笑いが漏れてもおかしくなかったが、会場はしんと緊迫したままだった。高校生で一万メートルの日本記録を出したのはどんな人間なのか、見極めてやろうという空気が流れている。多くの選手の中に紛れているが、一番注目しているのは、同じ陸上長距離のSAたちだろう。五千、一万に賭ける人間にとって仲島は、自分を抜き去った若い——そして憎い選手。マラソンの選手たちにすれば、仲島の将来の動向が気になるだろう。大学時代に五千、一万、あるいは駅伝を主な活躍の場としてから、マラソンに転向する選手は多い。

仲島が困ったような笑みを浮かべて、後ろへ下がった。動きがぎくしゃくして、ロボットのようになってしまう。一応無事に挨拶は終えたが、何だか魂が抜けたようだ、と谷田貝は心配になった。緊張のあまり、我を失っていたのかもしれない。こんな細かい神経で、よくあれだけのタイムを叩き出せるものだ、と逆に感心する。

選手の紹介が終わると、懇親会になる。泥酔するような人間はいないが、アルコールは入るので、和やかで賑やかな雰囲気になるのが恒例だ。人気を集めているのは、やはり去年のオリンピックのメダリストたちで、政治家たちにも囲まれて写真撮影に応じている。マスコミも群がり、あちこちでインタビューが行われていた。そこには必ず広報部の職員が張りつき、選手たちが頓珍漢な回答をしないように目を光らせている。少し過保護なのだが、揚げ足を取られることがあってはならない。

人が多過ぎるので、懇親会になると誰がどこにいるのか分からなくなる。谷田貝はウーロン茶を片手に会場内をうろつき回って、ようやく沢居と仲島を見つけ出した。仲島は記者たちに囲まれて取材を受けている。沢居は仲島の背中に隠れるようにしてくっつき、取材の内容に耳を傾けていた。沢居は嫌な気分ではないだろうか、と心配になる。何しろ、去年のオリンピックの金メダリストである。オリンピック後は一躍時の人だったし、今回もこの場の主役であってもおかしくない。それが今や裏方に回り、仲島の面倒を見ている。谷田貝は、「今日は職員ではなく金メダリストとして出てくれてもいい」と言ったのだが、沢居は「自分はもうスタッフだから」と断った。記者連中も、沢居の存在など目にも入らない様子で、仲島に質問をぶつけるのに夢中になっている。まったく、マスコミというのはこれだから。常に新しいスターを探している。

沢居はただ真剣な表情で、自分の役割をこなしていた。仲島のお守りにもすっかり慣れたようである。元々沢居は、金メダルを取ってもマスコミに持ち上げられても天狗になるような男ではないが……そういう性格を見越してアドバイザーに抜擢したのは正解だった、と谷田貝は一人ごちた。

谷田貝はできるだけ自然に、仲島を囲む人の輪に近づいた。仲島はどこか迷惑そうに、ぼそぼそと答えている。時折沢居が、耳元で囁いて助け舟を出していた。仲島のメディア教育は、もう少しきちんとやらないと駄目だな、と思った。あまりにも愛想がなさ過ぎる。今は紙メディアの連中に捕まっているだけだからいいが、危険なのはテレビだ。どれだけ美辞麗句を連ねようが、カメラは表情を的確に捉える。むっつりしていればそのまま伝わってしまうものだし、視聴者は、言葉と同じぐらい顔つきを覚えているものだ。

一瞬質問が切れたタイミングを狙って、沢居が割って入った。

「じゃあ、すみません、この辺で」

トラブルなく、終了。記者の一人は沢居と顔見知りのようで、今度は沢居に話しかけてきた。

「沢居さんも大変ですね」

「いやいや」沢居が苦笑する。

「いきなり裏方っていうのは、すごく大きな変化でしょう」

「これも大事な仕事ですから」沢居の表情が急に真剣になった。「自分たちが受けた物を、後輩に伝えていかないとね」

「伝承?」

「そうそう、伝承」大袈裟な言葉を口にして、沢居の表情が緩む。「今後ともよろしくお願いしますよ」

頭の下げ方も堂に入っている。沢居は既に、スポーツ省の職員として完全に現場に溶けこんでいるようだ。とにかく文句も言わずにこちらの指示をよくこなしてくれる。もの言わぬ兵士が理想の兵士だ、と谷田貝は安心した。時に、いつまでも栄光を忘れられない馬鹿なSAもいる。そういう人間は現役を離れても、ずっと自分が頂点にいると勘違いしてしまう。それ故か、指導者になっても成功する例は少ない。

沢居が谷田貝に気づき、さっと頭を下げる。仲島の腕を取って谷田貝の方を向かせた。仲島もすぐに谷田貝を認知し、体を折り曲げるようにお辞儀した。

「谷田貝局長は、覚えてるな」囁くように沢居が言った。

「はい」仲島が低い——弱々しい声で答える。

「大活躍で、頼もしい限りですよ」谷田貝は柔らかい笑みを浮かべてうなずきかけた。

「日本記録、よかったですね」

「いえ……全然、あれは満足できる結果じゃなかったですから。その後もタイムが伸びないんで」

うつむきがちに話す。消極的な——というか自己否定的な性格は変わっていないようだ。沢居の顔をちらりと見ると、申し訳なさそうに首を横に振る。まあ、そんな簡単には……沢居をアドバイザーに指名して半年。何度も仲島と会ってみっちり話しこんではいるはずだが、それぐらいで性格が変わる人間などいないだろう。時間がかかる話なのだと、谷田貝は逸《はや》る自分の心にストップをかけた。焦らせてはいけない。この男は、自分にとって大事な「手駒」なのだ。

「立派なものですよ。それに、レースの度にタイムが短縮できるなんていうのは、あり得ないでしょう。過去にそんな選手は一人もいませんでしたよ」

「頑張ります」仲島は早く話を切り上げたくてたまらない様子だった。

「あまり焦らないようにね。オリンピックまではまだ三年あるし、その間にもいろいろな大会があるんだから。記録を伸ばすチャンスは何度でもあります」

「ええ……」釈然としない様子だった。

「大学生活の方はどうですか」

「ぼちぼちです」

「友だちはできそうですか」

「ええ……でも、基本、講義に行くだけなので、あまり関係ないです」

「練習漬けでいられる日は、それほど長く続きませんからね。今を大事にして下さい」

どうにもやりにくい。今では、谷田貝の方が話を切り上げたくなっていた。「じゃあ、早く自分のペースを摑んで、これからも頑張って下さい」

仲島がほっとした表情を浮かべ、頭を下げた。だが顔を上げた時には、またもうんざりしたような顔つきになっている。自分と話すのが嫌なのではなく、この会場にいるのが苦痛なのだと谷田貝は気づいた。まあ、こういうパーティーは苦手な人も多いもので……実際、谷田貝も好きではない。

「谷田貝さん」

二人が人ごみに消えていくのを見送った瞬間、声をかけられた。振り返ると、岩城球技局長が立っている。手にはワイングラス。何も、こんな席で俺に話しかけてこなくてもいいのにな、と苦笑してしまう。話なら庁内でいくらでもできるのだから。

「今年も盛大になりましたね」谷田貝は穏やかに声を出した。岩城はスポーツ省では一年後輩だが、できるだけ丁寧に話をすることにしていた。舐められてもいい。それで油断して足を滑らせるところを見たかった。

「まったく、毎年大変です」岩城が、仲島が消えた方に目をやった。

「いい選手《タマ》を摑まえたようじゃないですか」

「陸上局が頑張ってくれましてね」

「谷田貝さんの将来を託す相手ですか」

こいつは……岩城は露骨にちょっかいを出してくる。特にこういう、喧嘩ができない場所で。用心深く、小さな男なのだ。

「彼が育てば、我々は全員安泰ですよ」

「我々？　谷田貝さんだけではなく？」岩城の目が皮肉に光る。「結局谷田貝さんの手腕が評価されるでしょう」

こいつ、酔っているのか？　事務次官争いでこんな男を相手にしなければならないのは馬鹿馬鹿しい。俺が何もしなくても、そのうち自爆するのではないか。しかし、少しは脅しておかないと。谷田貝はすっと岩城に近づき、耳元で囁いた。

「場所を弁《わきま》えろ。潰すぞ」

岩城が素早く身を引く。一瞬顔色が蒼醒《あおざ》めたが、すぐににやりと薄い笑みを浮かべた。

「失礼しました」

これぐらいではダメージは受けないか。そう、こういう直接攻撃で相手を倒すのは、自分たちのやり方ではない。そんなのはマイナスの勝負だ。自分の手柄で、プラスの勝負をする、それこそが官僚というものだ。

そういう意味で、岩城の指摘は極めて正しいのだが。

2

眠い……何でこんな話を聞かなければならないんだろう、と仲島はうんざりしていた。

「——試合前に平常心がいいのか、気持ちを盛り上げていった方がいいのかは、スポーツ心理学の中でも議論が分かれています。練習通りの成果が出れば勝てる競技なのか、それとも練習以上の力が出ないと勝てない競技なのか、それによっても違います。これは主に、年間の試合数という要素によって大きく左右されます」

トレセンにある、だだっ広い「学習室」は、大学の大教室にも似ている。ここで週に二回は、「座学」を受けなければならない。科目は多岐に渡る。栄養学についてはまだ我慢できた。体を効率よく動かし、育てるために何をどのように食べるかは、自分にとっても身近で大事な話題だ。高校生の頃までは、ほとんど何も考えずに食べていたのを恥じるぐらいである。トレーニング理論に関しても、確実に役に立っていた。練習は、毎日コーチと話し合って方針を決めているが、時々違う競技のトレーニング方法を聞くのはためになる。競技によって、使う筋肉がまったく違うことを意識させられた。

しかし、スポーツ心理学は……眉唾ものというか、聞いてもすんなりと頭に入ってこない。だいたい俺の場合、試合前に自分がどんな心理状態か、自分でも分かっていないのだし——そもそも分かっている選手がいるのだろうか、とも思う。あの独特の感覚……高揚感と不安が入り混じった気持ちは、簡単にはコントロールできないものだ。それに俺の場合、レースが始まってもそういう感覚はずっと続く。五千も一万も長丁場なのだ。短距離の選手を羨むこともある。百メートルなど、何も考えないうちに終わってしまうだろう。

「一般的に、短時間で終わる競技に関しては、気持ちの高揚が必要と考えられています。陸上や競泳の短距離種目ですね。数十秒から数分間、気持ちを高揚させることで、競技に集中できるわけです。これはアドレナリンの分泌と密接な関係がありますが、それは後ほど……それに対して長時間戦う種目の場合は、試合前にできるだけ平常心を保つようにするのが肝心です。実はこれは、アドレナリンを出さないためでもあります。アドレナリンの長時間の分泌は危険でもあり、長い時間戦う競技では、むしろ避けなければならないことなのです。そこで今日は、平常心を保つために、どんな準備をしていくかをお話ししていきたいと思います」

こういうのって、分かり切ってる話なんだよな……このオッサン心理学者——大学の先生だ——を、仲島は少し胡散《うさん》臭い人間と捉えていた。だいたい心理学なんて、適当なことを言ってるだけじゃないのか？　判じ物的な？　いかにもそれらしく聞こえるが、ちょっと突き詰めて考えると、理論の根拠が分からなくなる。

それにしても一時間が長い……大学の講義には、まだしも集中できるものがある。一時間半があっという間に過ぎてしまうことさえあった。だがトレセンでの座学は、いつまで経っても終わらない感じがする。

それに、他のSAの連中とあまり馴染めないのも負担だった。皆、エリート意識の塊というか……自分が「選ばれた人間」だということを鼻にかけている奴が多過ぎる。

座学が終わると、仲島は毎回すぐに自室に引っこむようになった。他の選手と話すこともあまりなく、話しかけられるのも面倒だったから。一番に部屋を出て、小走りにエレベーターホールに向かい、早く来ないかと何度もボタンを押す。引きこもりみたいだなと思うが、何も好んで不快な状況に身を置くことはない。今の講義でも、先生がそう言っていたではないか――常に自分にとって心地好い環境を作り出すことが大事です、と。

この環境が心地好いのかな……自室に戻ってベッドに身を投げ出し、自問する。最初は広いと思っていたこの部屋は、いつの間にか狭い監獄のように思えてきた。

携帯電話が鳴った。面倒だな……宿舎に入ってから、しょっちゅういろいろな電話がかかってくる。コーチ、座学の講師、時にはスポーツ省の沢居からも。練習内容などについての業務連絡がほとんどだが、沢居は少し違った。あの人は、妙に干渉してくる。

「お世話係」という感じなのだが、他のSAにはそんな人はついていない。時に外へ連れ出して食事を奢ってくれたりもするのだが、それもまた鬱陶しかった。自分だけ特別扱いされている感じがして、肩身が狭い。

ここが自分の居場所なのだろうか。

一度、沢居にその不安を打ち明けたことがある。沢居は真顔で、「君は特別な人間だから、気にする必要はない」とあっさりと言った。特別な人間って……確かに、日本記録を持っているのは大変なことかもしれないが、その事実と、自分の気持ちには大きな隔たりがある。たかがちょっと速く走れるぐらいで……そう言うと、沢居は本気で怒った。少なくとも仲島の目には、本気に見えた。

「日本中が君に注目して、成功を祈っている。それをありがたく受け止めて、自分を伸ばしていけばいいんだ」

重いよなあ……最初にS指定の話を持ちかけられた時、どうして断らなかったのだろう、と今も少し悔いている。そのせいで箱根も走れなくなってしまったのだし。

何だかな……携帯はまだ鳴っている。一度切れたのでほっとしたら、またすぐ鳴り出した。誰だろう。ずいぶんしつこい……用事があるならメールでも入れてくれればいいのに。仕方なくベッドから起き上がり、デスクに放り出しておいた携帯を手に取った。奈々子だった。何だ、と少しだけほっとする。同じ高校から同じ大学に進んだ奈々子は、自分が何者でもなかった時代と今をつなぐ、唯一の存在なのだ。

「今、何かしてた?」前置き抜きで、いきなり奈々子が切り出してきた。率直というか遠慮がないのは、大学生になってもまったく変わらない。

「いや、今日はもう終わり」デスクに置いた小さなデジタル時計を見ると、既に午後九時を回っている。疲れたな、とつくづく思った。大学から戻って、四時から三時間の練習。普段より軽かったのだが、夕食後の一時間の座学が効いている。座って話を聞いていただけなのに、妙な疲労感を覚えていた。

「明日、空いてる?」

「空いてるけど……」週に一度の休みの日である。休みといっても完全休養ではなく、一時間程度のジョギングはしなければならないが。ただし一キロ五分目安で走ればいいので、仲島にとっては歩いているも同然だ。ほとんど汗もかかない。

「夜七時ぐらいからなんだけど」

「大丈夫、かな」大学から戻って、夕方の軽い練習が終わるのが六時過ぎだ。

「呑み会があるんだけど、来ない?」

「いいのかよ。未成年だぜ?」仲島は苦笑した。

「あなたがお酒呑まなくても、呑み会になるでしょう。クラスの集まりなんだけど」

「ああ……」乗り気になれなかった。だいたい、大学に「クラス」があることに、違和感を覚えている。そんなのは高校生までだと思っていたのだが、語学などの必須科目は、このクラス単位で行われる。当然仲島も、同じクラスのメンバーとはしょっちゅう顔を合わせているが、だからといって親しい人間ができたわけではない。たまたま奈々子と も同じクラスになったが、普段はつるんでいないのだ。このクラスは圧倒的に男子が多く、奈々子は数少ない女子と一緒にいることがほとんどである。顔を合わせた時に、軽く立ち話をするぐらいだった。

「たまには顔、出しなさいよ」

「何でお前にそんなこと、言われなくちゃいけないいんだよ」

「ちょっと、そういう言い方ないんじゃない？　こっちは気を遣って誘ってるんだから」

「……分かった」反発してしまった自分の幼さに嫌気がさす。

「どう？　来る」

「いいよ」

「じゃあ、後で場所をメールしておくから。大学の近くだけど、大丈夫だよね」

「ああ」東体大のキャンパスはあちこちに分散しているが、仲島たちが通うスポーツマネジメント学科は、トレセンからそれほど遠くない。

「ちゃんと顔出しなさいよ。そうでなくても、ＳＡなんて特別扱いなんだから。自分から溶けこもうとしないと、四年間、辛いわよ」

別に、大学が生活の中心じゃないんだけどな、と苦笑する。ただ、トレセンでのきつい時間に比べると、大学にいるのが少しは息抜きになっているのも間違いない。そうだよな……奈々子の言う通りかもしれない。せめて大学の中では、友だちを作っておいた方がいいだろう。

「一人、面白い子がいるのよ。ちゃんと紹介しておきたくて」

「そうなのか？」自分のクラスの面々を思い出したが、「面白い」に該当しそうな人物はいなかった。

「大阪出身で、野球をやってた子。鹿島洋《かしまよう》って知らない？」

「知らない」

「ねえ、たまには他のスポーツを見たりしないわけ？」何故か苛立った口調で奈々子が言った。

「そんな暇、ないよ」

「しょうがないわね。そんな風に自分の殻に閉じこもってちゃ駄目よ。じゃ、明日。いいわね？」

いいわねって言われても……反論しようとした時には、もう電話は切れていた。奈々子は勢いで話すタイプだが、何で俺がこんなことを言われなくちゃいけないんだ？どうにもこうにも訳が分からないことばかりだ、と仲島は首を捻った。

鹿島は確かに「面白い子」だった。当然仲島と同い年なのだが、どこか年寄りっぽいのだ。ねっちりとした話し振りは、何となくベテランの芸人を思わせる。関西人は皆こんな感じなのだろうか、と仲島は訝《いぶか》った。

高校時代は坊主だったという髪型は、今は耳が被るぐらいになっている。鹿島はまず、そこから入った。

「要するに、こいつで怪我を隠してるわけよ」

「怪我？」

「頭から、フェンスにどかん」鹿島が右手を拳に固め、左の掌にぶつけてみせた。「というわけで、頭蓋骨骨折、右肩も骨折で、あちこちの腱がずたずた。病院では実験動物扱いや。とても野球どころの騒ぎやなくなったわけよ。右腕は、今もよう上がらんしね。うちの親父に言わせると、『それ四十肩や』ねんけど、冗談やめて欲しいわ。何が悲しくて、十九歳で四十肩か」

冗談として語っているが、とても冗談とは思えない内容だった。仲島はこの会合――場所は定番のチェーンの居酒屋だ――が始まる前に奈々子から簡単に説明は受けていたのだが、本人の口から聞くと、やはり大変な事故だったのだと分かる。

「お、何か信じてない様子やね。何だったらここで脱いで、ちょっと見せようか？　まだ傷跡ばっちり残ってるし」

酔っぱらっているのかと思ったが、彼の前には自分と同じウーロン茶が置いてあった。

「いやいや……信用してるよ」人の傷跡を見ても楽しくはない。

「そう？　あちこちに映像が転がってるから、探してみてや。しかし、衆人環視の中で大怪我ってのも、あり得へん経験やで。あんなもん、全国放送で流してよかったんかね。血塗れでぶっ倒れてるのなんて、放送コードに引っかかるで」

何というか……勢いがある、いや、あり過ぎる男だ。

呑み会に参加しているのは二十人ほど。クラスは四十人いるから、半分は欠席の計算だ。奈々子は、ほとんど全員が集まるような口ぶりだったのに……そんなにまでして俺をこういう場に引っ張り出したいのか、と不思議に思う。お節介というには、少し度を超しているように思えた。

結局、鹿島の話――放談を聞いているだけで、呑み会は終わってしまった。呑み放題、二時間の制限つきでよかったな、とほっとする。鹿島の話も最後の頃は押しつけがましかったし、何より呑み会のがやがやとした雰囲気が肌に合わなかった。

最近仲島は、自分がどういう人間なのか分からなくなってきた。元々ネガティブ、というか考え過ぎるタイプだとは自覚しているが、どんな環境に身を置いていても、違和感を覚えてしまうのはどうしてだろう。大学は煩さ過ぎる。座学などで他のSAと一緒にいると、冷たく硬い雰囲気に耐えられない。かといって、宿舎の静かな自室なら落ち着けるかというと、そんなこともない。結局、練習している時が一番楽な感じである。

店の外へ出た瞬間、さっさと帰ろうと思った。このまま二次会へ行くのは面倒臭い。年上の同級生は酒も入っているので、変に絡まれるのも困る。SAはある程度保護された存在だが、酒が入ってしまえば関係ないだろう。東体大には、スポーツをやるために入ってくる人間がほとんどだが、普通の選手が、エリート中のエリートであるSAに対してどんな感情を抱いているかは分からない。「何でお前が……」と因縁のように思っていても不思議ではない。そういう気持ちに酒が混じると、どんな化学反応が起きるか。

何も言わずにさっさと消えるに限るか……そう思って、店の前で固まって騒いでいる集団から静かに離れようとした瞬間、腕を摑まれた。

ぎょっとしてそちらを向くと、鹿島がいた。

「ふけようか？」にやりと笑って鹿島が言った。

「いや、俺は別に……」

「二次会、鬱陶しいやろ？　俺も嫌いやねん。ちょっとお茶でも飲まん？　喋り過ぎて喉が渇いたわ。近くに喫茶店があるから」

それはあんたの勝手だろう、と思わず苦笑してしまった。断るか、どうするか……迷っているうちに、奈々子も近寄って来た。

「お茶？　だったら私も行く」

「お、話が早い人がおるね」

鹿島がにやりと笑ったが、心から面白がっているようには見えなかった。どこか不自然な……頭蓋骨骨折の後遺症だろうか、と仲島は心配になった。それで顔の片側だけ、麻痺が残ってしまったとか。いや、それはないだろう。夏の甲子園の事故から、既に九か月が経っている。無事に入試も乗り越えたのだから、後遺症があるとは考えられない。

「あまり食べられなかったから。ちょっと甘い物が食べたい」奈々子が言った。

「こんな時間に食べたら太るで」鹿島がにやにや笑いながら言った。

「ありがたいことに、そういう体質じゃないのよ」

「そら羨ましい限りやな」

二人はさっさと集団から離れて歩き始めた。少し先へ行ったところで、鹿島が振り返って仲島に声をかける。

「何してるん？　早く行こうや」

断ることもできたと思う。「明日も練習があるから」と。ＳＡにとって、それは万能の台詞になるはずなのだが、何故か言えなかった。

喫茶店、か。

いかにも昔ながらの喫茶店で、大学の近くにあるのに、仲島はその存在に気づきもしなかった。分刻みとは言わないが、かなりタイトなスケジュールで毎日を過ごしているので、ちょっと寄り道するようなことさえなかったから。だいたいこの裏道は、駅から大学への道のりから外れており、今まで一度も歩いたことがなかった——入学からもう一か月が過ぎているのに。

鹿島はアイスコーヒーを、奈々子はミルクティーにこの店の名物だというロールケーキを頼んでいた。宴会の後で——言葉と裏腹に奈々子は結構食べていたはずだ——よく腹に入るよな、と感心する。仲島はコーヒーだけ。少し考えて、砂糖もミルクも加えないことにした。糖分は食べ物から適切に摂るべきだ、と座学で教えられている。実際、宿舎に入ってから、食事の内容はかなり変わった。

高校生の頃までは適当に食べていた朝食が、今は大変なボリュームになった。基本的に米食で、卵料理は必ずあるし、レバーを使った料理がよくついてくる。あまり好きではないのだが、長距離選手は貧血になりがちなので、鉄分を補給するためだという。サラダは常に山盛り、フルーツも二、三種類は食べなければならない。その分昼は軽目だ。大学で食べることが多いのだが、栄養士からかなり厳密に指示されている。パンにヨーグルト、フルーツぐらいだと、夕方になるとかなり腹が減ってくるのだが、どうせ練習は空腹状態で行うので、これでバランスが取れる。練習で追いこむと食欲が失せてしまうのだが、夕食はだいたいさっぱりした和食で――量は相当ある――何とか腹に入れられる。

こんな風に夕飯を外で食べるのは、宿舎に入って初めてだった。禁止されているわけではないが、「できるだけ栄養士の指示する食事を摂ること」と言われてしまうと、外では食べにくい。そういえば最近、肉をあまり食べていなかった……そのせいか今夜は、大量に出てきた肉料理をかなりの勢いで食べてしまった。鶏の唐揚げ、和風ステーキ、豚キムチ炒め。あんなに食べてよかったのだろうか――まあ、何とかなるだろう。一回ぐらい指定通りの食事をしなくても、体が変わってしまうわけではないはずだ。

だったらケーキでも食べてみようかな、と思ったが、やはりやめておくことにした。甘い物に関しては、どれぐらい摂っていいのか分からない。かなり果物を食べるので、一日の糖分摂取量は相当なものになるはずだ。

「いやあ、しかしいろんな人がいるもんやね」コーヒーを啜って、鹿島が言った。「大学ってのは面白いね。人間の見本市みたいなもんで」

「あなたが一番変わってるでしょう?」奈々子が突っこむ。

「そうかな」

「臨死体験した人なんて、クラスの中であなただけだし」

「臨死体験？」仲島は思わず聞き返した。「その、例の事故で？」

「そうそう。未だに自分でもよう分からんのやけど、自分の体を上から見下ろしてる感じは確かにあったよ。そういう話、聞いたことはあったけど、本当にあるんやね。フェンスのところで倒れてて、上から自分の体を見とるんよ。あまり気持ちええもんやなかったけどね」

仲島はうなずくしかできなかった。本当に臨死体験などというものがあるかどうかは分からないが、鹿島が甲子園で死にかけたのは嘘ではないだろう。

「本当に死ぬと思った？」思わず訊ねる。

「分からんわ」鹿島が首を振る。「気づいた時は病院におったからね。それで、ホントに意識を失ってたんだって分かったぐらいでね」

仲島も、意識が飛びそうになったことはある。真夏の練習、特にスピード走をしていると、周囲の光景が歪んで、方向感覚がおかしくなってくる時がある。だが結局一度も、気を失ったことはない。これからは分からないが……大学に進んでからの練習は、高校時代の練習を二段階ほどハードにしたものだった。慣れるかもしれないし、さらにきつくなったところで、自分の「天井」が見えてしまうかもしれない。

「俺のことはええけど、あんたもいろいろ大変やね」鹿島が突然話題を変えてきた。

「俺？」急に話を振られ、仲島は自分の鼻を指差してしまった。我ながら間抜けなリアクションだと思う。

「そう。野球は関係あらへんけど、SAって大変なんやろ？　特にあんたみたいに、日本記録を持ってる人は」

ずいぶんずけずけ喋る男だな、と仲島は苦笑した。今まで周りの人間は誰もが、腫れ物を扱うように自分に接してきた。冷たい視線に見えたのは、かかわり合いになるのが嫌だ、ということかもしれない。ＳＡに関しては、「変なことをしたらすぐに担当者が飛んでくる」という噂が流れているぐらいなのだ。とにかく徹底して守られた存在。それこそ、実は専属のＳＰがいるのでは、と仲島は疑っている。今もこの店のどこかに隠れて……まさか。客は自分たち三人だけなのだ。

「よく分からないんだ」

「分からないって？　自分のことが分からへんの？」鹿島は遠慮なく突っこんできた。

「ＳＡに指定されたっていっても、まだそんなに時間が経ってないから……Ｓ指定になってから宿舎に入って、専属のコーチの指導を受けてるだけだし。高校時代より、練習がずっときつくなったぐらいかな」

「普通の大学生は、そこまで恵まれとらんよ。よう知らんけど、うちの陸上部の連中だって、そんなに優遇されとらんやろ。コーチが常について教えてくれるなんて、羨ましい環境やわ。それに、金も貰えるんやろ？」

「あー、まあ……」

言葉を濁しても仕方がない——SAにどれだけの金がかかるかは、情報公開で明らかになっている——のだが、認めるのも恥ずかしい感じがする。大学生の身分で、S指定選手として毎月百万円も強化費を貰っているのが、後ろめたくもあった。食費、遠征や合宿の費用全てがスポーツ省持ちだし、ウエアは公式サポート企業の提供を受けているので、強化費を使うこともない。その使い方について、久しぶりに親の言うことをまともに受け入れた。「貯金しておきなさい」。

「せやけど、責任重大やな」鹿島が腕を組んだ。「プレッシャーもあるやろ」

「まだよく分からないんだ。S指定になってから、本格的なレースには出てないし」

「プレッシャー、絶対あるよ。ないわけがない。あんた、国民の期待を一身に背負うわけやし」

「そうかな……そうだよな」多くの人がそれを指摘する。間違いではないだろう。何しろ自分たちが受け取る金は税金から出ているのだから。しかし理屈で分かっても、気持ちとしては釈然としなかった。レースでぼろ負けして、「税金泥棒！」と罵《ののし》られれば、嫌でも実感できるかもしれないが。

「というわけで、俺がついといてやるわ」

「はい？」

「あんたの面倒は見てやる、いう意味」鹿島が誇らしげに胸を張った。

「意味、分からないんですけど」

「あのね、俺は将来高校野球の監督になるの。もう自分ではプレーできないけど、監督として華々しく、高校野球の世界に復活する予定なわけよ。そのためには何が必要だか分かる？」

「……さあ」

「指導力と、面倒見のよさ」

「俺、別に面倒見てもらう必要ないけど」

「そう？　最近の若者はひ弱やからねえ」鹿島は、仲島の言葉を完全に無視して言った。「指導する方が気を遣ってやらんと、あかんわけよ。そういうのを、大学時代に覚えようと思うんだ。あんたは、いろいろな人間のフォローが必要だから、俺にとってはいい練習台になるわ」

「フォローなんかいらないと思うよ」少しむきになって仲島は反論した。「そんなに追いこまれていないないし」

「何言うとるの。これからやで、これから」

　鹿島の口調は真剣だったが、にやにや笑いを浮かべているので、どこまで本気なのか分からない。だが、こんなことを冗談で言う奴はいない——いたとしたら、相当性格が悪い——と思い、仲島は一応真面目に聞くことにした。

「あんた、逃げ場がないやろ?」

「逃げ場?」

「野球はチームスポーツやから、誰かとぎくしゃくしても他にくっつく相手がおるけど、あんたはそういうわけにもいかんやろ? 大学には勉強しに来とるだけで、友だちを作るのも大変やろうし。せやから俺が面倒見たる、言うとるわけや。分かる?」

「分かったような、分からないような」

「まあ、ええよ」鹿島が声を上げて笑った。「要するに、友だち、いうことで。あんたは興味深い人やからね」

「そうかな」

「間近でSAを見るのは初めてや」

「そんな、人を珍しい動物みたいに言わなくても」

「動物と変わらないわよね、頭の悪さは」奈々子がいきなり割って入ってきた。

「煩いな」

「こっちは高校の頃から見てるんだから、それぐらい分かるわよ」

「いくら何でも、そりゃ可哀想やで」笑いながら鹿島が言った。「だいたい俺は、頭のいいスポーツ選手は見たことがないなあ」

「それは、あなたの高校も頭がよくなかったってことでしょう？」

「否定はできんわ」鹿島が顎を撫でた。「その中で、ちゃんと筆記で東体大に合格した俺は、ましな方やと思わへん？」

「あなた、うちの大学の偏差値、知ってる？　名前が書ければ入れるって話よ」

「ということは、あんたも名前だけ書いて合格したわけ？」

二人の漫才のようなやり取りを聞いているうちに、仲島は思わず吹き出してしまった。それを見て、鹿島も表情を緩める。

「大事なことやね」

「何が」

「笑うこと。笑ってリラックスして、平常心。スポーツにはそれが一番や」

平常心と闘争心……この前の座学の話か。ああいう講義を受けていなくても、スポーツの経験者は誰でも同じようなことを考えるのだな、と不思議になった。自分としては平常心が必要なわけで……笑いが平常心を保つのに必要、という理屈は何となく分かる。凝り固まった心を解して、小さなさざ波を引き起こし、その後に平穏をもたらしてくれる。

こういう友だちがいてもいいか、と思う。向こうは自分を実験材料ぐらいに考えているかもしれないが、この男がいい監督になるための手助けができると考えれば、そんなことはどうでもよくなっている。

何より、記録以外で他人から注目されているのが嬉しかった。


「今日、ありがとうな」

「何、いきなり」

奈々子が露骨に動揺して身を引いた。お礼を言われるのがそんなに珍しいのかな……俺、今までこいつをそんなに邪険に扱っていただろうかと、仲島は首を捻った。そうかもしれない。邪険とは言わないが、素っ気なく接していたのは間違いないだろう。単なる部員とマネージャー以上の関係ではなかった。

途中で鹿島と別れ、奈々子と二人で駅までの帰り道。五月とはいえ少し冷えこんできている。風邪でもひいたら、トレーナーに説教されそうだが……まあ、いいか。しばらくはレースもないのだから。

「鹿島を紹介してくれて」

「ああ、何となく合いそうだと思ったから」

「そんなこと、よく分かるな」

「伊達《だて》にずっとマネージャーをやってたわけじゃないわよ。これでも人間観察眼には自信があるし」

「そうか」

「仲島ってさ、昔から友だち作るの下手だったじゃない」

「うん、まあ……」それは認めざるを得ない。高校の陸上部の連中も、「チームメイト」ではあったが、友だちとは呼び難い。少なくとも向こうは否定するだろう――残念ながら。

「いいんじゃない？　あんたみたいに暗い奴には、鹿島君ぐらいの能天気な人間が合ってるよ」

「それ、どっちに対しても失礼だと思うけど」

「でも、友だちができてよかったじゃない」奈々子がにやりと笑う。何か企んでいるような笑顔だった。

「まあな」

「陸上以外で友だちができれば、世界も広がるでしょう。狭い穴の中に入りこんでちゃ、駄目だよ」

そんなつもりもないが……奈々子から見れば、俺は「陸上馬鹿」なのだろうか。奈々子は人脈豊富だ。高校時代も、マネージャーを務めながら生徒会活動をやり、他の高校のマネージャー連中ともつき合いがあったようだ。大学でも、少数派である女子の中心人物になっているらしい。

「まあ……助かるよ」実際、息苦しさを感じ始めていたのは間違いないのだし。

「一応、元マネージャーだからね。それぐらい、面倒見るわよ」

奈々子が、季節外れのひまわりのように明るい笑みを見せた。仲島は、その笑みにふっと引き寄せられた。こんなに魅力的に笑う娘《こ》だったかな……いや、そんなはずはない。これはあれだ、化粧のせいだ。大学生になって、生意気に化粧するようになったから、高校までとは違うように見えているだけだろう。

落ち着けよ、と自分に言い聞かせる。勘違いすると、ろくなことがない。

「あ、先行くよ。電車、来ちゃったから」

改札を通れば、二人は上り下りで別れる。目の前の改札の向こうに、ちょうど電車が滑りこんできたのが見えた。送っていくよ、という言葉を口に出せず、仲島は軽く右手を上げるしかできなかった。

言うべきだったのかどうかは、結局分からなかった。

3

奇妙な記事だった。

奇妙というか、にわかには信じられない内容の記事だった。

五月のある日、沢居はスポーツ省で岡部から第一報を聞いた。

「面白い大会が始まるみたいですよ」

「国内で?」そんな話はまったく聞いていなかった。新しい大会となれば、スポーツ省が必ずゼロから絡むのに。

「いや、フロリダ」

「何だ、それ」フロリダと言われてもぴんとこない。

「ええと、外電なんですけどね……『ニューヨークタイムズ』のウェブ版に載ったそうです。今、向こうの駐在が日本語訳を送ってきます」

「じゃあ、それを待つよ」散々海外遠征を経験してきたのに、沢居の英語力は高校生レベルのままだった。

「ちょっと待って下さいね……来た、来た」

岡部が巨体を丸めるようにして、パソコンのキーボードを叩いた。次の瞬間には、彼の隣のデスクに置かれたプリンターが紙を吐き出し始める。岡部が長い腕を伸ばしてプリントアウトを摑み、沢居に手渡した。

第二のオリンピック——ラーガ社の挑戦

スポーツ大会の理想とはどうあるべきか――IT業界の巨人、ラーガ社が、オリンピックに対抗する新たな総合スポーツ大会を計画していることが明らかになった。

ラーガ社のラオCEOが記者会見して明らかにした。会見によると、新たな大会は一切の商業主義を排し、選手の公平性を担保することを目的とする。最大の眼目は、参加する選手を三か月前から会場に集め、外部との接触を断たせることである。これにより、ドーピング問題を実質的に解決するほか、全員が同じ環境でトレーニングすることで、完全に公平なレースが実現する、としている。同社ではこの大会の名称を、「UG《ユージー》――Ultimate Games」と決めた。

会場は、フロリダ州のマイアミ沖に浮かぶ、リトル・バハマ島。この島はラーガ社が私有地として数年前に取得していた。同社が新たなビジネスとして、大規模なリゾート開発に乗り出すのではないかと見られていたが、今回、UGの舞台として使われることが決まった。今後、競技施設、選手用の宿泊施設などの整備を進め、二年後の開催を目指すという。

陸上、競泳は実施決定済みで、他にどのような競技を行うかを、今後検討していく。

ラーガのラオCEOは、会見で、「現在のオリンピックはヨーロッパ勢の意向とスポンサー企業の思惑に支配されており、必ずしもトップアスリートの最高レベルの大会にはなっていない。またドーピング対策も甘く、スポーツ本来の純粋性が損なわれている。

ラーガが全ての費用を負担することで、選手にまったく同じ条件で戦わせ、真に世界で最も優れたアスリートを決める大会にしたい」と述べた。

何なんだ、これは。沢居は助けを求めるように岡部の顔を見たが、彼も何が何だか分からない様子で首を捻っている。

「どういうことなんだ」

「金持ちの道楽じゃないんですかねえ」岡部が呆れたように言った。

「道楽にしては規模が大きくないか?」

「でもラーガですから、金は余ってるでしょう」

ラーガは、SNSなどのサービスを展開する、世界最大規模のIT企業である。本社はニューヨーク。日本でもSNSサービスを展開しているから、知名度も抜群だ。

「オリンピックを否定するような感じじゃないか」

「そんな感じに読めますね」

「気に食わないな。結局、ラーガの宣伝だろう」

「でも、ラーガが今さら宣伝なんかする必要あるんですか? あの会社のことなら誰でも知ってますよ」

それはそうだ。となると、本当にラーガはIOCに喧嘩を売っているのだろうか。オリンピックを話題に出さず、ただ「新しいスポーツの大会を開きます」と宣言すれば済むところを、わざわざオリンピックの問題点を槍玉に挙げている。

「記事はこれだけか？」

「会見の詳しい内容を入手するように、ニューヨーク駐在には指示しました」

スポーツ省では、主要国の大使館に職員を派遣している。ロンドン、パリ、ジュネーブ、ニューヨークなど。各国のスポーツ界の動向を調べ、必要なら交渉の先兵役を果たす。

「しかし、こんなこと、真面目に言うものかね」

「どうでしょうねえ。ラーガはオリンピックの公式パートナーでもないですし、直接の利害関係は今までなかったはずですよ。ま、宣伝というよりビジネスなんじゃないですか」

「確かにな……トップアスリートが揃えば観客は集まるだろうし。運営の仕方によっては盛り上がるし、金にもなる」

「でも、金持ちだけを相手にした大会になりそうですね」岡部が鼻を鳴らした。「島を専用スタジアムにするって……気楽に観に行けないでしょう。こういうの、日本人の発想じゃ出てこないですよね」

そもそも、このリトル・バハマ島はどんなところなのだろう。人は住んでいるのか、それとも無人島で、これからインフラ整備も進めなければならないのか。だとしたら、この大会開催にかかる費用は、天文学的な額になる。超大型客船でマイアミ辺りを出航した金持ちが、オペラグラス片手に優雅に観戦する――いったいいつの時代の物か分からないが、そんなイメージが頭に浮かんでしまった。

「商業主義を排除って言ってもなあ」沢居は頭を掻いた。髪が伸びたのには慣れてきたが、今でも時々鬱陶しくなる。思い切ってまた短くしてしまおうかとも思うが、この髪型は、現役時代への決別でもあった。「一社主催でやるなら、むしろ完璧な商業主義じゃないのか」

「そうですねえ。もしかしたらラーガが一元中継して配信するのかなあ」

「ラーガはテレビ局じゃないだろう」元々はＳＮＳサービスが世界中で受けて巨大に成長した企業だ。

「噂ですけど、ラーガがテレビのサービスを始めるっていう話があるんですよ。ネットを使って。それのコンテンツとしては最高じゃないですか」

「じゃあ、やっぱり自社の宣伝になるんじゃないか」

「そうかもしれません……でも、オリンピックとは毛色が違う大会になるのは間違いないでしょうね」

各競技団体は、この大会――ＵＧの扱いをどうするつもりだろう。記録が生まれても、公認しないのではないだろうか。ラーガが今後、どういう態度に出てくるかは分からないが、これまでのスポーツイベントのあり方に「反旗を翻した」と解釈する人間がいてもおかしくはない。

おそらく、選手にも無視されるだろう。公認されるかどうか分からない大会のために、長期間拘束されるのはたまらないはずだ。他にも出なければならない大会はたくさんあるわけで、正体不明の大会のために調整している余裕があるわけがない。

電話が鳴った。岡部が素早く腕を伸ばして受話器を摑む。

「はい——ええ、います……分かりました。伝えます」

受話器を置くと、「局長からです。すぐ来るように、と」と言った。すぐに、「今の話じゃないですか」とつけ加える。

「分からない」嫌な予感が膨らんだ。

局長室に入って、まず谷田貝の顔を素早く観察する。特に焦りや怒りは見えない。どうやらUGのことではないようだ、と判断する。しかし谷田貝は開口一番、「UGの件は聞きましたか？」と訊ねてきた。やはりそうか。

「今聞いたばかりです。何か、対策は……」

「いや、まだ具体的な対策を取る段階ではないでしょう。情報収集はしておくべきですが、焦って動いても何にもならない」

「そうですか」やはり用件はこれではなかったのだ、と分かった。

「実は、新しい仕掛けを考えています」

勧められるままソファに腰を下ろした途端、本題を切り出された。

「はい」

「SAに、新しいレベルを追加しようと思います」

「レベル、ですか」枠を増やすという意味か、と想像した。SAは四月現在で、千五百八十二人。それが選手の実績によって四つのレベルに分けられている。

「現在のSからCまでの四段階の他に、ジュニア枠のようなものを設けようと考えています」

「Cの下のレベルということですか？」

「いや……実質的にそうでも、Cの下、という位置づけにはしたくないんです」

「よく分かりませんが……」沢居は首を捻った。この局長は時々、真意が読みにくいことを言い出す。

「各ランクの条件は、記録によって綿密に決まっています。これを緩めることはしません。そんなことをすれば、相対的にレベルが下がってしまう」

「ええ」

「しかし、全体の人数を増やしたいのですよ。そのためには、別枠でランクを新設するしかないでしょう。名目は考えます。ＳＡ指定の標準記録には及ばなくとも、将来有望な選手とか」

「それは……何のためですか」底上げ、というわけではないだろう。スポーツ省も当然、予算に縛られる。単に「底辺を広げる」という理由だけで、ＳＡに使う金を簡単に増やせるわけではない。

「ＳＡを焦らせるためです」

「どういうことですか」

谷田貝が立ち上がった。デスクに置いた紙片を取り上げ、デスクに尻を引っかけるように座って視線を落とす。

「あなたは分かっていると思いますが、去年のオリンピック後、ＳＡの成績が総体的に振るいませんね」谷田貝の口調が冷たくなる。

「それは……仕方ないのではないですか」生意気だと取られるかもしれないと思いながら、沢居は思わず反論した。「オリンピックは大きな節目です。終われば、身を引く選手も出てくるんですよ。世代交代のタイミングなんですから、全体にレベルが落ちてくるのはいつものことです」

「柔道も、十二月のグランドスラムでは、結果が出ませんでしたね」

それを指摘されると頭が痛い。金メダルは男子最軽量、六十キログラム級の大橋《おおはし》の一つだけ。オリンピックでの快進撃が嘘のような惨敗だった。沢居は直接かかわっていたわけではないが、関係者から散々愚痴を聞かされたものだ。全柔連の幹部からは、内々に現役復帰を打診さえされた。もちろん、その場で即座に断ったが。一度閉めた蓋を開けるのは容易ではないのだ。

沢居の蓋は、しっかり閉じられた上に釘打ちされ、さらに上にもう一枚板を被せてある——引退の決意はそれほど強いのだ。仲間たちが苦しんでいるのを見るのは辛いが、一度決めたことは撤回できない。それにもう、畳を降りてかなりの時間が経ってしまった。これからリカバリーするのは不可能だろう。

「申し訳ありません」

「全体に、気が緩んでいる」谷田貝が厳しく指摘した。「スポーツ省の仕事に区切りはありません。オリンピックでアメリカや中国を上回るメダルを獲得する最終目標を果たすまでは、止まってはいけないんです。それに事は、柔道だけの問題ではありませんよ。陸上も競泳も、全体にレベルダウンしている。このままでは、次回オリンピックでの金メダル倍増計画は崩壊する」

「焦るのはまだ早くないですか」次のオリンピックは三年後だ。前回のオリンピックで活躍し、次の飛躍を狙う選手にとっては、まだ準備すら始まっていない段階である——少なくとも心理的な準備は。

「いや、三年はあっという間です。今も弛みは、早く立て直さないといけない。だからこそ、ＳＡを増やすんです」

「底辺拡大をしていくには、それこそ時間が――」

「そんなことは、期待していません」

さっぱり分からない。沢居は座り直した。上質な革が、尻の下で不快な音を立てる。

「どういう意味ですか」

「さっきも言いましたが、ライバルが増えれば、尻に火が点くでしょう」

「それはそうかもしれませんが……」

「ＳＡの選手は、優遇されているばかりに、気が抜けてしまうことがあります。一定の成績を収めていれば、指定を解除されることはありませんから、そういう状況に胡坐《あぐら》をかいてしまうんじゃないですか。だからまず、国内にライバルを増やしたい」

痛いところを突かれた、と思った。自分は、そんなことはなかったが……というより、ＳＡであることが当たり前になってしまい、普段意識することすらなかったのだ。だが、楽に生活できるだけの金を毎月貰い、練習と試合漬けの日々が続けば、向上心をなくしてしまう選手がいるのは簡単に想像できた。

「選手には、国内でも常に追い上げられているという意識を持ってもらわないといけない。簡単な理屈です……それで、あなたの次の仕事ですが、新しいランクの選手のピックアップをお願いしたい」

「私がやるんですか」管理職でもないのに。一介の職員である自分に、局長が直々に指示を出すのも変な話だ。

「あなたは、ＳＡからスポーツ省に入った、数少ない人です。後に続く人の見本ですから、頑張ってもらわないといけない。あなたが失敗すれば、それはあなたを選んだ私の失敗とも取られます。そして、私の失敗を待ち望んでいる人間もいるんですよ……とにかくこのプロジェクトは、ある意味実験ですよ。あなたの直接の上司には話を通してありますから、今日から動いてもらって結構です」

「分かりました」何とも厄介な話を……厄介というか、ひどい話ではないか。要するに噛ませ犬を探せ、ということである。もちろん、その噛ませ犬が実力をつけ、元々のＳＡの選手を追い越す可能性もある。それはそれで底上げになるのだろうが、どうにも釈然としない。そして、これまで谷田貝があまり見せなかった官僚的な態度も気になった。

　腰を浮かしかけた瞬間、谷田貝がまた声をかけた。

「仲島君はどうですか」

「ぼちぼち、ですかね。練習は順調にこなしているようです」

「次の大きな大会は……六月の日本選手権ですね」

「ええ。一万と五千、両方にエントリー予定です」

「そろそろ絞って下さい」

「十分絞れていると思いますが」

「まだまだ、彼は実力を百パーセント発揮していないでしょう」

「……すみません」

「今後も彼のフォローをよろしくお願いします。もちろん、ジュニア枠に、彼を焦らせるような若い選手を入れることも忘れないで下さいよ」

「もしかしたら、その枠自体が、仲島のためなんですか？」

「彼一人のために、億単位の予算を注ぎこむのは馬鹿げています」谷田貝が苦笑したが、次の瞬間には真顔になった。「もちろん、仲島君のことは最優先ですが」

「分かりました」

一礼して局長室を出た後、自分の身の上について思いを馳せる。一年前には、こんなことをしているとは想像もしていなかった。オリンピックを最後に引退することは決めていたが、その後に関しては茫洋と、「どこかで柔道を教えているかもしれない」ぐらいにしか考えていなかった。それが今、毎日背広を着て霞ヶ関に通い、それまでまったく馴染みのなかった競技の選手と会い、様々な根回しをする立場になっている。

現役時代とは違う疲れを感じることもある。優里奈に愚痴を零すことも多くなって、迷惑をかけっ放しだ。彼女は、そういうことで文句を言う女性ではないのだが、こちらとしては心苦しい。土日に多い大会を視察するために、休みも飛び飛びになっている。沢居が現役を引退してから優里奈も働き始めた——結婚前に勤めていたＩＴ系の会社が簡単に再雇用してくれた——ので、二人で過ごす時間が減ってきている。それで夫婦仲がおかしくなっているとは思いたくなかったが、沢居のストレスは溜まる一方だった。せめて仲島が心を開いてくれればと思うが、こちらもまだ手探りの状態である。警戒しているというか、自分の殻に閉じこもっているというか。

この辺に関しては、協力者の二人に定期的に話を聞く必要がある。少なくとも自分よりは、接触の機会が多いのだから。

長い廊下を歩きながら、ぼんやりと考える——それにしても不思議だ。自分はどうして、この世界に簡単に馴染んでしまったのだろう。スポーツの世界に身を置いていることに変わりはないから、だろうか。もちろん、「表」と「裏」の違いはある。現役時代は自分のことだけを考えていればよかった。それ以外には、代表の座を巡る国内のライバルたちの調子、そしてメダルを争う海外の選手たちの動向ぐらいしか頭になかった。今はそういう選手たちを支え、育成する立場になっている。指導者ではなく、まさに裏方なのだが、だからと言って誇りが傷つけられることはなかった。スポーツ省は、プロスポーツも含めて日本のスポーツシーンを全てコントロールする組織なのだから、一段上に立った感覚はある。知らない世界を見られる楽しみもあった。

ＳＡを辞めた後の人生としては、誇っていいものだろう。そう思っても、何となく胸がざわつく。本当に大変なのは、ＳＡを辞めた後なのだと思い知った。

面倒な仕事を押しつけられたその日の夕方、沢居が藤城と会ったのは、まったく偶然だった。新橋を歩いていて、いきなり声をかけられたのだ。

「どうした、こんなところで」

「ちょっと仕事で……」自分で声をかけておきながら、藤城の言葉は曖昧だった。

「忙しいか？　お茶でも飲もうか」

「そうだな」

はっきりしない。視線も彷徨《さまよ》っている。大丈夫なのか、と心配になって、沢居は藤城を引っ張るように、近くのカフェに入った。

「あいつ、覚えてるか？　宗像《むなかた》」コーヒーを一口飲んで、藤城がいきなり切り出した。

「誰だったかな」沢居は、その名前が記憶になかった。よくある名前ではないから、覚えていてもおかしくないのだが。

「俺と同じ時期にバスケでＳ指定になった――」

「ああ、あいつか」一時、トレセンの宿舎にもいた。藤城並みに大きかったから、嫌でも目立っていたものだ。当時の記憶が徐々に蘇ってくる。「確か半年ぐらいでＳ指定から外れて、宿舎からいなくなったはずだよな」

強化指定を外されるのは、珍しいことではない。結果を出せなければ、スポーツ省は遠慮なく選手を切り捨て、新しい才能に賭ける。当時、沢居たちは急に選手がいなくなるのを「夜逃げ」と呼んでいたのだが、それは自分たちの危機感を冗談にまぶして表現したものだった。

「宗像がどうかしたのか?」その後の噂はまったく聞いていない。同い年のＳＡであっても、競技が違うとやはり接点が少ないのだ。

「逮捕された」藤城が声を落とした。店内に客は少ないが、やはり人の目は気になるのだろう。顔色も目に見えて悪くなっている。

「ええ?」沢居は逆に声を張り上げてしまった。「何でまた」

「詐欺なんだ。悪い連中とつるんでたみたいでさ……常習だったんだな」

「知らなかった」スポーツ省の中で話題になっていてもおかしくないのだが、と沢居は不思議に思った。やはり一度指定を外れた選手は、もう関係ないということか。

「指定解除されてからいろいろあったらしくてね……大学の方も上手くいかなくて、途中で辞めたみたいだ。で、仕事を転々として、その後悪い連中とのつき合いができて、ということらしい。ひどい人生だよ」

「刑務所に入るのかな」

「分からない。裁判はこれからだから。でも、悪質だということになれば、実刑判決を受けるかもしれないな」

「そうか……でもお前、何でそんなこと、知ってるんだ」

「警察に呼ばれたんだ。あいつが俺の名前を出したらしくて……」藤城が声をひそめる。

「警察は俺を共犯だと思ったんじゃないかな」

「まさか」

「疑うのは警察の仕事だから」藤城が諦めたように言った。「しょうがないから、SAだった頃の事情とか、話してきた」

「何てこった」沢居は呆然として、カップを持つ手を宙で止めた。「あいつが……信じられない」

「そうかな。俺には分かる気もする。お前みたいに頂点まで駆け上がって、SAとしての役割をきちんと果たした人間には分からないかもしれないけど、俺たちはずっと不安だ——不安だったんだ」

「どうして」

「子どもの頃から、運動ばかりやってきただろう？　社会に出るにしても、他の人よりスタートが遅れるんだよ。だから焦りもあるし、人に騙されやすい……あれだよな、SAもきちんと学校に通って、同年輩の友だちをたくさん作るべきだと思うよ。学校っていうのは、やっぱり小さな社会だからさ。ちゃんと学校に通えば、人間関係の基礎を学べると思うんだ。そういうことを知らないで大人になったから、宗像みたいなことをする人間が出てくる」

「ああ」自分もいまだに、常識知らずだと恥じることがある。実生活では優里奈にずいぶん助けてもらっていた。

「お前も、俺みたいに出先じゃなくて本省にいるなら、その辺のことも考えてやってくれよ。SAを途中で辞めるのが、一番大変なんだぜ。フォローもほとんどないんだし」

「そうかもしれない」

「いや、実際そうなんだ」藤城がやけに熱心に言った。「お前は理想の辞め方をしたから分からないかもしれないけど……」そこまで言って、はっと気づいたように口を閉じる。急に照れ笑いを浮かべて、「別に、お前に文句を言ってるんじゃないよ」と言い訳した。

「分かってる」言ってはみたものの、どこか釈然としなかった。何というか……自分は確かに、SAの最高の成功例だろう。小学生時代から投入されてきた予算は、金メダルという形で結実した。スポーツ省としても胸を張れる結果だろう。もちろん、「もっと早くメダルが取れて然るべきだった」と思っている人間もいるだろうが……。

藤城の言葉に、時々ちくちくと刺さるような嫌みが混じるのも、彼がまだ諦めきれていない証拠だと思う。もしもほんの少しタイミングが違っていたら、今の沢居の立場にいるのは自分だった、と考えているのではないだろうか。

人は嫉妬でできている。そして自分に自信を持つ人間ほど、嫉妬は強い。

4

「もう少し愛想のいい対応をして下さい」

そんなこと言われても、「はあ」としか答えようがないよ、と仲島は心の中でぼやいた。だいたい、どうして取材なんか受けなくちゃいけないんだろう。自分の仕事――やるべきことは、誰よりも速く五千、あるいは一万メートルを走り抜けることで、それ以外は全て「余計なこと」じゃないか。

今日の座学は、「メディア対応」だった。既に四回目。毎回マスコミ関係者が講師を務め、メディア別にどんな風に取材に応じるべきか、説明していく。それは結局、「こういう風に答えて欲しい」という自分たちの願望を伝えているだけではないかと、仲島は白けた気分を募らせていた。もちろん、初めて知ることもあり、今後公の場に出て行く時に恥をかかずに済みそうなのはありがたいが……。

しかし講座も四回目になり、個別面談で面と向かって指摘されると、どうしても反発せざるを得ない。

「元々愛想なんかないんですけど」

「そうは言ってもね、取材する方も笑顔を見たいものだから」

今日の講師――面談の担当者は、スポーツ省広報部の女性職員だった。受け取った名刺――黒木真衣《くろきまい》とある――が手の中で湿っていくのを感じながら、このまま逃げ切れるだろうか、と心配になってきた。こういう心配性も、簡単には治らない。本当に、できるだけ面倒なことは避けて、走るだけに集中したいのに。

「でも、結果に満足できなければ、笑えませんよ」

「満足することもあるでしょう？」

「ないです、今まで一度も」仲島は首を振った。嘘をついても仕方がない。これは紛れもない本音だった。

「本当に？」

真衣が、傍らのテーブルに置いたノートパソコンを弄《いじ》った。動画が再生される。ああ、これか……仲島は顔をしかめ、それを隠すように、慌てて右手で擦った。一万メートルの日本記録を更新した去年のレース。あれだって、自分としては不満だけが残る結果だった。もっとタイムを短縮できたはずなのに……テレビのインタビューを受ける自分の姿を見ると、我ながら不機嫌だな、と思う。これは絶対、印象が悪くなる……しかし、愛想笑いをすることなど、考えただけでも気持ち悪かった。

「どう思う?」真衣が意地悪な口調で聞いてきた。

「態度、悪いですね」

「それは自分でも分かるんだ」

「こうやって、改めて見れば」クソ、あんたの方がよほど性格悪いよ、と思った。こんな風に追いつめるやり方は、コーチングでは絶対駄目なんだぜ。

「ちょっと笑ってみて」

「ここでですか?」背筋にかすかな緊張が走り、頰が引き攣るのが分かった。

「もちろん」

「今?」

「ちょっとやってみて。簡単な話でしょう」真衣の顔に、うんざりした表情が過《よぎ》った。何でこんな簡単なことができないのか、とでも思っているのだろう。

仕方ない……仲島は笑ってみせた。満面の笑みのつもりだったが、真衣は溜息をつくばかりである。

「駄目ですか?」笑っているのが恥ずかしくなってきて、口をへの字にした。

「全然笑ってない。むしろ怒ってるように見える」

「まさか」

「あなた、友だちとかいない？」

「いないわけでもないですけど……」すぐに頭に浮かんだのは、奈々子と鹿島だった。二人とは頻繁に会う。被る講義が多いので必然的にそうなるのだが、だいたい昼食も二人と一緒に食べていた。ありがたいことだ、と最近は素直に感謝するようになっている。大学にいると、何となく白い目を意識するのだ。スポーツ専門の大学であるが故に、SAに対して、複雑な思いを抱いている学生が多いらしい。要するに、「何で俺じゃなくてお前なんだ」。陸上のSAは純粋に記録で選ばれるから、やっかまれてもどうにもならないのだが。

「そういう人たちと話す時、どんな感じ？　もっと自然に笑ってない？」

「じゃあ今度、そいつらと話す時にビデオでも回して研究しておきます」多少自棄《やけ》になって、仲島は言った。

「その方がいいわね。撮ったら、私に見せて下さい」

本気かよ……啞然として、仲島は口をぽかりと開けた。冗談で言ったのを真に受けるとは。どうにもやりにくい。SAになって宿舎に入り、大学とグラウンドの往復だけのような毎日。冗談が一切通じなくなっているのかもしれない。

「冗談なんですけど」念のために言ってみた。

「冗談でも何でもいいけど、今のは必ずやってみて」

「はあ」

「自然にするのは案外難しいけど、やれないことじゃないわ。自分の自然な状態がどういう感じか知っておけば、ちゃんと笑えるようになるから」

　また「はあ」としか言えない。たかがマスコミ対応で、何でそんな面倒なことをしなくちゃいけないんだ……今の面談の時間で、六十分走を一本こなせたじゃないか。座学のために練習時間が削られるのは本末転倒だと思う。何しろ仲島は、練習が好きなのだ。もしかしたら、本番のレースより好きかもしれない。レースでは面倒な駆け引きも生じるが、練習はひたすら自分との、そしてタイムとの戦いだ。レース本番で一分タイムが縮むよりも——そんなことはまずないが——練習で一秒早く走れた方が嬉しかったりする。こういう気持ちを目の前の女性に打ち明けても、何にもならないだろうが。

「とにかく、笑顔ね、笑顔」真衣が自分の頰を両手で叩いた。

「無理には笑えません」

「だったら、レースで自然に笑える時はいつくるの？」

　くる。

　いつ笑えるかは分かっている。世界記録を出した時だ。納得のいく走りができて、世界記録を出せば笑うさ。心の底から笑ってやる。でも、今は駄目だ。自分でも納得できないタイムで終わった後、マスコミの取材に笑顔で応じるなんて、俺には絶対に無理だ。

俺はそんなに器用な人間じゃない。

多少なりとも落ち着ける機会……それがレースだ。しかも今回は、自分が普段練習を重ねているトレセン内の競技場——東京陸上競技場が会場だ。宿舎を出て会場に入るまで、徒歩五分。こんなに楽なレースはない。

宿舎から競技場までが地下通路でつながっていることを、仲島はSAになって初めて知った。悪くない。これなら人目を気にせず移動できるし、ぎりぎりまで自室で集中力を高めることもできる。

レースが始まる一時間前、仲島は宿舎を出た。それまでは、宿舎内のトレーニングルームでストレッチをしていた。ざわついた雰囲気に身を置くのは、少しでも先延ばしにしたかったたし、それは個人コーチである相馬《そうま》の意向でもある。

ストレッチを終えると、軽く汗をかいていた。後は、競技場のサブグラウンド——屋内にある——で少し走って、完全に筋肉を解してやればいい。

相馬につき添われて、薄暗い地下通路を歩いて行く。既に競技を終えた選手が宿舎へ戻って来るのとすれ違ったが、彼らの顔を見ただけでは、勝ったのか負けたのか分からなかった。それぐらいポーカーフェース……そういう彼らも、取材を受ける時には笑顔を浮かべる。どうしてそんなに簡単に切り替えができるのか、さっぱり分からない。

先日、メディア対応の講師に言われたことがいまだに心に引っかかっている。一々気にしていてはいけないのだが……大事なのはレース内容だ。終わった後のことまで心配していたら、肝心のレースが疎《おろそ》かになる。

通路の床はトラックと同じポリウレタンで、歩いていくうちに、自然に体が慣れてくる。照明も薄暗い状態から次第に明るく、最後の百メートルは外光を上手く取り入れて、外の明るさと同じになっているという。これも自然に目を慣らすためだろうが、ちょっと過保護だな、と思った。

相馬はぴたりと仲島の横につき添って歩いている。自分よりも彼の方が緊張しているようだ。このコーチは、どんな小さなレースでも、同じように緊張する……今日は日本選手権なので、ひときわ気合いが入っているのかもしれない。

陸上のコーチ陣は層が厚い。初めてその組織図を見た時、仲島は啞然としたものだった。各種目ごとにヘッドコーチがいて、その下に個人コーチがつく。さらにトレーニングコーチ、トレーナー、栄養士らが揃っていて、実際には選手よりも数が多いのだ。東京競技場で試合がある時はいいが、遠征は大変だった。国内だと、バスを何台も連ねることになる。

もちろん相馬も元SAで、A指定の選手だった。引退後に、「指導のスペシャリスト」に転じているが、個人コーチにつくのは初めてだと聞いている。俺で上手く成功すれば、後はヘッドコーチを目指すのだろうか、と仲島は想像していた。

「調子は」低い声で相馬が訊ねる。まるで自分が走る時のように緊迫した口調だった。

「普通です」

「他に何か言えないのか」冗談めかして言ってはいるが、かすかな苛立ちが伝わってきた。

仲島は、この男がどうしてこんなにいつも苛々しているのか、理解できなかった。もちろんコーチとして、常に結果を求められるプレッシャーはあるだろう。それでも人はいつか、圧力に慣れてしまうものだ。ましてや相馬は三十五歳、自分よりずっと経験豊富で、プレッシャーをやり過ごす方法などよく知っているはずなのに。

「特にないです」

「それならいい。レーススタート時の予想気温は二十二度、湿度四十パーセントだ。無風状態だが、ビル風には気をつけろ」

「はい」

何度も同じようなやり取りが繰り返されてきたな、と思い出す。相馬は、コーチというよりは「研究者」のようだ。感情を露《あらわ》にすることなく、いつも仲島を研究対象として見ている感じがする。それが不気味だった。最初の頃はいろいろ話しかけてみたのだが、いつも通り一遍で苛ついた調子の答えしか返ってこないので、最近はまともな会話を諦めている。別に、そういう気楽な会話がなくてもどうでもいいのだが……常に自分の一番近くにいる人間と気持ちが通い合わないのは、どこか寂しい感じもする。もっと率直に言えば不気味だ。

薄い闇が次第に消えていく。やがて、ほとんど外と同じ自然光が仲島を包みこんだ。六月。朝のニュースでは、今日の最高気温は二十五度だと言っていた。一万メートルが始まる時刻には、相馬が言うように、もう少し気温は下がっているだろう。走るコンディションとしては悪くない。仲島の好みとしては、もう少し涼しい方がいいのだが、これればかりはスポーツ省もコントロールできない。

地下通路は、そのままサブグラウンドに続いている。このサブグラウンドを初めて見た時にも、度肝を抜かれた。競技場の地下に、もう一つ四百メートルトラックがあるのだ。どういう構造になっているのか分からないが、地下に突然現れる広大な空間は、少しだけ薄気味悪いものだった。暗くはない。むしろ照明は人工的に明る過ぎた。ここに来るといつも、最初は落ち着かない気分になる。走り出せば、すぐに慣れるのだが。

地下で天井が低いため、投擲系の練習はできない。基本は走るだけ。人は少なかった。ここを本番前のウォームアップに使えるのは、ＳＡだけなのだ。ＳＡ以外の選手は、この存在すら知らないだろう。いつも、程よくアップを終えたＳＡの選手がどこからか現れるのを、不思議に思っているのではないだろうか。

仲島はトラックの中に荷物を置き、もう一度ストレッチを始めた。全身の筋肉は程よく伸びた感じがしているが、常に動かしておかないと冷えてしまう。じっとこちらを見ていた相馬が、「雄平」と短く声をかけてきた。

邪魔して欲しくないんだけどな……少しだけ鬱陶しく思いながら、トラックの外にいた相馬の元に駆け寄る。

「今日は狙っていい」

「はい」興奮が背中を駆け上がるのを感じた。

「タイムを狙えるコンディションだ。材料は揃っている」

「分かりました」

「ただし、無理をする必要はない。十秒……五秒短縮できればよしとしよう。今日は特にマークする選手もいないから、自分のペースで走っていいぞ」

「はい」

うなずき、トラックを軽く流し始める。確かにコンディションはいい。走りに上手く体重が乗っている感じがした。「軽い方が走りやすい」と言う選手もいるが、仲島はあまりにも体が軽いと——実際にそう感じる時はある——スピードが乗らなくなる。ちょうど、去年日本記録を出した時と同じような感じがした。今回、昨日行われた五千では、優勝したものの記録は更新していないが、自分の中では悪くない走りだ、と感じていた。

今日はいけるのではないか……。

予定のアップを終えると、仲島は「トイレに行きます」と告げた。相馬はそれが何故か気に食わないようで、渋い表情をする。体が冷えると思っているのかもしれないが、仲島には仲島なりのタイムスケジュールがある。レース開始二時間前にストレッチ開始。この時に十分な水分を取る。一時間前からは軽いジョギングで体を解して、準備を整える。四十分前には必ずトイレに行き、その後はできるだけ静かに過ごすのだ。相馬は相馬で、レース前のスケジュールを考えている。ジョギングは三十分、その後再度ストレッチをして体を冷やさないようにし、サブグラウンドでスタートをじっと待つ——何度もそのスケジュールを押しつけてきた。しかし結局仲島は、自分のやり方を貫いている。こんなことまで、介入して欲しくなかった。相馬に言わせれば、水を飲む量とタイミングを間違えなければ、レース前にトイレに行く必要はない。あなたは、俺の膀胱までチェックしているんですか、と皮肉に聞きたくなることもあったが、聞いてはいない。もしかしたら、本当にチェックしているかもしれないから。

ＳＡにつくコーチは、概して冷静で実務的だと聞いているが、相馬は度が過ぎている。感情を一切見せず、仲島を機械として扱っている節があった。

東京陸上競技場で一つだけ不満があるとすれば、トイレの位置である。ＳＡ以外の選手が使えない地下練習場から一番近いトイレは、一般客が使うのと同じ物である。大きな大会では観客もそれなりに集まるから、どうしてもトイレで顔を合わせることになる。声をかけられるのが面倒なので——わざわざ会場に足を運ぶ熱心なファンは選手の顔ぐらいチェックしているし、自分は背も高いので目立つ——ユニフォームの上に必ずジャージを着こむか、ベンチコートを羽織っていく。

トイレに行くのは、行きたいからではない。レースがある日は、朝から水分を取るタイミングを決めているので、急に小便がしたくなるようなことはないのだ。あくまで念のためである。個室が空いていればなおいい。五分ほどそこに籠って精神集中を図る。

今日は個室が一杯だった……仕方ない。用を足し、トイレを出たところで、いきなり声をかけられた。

「雄平」鹿島だった。驚いたように目を見開き、両手を広げる。

「何やってるんだ、こんなところで」仲島は思わず訊ねた。

「何って、トイレだよ」

「何でここに？」

「お前の応援に決まってるやろ」

「応援？」仲島は目を細めた。何だ、それ？　鹿島とはよく昼飯を食べて、講義の情報を交換したり馬鹿話をしたりするが、わざわざ応援に来てくれたのは意外だった。それも、事前に何も言わずに。

「陸上なんか観て、面白いのかよ」

「やってるお前は面白いんか？」

すかさず切り返してきたので、思わず苦笑してしまった。面白いとか面白くないとか、そういうレベルの問題ではないのだ。

「わざわざ悪いな」

「いやあ、朝から観てたけど、結構面白いのな。お前の出番、もうすぐやろ？」

「あと……四十分だな」

「そんなのんびりしててええんか？」

「それは大丈夫だけど」

「ま、しっかり走ってや。奈々子も応援に来てるさかい」

「そうなのか？」二人とも水臭い、と思った。応援に来るなら、事前に一声かけてくれればいいのに。「あいつ、どうしてる？」

「ああ」鹿島がにやにや笑った。「えらく緊張してるけど、つき合いが長いと、いろいろ考えることもあるんやろうね」

「別につき合ってるわけじゃない」耳が少し赤くなるのを感じながら、仲島は反論した。

「意味が違うわ、意味が」鹿島が声を上げて笑った。「お前、別に女で困ってるわけやないやろ？」

「いや、まあ、別に……」その面に関しては、ゼロと言ってよかった。実際、女性とつき合っている暇などない。

「まあ、ええよ。俺らを見つけたら、手ぐらい振ってくれよな」

「分かるかな」東京陸上競技場は、スタンドの傾斜が急なせいもあって、だだっ広い、という感じはしない。しかし客席は五万以上あるので、場所が分からなければ、特定の人間を見つけ出すのはほぼ不可能だ。「どの辺に座ってる?」

「ホームストレッチの前から三列目。しかし、陸上も人気なんやねえ。周りは結構埋まってるで。皆、お前目当てやないんか?」

「まさか」笑い飛ばしたが、胃がきゅっと縮むような感じがした。日本記録を出して以来、マスコミのインタビューを受ける機会は増えたが、会場で声援を浴びることは滅多にないのだ。だいたい陸上の大会には、それほど人が集まるものではないし。

「そろそろ、そういうのも意識しろよ。急に人気者になったら、戸惑うばかりやろ」

「あまり目立ちたくないな」仲島は壁に背中を押しつけた。ジャージ越しに、硬く冷たいコンクリートの感触が伝わる。

「それは無理やて」鹿島が顔をしかめる。「俺だって、いまだに声をかけられるぐらいやからね」

「お前は、それだけ印象に残る怪我をしたからだよ」

「ありがたいのか、面倒臭いのか、ねえ」鹿島が人差し指で頬を掻いた。「とにかく、気をつけてないとびっくりするで。一夜明けたら、日本中の人気者になってるってこともあるし」

「まさか」そんなことになったら、ただ面倒臭いだけだ。本当に……声援など必要ない。ただ、タイムのためだけに走りたい。レースですらないのが、仲島の理想だった。一人きりで走り、タイムの短縮を目指す。誰が強いかは、それを比べるだけでいいではないか。

「ま、本当にあっという間やから。それが好きでも嫌いでも、本人にはまったく関係ないからね……一つ、お願いしておこうかね」

「何だい？」

「有名人になっても、お前はお前な」

「分かってるよ」

「じゃ、俺らも友だちってことで」

仲島は、わずかに頬が緩むのを感じた。これが「自然な笑み」というものじゃないかな、と思う。

だったら今、ビデオを回しておけばよかった。

いた、いた……グラウンドに出た瞬間に周囲を見回し、仲島はすぐに二人を見つけた。鹿島が言った通りに、ホームストレッチのほぼ正面、最前列に近い場所に陣取っている。実際、仲島が見つけるより先にこちらに気づき、二人揃って立ち上がって、思い切り手を振ってきた……これじゃ無視できないよな。仲島はちらりと二人を見て、右手を軽く上げてみせた。その瞬間、二人の周りにいる観客から、「おお」というどよめきが走る。ああ、これはまずかったか……まるで「スーパースター登場」じゃないか。目立つことなどしたくないのに。

うつむき、余計なことはしなければよかった、と悔いる。もしかしたら相馬も今のを見て、怒っているかもしれない。レース前はレースのイメージに集中しろ、と……これからは、スタンドは見ないようにしよう。

一瞬だけ後悔した後、意識はすぐにレースに向かった。巨大な電光掲示板を見上げると、現在の気温は十九度。まだ陽は高いが、過ごしやすい陽気だった。空気が乾燥しているのもいい感じだった。湿気が高いと、空気が体にまとわりつくのが気になるのだ。そして相馬が言ったように、ほぼ無風状態。あとは、突然吹く気まぐれな風に気をつければいいだろう。東京陸上競技場は都心にあり、周囲に高層ビルも建ち並んでいるので、時に予想もしていないビル風が吹き抜けるのだ。正面から強い風が吹きつけてくると、さすがに一瞬怯《ひる》んでしまう。ただしこればかりは自分ではどうしようもないから、その時になって考えるしかない。当然他の選手も、同じような影響を受けるわけだし、条件は一緒だ。

とにかく準備しよう。ひたすら体を動かし続ける。決してむきになる必要はなく、ただ体を冷やさないようにするために。

しかしグラウンドに出てしまうと、レースはあっという間に始まる。緊張感で時間が引き延ばされるような感覚を味わうことがないのは、経験から分かっていた。

出走するのはちょうど三十人。二段階スタートになるので、半分の十五人は五レーンの外側で待機中だ。仲島は内側。両手をぶらぶらさせながら、号砲を待った。「パン」という聞き慣れた音を、一瞬聞き逃しそうになる。そう、すり鉢状の東京競技場では、スタートピストルの音は少しエコーがかかって聞こえるのだ。百メートルだったら、反応タイムが遅くてスタートに失敗しているところだな、と思ったが、長丁場の一万メートルでは大したロスにはならない。どのみちしばらくは団子状態が続くから、スタートでどんなに早く飛び出しても意味がないのだ。

走り出しは危険だ。横に並んだ選手たちが、一斉にイン側を目指して切りこんでくるので、大混乱が生じる。それを上手く乗り切るためには……ひたすらスピードを上げて走ることだ。特に仲島は内側から二番目の位置にいたから、内側へ切りこむ意識を持たなくていい。横の動きは、外から内へ動こうとする選手が気をつければいいことなので、自分はひたすら「前」を見ていればいい。

一人の選手がいきなり飛び出した。ゼッケン「65」……名前は知らないが、ユニフォームの色を見れば美浜《みはま》大の選手だと分かる。頭のぶれがない、いいフォームだ。続いて実業団の選手が三人。四人が窮屈な順位争いをしていたが、すぐにペースは落ち着いた。この時点で先に出ようが後ろを走ろうが、あまり関係ない。

仲島は三番手のグループにつけた。とはいえ、前とも後ろともほとんど差がない。ちょっとスピードを上げるか落とすかすれば、簡単に順位が入れ替わるぐらいだ。しばらくは前を行く選手のペースに合わせていけばいい。一万メートルは長いから、駆け引きのタイミングは何度も訪れる。もちろん仲島は、順位にそれほどこだわっているわけではなかったが……勝たなければ意味はないのだが、それは一位でないと記録が「新」と認められないからだ。どんなにタイムを短縮しても、二位の記録に意味はない。今日も勝って、記録も更新する。コーチから「狙っていい」とお墨つきを得たのだから、全能力を解放するつもりだった。

「仲島！」誰かが叫ぶ声が耳に飛びこんだ。まさか、鹿島？　いや、まさかあいつはこんな恥ずかしいことはしないだろう。勘弁して欲しいよ、と思いながら、前を行くゼッケン「176」を追いかける。あのユニフォームは、どこのチームのものだったか……ぼんやりと考えた瞬間、右肘に何かが触れた。衝撃というほどではないが、気になってちらりとそちらを見る。薄青のユニフォームを着た選手が、外から追い抜きにかかったのだ。たまたまか……いや、わざと？　向こうもこちらを一瞬見たのだが、その目つきがやけに冷ややかだった。

気にしてはいけない。こんな風に、反則にならないぎりぎりでしかけてくる馬鹿な選手もいる、と相馬も言っていた。

『いいか、密集では特に気をつけろ。わざと肘をぶつけても、『偶然』で済むんだから』

確かに。こんなことなら、最初から先頭に飛び出してしまえばよかった。ずっと頭を押さえて走っていれば、こんな目には遭わないはずなのだから。接触した肘が少し熱い感じがする。怪我した？　まさか……ちらりと自分の右腕に視線を落とす。別に怪我はない。実際、見た瞬間に痛みは消えたのだった。

ホームストレッチに戻る。周回を表示するボードをちらりと見て、焦るな、と自分を抑えつけた。自分に課した今日のテーマは、タイムを除けば後半のスパートである。春先からずっと、スタミナ中心の練習をやってきた。相馬の計画では、十分なスタミナをつけた上で、本格的なスピードアップに取り組むことになっている。まず、アフリカ勢に対抗できる強い心肺能力を鍛え、スピード勝負のための脚力はその次、ということのようだ。納得できる理論であり、だからこそ、長い走りこみにも耐えられる。

それにしても……やはり日本選手権となるとレベルが高い。遅れる選手は一人もいないようで、集団の中にいる感覚がずっと抜けない。まるで、高校時代の部活のウォームアップのような……全員でトラックをひたすら走る。

レース前、相馬は「ストライドを意識して広げろ」と指示してきた。自分はピッチ走法ではなくストライド走法だということは当然分かっているが、さらに歩幅を広げろ、という指示だ。恵まれた体格を最大限に生かせと、これまでも何度も言われている。相馬自身は百六十センチ台と小柄で、現役時代はずっとピッチ走法にこだわっていた――彼の現役時代のことで知っているのはそれだけだった――という。だが指導者になってからは、「身長さえ十分にあれば、ストライド走法の方が理にかなっている」という理論に取り憑かれたようだ。足の回転を速くすれば、それだけ運動量は増える。結果的にそういう走りは、終盤のスタミナを奪ってしまうのだ、と。一歩を大きく踏み出すストライド走法の方が、むしろ省エネであり、一歩ごとに足が受け止める衝撃をどうやって消散させるかを考えればいい。

理屈は分かった。あとは、体がそれを覚えているかどうかである。

少しだけストライドを広げるよう意識する。自分の中では「十センチ」。実際には数ミリかもしれないが、股関節がぐっと広がる感覚があり、着地する際のショックがわずかに大きくなったような感じがする。

今のところ、一番効果的なスピードアップ方法がこれだった。仲島の中では、ギアを切り替えるような感覚である。今は一段上げただけで、まだまだ序の口という感じ。終盤に向けて、徐々にギアを上げていく予定だった。

二周終了。スタート／ゴール地点の時計を見ると、予定通りのラップタイムを刻んでいた。調子はどうだ？　自分に問いかけてみる。足はまったく正常。呼吸にも変化はない。頭はクリアで、周囲の状況もよく見えていた、絶好調といえるほどではないが、まずまず……タイムは、予定通りに狙いにいこう。

全体に速いペースの展開だった。それでも集団は崩れず、前を行く「176」の選手との差も縮まらなかった。三メートル。手を伸ばせば触れられそうな近さ。先ほど仲島をアウトから抜いていった無礼な選手は、「176」のさらに先を走っていた。自分は今六番手。カーブにさしかかると、先頭の選手まではっきりと見えた。そこまでの差は十メートルもなく、この時点ではほとんど同列と言っていい。また、後ろからも選手たちが迫っているのが分かった。それも一人、二人ではない。おそらく、遅れている選手は一人もいないのではないだろうか。一人一人の足音は軽い――トラックがかなり吸収してしまうのだ――のだが、集団になると、重い音に変化して聞こえてくる。

五周終了間際。ホームストレッチ側最前列を見る。そこに陣取った相馬が、左手を上げ、左から右へ振った。「ゴー」のサイン。ここから第二段階へ突入だ。

よし。スタート／ゴールラインを超えた瞬間、仲島はギアを一段上げた。感覚では五センチ——実際には五ミリかもしれないが、明らかに歩幅が広くなる。足を動かすスピードは意識せず、腕の振りを少しだけ大きくした。「176」がすぐに大きくなり……五十センチまで接近した。そこですっと右へ出る。間もなくカーブにさしかかるが、仲島は構わず抜きにかかった。「176」は抜かれるのはまったく気にしない様子で、ペースを崩さない。

もう一人……仲島は、その前を行くゼッケン「241」の背中を捉えた。何となく、もう一杯一杯のように見える。首がわずかに左へ傾いでおり、首筋に汗が浮かんでいた。この順位とペースをキープするだけで精一杯なのだろう。

さっきの嫌がらせ——仲島の中では、あの「肘」は嫌がらせとして定着していた——の仕返しをしてやるか……カーブで抜きにかかる時は、なるべくインを攻めて距離を短くするのが常識だから、多少の接触は仕方ない。

だが、そんなのは、レベルの低い選手がやることだ。レースは孤独なジョギングであるべきで、他人の動きを気にしてペースを崩すのは馬鹿げている。

仲島はさらにペースを上げた。これは一時的なもの……取り敢えず前に出たら少し落とすつもりだったが、場内は異様な興奮に覆われていた。わあっという歓声が体を洗い、拍手が耳に飛びこんでくる。ちょっと……ここは騒ぐところじゃないんだけど。ラストスパートには早過ぎる。

意識して感覚をシャットダウンする。自分でも分からないのだが、「聞きたくない」と思うと余計な雑音が耳に入らなくなるのだ。スタンドの声など余計な情報に過ぎず……トラックの中を走っているだけでも、収集しなければならない情報は多過ぎる。今は、前を行く「２４１」に集中しなければ。

「２４１」は小柄な選手で、典型的なピッチ走法で走っている。首が少し左に傾いでいるのは、どういう意味なのか。疲れてくると体のバランスが崩れる選手がいるが、さすがに五周を終えたぐらいでは、疲れるわけがない。これは癖なのだろう。実際、足取りはしっかりしていた。もちろん、ぴたりと決まったフォームでないと、終盤に疲れがくるのだが……汗をかいているのは、単に汗かきなのだろうと判断する。実際、走り始めた時に思ったよりも体感気温は高いようで、仲島は自分も薄ら汗をかいているのを感じていた。汗はかかない方なのだが……その先の選手を見ると、やはり首筋が濡れて光っている。気温が少し高いのかもしれない。

よし。行くぞ。

少しだけアウトサイドに膨らんだ。先ほど肘が当たった感触が、ふと脳裏に蘇る……事故が起きるとは思えなかったが、できるだけ距離を置き、自分の走りだけに専念したかった。

二つのカーブを抜けるまでに置き去りにしてやる。

　そう決め、現在のスピードをキープすることに意識を集中した。アウト側から行くと、走る距離がわずかに長くなるのだが、それも苦にはならない。今の自分は完全にスピードに乗っているし、体にも異変はなかった。この瞬間……そう、他の選手を追い抜く時の快感は何物にも代え難い。基本的に長距離は自分との駆け引きであり、考えなければならないのはタイムだけだと思っているが、それでもこういう小さな勝負に勝つ瞬間には、ぞくぞくするような快感が背筋を駆け抜けるのだった。

「２４１」は、迫られているのを特に気にする様子もない。仲島はカーブを出たところで横に並び、すぐに前に出た。このペースだと、次のカーブに入る前には安全なリードになっているだろう。バックストレッチを走り抜けながら、仲島は既に、次のターゲットを捉えていた。三番手を走る「24」。距離は二メートルほどで、その気になればこのまま一気に追い抜けそうだが、まだ無理をするつもりはなかった。中盤はずっとこのペース——二段ギアを上げた状態——を保ち続けなければならない。

　カーブが迫る。仲島はちらりと横を見て、誰もいないのを確認してから、インに切りこんだ。そのまま、トラックの一番端に位置取りする。よし、上手くいった。ここまでのところ、完全に予定通りに走れている。ラップタイムも計算した通り。当面は順位に関係なく、タイムをキープすることだけに専念すればいい。まさに孤高の高速ジョギングだ。

こういう状態になると、仲島の意識は白くなる。もちろん周囲は見えているし、常に情報は更新し続けるのだが、不思議と余計なことは考えないようになるのだ。ただ自分の体と会話を交わし、前を行く選手との間合いを計るだけ。後ろから来る選手は気にしない。足音や気配を感じることはあるが、振り返って確認するのは単なる時間の無駄だ。余計な動きはフォームの崩れにつながる。

中盤も淡々と進んだが、全体にハイペースなレースは続いている。カーブを抜ける時に、トラックの反対側をちらりと見ることができるのだが、先頭と最後尾の選手で、まだ半周の差もついていない。全体に細い列になっているのだが、それぞれの選手同士の差もごく小さいはずだ。

「仲島！」

ホームストレッチを走り抜ける時、確かに鹿島の声が聞こえた。あいつの声、よく通るんだよな……野球部でキャプテンだったので、普段から大声を出していたからだろう。そんな風に応援されても困るんだけど、と思ったが、何故か胸が膨らむように感じた。ありがたい話ではあるんだ。大学では、まったく友だちができない。宿舎でも、他のSAとの間には何となく壁があった。特に同じ陸上長距離の選手からは、露骨に距離を置かれている。むしろ関係ない競技の選手との方が気楽に喋れるのだが、あの宿舎には、そもそも気楽な雰囲気がない。誰もが常に追いこまれており、下手な言葉が衝突を引き起こしそうな雰囲気が漂っているのだ。そんな中、鹿島と奈々子の存在は、普通の大学生活への窓になっている。

駄目だ、こんなことじゃ。

仲島は気持ちを引き締めた。余計なことを考えてはいけない。常に周囲を観察することだけに集中しないと。普段は平気でできていることが、今日に限ってできないのは……鹿島と奈々子のせいかもしれない。あの二人の存在を、妙に意識してしまうのだ。

友だちだから？

友だちと言っていいのだろうか。奈々子は昔からの知り合いだし、鹿島にも将来に向けて打算的な考えはあるだろう。だがそれを差し引いても、今自分と一番長く接触しているのはあの二人だ。もちろん、コーチやスタッフたちは除いて、だが。あの人たちとは一緒にいざるを得ないので、「仕事仲間」「上司」の感覚が強い。相馬に至っては、そういう感覚すら持てなかった。まるで、こちらを観察して、感情抜きで指令を出してくるコンピューターのようなものである。

そう、ＳＡはやはり「職業」なのかもしれない。走って金を貰う。そういう意味では「プロ」なのか？　違うな……金を払ってくれるのは国なのだから、公務員というのが正確だ。

ああ、もう、何で余計なことを考える？　今日の俺は、集中力ゼロだ。もちろん今のところ、設定タイムはクリアしているから問題ないのだが、こんなことでは、後半に変な影響が出るかもしれない。それは絶対に駄目だ。集中しろ、集中……。

スタンドの最前列に陣取った相馬からの指示はなく、仲島は淡々と走り続けた。仲島の前を行く三人の選手は、順番の入れ替えもなく、まったくペースは変わらない。後ろがどうなっているかは分からないが、おそらく同じようなものだろう。

仲島は、自分以外にどんな選手が走っているか、ほとんど知らなかった。分かっているのは、学生よりも実業団の選手が多いということぐらいで……相馬は「今の段階では、他の選手を意識する必要はない」と言い切っていた。人を気にして対策を立てるより、自分のタイムを考えろ、ということか。ま、理に適ってるよな。実際、ぶっちぎりで独走すれば、他の選手の情報など無用だ。

今日は……これでいいのか、という弱気が忍びこんでくる。設定タイムは大事だ。まずはそれを目標にしなければならない。だが、勝てなかったらどうする？　記録として残らないのだ。日本記録を更新したにしても、そのタイムは勝者の物になり、二位には「自己ベスト」「歴代二位」という地味な勲章だけしか残らない。

早目にしかけるか？　まだまだ余裕がある。感覚では、ギアをあと三段分は上げられる感じだった。他の選手がどういうコンディションかは分からないが、ここで一気に二段上げれば、一周回る間に先頭に出られるだろう。頭を押さえて、後はひたすらタイムとの戦いにするか？　いや、後半——残り五周までは積極的にはしかけるな、というのが今日の相馬の指示だ。他の選手のペースを読むのも大事だから、と。終盤のスパートでも記録更新は狙える——。

まあ……後で文句を言われるのも嫌だから、指示に従っておこう。ホームストレッチを通り過ぎる際、相馬を見る。両手をさっと広げた——万事オーケー、のサイン。このままのペースをキープだ。あの人、本当にタイムなんかチェックしているのだろうか、と疑問に感じる。何というか……時々妙な雰囲気を感じることがあるのだ。

本当に、俺を育てたいと思っている？　何か、間違った方向へ導こうとしていないか？　そうか、嫉妬かもしれない。時折嫌そうな目で俺を見ていることがあるのだ。現役を退いてかなり長い時間が経っているのに、俺が彼の記録——かつて持っていた日本最高——をとっくに更新したことに腹を立てているのではないか、と勘繰ってしまう。

いや、まさかね……彼は俺をコーチをすることで給料を貰っている。仕事に個人的な感情を持ちこむはずもない。だいたい、いい大人なんだし。

ペースを落とさないことだけを、ひたすら心がけた。体調は相変わらずいい。踏みこんだ足がしっかりトラックを捉え、すっと抜ける感触——一番いい走りの状態だ。体は重過ぎず軽過ぎず、最高のペース。心臓と肺は余裕たっぷりで、「もう少し頑張っても大丈夫だぜ？」と声をかけてくるようだった。よし、よし。それはもう少し先に取っておこう。そのうち嫌でも悲鳴を上げさせてやるから。

ラスト七周。

ちらりと視線を左右に散らすと、槍投げの選手が、自分たちが通り過ぎるのを待っていた。投擲競技と同時に五千や一万メートルが行われるのはいつものことだが、いつも軽い恐怖感を覚える。もしも槍が飛び過ぎて、自分たちの方へ突っこんできたら……あり得ない。そのためには百メートル以上も飛ばさなければならないのだ。

最初のカーブにさしかかったところで、仲島は異変を察知した。前を行く三人のスピードが落ちている。いや、正確には、先頭を走るゼッケン「65」のペースが一気に崩れたのだ。まるでガス欠を起こした車のように、ぎこちない走りになっている。今にも止まりそう……なほどではないが、明らかにトップ集団のペースを乱し始めていた。反射的に、仲島はアウトサイドに位置取りをする。二番手と三番手の二人は、「65」をパスしようと、仲島と同じように外側に膨らんだ。

いける。

この時点でペースを早めるのはまだ早い——頭では分かっていたが、体が勝手に反応した。

無意識のうちにギアが二段上がる。さらに外側へ出て、前を行く三人を一気にパスしにかかった。鼓動が激しくなり、酸素を求める肺が、一気に膨れ上がったように感じた。

まず「24」。カーブで並び、抜き去る時に、かすかに「はっ」と息を吐くような音が聞こえてきた。まさか、そこから抜いてくるとは、とても考えているのかもしれない。だが仲島はスピードを緩めず、その前を走るゼッケン「15」に迫った。「15」は「65」をアウトサイドから抜きにかかっていたが、さらにその外側から迫る仲島の存在には気づいていないようだった。かなり無理している……息遣い、体の揺れから簡単に分かる。ここが勝負どころと踏んだな……俺はまだまだ行ける。最後の一段のギアを残しているのだ。だがそこへ入れるのは、本当にラスト一周だけ。追いこんで、記録狙いにいく時のために取ってある。

だけど……今は行け！　これはギアを上げる感覚とは違う。瞬間的に、ブースターに点火する感じだ。自分で自分の走る感覚をイメージし、言葉にすることは難しいが、要するに尻に火が点くようなものだ。ただしこれは、長くは続かない。ほんの数秒。その数秒で結果を出す。

ぐっと前に出る。「65」を抜き去る「15」に並びかけ、大きくアウトサイドへはみ出す。もう少し我慢……だが突然、「15」がさらに外側に膨らんだ。危ない――と思った瞬間にはぶつかってしまう。バランスが崩れ、足取りが乱れた。天地がひっくり返り、体に衝撃が走って――転倒。

何だ。何なんだ。こんなこと、あり得ない。俺は悪くないぞ。向こうが勝手にぶつかって来て……呆気に取られたが、体は勝手に動いた——いや、動かない。立ち上がろうとしたのだが、脚に力が入らないのだ。クソ、どこか怪我したのか？　いや、痛みはない。ただ予想もしていなかったショックで体が凍りついているだけだ。しっかりしろ、と自分に言い聞かせ、四つん這いになった状態で呼吸を整える。いや、こんなことをしている場合ではない。レース中の自分は大型トラックだ。エンジンを切ったら、再始動には時間がかかる。両方の腿を拳で順番に叩き、感覚を蘇らせようとする。よし、いける。殴った痛みはあるのだから……仲島はようやく立ち上がった。三人の姿はとっくにバックストレッチの方に消えている。後続の選手が、次々と抜かして行った。今、自分は何番手にいるのだろう。

クソ、まだ行ける。レースは終わっていないのだ。間に合う……走り出す。痛みはないが、まだ感覚が戻っていない。まったくスピードが乗らず、他の選手に次々と追い越されていった。

ほぼ一周して、ホームストレッチに戻る頃にようやく普通に走れるようになった。しかしもはや手遅れ——スタンドに目をやる。相馬は……いた。立ち上がっている。腕組みをして目を細め、唇をきつく引き結んでいた。まずい。あれは間違いなく、怒っている時の顔だ。こんなトラブルに巻きこまれたから。自分のせいではないと思っていたが、あの顔を見てしまうと、自分が悪いのでは、と思えてくる。トラブルを避けるのも大事なことなのに。トラックの長距離は混み合ったレースになるから、接触も十分考えておかなくてはならないのだ。

どうしようもないまま、残りの周回をこなす。「仲島、ラスト！」また鹿島の声が聞こえる。やってはいけないと思いつつ、ちらりと横を見てしまった。鹿島と奈々子は最前列に詰めかけ、フェンスから身を乗り出すようにして腕を振っている。二人とも必死だった。もしかしたら、こっちよりも険しい形相かもしれない。だけど、ごめん。今日は駄目だ。人生で最悪のレースだ。

最後までスピードが戻らなかった。呼吸も苦しく、足取りも重い。とにかく腕を振れ。足が自由に動かない時は、無理にでも腕を振って推進力を生み出せ。それはフォームの乱れにもつながるのだが、残りあと四百メートルになったら、フォームがどうこう言っていられない。とにかく足を前に出し続けるだけだ。

バックストレッチに入ったが、まだバランスが崩れている。足取りはさらに重くなり、股関節が固まったような嫌な感覚に襲われる。腕が振れない……肩関節の可動域が、急に狭くなってしまった。今はひたすら、惰性で前に進んでいるだけ。

ここまできて棄権か？　最後まで走り切れるのか？　最低最悪のレースなのに、何故か歓声は途切れることなく、空気を震わせるようだった。頭が急に膨らんだ？　高所へ登ったように、ひどい耳鳴りもしてくる。突然、外の音がまったく聞こえなくなり、自分の呼吸音だけが脳内に響き始めた。これはまずい……経験上、こうなるとがっくりスピードが落ちるのは分かっている。一種の酸欠状態なのだ。何とか持ってくれ……しかし、最後の二つのカーブがひどく遠い。

第三カーブまでたどり着くのに、何分もかかったように感じた。体をわずかに左へ倒すように意識しながら、曲がり始める――その瞬間、今までモノクロだった景色に、急に色がついたように感じた。戻った？　普通に走れる？　恐る恐る、大きく息を吐き出した。喉に詰まっていた何かが取れたように、呼吸が楽になる。ストライドを広げてみた。よし、何とかいけそうだ。再び、歓声が全身を包みこむ。手拍子も……やめてくれ。これは、俺に対する応援じゃないよな。もしかしたら、アクシデントを乗り越えて完走することを褒めているのか？　余計なお世話だ。手拍子は自分の足の運びとまったく合っていないので、リズムが狂ってどうにもおかしな具合になる。だが、「やめてくれ」と言うわけにはいかなかった。耳を塞ぎたいぐらいだったが、これもどうしようもない。

とにかく、走り切れ。

ほんの数十秒。リアルな時間の流れと自分の体内時間がぴたりと合っているように感じた。カーブを曲がり切った瞬間、人が多いホームストレッチ側のスタンドが嫌でも目に入るのだが、ほぼ全員が立ち上がっているのを見て驚いた。何が何だか分からぬまま、仲島は最後の数十メートルを必死で走り抜けた。

最悪だ。体調は万全で、思い通りのレースができると思っていたのだが、あんなクソみたいな転び方をして……人生最悪のレース。こんなことじゃ、俺はもう走れない。走りたくない。

負けて競技場を去るなど、いつ以来だろう。走れば勝つ。それが当たり前になってしまう方がおかしい。理屈では分かっていても、仲島は納得できなかった。

「仲島」

サブグラウンドに戻った瞬間、声をかけられた。顔を上げると、目の前に沢居がいる。いかにも同情している、といった表情を浮かべていた。

「残念だったな」

「いえ……」

「今日のはしょうがないんじゃないか」

「違います」

「何が？」沢居が首を捻った。

「自分の責任です。修業が足りないんです。ああいうアクシデントも想定しておかないと」

「いや、あれはしょうがないでしょう。そうですよね、相馬コーチ」

横にいる相馬は何も言わない。ああ、やっぱりそうか。怒っている。俺の責任だと思っている。それはそうだ。相馬の目から見れば、誰が悪いかは一目瞭然だろう。

「俺の責任です。あんな走りをしたんだから、もう二度とレースには出られません」

「おいおい」沢居が声を上げて笑った。「大袈裟だよ」

「いえ。あんなのは、自分の走りじゃないんです」

「考え過ぎだ。悪い癖だよ。それに誰だって、いつでも自分の走りができるとは限らないだろう」

「違います。それじゃ駄目なんです」

「君は理想が高過ぎる。人間、常に百パーセント力を発揮できるわけじゃない」

「それができるように、今までいろいろ学んできたと思いますけど――SAとして」

「それはそうだけど」

「やめます」仲島はいきなり言い切った。言ってさっぱりしてしまった。

「何を――」

「もう走りません。こんなレースをしたら、SA失格です。自分で分かります」

「ちょっと待て」

「失礼します」仲島はさっと頭を下げ、沢居の横を通り過ぎた。当然だ。やめるしかない。あれだけ大勢の前で恥をかき、レース結果も散々だった。もう、走る資格などない。

5

「仲島君が引きこもった？」

谷田貝が眼鏡の奥の目を細める。沢居ははっきりと恐怖を感じた。時々見せる冷たい表情——これが谷田貝の本音だと思う。

「昨日、今日と部屋に籠ったままです。ドアはロックされていますし、電話にも出ません」

「馬鹿な」谷田貝が吐き捨てる。「あのアクシデントが原因ですか？　転倒はどうしようもないでしょう」

「しかし、仲島は全部自分の責任だと思っています。レースが終わった後で、『やめます』と言い出して……」

「その時にフォローしなかったんですか」谷田貝の追及は止まらなかった。

「いえ、あの……とてもそんなことができる雰囲気ではなかったので」

「練習は」

「出てきません」

「すぐに対策を取るべきだったんです。無理矢理にでも説得すべきでした」

「申し訳ありません」

「まあ……時間は巻き戻せません」

大きなデスクの向こうで、谷田貝が溜息をついた。眼鏡を外し、鼻梁を揉む。

「すぐに対策を取って下さい。彼を引き戻すのが最優先です」

「はい、しかし……」そんなことは分かっている。この二日間、散々考えた。そして何のアイディアも浮かばなかったが故に、水曜日に局長に報告したのだ。相談も兼ねて。しかしとても、相談できる気配ではない。

「あなたもまだ、役所のやり方が分かっていないようですね」

「はあ」

「役人は、失点を恐れるのです。だから、報告は最後の最後になる。報告する前に、何とか自分たちで解決しようとするのです。あなたはもう、SAではない。自分で何とかする努力をしないと、どうしようもないですよ」

どうしようもないとはどういうことか。沢居は顔から血の気が引くのを感じた。馘か？　確かに大きな失点ではある。だが、こんな問題、どうしようもないではないか。俺は小学生の世話係ではないのだ。一度ぐらい試合で負けたぐらいで、引きこもって「やめる」と言い出すなど……こんなガキの世話なんかしていられない。

こっちこそ辞めてやるか。辞表を叩きつけて、颯爽と出て行く——駄目だ。自分はそんなことができる性格じゃない。

「あなたの失敗は、私の失点にもなる。今のは聞かなかったことにします。とにかく一刻も早く、仲島君を説得して下さい。成功した時にだけ、報告していただければ結構」

「失敗したら——」

「失敗する前提で話をしないでもらえますか」谷田貝が眼鏡をかけ直した。冷たい雰囲気がいや増す。

「しかし、方法が……」

「それは自分で考えて下さい」谷田貝が硬い口調で言い放った。「彼を育てるために、あなたをスポーツ省に迎え入れたんです。彼のことは任せてあるんですよ。ちゃんと知恵を絞って下さい。それがあなたの仕事です。とにかく私のところに、ケツを持ちこまないように」

ああ、結局この人も役人なんだ、と沢居はがっかりした。根回しの上手い策士であるのは分かっている。だが基本はスポーツ振興の情熱に燃えた人だと思っていたのだ。しかし実態は、自分の立場と手柄だけを気にする、典型的な役人……そんな人に雇われたのがよかったのかどうか。

だがやはり、「辞めます」とは言えない。自分にも生活があるし、うんざりしていると言っても、仲島に対する思い入れもあるのだ。

お前は、こんなところでやめちゃいけない。

「結局、あいつは自分がヘマをしたと思っている。今まで、レースで失敗したことがないから、ショックが大きくなっているだけだ」相馬がさらりと言った。

「それはそうでしょうが……」沢居は、自分より少し年上のこのコーチの顔を見据えた。何事もなかったかのような表情をしている。谷田貝に追い返され、仕方なく宿舎で落ち合って相談しているのだが、相馬は特に困っていない様子だった。

「彼が本当に陸上をやめたりしたら、あなたも責任を問われますよ」

「こういうメンタルな部分は、あなたの担当では？」

正論だ。相馬はきっちりと線引きをしている。技術的なことは徹底して教えるが、その他は他の人間に任せる。

「それはそうなんですが……ここまで考えこむ人間だとは思わなかった」思わず頭を抱えてしまう。

「それを何とかするために、今までやってきたんだろう。単に失敗しただけじゃないか」

「気楽に言わないで下さい！」沢居は思わず怒鳴った。裸締めで落としてやろうか、と一瞬考える。

「俺の責任じゃないからね。だいたい、人間の性格を変えるなんて、簡単にできることじゃない」

「しかし、考え過ぎるのはよくないでしょう」

「だったら、あなたたちの目的は何だったわけ？　何も考えない、能天気な選手を育てること？　それで世界で勝てるんですか」

「マイナス思考よりはいい」

「まあ……こんなことを言っててもどうしようもないけど」相馬が溜息をついた。「どうにかしないと、俺も馘になるのは間違いないだろうから」

「とにかく、考えましょう」

「ああ……」

宿舎のロビー。ここの一人がけのソファは、円筒形で、肘かけの部分が高いデザインだ。大柄な選手が多いのを考慮しているからかもしれないが、普通の体型の沢居や相馬では、肘が不自然に上がってしまう。

「問題は、転んだことを自分の責任だと思ってることだ」相馬が指摘した。

「レース運びを失敗したと考えてるんですよね？　完璧主義者だから」

「多少のミスも見逃せないってことか……自分のミスじゃないってことにすればいいんでは？」

「どういうことです？」そもそもあれは、単なるアクシデントだ。誰のミスというわけでもない。

「だから……」相馬が渋い表情を浮かべる。いかにも言いにくそうだった。「あの時仲島は、外側に膨らんできた選手と接触した。それを、『仲島がよけ切れなかったから』じゃなくて、あの選手が『バランスを崩して膨らみ過ぎたから』ということにすればいいのでは？」

「実際、そうなんですか？」

「知らない」相馬が首を横に振る。「知らないけど、そういうことにすれば、仲島は自分のミスじゃないと思えるでしょう。そうしたら、気持ちも持ち直すかもしれない」

「しかし、どうやって……」

「そこは、あなたの力でお願いするしかないな」

　相馬の意図は読めた。途端に沢居は、落ち着かない気分になった。深呼吸してから、言葉を押し出す。

「あの選手――ゼッケン『15』の選手に謝罪させるんですね」

「それしかないだろうね」相馬がうなずく。「頭を下げて頼みこむしかないでしょう」

「それを、俺がやるんですか？」

「俺の仕事じゃないね。何だったら、俺の契約書を見る？　そういうことは書いていいないはずだから」

沢居は溜息を漏らした。仕方ない……子どもじみたやり方だが、効果は期待できそうだし。泥を呑むような仕事だけど、これが一人の天才を救うことなら、仕方がない。何でもやってやろうとうなずいた。相馬の提案に了承するのではなく、自分を納得させるために。


沢居にとって幸運だったのは、ゼッケン「15」の選手、新井《あらい》がSAのB指定で連絡を取りやすかったこと、東京に住んでいたこと、そして二十八歳という年齢だったことだ。S指定と違って、宿舎に囲いこまれることもなく、普段は実業団で練習をしている。それに二十八歳という年齢を重ねて、社会人としての常識、というか世渡りの術を知っていたのだ。電話で事情を話すと、苦笑しながらも「しょうがないですね」と謝罪を引き受けてくれた。夜の練習を切り上げ、宿舎まで来てくれるという。こちらから車を出そうかと申し出たら、「電車の方が早いです」と断られた。

ほっとして相馬に事情を告げると、彼は皮肉っぽい口調で反応した。

「それは、来るしかないな」

「どういう意味ですか?」

「スポーツ省の職員に頼まれたら、そうするしかないでしょう。B指定なんて、弱い立場なんだから。普通に常識を知っていれば、ちょっと頭を下げるぐらいは何でもないと思いますよ。実社会ではよくある話で……そういうことが分からないのはS指定の人ぐらいでしょう」

皮肉に反論している余裕もなかった。今はとにかく、仲島を引っ張り出さないと。

一時間ほど、会話もないまま待っていると、新井がやって来た。沢居は彼を直接は知らなかったが、向こうは沢居を知っている。金メダルのメリットか、と沢居は皮肉に思った。

「申し訳ない」立ち上がって出迎え、深々と頭を下げる。「こんなことでお呼び立てするのは、心苦しい限りだが」

「いやあ、別にいいですよ」浅黒い顔に笑みを浮かべ、新井が言った。「S指定の選手のためならね……でも、彼、大丈夫なんですか」

沢居は言葉に詰まった。彼が何を心配しているのかは分かる。そんなに神経が細かくてどうするのだ……自分もまったく同じことを仲島に言いたかった。

三人は揃って、仲島の部屋の前に立った。ここは自分が切り出さないと……沢居は意を決してドアをノックした。反応、なし。インタフォンを鳴らしてみたが、やはり返事はなかった。仕方なく、ドアに顔をくっつけるようにして、大声で呼びかける。

「沢居です。ちょっと会って欲しい人がいるんだ」言葉を切り、耳をドアに押しつけた。

物音はしない。「君がレースでぶつかった相手……新井選手が来ている。君に謝りたいそうだ」

ちらりと後ろを見ると、新井が苦笑いを浮かべていた。当然本人には、悪いことをした意識はないわけで、これから「演技」しなければならないことを考えて複雑な思いだろう。

「ドアを開けてくれないか」沢居はなおも呼びかけた。「話をしないと、何も始まらないんだぞ！」

一歩引いて待った。一分……二分。

「大丈夫ですかね、彼」

新井が心配そうに言った。相馬は自分は与《あずか》り知らぬことだとでも言うように、向かいの壁に背中を預けている。あろうことか、欠伸を嚙み殺した。当てにはできないな、と沢居は気を引き締めた。仕方ない。自分で何とかするしかない、と決意を固めた瞬間、ドアが開いた。

「仲島……」部屋には監視カメラがついているので、無事なことは分かっていたが、直接顔を見るとほっとする。しかし彼が、トレーニングウエア姿で、タオルとシューズを持っているのを見て、混乱した。「新井選手が――」

「どうも」仲島が新井をちらりと見て、さっと頭を下げた。

「ああ、この前のレースね、悪かった。申し訳ない」新井が明るい声で言った。「ちょっと膨らみ過ぎてね。俺のミスだ。君は悪くない。謝らせてもらいたくて来たんだ」

「どうも」

繰り返し言って、仲島が沢居の横を通り過ぎようとした。沢居は反射的に仲島の腕を摑んだ。

「どこへ行くつもりだ」

「練習です」

「何で、こんな時間から」

「遅れたのを取り戻さないと」

「お前、何言ってるんだ」

仲島が、自分の腕を摑んだ沢居の手をじっと見下ろす。途端に沢居は居心地が悪くなり、手を放した。仲島は無表情で、ただ首をゆっくりと横に振るだけだった。

「やめるって言ったじゃないか。撤回するのか」

「あれは、俺が悪いんです」新井の顔をちらりと見て仲島が言った。「何があっても対処できるぐらい、練習しておかないと駄目なんです」

「おい——」

「俺はまだ、最高の走りを見つけていないんですよ」

沢居は言葉を失った。相馬が壁から背中を引きはがし、ゆっくりと仲島の後を追い始めた。

「どこへ行くんですか」

「練習なら、見ないと」立ち止まらずに振り返り、相馬が言った。

「え？」

「あんたの仕事は、仲島を部屋から引っ張り出すことだ。ここから先は俺の仕事だから」

このコーチにしてこの選手か……沢居は、自分の仕事の意味を自分に問わざるを得なかった。俺は何をやってるんだ？

第三部　チェイサー

1

「この選手を、どうして今まで見逃していたのかな」谷田貝が書類をデスクに放り出し、両手を広げた。彼にしては珍しい、乱暴な仕草である。

「申し訳ありませんが、その経緯は自分には分かりません」だいたい、新しい選手を発掘してこいと指示したのは局長自身である。埋もれた才能を見つけ出したのは、褒められて然るべきだと思うのだが。

「まあ……あなたに文句を言っても仕方ないんですがね」谷田貝が渋い口調で言って、放り出したばかりの書類を取り上げた。「黒埼明憲《くろさきあきのり》ですか……美浜大の二年生ということは、仲島と同学年ですね」

「そうなります」

「それにしても、どうしてリストから漏れていたんでしょうね。ＳＡは、絞りこむのではなく、網を広げる方向でいかないと、いい選手を取り零しますよ」

自分に言われても仕方ないのだが、と思いながら沢居は素直に頭を下げた。どうも今日は、年に一度か二度しかない、局長の機嫌が悪い日らしい。

「黒崎は、高校三年生の夏に腰を故障して、その後はレースに出ていないんです。怪我が深刻だったので、陸上局ではSA指定を見送ったそうです」

「なるほど。今は大丈夫なんですか？」

「問題ありません。既に練習を再開したと聞いています」

「結構です。しかし、このタイムはなかなか……高校日本記録を上回るタイムを出しているんですね」

「練習を再開した後、大学の記録会で出したものです」

沢居の説明に、谷田貝がうなずく。ようやく表情が緩んできた。何か上から急《せ》かされることでもあったのだろうか、と沢居は心配になった。その焦りはそのまま、沢居たちに跳ね返る。

「二年遅れ、という感じですね……仲島君のライバルとしては」

「ええ」

「本人はどういう反応ですか」

「まあ……ちょっとびっくりしていました」沢居は苦笑した。

「どんなタイプですか？　その、性格的に」

「現金、ですかね。すぐに金の話を始めたぐらいですから」故障のせいで、ＳＡは諦めていたのだという。

「なるほど……」谷田貝が苦笑する。「金のことは、誰でも気になるものです。率直に言えるかどうかの違いしかないでしょう」

「とにかく、これから本格的にレースに参戦する予定です」

　黒埼は怪我のせいで、大学へのスポーツ推薦入学も叶わなかった。一般入試で美浜大へ入って、陸上部の門を叩いたものの、怪我のせいで一年生の十二月——つい半年前まではほとんど練習もできずに、お荷物扱いになっていたのである。年明けからようやく本格的に練習を始め、現在は他の部員と同等の量をこなしている。大学デビューの予定は関東学連主催の対抗戦——いわゆる関東インカレ。六月に行われるこの大会で、一万メートルへのエントリーが決まっていた。本当は五千も走らせて、仲島にプレッシャーをかけたいのだが、本人はまだそこまで本調子でないようなので、無理はさせられなかった——噛ませ犬、あるいは捨て石であるにしても。いや、そういう存在であるからこそ、常に最高のコンディションでいて欲しいのだ。仲島をひやりとさせるぐらいには。

「ところで仲島君はどうですか」

「最近は……元通りですね。練習も試合もきちんとこなしています」

「あれは、まあ、反抗期だったということですか」

「そうかもしれません」

「今はいいかもしれませんが、また同じようなことがあるかもしれませんね」

「その場合は……」沢居は思わず唾を呑んだ。あの時の胸をかきむしられるような苦しさは忘れられない。

「きちんと対処して下さい。あなたの責任で。私が何も知らないうちに処理してもらいたい」

「……はい」保身、か。この男は間違いなく優秀だが、時々官僚らしい事なかれ主義、そして強権的な態度を垣間見せる。上司として、完全に自分の人生を委ねてしまうのは危険だ、と最近は意識するようにしていた。

そういうことを考える自分も、既に「官僚」になっているということか。


久しぶりに面会した仲島は、特に変わっていなかった——去年の「やめます」騒ぎは既に過去になっていたが、あれで精神的に成長したわけではない。相変わらずおどおどしていて、なかなかこちらと目を合わせようとしない。そして沢居は、あの時のことについて、仲島と話せなかった。「予防」のためにはじっくりと話し合った方がいいのだが、正直怖い。何もなければ、それでいいではないか。

だいたい、仲島はもっと自信を持っていいのだ。去年の日本選手権以外では、勝ち続けている。一万メートルと五千メートルでそれぞれ日本記録を塗り替え、周りの見る目も明らかに変わってきていた。それは、精神的に強くなった証拠かもしれないが。

沢居は「アドバイザー」として、定期的に仲島に会うようにしている。その際には、常にトレセンの外を選んでいた。あそこは……沢居にとっては馴染みの場所なのだが、仲島はまだ緊張感を強いられるようなのだ。どうもこの男は、自分の周囲に高い塀を張り巡らせてしまい、新しい環境を積極的に受け入れようとしない。

会う度に、違う店を選ぶようにしていた。外の世界には、美味い料理を食べさせる店がいくらでもあるのだと知ってもらいたかったから。今夜はイタリア料理。気取らない雰囲気の店で、入った途端に仲島の体から力が抜けるのが分かった。やはり宿舎の生活に慣れないのか……どんなに世話を焼いてもらえるにしても、トレセン暮らしが一種の監獄のようなものだということは、沢居には分かっている。それが辛いか辛くないかは、人によって違うのだが。沢居はまったく気にならなかったが、同時期に宿舎にいたＳＡの中には、暇があれば抜け出していた選手もいる。

沢居は次々に料理を注文した。仲島はもう成人しているのだが、酒は呑まないというので、ミネラルウォーターを頼んで二人で分け合う。沢居も、イタリア料理やフランス料理の時は、ワインではなく水でいい、と考えている。濃い味の料理だと、どうしても口中に油が残る感じなのだ。それを拭い去るには、酒ではなく水の方が適している。試したことはないが、ウーロン茶だともっといいかもしれない。

　前菜に生ハムとサラダ。パスタはそれぞれ別に選んだ。仲島はペペロンチーノにゴルゴンゾーラチーズで風味を加えたもの、沢居はプッタネスカだ。メーンは、唐辛子を大胆に利かせたチキン・ディアボロを二人前。どの料理も量が多いので、仲島のような現役選手でも満足できるはずだった。

　仲島は旺盛な食欲を見せた。

「宿舎の食事に比べてどうだい？」

「あの食事には慣れました」

　慣れたくなかったのだが、という本音が透けて見える。不味《まず》いわけではない——実際そこそこ美味いとは思う——が味気ない、というのが、あそこの料理で体を作った沢居の結論である。海外遠征が始まれば、その国の美味い料理を味わえるのだが、仲島はまだ、外国での試合を経験していない。せいぜい中国での高地トレに参加したぐらいだし、近場の合宿では専属の料理人がついて行って、宿舎と同じ食事を摂ることになる。せっかく海外にいるのに、普段と変わらぬ生活が続くのだ。

「まあ、たまには栄養管理なんか忘れて、美味い物を好きに食べた方がいいんだよ。人間の体は機械じゃないんだから、一食ぐらい羽目を外して食べても、すぐに調子が狂うことはない」

「……そうですね」

どうにも会話が弾まない。一年以上のつき合いになるが、沢居は未だにこの男の本心を捉えかねていた。ネガティブな発言の裏に何があるのか……座学でスポーツ心理学を教えている大学教授に密かに相談してみたのだが、「勝ち続けるうちに自然に自信はついてくる」という、沢居でも言えそうな答えが返ってきただけだった。これだから心理学というやつは信用できない……しかし、自分も順調に仕事をこなしていないな、と不安になる。仲島の気持ちを大きく育てるのが役目なのに。

「しかし、今のところ順調だな。今年はいよいよ世界デビューだ」沢居は明るい声で言った。仲島はバルセロナ招待、さらには八月に開催される世界ジュニア陸上に参加する予定である。

「ええ」仲島の表情が曇る。

「バルセロナか……いい街だぞ。俺も何回か行ったけど、景色もいいし飯も美味い。空気が乾いていて、陸上の選手にはいい環境じゃないかな」

「そう……ですかね」

「そうだよ」あまりにも手応えのないやり取りに、沢居は思わず語気を強めた。「こう、何て言うかな……よくそれで勝てるなと思うんだけど」

「そうですか？」仲島が不満気に唇を歪める。

「だってさ、勝とうとする気持ちがなければ勝てないだろう？　君を見てると、そういう気持ち……闘志があるのかないのか分からないんだ」

「そうですねえ」

反論してくると思ったのだが、仲島は拍子抜けするほどあっさり認めた。沢居はチキンを食べていたナイフとフォークを置き、小さく溜息をついた。

「俺なんか、試合前は何も覚えてないほど熱くなってたけどな。それぐらい気合いが入らないと、集中できなかった」

「観てましたよ、オリンピック」仲島が薄い笑みを浮かべる。「いつも、すごい勢いで頬を張ってましたよね。あれ、痛くなかったんですか」

「それが全然――痛いと思ったことは一度もないんだ。興奮してアドレナリンが出過ぎると、痛みを感じなくなるんだろうね」

「自分は……違いますね」仲島が首を振った。「平常心でいる方がいいってよく言われますし、自分もその方が合ってると思います。短距離の選手は別でしょうけど」

「そうだな。十秒で終わる百メートルは、平常心よりも気合いだよな……でも、いつも試合が終わっても満足できないのはどうしてなんだ？　記録を出した時は嬉しいだろう」

自分たちの場合は勝利が全てだ。特に一本勝ちは、大きなカタルシスをもたらす。ポイントを積み重ねるのが主流の最近の柔道でも、やはり一本勝ちは本筋なのだ。それも綺麗な一本勝ちなら、何の文句もない。崩れながら決めるのではなく、相手の虚を突き、柔道の教科書に載せられるような一本。決勝が一本勝ちなら、それまでの苦労全てが報われるような感じがするのだ。そのために頑張ってきたと言っていいし、あの喜びは他に類するものがない。

ふと過去を夢見ていたことに気づき、慌てて意識を目の前の仲島に集中させる。

「長距離で、一番興奮する場面は何なんだ？　独走で勝った時？　競り合いで勝った時？　やっぱり記録を更新した時じゃないのか」

「そうなんですけど、何て言うか……理想の走りがあると思うんです」

「フォームとか？」

「フォームも含めて全体的に、としか言いようがないんですけど……説明しにくいですね」仲島が、顔の前で両手をこねるように動かした。「何かその、純粋な走りって言うか」

「いつも純粋に走ってるじゃないか」沢居は声を上げて笑った。一万メートルを走るのに、邪念が入りこんだら上手くいくわけがない。

「いや、自分はそのつもりなんですけど……」

「よく分からないな」

沢居は首を振った。仲島は無言でチキンを突いている。それまで旺盛な食欲を発揮していたのに、急に食べる気をなくしてしまったようだ。あるいは、適当な言葉を探すのに必死になっているのか。自分の考えがまとまらないだけかもしれない。愚鈍というわけではないが、妙に慎重な性格だということぐらいは分かっている。

「ジョギング、好きなんです」

「君レベルでジョギングっていうのは、どんな感じなんだ」沢居は苦笑せざるを得なかった。普通の人の全力疾走に値するのではないだろうか。

「ジョギングというか、一人で走るのが」

「それは趣味の世界だよな。レースとは関係ない」

「上手く説明できなくてすみませんけど……」仲島が唇を噛む。

「観客がいると緊張するとか？」

「それはあるかもしれません」仲島が顔を上げた。「応援とか……応援してくれる人には悪いんですけど、何か邪魔な感じもして」

「普通は逆じゃないか？　俺なんか、名前を呼ばれただけで気合いが入ったよ。ぴしっと背筋が伸びてね」

「そうなんでしょうねえ……普通は……」

父親が言っていたように、元々シャイな性格なのは間違いない。だから衆人環視の中で走るのが嫌だ、というのは理解できないでもなかった。特に長距離は、長い時間自分との戦いが続くわけだから、あらゆる夾雑物《きょうざつぶつ》を取り除いてしまいたいと願うのは、分からないでもない。しかし彼は、今や日本陸上界の期待の星なのだ。メディアへの露出が増え、顔と名前が知られ始めているのだから、隠れて生きていくことはできない。

「そう言えば、ほぼ完全にクローズドでやる大会が計画されてるんだ」

「そうなんですか？　記録会みたいなものですか？」

仲島が敏感に反応した。そんなに観客が邪魔なのか、と沢居は苦笑した。

「いやいや、一応は国際大会だよ」沢居は、ラーガ社が計画しているUGの概要を説明した。大々的にぶち上げられた計画を最初に聞いた時には、企画倒れになるのではないかと思っていたのだが、今も時々、細部に関する続報が入ってくる。実際には着々と準備が進められているようだった。競技場を含めたインフラ整備が進み、選手を迎え入れる準備が整いつつあるらしい。試みとしては面白い……ただ沢居は、本当に実現するかどうか、いまだに疑っていた。公正を期すために、という理屈で選手を長期間拘束するのが簡単ではないのは理解できる。どの競技であっても、世界レベルの選手なら、年間のスケジュールはがちがちに決まっているのだ。そして多くの場合、四年に一度のオリンピックを最大の目標にして、自分の調子を頂点に押し上げようとする。UGは、そういうスケジュールをぐちゃぐちゃにしてしまうだろう。おそらくIOCを含めた各競技団体も、強硬に反発するはずだ。大会の開催をストップさせることはできないかもしれないが、選手に圧力をかけ、出場しないようにすることは可能だろう。

当然、選手がいなければ大会は成立しない。

また岡部が予想していた通り、ラーガ社はUGを、始まったばかりの動画配信サービスの目玉として捉えているようだ。要するに宣伝……というか、この大会自体を自社の「商品」として想定している。こういう態度が反発を招くのは間違いないだろう。

「それで、観客がいないっていうのは、どういうことなんですか」仲島は興味を引かれたようだった。

「交通の便が悪いんだ。マイアミ沖に浮かぶ島で、孤島というわけじゃないけど、そんなに簡単に行けるわけでもない。空港を作る話もあるけど、それでもチャーター便でしか行けないだろうからね。その他には船かな」

「じゃあ、金持ちしか行けないいんじゃないですか」

「だから実質的に、観客に開放する感じにはならないと思う。その代わりに、テレビ中継でいろいろな工夫をするんだろうな。意欲的だとは思うけど……実現可能性はちょっと低いかな」

仲島はうなずいたが、その目はどこかぼんやりとしていた。何を考えているのか、また分からなくなってしまう。

「どんな大会になるんでしょうね。今までの大会とは全然違うのかな……」

「そうだろうな。想像もつかないよ」

「そうですよねえ」

今にも溜息をつきそうな雰囲気だった。その溜息が何を意味するのか、沢居には分からない。しかし仲島は突然、「デザート、何にしましょうか？」と明るい声で言った。彼の笑顔を見るなど、非常に珍しいことだった。


「最近、どうだい？」沢居はざっくばらんに切り出した。

「講義ですか？　それだったら、あいつは別に困ってませんよ」奈々子が笑いながら言った。「むしろ、鹿島君がノートを借りてるぐらいです。あいつ、昔からマメですから。頭は悪くないですしね」

「だろうな」思わず苦笑して、コーヒーを啜る。自宅で奈々子から定期報告を受けているのだが、何となく優里奈には聞かれたくなく、自室に籠っていた。「友人関係は？」

「相変わらず、私たちといる時以外は一人みたいです。でも、それはしょうがないんじゃないですか？　講義と練習で、遊んでいる暇なんかないんですから。呑み会にも全然出て来ませんし」

「君たちとも呑みに行かないのか」

「夜は、誘ってもいつもノー、です。実際に無理なんじゃないですか。昼はよく一緒に食べますけど」

「そうか……」ちょっと聞きにくい話になる、と思いながら切り出した。「あっちの方はどうだい？　その……」

「女性関係ですか？　ないですね。全然ないと思います」奈々子が察しよく答える。

最初この話を持ちかけた時、奈々子は大袈裟に笑い、沢居が冗談を言っているのではないと気づくと、にわかに不機嫌になった。「お世話役」は理解できないではないが、女性関係の監視まではできない、と思ったのだろう。だがいつの間にか、それを楽しみ始めている。鹿島とのコンビも上手くいっているようだ。

「その手の話に関しては、彼は奥手なのかね」

「というより、本当に時間がないんだと思いますよ。女子人気、ないわけじゃないですけどね」

「普通に考えれば、もてそうだけどなあ」背は高いし、ルックスもすっきりしていて悪くない。何より、一万と五千の日本記録保持者という、若きスポーツエリートなのだ。女性を惹きつける材料には事欠かない。

「いくらもてても、相手にしている時間がなければどうしようもないでしょう」

「変な女に引っかかると困るんだよな……こういう言い方をして申し訳ないけど」

「いえ。実際、変な女はいますから」奈々子が声を上げて笑った。「でも今のところ、何か狙って接近してくるような子はいないと思いますよ。そんなことがあれば、すぐに分かります。あいつ、ちょっと変わったことがあると顔に出ますからね」

「そうか……いい女性がいたら、むしろ早くくっついてくれた方がいいんだけどね。気持ちも落ち着くし、前向きになれるかもしれない」

「どうでしょうねえ。あいつがネガティブなのは昔からですよ。考え過ぎなんですよねえ。女性に対しても同じじゃないですか」

「性格は簡単には直らないか」

「そう思いますけど」

どうせなら君が彼女になってくれないか、と言おうとして言葉を呑みこんだ。仲島と奈々子は高校時代からの知り合いだし、マネージャー気質とでもいうべき面倒見のよさを持っている奈々子なら、何かと仲島の世話を焼いてくれるだろう。だがそこまで頼むのは、踏みこみ過ぎだ。欲求不満のはけ口として女をあてがう——いったいいつの時代の話だ。

少し無駄話をしてから電話を切る。次いで鹿島に連絡した。呑んでいるようで、声が少しふらついている。当たり障りなく、「最近、どうだい?」と軽い質問から切り出した。

「ぼちぼちですわ」

「仲島とは会ってる？」

「だいたい、毎日」

「変わりないかな」

「ええ、いつも同じですよ。自分も今日会ったばかりなのだが。どんな時でも変わらへんのが仲島でしょ？　ああいう風にしてるのも大変やと思うけど」

「仲島にとっては、平常心が何よりも大事だからな」

「ちょっとね……可哀想な気もしてますわ」酒が入っているせいだろうか、鹿島の声は少しだけ感傷的になっていた。

「可哀想って？」

「いや、何か、籠の鳥みたいやないですか？　SAって、皆こんな感じなんですか」

「籠の鳥って言われる意味が分からないけど」揶揄《やゆ》されているようで、少しだけかちんときた。

「いや、だって、何でもかんでもスポーツ省の決めた通りに動かんといかんわけでしょう？　息が詰まりそうやけど。俺だったら、我慢できませんね。元々、野球にSAは関係ないけど」

感傷的な一方で、皮肉っぽくもある口調。オリンピック競技でない野球の選手は、S

Aの対象にはならない。だいたい彼らにはプロ野球なり大リーグという目標があるから、他のアスリートとは最初からベクトルが別方向を向いているのだ。

「そうだな。野球は……しょうがない。だけど、籠の鳥というのはちょっと言い過ぎじゃないか？」

「そうですか？　住む場所も決められて、分刻みでスケジュールを管理されて、何も自分の自由にならないんだから、籠の鳥でしょう」

「世界で勝つためには、当然なんだよ」沢居は、鹿島のかすかな怒りを何とか鎮めようとした。ノリのいい男であるが故に、小さな怒りが突然大きく膨らむのかもしれない。

「どの国でも、アスリートの育成と強化には大変な予算をかけている。日本も、国が本格的に乗り出すようになってから、世界で結果を出せるようになってきたんだ。今やスポーツの世界は、国と国との戦いなんだよ」

「戦争みたいですな」

「人は死なないけど、そう、戦争かもしれない」

「スポーツって、そんなに大変なものなんですかねえ。野球をやってる時には、そんなことは考えてもいなかったけど」

「野球だって大変だろう」

「でも基本は、『夏の少年』ですからね」

「何だい、それ」沢居は鼻に皺を寄せた。

「そういう言い方するんですよ、野球では。プロ野球だって大リーグだって、夏休みに小学校の校庭でボールを追いかけてたのと、基本的に同じなんです。何か……眉間に皺を寄せて、大の大人が知恵を出し合わなくちゃいかんのですか？」

「実際、それぐらいやらないと、世界では勝てないんだから」この男はいったい何を疑問に思っているのだろう。スポーツをやる以上、勝たなければ意味がないではないか。そのために選手は全力を尽くし、周りの人間は死ぬ気でフォローする。国と国がどうこう言う以前に、これは人間の本能に関する問題なのだ。何かスポーツを始めれば上達したいと願う。腕が上がれば、ライバルを叩きのめしたいと思う。最終的な目標は、世界の頂点だ。

「仲島の奴、ちょっと鬱屈しとると思いますよ」

「何に対して？」

「分かりません。いろいろあるんやろうけど、言わないんですよね。心の中に立ち入らせないんですわ」

「そういうところを、さりげなく聞き出してくれないと」沢居にも分かっていないことである。その辺は、同年代の二人に期待したいところだった。

「簡単にはできませんよ。あまりしつこく突っこむと、あいつも変に思うでしょう」

「そこを何とか頑張ってくれ」

「そうですか」鹿島はまだ不満そうだった。「えらいバイトですな。割に合わない感じやけど……」

バイト料を上げろ、と暗に要求しているのか？　ほかの仕事では稼げないぐらいの金を払っているのだが。

「まあ、そう言わないでくれ。とにかく、上手く仲島をフォローしてやってくれよ。気になることがあったら、すぐに連絡して欲しい」

「そんな、すぐに『やばい』と思うようなことはないけど、相当不満は溜まってると思いますよ。そんなん、自分にはフォローは無理です。人の人生を背負うようなことはしたくないんで」

「君には、そのために金を払ってるんだぞ」沢居は声に怒りを滲ませた。

「それは分かりますけど……友だちとしてつき合うならともかく、自分には、仲島を全面的に支えるような力はないですよ」

「君なら、彼の気持ちはよく分かると思うけどな。同じアスリートとして」

「あくまで元、ですから」鹿島がすかさず訂正した。「自分はもう、やめた人間です。やめざるを得なかったんです。これからも上り調子の仲島とは違いますよ」

嫉妬だろうか、と沢居は訝った。野球と陸上はまったく別のスポーツであるが故に、世話役として鹿島を抜擢したのだが……これまでは、よくやってくれていた。相手に警戒させずに近づき、いつの間にか心の中に入りこんでしまう人懐っこさは天性のものだろう。そういう生まれながらの長所は、名門校の野球部で主将を経験したことで、さらに鍛えられたはずだ。

とはいえ、こんな疑問、というか同情を持つようになったら危ない。そもそもSAのあり方とは……と考えているようでは、この仕事は任せられないと思う。

少し様子を見よう。電話を切り、沢居は溜息をついた。今のところ、大きな流れを阻害するようなことはない。仲島は順調に記録を伸ばし続け、怪我もないのだから、めでたい限りだ。だが本人は相変わらず自信なさげな態度だし、彼をフォローすべき鹿島が疑問を抱いているのは気になる。さらに、黒埼の存在……新たな役者の登場が、今後仲島の金メダル計画にどのような影響をもたらすかは分からない。自分で選んだ人間だが、誰かが誰かを完全にコントロールすることなどできないだろう。いくつかの小さな不確定要素が、どうしても気になった。

2

「サイン、貰えないかな」

快活な声で呼びかけられ、仲島はぴくりと体を震わせた。こんな場所——インカレのスタート直前に馬鹿なことを言っているのは誰だ？

振り向くと、小柄な男がにこにこ笑いながら立っていた。あまりにも屈託のない笑顔なので、毒気を抜かれてしまう。ユニフォームにゼッケン……美浜大の選手だということは分かった。ほっそりとした顔立ちは、どことなくネズミなどのげっ歯類を彷彿させる。冗談だろうと思ったら、本当にサインペンを差し出していた。こんなもの、どうやってここまで持ってきたのだろう。

「レースが始まるんだけど」仲島はわざと冷たい声で言った。何も、このタイミングでこんなことを言い出さなくてもいいのに……レース前に揺さぶりをかけようとしているのか？　もしそうだとしたら、あまりにも露骨過ぎる。

無視して立ち去ろうとしたが、男はまた明るい調子で声をかけてきた。

「ああー、ごめん。俺、美浜大の黒埼」

「ああ」立ち止まり、振り返る。そういえば、そんな選手がいた——ＳＡの新たな枠指定で選ばれた選手と聞いている。聞いただけで、特に考えはしなかったが。人のことを気にしても仕方がない。

「一緒のレースで走るから、ご挨拶をと思ってね」

「別に、挨拶なんかいらないのに」

「そう？　こっちは一応、ライバルだと思ってるんだけど」

「へえ」何言ってるんだ、こいつは。

「簡単には勝たせないよ。俺も上を狙ってるからね」

「そう」素っ気なく答えるしかない。何を言うのも勝手だが、実績のない選手が何を言っても、遠吠えにしか聞こえない。

「じゃ、よろしく」にやにや笑いながら、黒埼が右手を差し出す。「楽しく走ろうぜ」

「まさか」仲島はつぶやいた。楽しく走る――素人じゃないんだから。レースが楽しいわけがない。

仲島は手を上げなかった。黒埼は特に気にする様子もなく、ぱたりと腕を下ろすと、最後に大きな笑みを浮かべて去って行った。躍り上がるような走り方。あれじゃ下半身に負担がかかり過ぎる……まさかレースでは、あんな走りはしないだろうが。インカレの五千メートル一部で決勝に出てくるのだからそれなりの選手なのだろうが、気にしなくてもいいだろう。SAだからといって、必ずしも自分を脅かす存在にはならないはずだ。そもそもそれなりの選手なら、必ず相馬から事前に情報が入っているはずである――マークすべきライバルとして。

五千と一万、最終的にどちらに力点を置くかは難しいところだ。スポーツ省はオリンピックで両種目にエントリーするのを望んでいるが、両方で勝つのは至難の業である。

スピード感がまったく違うのだ。五千でスピードを鍛えて一万に生かす、というのなら分かるが、両方で勝ちにいき、さらに記録を狙うとなると、今とは別次元の強さが要求される。

スタートラインに並ぶと、横に黒埼がいるのが分かった。足を蹴り出すように、大きくぶらぶらさせている。

「男子五千メートル競走、決勝のスタートです」少したどたどしいアナウンスが響く。場内アナウンスも学生が担当しているから、時々言葉に詰まったり、イントネーションがおかしくなったりするのはご愛嬌だ。

「よろしくね」屈託のない笑顔を浮かべ、黒埼が話しかけてくる。

本番前に何だよ……仲島は顔をしかめた。レース前には互いに話しかけないのが暗黙の了解である。この短い時間は、集中のために絶対必要なのだ。だいたいこいつ、何なんだろう？　SAに選ばれ、インカレの決勝で走ることになって、舞い上がっているだけじゃないのか？　情けない。こういう奴は調子に乗って最初に飛ばし過ぎ、後半で一気にばててしまうものだ。俺には関係ない、放っておこうと決めた。

一度グラウンドに出てしまえば、気持ちを整理する間もなく、レースはすぐに始まる。アナウンスは「出場選手はスタート後に紹介します」と続き、それを機に全員がスタートラインに着いた。ゼッケン「1」の仲島は一番内側。「2」の黒埼が隣だ。スタートまでの短い時間で、今日の作戦を反芻《はんすう》する。一番イン側といういい場所なので、まず先頭に飛び出してしまう。最初に頭を押さえ、そのまま逃げ切る作戦だった。問題になりそうなのは、東体大のケニアからの留学生ぐらいか。あいつは手足の長さを生かして、ぐんぐん前に出て来る。おそらく最初からトップスピードに乗り、先頭に立とうとするだろう。それに負けてはいけない。誰かが前にいるのは目障りだ。

しかし、同じ大学の陸上部の選手と、こんな形で走ることになるとはね——変な感じだった。陸上部には籍を置いているものの、仲島は練習には参加しない。普段同じ釜の飯を食っていない人間が、自分たちと同じユニフォームを着てレースに出ることに、抵抗を感じる選手もいるはずだ。しかし自分の力がないと、東体大全体の成績は上向かない。まあ、その辺はスポーツ省と大学の方で話がついているのだろう。いずれにせよ、どうでもいいことだと思うようになってきた。便宜的に籍を置いているだけで、東体大の一員だという意識は薄い。箱根駅伝に出られないと言われた瞬間、自分がどこに所属するかなど、問題ではなくなったのだ。陸上の選手は、最後は一人なのだし。あくまで一対一の戦い。キャンパスで時折感じていた冷たい視線も、最近は気にならなくなっている。

号砲で一斉にスタート。五千のスタートは、一万よりもスピード感に溢れており、即座にトップスピードに乗る必要があった。東体大の留学生は——名前が思い出せない

――確かゼッケン「5」を背負っている。鋭く内側に切りこんで、頭を押さえようとするはずだ。

仲島はそれより早く飛び出した。ほとんど百メートルのスタートの乗りである。今日も体調はよく、最初の二、三歩ですぐにトップスピードに乗れた。よし、これでいい。今日は最初から最後まで、誰の背中も見ないで走るのだ――と思った瞬間、目の前を濃紺のユニフォームが塞いだ。美浜大……黒埼？　まさか。いや、すぐ隣にいたのだから、前へ出やすい位置だったのは間違いない。軽く前傾した黒埼が、予想した通りのピッチ走法で、ぐんぐん前へ出て行く。この後ついていけないようなスピードではないし、スタート直後の混乱の中で無理に追い抜く必要はないと思い、仲島は彼の背中を追うことに専念した。どうせどこかで落ちる。お調子者が、最初だけ目立とうとしたんだろう。

選手の紹介が始まる。あんなの、いらないんだよな……誰に向かって言っているのだろう。インカレの場合、競技場に来ているのは大学の関係者か、コアな陸上ファンだけである。一々紹介しなくても、誰が誰か分かっているはずだ。レースが進むに連れ、実況中継に変わっていく。誰がトップを走っているのか、二番手グループには誰がいるのか。テレビの実況とは違い、淡々としているのだが、次第に熱が入ってきて、観客の声援がそれに呼応するようになる。

「先頭は美浜大の黒埼君、そのすぐ後ろに東体大の仲島君が続いています」

分かってる、分かってるって……静かにしていて欲しい。今日は歓声も大きく、それが鬱陶しさに拍車をかける。本当に、静かな環境で走りたい。観客なんかいらない。

黒埼の足の運びをちらりと見る。やはり、典型的なピッチ走法……ちょろちょろ足を動かして……疲れるだろうな、と思う。自分とはまったく歩幅が違うので、見ているとリズムが狂いそうになる。ここは自分の走りに集中だ。視線を黒埼の頭に据える。ぴょこぴょこ走っている割に、頭の上下動は少ない。まあ、それはそうか。そんなひどい走りをしていたら、インカレの決勝には出てこられないだろう。

次第に、アナウンスも気にならなくなってきた。気をつけていれば、順位がどうなっているか知る手立てになるのだが、後ろのことは気にしなくていい。問題は、前を行く黒埼の存在だけだ。

黒埼の走りは、見た限りでは快調だった。ひどく体力を消耗しそうな走り方なのだが、少なくとも最初の三周を終えた時点では、まったくペースに影響はないようだ。早くも全身に汗が浮かび、特に首筋はきらきらと輝いているが、体が温まった感じがしている。

四周目の最後のコーナーを回り終えた時に、背後に人の気配を感じた。アナウンスと歓声が大き過ぎるせいで、それほどはっきりと感じたわけではなかったが、間違いなく誰かが迫っている。

直線に入ると、すぐに横に並ばれた。ちらりと横を見ると、スタート前にマークしていた東体大の留学生――やっと「ダニエル」だと思い出した――である。ここで追いついてきたか……この男が抜群のスピードを持っているのは間違いなく、スパートのタイミングでもないのにいきなり飛び出してレースを乱したりするから、やりにくいことこの上ない。いくら「冷静に」と思っていても、こちらもペースを乱されるものだ。

仲島は一段ギアを引き上げた。すぐにダニエルの気配が消える。よし、ついでにこの辺りで前に出てしまうか……しかし仲島はすぐに、ダニエルに迫られた時以上の危機に直面した。

黒埼に追いつけない。ダニエルの気配に気づいたのか、仲島がスピードアップしたのを察知したのか、黒埼もペースを上げている。五メートルのリードは変わらなかった。仲島にすれば絶望的な差ではないが、まったく詰まらないのが気になる。どうしたものか……仲島の感覚では、五千は長距離ではなく中距離である。駆け引きを考えずに、いつも一気に走り切ってしまうのだが、今日は危険な雰囲気を感じていた。ここで一気にペースを上げてしまいかけてみようかとも思ったが、もしも黒埼が余裕を残していたらどうするか。

後半勝負だ、と決めた。後半のスパートは自分自身のテーマでもあるのだから。

だが、後半も簡単には勝負に行けなかった。仲島はずっと、トップギアから一段低いレベル――それでもかなりのハイペース――で走り続けていたのだが、黒埼との差がまったく縮まらない。汗の出方から、かなり疲労していることは分かるが、それでも黒埼のスピードは落ちなかった。何なんだ？　相馬コーチも、知っているなら教えてくれればよかったのに。もしかしたら、眼中に入らないと思って無視していた？　だとしたら、あの人もコーチ失格だ。コーチの仕事には、技術的なことを教えるだけではなく、情報収集も含まれるのだから。

「残り五周、美浜大の黒埼選手と東体大の仲島選手のマッチアップが続いています。二番手グループは、その十メートルほど後方です」

突然、それまで意識の外に押し出しておいた場内アナウンスが耳に入った。なるほど、後ろは気にしなくていいようだ。残り二千メートルで十メートル差……致命的ではないが、詰めてくるのは結構大変だ。マークしていたダニエルも、二番手グループに吞みこまれているだろう。リードしているとはいえ、あいつだけはこの先も要注意だ。スタミナに難があるようだが、スピードは馬鹿にできない。

少し前へ詰めていくか？　ここでブーストをかけて一気に抜き去れば、黒埼の心は折れるだろう。だいたいこいつは、今まで大きな大会にはまったく出ていないはずだ。経験も少ないだろうから、一度でも抜かれて引き離されれば諦めるだろう。

しかし今日は、仲島自身の調子も今ひとつだ。体が軽過ぎる。一歩一歩飛び上がってしまうような感覚があり、重心が高い。その分、エネルギーの消費効率が悪い感じがした。頭の中にある燃料計の針が、普段よりも早く下がっていくような……最後まで待とう。本気を出すのはラスト一周でいい。もちろんそれまでに、黒埼が勝手に落ちてくる可能性が高いが。

落ちなかった。

汗はひどく、かなりの疲労を感じさせたものの、黒埼は変わらぬペースを保っている。クソ、冗談じゃない……今日、記録更新が難しそうなことは既に分かっていた。だからといって、負けるわけにはいかない。誰かの後塵《こうじん》を拝するなど、耐えられない。

ラスト一周を告げる鐘が鳴る。それを機に、仲島は自分の中に残っていたエネルギーを全て解放した。わあっという歓声がひときわ大きくなり、全身を包みこむ。これに勇気づけられる人もいるというが、俺にとっては鬱陶しいだけだ……。

最初のコーナーにさしかかるところで並んだ。アウトサイドから強引に抜きにかかり、二つ目のカーブを出る直前には、完全に前に出ていた。すかさずインに切れこんで頭を押さえる。それでも手を緩めず、さらにスピードを上げ続けた。五千だと、最後の最後で猛ダッシュして、一気に差を詰めようとする選手が必ずいるものだ。ゴールするまで油断はできない。

前傾をきつくする。腕の振りをさらに意識して、体を前へ、前へと進めた。ここにきて、ようやく重心がぐっと下がった感じになり、走りが安定してくる。前に塞がる空気が重たいカーテンのように感じられたが、それを切り裂く感触も快感だった。

よし、誰もついてこない。仲島は一瞬意識を集中から解放へ持っていった。

「東体大の仲島選手、一気にラストスパートをかけてトップです。他の選手はついて来られません……いや、ここで美浜大の黒埼選手が前に出ました！」

黒埼にまだスタミナが残っていることに驚く。息遣いが聞こえてきた。荒い……呼吸が乱れている。限界に近い走りをしているのが分かった。足音もどたどたと、危なっかしい感じがする。そう、足音が聞こえるようになると、限界が近いのが分かる。必要以上に力が入り、トラックを踏み抜こうとするようになってしまうのだ。当然、そんな状態になれば体に余分な負担がかかり、いつまでも続かない。

人のことなんか、どうでもいい。大事なのは自分のタイム……今日は、失敗かもしれない。自己最高――日本記録を更新するのは無理だろう。走る度に記録を塗り替えることなど不可能なのだが、心がけはそうでなくてはいけない、と思っている。相馬コーチにも、常にそういう気持ちでいろ、と教えを叩きこまれていた。日本記録に満足するな、世界と戦うためには、まだまだタイムを短縮しなければならないのだ、と。

さあ、もう一段階足の回転を上げろ。黒埼を振り切り、〇・一秒でも速くゴールするのだ。

カーブに入ったところで、仲島は一気に加速した。足に力が入って、トラックを蹴るソールからの衝撃が、下半身全体に響く。さらに前傾するように意識を高める——前面投影面積を少なくして、空気の抵抗から逃れるのだ。腕をもっと振れ。腕で体を引っ張るようにしろ。酸素を求めて肺が悲鳴を上げる。だが、たかが二百メートルほどのことである。息を継がないでも走り切ってやる——そんなことができないのは分かっているのだが、少なくともそういう強い意識だった。

「トップの仲島選手、引き離しにかかります！　しかし黒埼選手、食いついています。その差、五メートル。最後は二人のデッドヒートになっています」

この実況をしている人間は誰なんだ？　学生の自主運営なので、当然学生だろうが、実況のアナウンサー気取りで煽ってどうする？　走っている人間の邪魔をしないで欲しい。

黒埼の気配は……まだ感じられる。本当に五メートル差なのだろうか。五メートル離れていたら、よほどのことがない限り、気配は消えてしまう。よほどのことが起こっているのか。酸欠状態寸前まで自分を追いこみ、走っているというより暴れている感じになっているとか。

振り返りたい、という欲求を必死で抑えた。一瞬でも顔を見れば、向こうの様子は分かる。表情、体の動き、それらを総合して、余力があるかどうか、すぐに判断できるのだ。だが一瞬でも振り向けば、一秒の何分の一か、スピードを殺すことになる。残り百メートルになって、その遅れは致命的になりかねない。

自分を信じろ。十分なリードを保っているはずだから、後はただ全力を出し尽くせ。ひたすら前を向き、百メートルを駆け抜けるぐらいの勢いで走るのだ。

そうやって自分を鼓舞し、なおもスピードを上げようとしたが、思うようにいかない。考えていた以上にエネルギーを消耗していたのだと気づく。ペース配分を間違えたか……最初、黒埼に引っ張られるように走ってしまったのが間違いだったかもしれない。俺としたことが……他人を気にせず、常に自分のペースで走ること。レースは孤独なジョギング。ただとんでもなくハイペースなだけなのだ。そんな基本を忘れていたことが情けない。

最後のカーブを曲がり切る。体がわずかに傾いでいる感触があり、それなりにスピードが乗っているのは経験的に分かった。全身が「限界だ」と訴えている。足が上がらなくなり、息をするだけで苦しい。喉がひりひりして、空気を吸いこむ度に焼けるようだった。クソ、こんなひどいレースは初めてかもしれない。腕が振れなくなってきた。視界がぼんやりと滲んでくる。アナウンスも場内の歓声も聞こえない。酸欠で、自分が意識を失いかけているのだと気づいた。どうする？　今以上に肺に酸素を入れるにはどうしたらいい？

仲島は意識して息を止めた。さらに視界が白くなり、体がぐらつき始めるのが分かる。

危ない。このままでは倒れる——そう思った瞬間、口を大きく開けた。吸いこまずとも、向こうから勝手に空気が入ってくる。わずかな酸素があっという間に体全体に行き渡り、景色に色が戻ってくる。足に力が入った。トラックを蹴る靴底の感覚がはっきりする。腕も振れるようになった。

よし、行ける。

そこから本当のラストスパートに入った。いつの間にか黒埼の気配は完全に消えている。観客からすれば、どうして俺がこんなに飛ばしているか、分からないだろう——実は自分でも分からない。本能的に、予定の遅れを取り戻そうとしているだけなのか。実際、意識が半分飛んでいた時には、かなり遅れていたはずだし……だが、実際のところは分からない。本当はそれほど、スピードは落ちていなかったのかもしれない。

既にゴールが見えている。無人……ではない。周回遅れになりつつある選手の背中が見えていた。あいつを——ゼッケン「17」を追い抜く勢いでスピードを落とすな。記録を更新できない以上、一秒や二秒早くても何の意味もないのだが、壁をぶち破るような勢いでレースを終えれば、次につながるような気がした。全てのレースには「次」がある。それを考えなくなるのは引退する時だけで、自分にとってはまだまだ先の——まったく見えない未来の話だ。

足が上手く回転し始める。前傾姿勢を保ったまま、強い風を全身で受け止めた。自分のスピードが巻き起こす風。今はそれを突き抜ける自信があった。

ゴール直前、わずかにスピードを落とす。最後に倒れこむようなレースは大嫌いだった。必ず余力を残したように見せて終わりたい。そのためには、わずかにペースダウンする必要があった。

ゴール。意識して歩調を緩める。次の瞬間、誰かが右側を風のように通り抜け——トラックに転がった。危ない。咄嗟《とっさ》に、さらにイン側に進路変更してトラックから外れた。見ると、一回転した黒埼が大の字になっている。駄目だよ、あれじゃ他のランナーに迷惑だ。自分が走り終えたらレースが終わり、ではない。

腰に両手を当てて歩き、呼吸を整えながら、仲島はちらちらと黒埼の様子をうかがった。運営スタッフが慌てて駆け寄り、強引に引き起こすと、二人がかりで腕と足を抱えてトラックの外へ運び出した。二人はどうやら投擲《とうてき》——それも砲丸投げかハンマー投げの選手のような体型で、軽々と持ち上げられた黒埼は、ぼろぼろの荷物のようだった。

みっともない。そう思った次の瞬間、仲島は背筋を冷たい物が走るのを感じた。あいつ、ぎりぎりで駆けこんできたけど、俺のすぐ後ろだったじゃないか。もしも俺が、もう少し気を抜いていたら、最後の最後で負けていたかもしれない。

何なんだ、あいつは？

例によって地下のサブトラックに降り、クールダウンを始める。ゆっくりとトラックを流し、後にストレッチ。今日はタイムが伸びなかったので――自己ベストに十秒以上及ばなかった――しつこい取材もなかったのがありがたい。どうやらスポーツマスコミの人間は、「どうやって勝ったか」には興味を引かれるようだが、「何故負けたか」「どうして記録が伸びなかったか」についてはどうでもいいと考えているようだ。本当は、負けから得る物の方が多いのだが、マスコミとはそういうものだろう。勝ち馬に乗りたい、ということもあるかもしれない。

かなりダメージが残っているかと思ったが、予想したほどではなかった。今日はたまたま調子が悪かった、ということだろう。相馬も特に怒ってはいない。今日のレースはあくまで調整であり、タイムに関しては元々何の要求もなかったのだ。

「お疲れ」

まったく心が籠っていない相馬の言葉で、クールダウンは終了となった。最近はむしろ、こういう素っ気ないやり方が自分には合っていると思う。コーチが一心同体で頑張っている選手も多いようだが、あまりにもコーチに依存し過ぎると、危険もあるはずだ。相馬との距離感は、仲島にはむしろ心地好い。

疲れた……あとは宿舎に戻ってマッサージを受けるだけである。荷物を担ぎ上げて歩き出したが、ふと気になって相馬に訊ねてみた。

「今日の……黒埼って何者なんですか」

「新しいＳＡだよ」

「それは分かっていますけど、宿舎にはいないですよね」

「ああ、あのランクは——新設されたランクだけど、宿舎に入るのは許されていない。そこまでは期待されていないから」

ひどいことをさらりと言うのはいかにも相馬らしいが、仲島自身もそんなものだろう、と思った。ＳＡにヒエラルキーが存在するのは明白だし、そうでなければ制度が崩壊してしまう。

「俺と何秒差だったんですか？」

「公式記録では一秒だ」

思わず目を見開く。ほとんど誤差の範囲だ。最後は、一メートルも離れていなかったことになる。もう少し気を抜いてペースダウンしていたら、最後の最後で逆転されていたかもしれない。

それでなくても低いサブグラウンドの天井が、いつもよりずっと低く感じられた。

「そんなに注目の選手なんですか」

「それほどではない」

「そう……ですよね」黒埼もそう言っていた。

「高校の時に負傷したそうだ。今は回復しているようだが」

既にデータは確認済みか、と思うと気味が悪くなる。だったら最初から教えてくれればいいのに。

「そうですか」

「お前が気にする必要はない。雑魚《ざこ》だ」相馬はよく、こういう言い方をする。「雑魚」とか「クズ」とか。仲島と競う選手を貶《おとし》める発言は、聞いていて気持ちがいい物ではない。そんなことをしてもらっても、自分の走りには何の影響も出ないのだ。

「でも、今日は一秒差でしたよ」

「あれは想定外だ」

相馬が硬い口調で言った。ちらりと横を見ると、目が細くなっているのが分かる。怒っている時の癖だった。

「はっきり言って、黒埼はノーマークだった。どうしてSAに指定されたのかは分からないが、丸二年間、レースに出ていなかったんだぞ」

「怪我はどこだったんですか?」

「腰だ」相馬が自分の腰を拳で叩いた。「治療から復帰して、これが最初の本格的なレースだったらしい」

それなのにあのスピード……もちろん、自分には及ばなかったわけだが、日本記録まであと数秒に迫っていたのは間違いない。正直、ぞっとした。

「今後も要注意、ですかね」

「気にするな」相馬がさらりと言った。「所詮お前の敵じゃない」

「そうですかね」思わず反論した。「結構タフなランナーだと思いますけど」

「一回の走りでは判断できない。どのみち、お前とはレベルが違う」

本当に？　仲島は口をつぐんだ。自分は、相馬のように楽天的にはなれない。このところ、あれほどの接戦は経験していなかったのだ。久しく忘れていたことであるが故に、恐怖感と同時に快感も覚えていた。孤高のジョギング――仲島にとってレースが孤独な戦いなのは間違いないが、競い合う相手がいた方がタイムは伸びる。もちろんそれは、自分と同レベルの選手であることが前提だが。そういうのは、これから海外のレースで散々経験するものだと考えていた。

「お疲れ！」やけに明るく。甲高い声。

驚いて顔を上げると、サブグラウンドに入って来た黒埼が手を振っていた。大荷物を担ぎ、一人きり。このクラスのＳＡには、個別でコーチもつかないのだろう。多少金銭的な援助を受けているだけ、というのが実態かもしれない。

先ほど死にそうになっていたのが嘘のように、元気一杯だった。小走りに駆け寄ってくると、「いやあ、参ったね」と明るい表情で愚痴を零した。

「何が」つい冷たい口調で応じてしまう。

「取材がすごくて。何でかね？　俺、負けたのに」

「さあ」とぼけてみたものの、何となく想像できる。勝者に乗りたいのがマスコミだが、それ以外にも「ルーキー」が大好きなのだ。マスコミは常に新しいスターを求めている。アマチュアでスターもクソもないだろうが、とにかく最近のマスコミは、目立つ人間を玉座に祭り上げたがる。旬が過ぎれば、すぐに放り出すくせに。

「取材も面白いよね。ちょっと緊張したけど」

「そう」

「次はどこで一緒に走るかね」

「どうかな」

何なんだ、この男は。やけに人懐っこい態度が仲島を苛立たせる。もちろん、こういうタイプの人間がいることは、理屈では分かっているが、今まで自分の周りには一人もいなかった。友人と言える奈々子や鹿島にしても、もっと遠慮がちに接してくる。仲島が自然にいられるように、気を遣ってくれている感じだ。

「雄平、行くぞ」

相馬の呼びかけが天の声になった。軽く一礼して、黒埼の脇を通り過ぎる。気軽に手を伸ばしてきそうだったので、できるだけ距離を置いた。

「なあ！」

通り過ぎて数歩ほど歩いたところで、黒埼が呼びかける。仲島は歩みを止めなかった。これ以上会話を交わすのは苦痛だった。だが黒埼は気にもならない様子で、大声で話し続ける。

「次は俺が勝つよ。あんた、そんなに速くないじゃん」

3

インカレが終わった翌日、沢居は黒埼をスポーツ省近くの喫茶店に呼び出した。庁舎で会わないのは、自分で決めたルールである。これは一種の極秘プロジェクトであり、二人で一緒にいるところを誰かに見られたらまずい。

「昨日のあれは、言い過ぎだよ」沢居は黒埼に会うなり文句を言った。相馬から詳しい報告は受けている。

「そうですか?」

黒埼はにやにや笑いながら、何も気にしていない様子だった。たっぷりのミルクとガムシロップを加えたアイスコーヒーを、ストローで思い切り吸い上げる。

「ライバルになって欲しいんだ。挑発しろとは言ってない」

「その違いがよく分からないんですけど」相変わらず笑っている。

こっちは怒っているのだ。それすら分かっていないのだろうか。黒埼はあくまで劇薬であって、毒薬になってはいけない。仲島の気持ちを前へ向けさせ、積極的な性格にするためのライバル――それ以上の役回りは誰も期待していないのだ。態度で、つまりレースで仲島をひやりとさせればいい。言葉で侮辱したり追いこんだりするのは、こちらの意図から大きく外れる。

「仲島を落ちこませたり、怒らせたりしたら駄目だ」

「ネガティブらしいですねえ、彼。最近、そういうの、流行りなんですか？」

「知らないよ」渋い表情で、沢居はコーヒーを飲んだ。ここのコーヒーは、正直言って美味くない。ただ苦いだけで、コクが感じられないのだ。「とにかくあいつは神経が細かいから。それを変えるためには、ゆっくりやらないと駄目なんだ」

「ずいぶん過保護なんですねえ」

「仕方ない」

「そんなんで、世界で勝てるんですか？」

何を知ったようなことを……沢居はかすかな怒りを嚙み殺しながら、またコーヒーを啜った。苦味が怒りを少しだけ鎮めてくれる。一息つき、小さくうなずいてから続けた。

「ＳＡにはメリットがたくさんある。俺もその恩恵を受けた人間の一人だ」

「分かってますよ」黒埼が顔の前で手をひらひらと振る。やけに世慣れた仕草で、二十歳の若者には見えなかった。「俺だって、腰が駄目になるまでは、取り敢えずSAに選ばれるのを目標にしていたんですから、いろいろ調べてましたよ。二年、遅れちゃいましたけどね……とにかく、今回の結果はよかったんじゃないですか？　俺も自己ベストを大きく更新できたし」

「まあ、そうだな。仲島はどんな様子だった？」

「嫌がってました」言ってから、声を上げて笑う。「あんな目に遭ったの、久しぶりだったんじゃないですか」

「だろうな」沢居はうなずいた。仲島の弱点は、実は「弱点がないこと」が原因ではないか、というのが強化局分析部の判断だった。簡単に勝ててしまうから考え過ぎ、逆に不安に陥る。去年、日本選手権で負けた時のショックが大き過ぎたのは、その裏返しではないか、と。だから常に追い上げられ、ぎりぎりで勝つ状況——負けてはいけない——にいれば、強くなれる。

「いつも走れば勝ち、じゃかえって不安になるでしょう」

「それで天狗になる奴もいるけどな」

「元々弱気なら、そうはならないでしょうね。こんなはずがない、いつか負けると思うと、萎縮しますよ」

「それは分かる」柔道でも同じような選手がいた。国際大会で五年間負け知らず、オリンピックの百キロ超級を二連覇したフランスの選手は、何故かいつもおどおどしていた。獰猛《どうもう》で自信たっぷりの表情を見せるのは、畳に上がっていた時だけである。分析部は、そのケースと仲島の状況が似ている、と結論を出していた。「君にはもっと頑張ってもらわないと。仲島も追い上げられる恐怖を知れば、強くなれるんだ」

「まあ、勝つのは至難の業ですけどね。彼は、勝ち方を知ってますよ」

「それは大きな強みだ」

だが沢居は、もっと別の要素を心配していた。要するに仲島は、理想が高過ぎるのではないか？　レースを終えた後、常に不満そうにしているのがその証拠ではないだろうか。理想とするレース運びがなかなかできない……彼の理想がどんな物なのかは想像もできないが。常にぶっちぎりで勝ち、記録を大幅に更新できればいいのだろうか。

突然、以前鹿島と交わした会話を思い出す。彼は、「四打数ノーヒットで満足って分かりますか？」と、謎解きのような質問を投げかけてきたのだ。分からない、と答えると、鹿島は「純粋バッティング理論」というのを持ち出してきた。彼が適当にでっち上げた理論のようだが……ヒットとは、要するに野手がいないところへボールが飛ぶことである。打ち損じがたまたま内野の間を抜けてしまうこともあるし、当たり損ねの凡フライがポテンヒットになるのも珍しくない。

ただそれは、打者として納得できるバッティングではない、というのだ。

「こう、ボールの芯を打ち抜く感じ、分かります？　手応えが全然ないんですよ。それが理想のバッティングなんです。たまたま野手の正面を突いてアウトになっても、それはそれで構わない。それが四打席続いたら、納得できる試合ってわけですわ」

負けてもいいのか、と訊ねたら、「野球は個人スポーツでもありますからねえ」と笑われた。

そういう感覚は分からないでもない。ボールの真ん中を射抜くような快感は、柔道にもある。例えば、沢居がオリンピックで金メダルを取った時の裏投げのような一本勝ちだ。

長距離でもそういう感覚があるのか？　勝ち方にもいろいろあるだろうし……自分自身が納得できる走り、ということか。単に勝つだけでなく、記録が出ればいいというわけではなく……やはり沢居には理解できない世界だった。

「最近、疲れてない？」優里奈が心配そうに言った。

「何か……人間って難しいよな」沢居は首を振った。

「そう？」優里奈は例によって涼し気な顔だ。どんな風に育てられたら、ここまで物に動じない性格になるのだろう、といつも不思議に思う。

「あのさ、優里奈って、パニックにならないよな」

「うーん、そうかもしれない」優里奈が顎に指先を当てた。「昔からそうだったと思うけど」

「何でそんな風にできるのかね。普段から平常心を心がけてるとか？」

「そういうわけじゃないけど、もしかしたら単に鈍いのかもしれないわよ」

「そうか」沢居は湯呑みをそっとテーブルに置いた。遅い夕食。最近は食事を摂る時間も不規則になってきて、太りがちである。少しは体を動かさないといけないのだが、なかなか時間が取れない。結局これが、引退したアスリートの一般的な姿なのだ。現役時代と同じように食べ続けて、カロリー消費は半分以下なら、太るに決まっている。「鈍いって、大事なことかもしれないな」

「そう？」優里奈が笑う。「仕事だと、駄目だけどね」

「アスリートは仕事じゃないのかな……」煮物が少し残っている。もう一口……いや、この辺にしておこう。沢居は箸を揃えて置いた。

「難しいわよね。お金を貰って練習して、大会に出てるんだから、仕事とも言えるけど……でも、プロというのとはちょっと違うでしょう」

「企業から金を貰ってればプロなんだろうけど」

「だったら、国家プロ？」優里奈が首を傾げた。

「そんな感じかもしれないな」時々、分からなくなる。「アマチュア」など、実態としてはとうに過去の遺物になってしまっているのに、いまだに言葉だけが独り歩きしている。

「お金が発生するなら、全部仕事、プロっていうことになるかもしれないわね。SAって、要するに公務員でしょう」

「そうだな」

「公務員はプロかなあ……プロだったら、達成目標があるでしょう？　私だってそうなんだから」

「民間の会社員なら、当然だよな」沢居はうなずいた。優里奈はよく、「納期が……」と零している。それでも慌てた素振りを見せず、ほとんど残業もしないのは、心のどこかにゆとりがあるからだろう。彼女の方がよほど、仲島のアドバイザーに適しているかもしれない。

「SAの場合は、大会で勝つこととか、記録を更新することとか」

「そういうの、嫌なことなのかなあ」もしかしたら仲島のネガティブさの原因は、そこにあるのかもしれない。他人に押しつけられた目標設定。そのためにやりたいこともやれず……そんなはずはないか。何よりあの男こそ、勝つことに執着しているのだから。その一点では、我々と方向性は一致している。理想の勝ち方を追い求める求道者。SA

に選ばれなくても、同じようだったのではないか。

「あなたはどうだったの？」

「俺は……純粋にありがたかったけどな。ＳＡのおかげでここまでやれたんだから」

柔道を始める場合、街の道場に通ったり、学校の部活から、というのが普通だ。そのレベルなら、大した金はかからない。道場では月謝を取られるが、そんなものは高が知れているのだ。ただし、レベルが一段上がるごとに、負担する額は増えていく。合宿だ、遠征だと、馬鹿にならない金額が飛んでしまうのだ。家族のサポートが当てにならなかった自分は、小学生でＳＡにならなかったらどうなっていただろう、と今でも不安に感じることがある。上手くいっても、どこかの中学校で生徒たちに柔道を教えているぐらいだったのではないだろうか。もちろんそれも悪くないが、自分を取り巻く世界が、今よりはるかに狭くなっていたのは間違いない。

「あなたは、子どもの頃からＳＡだったから、途中からなった人の気持ちは分かりにくいかもしれないわね」

「そうかな……俺と初めて会った時、どうだった？　何か、他の人と違うような感じ、あったかな」

「そうね……ちょっと世間知らずというか、ずれてる感じはしたけど。でも、うちの会社にも純粋培養の人はいるのよ。いわゆる受験エリートで、部活や友だちづき合いなんかを全部犠牲にしてきた人。そういう人たちに近かったかもしれない」

優里奈が苦笑する。沢居は慌てて両手で顔を擦った。そんなに恥ずかしい、常識外れのことをしていたのだろうか。優里奈は当時からおっとりしていたから、顔を見た限り、内心で困惑しているとは思えなかったのだが。

「確かに、柔道馬鹿だったからな」

「でも、結果的にそんな風にはなってないんじゃない？　今もちゃんと、公務員として仕事しているんだから」

「ただし、一歩も脇へ出てないんだよなあ」学校の先生のようなものかもしれない。学校で育ち、学校で教える……同じように、自分があくまで「スポーツ」の枠内だけで生きているのは間違いない。

「ずいぶん悩んでるのね」

「そうかな？」沢居はまた顔を擦った。

「こんな風に話すことって、あまりなかったよね」

「自分のことだけしか考えてなかったから」

「あなたはやっと社会に出たばかり、よね」

「そうだよな……人よりずいぶん遅れてる」つい苦笑してしまう。

自分では、ずいぶん苦労してきたと思っていた。家族が助けてくれなかったこと。致命傷はなかったとはいえ、体に刻みついた無数の傷、流した汗の量、負けた悔し涙は、他の選手に劣るものではない。だがそれらは、普通に社会人として生活していく上では、何ら必要なかったと言える。現役時代の自分はそれが全てだと思っていたのだが……今考えると、「だからどうした」という世界である。仮に自分が存在していなくても、社会は問題なく動いていただろうし。いや、それは今もそうか。

そもそもこの世にスポーツなんてなくても、誰も困らないいんじゃないか？

4

谷田貝は、リストを眺めて一人うなずいた。ここまでは極めて順調と言っていいだろう。金メダル倍増計画の核になる仲島は、日本選手権での敗退以降、確実に記録を伸ばしていた——むしろ恐ろしいぐらいである。

この秋、スペインで行われたバルセロナ招待で、仲島はまたも一万メートルの日本記録を更新した。最初に彼が日本記録を更新してから、これで三回目の更新になる。しかも今回、記録は二十秒以上短縮されていた。これは、過去のランナーにはなかった傾向だ。大抵のランナーは、勝ち負けは別として、記録の面では一瞬ピークに昇り詰めるだけである。何度も日本記録を塗り替える選手などいなかった。まだ世界レベルには及ばないが、その尻尾は見えてきたと言っていいだろう。オリンピック本番まではまだ二年あり、その間にさらにタイムを縮めていくのは、決して不可能ではないように思えた。

他の競技の選手たちも順調に記録を伸ばし、特に競泳陣に関しては黄金時代に入ったと言っていい。中心になる選手数人が絶頂期を迎え、若手を引っ張っている。既に全盛期を過ぎたはずのベテラン勢もいい刺激を受けて、世界各地で行われる大会でメダルを量産していた。かつての「水泳ニッポン」の再来と言っていい。いや、あの時代よりもレベルははるかに上だろう。各国とも選手強化を進めている中で、勝ち続けているのだから。

「競泳は順調ですね。極めて順調……過ぎるかもしれない」強化局の中での会議なので、谷田貝も珍しく本音を吐いた。普段は、選手の成績だけで一喜一憂はしない。局長がそんな風に感情を露にしていては、役所の仕事は進まないのだ。

報告を聞きながら、谷田貝はリストに「○」「△」「×」を組み合わせて書きつけていた。「○」は金メダル有力。「○△」は可能性あり。「△△」はメダルは確実。「△×」はメダルの可能性なきにしもあらず。「×」は入賞のレベル。

競泳の各種目、それに柔道に「○」がずらりと並んだ。柔道は、前回オリンピック後に一時不振の時期が続いたが、それを脱して今再び上り調子である。いろいろと尻を叩いた成果が出た……基本的に、スポーツ選手は単純なものである。怒りで発破をかければ、気合いが入り直す。操るのは簡単だ——仲島を除いては。

体操は個人種目二つに「○」、団体に「○△」、射撃のいくつかの種目に「△△」、サッカーは「△×」。他の競技はまだ「×」か無印だ。どれほど強化が進んでいても、状況によって変わり得る。これらの評価は、あくまで「現時点」でのものだ。オリンピック本番まで油断はできない。

報告が終わった時点で、「○」は二十個に及んでいた。これだけでも前回五輪を大きく上回る計算だが、「倍増」という目標にはほど遠い。特に陸上で「？」が多いのが心配だ。

仲島も「？」。それはそうだ。現時点でのベストタイムでさえ、まだ世界記録にははるかに及ばないのだから。仮にそこまで近づいていても、レース本番は様々な条件に左右されるから、ここに簡単に「○」をつけることはできない。「△△」でさえも。だが仲島は、まだ二十歳を迎えたばかりだ。一般的に長距離走者の全盛期はまだ先であり、怪我さえなければこの先なお、記録の伸びが期待できる。あらゆる分析が、「記録はまだ伸びる」と保証していた。とにかく仲島は、今回のプロジェクトの象徴である。彼に勝たせなければ、どうしようもない。自分の将来のためにも、勝ってもらわなければならないのだ。

八月。仲島は世界ジュニア陸上に出場するため、オーストラリアに飛んでいた。仲島にとっては二度目の、レースのための海外遠征になる。今回は沢居も同行していた。日本ではテレビ中継がないので、結果は同行している沢居からの連絡待ちである。レースのスタートは間近に迫っていたが、さすがに定例の強化会議は飛ばせない。この後は大臣への報告もある。

会議を終え、メールと大会の公式サイトを確認した。まだ結果は届いていない。壁の時計を確認すると、スタートして五分が経ったばかりだった。ゴールは二十分以上先……大臣への報告を遅らせるわけにはいかないから、自室でレースの終わりを待つことはできない。仕方なく重い腰を上げ、大臣室に向かった。

安藤大臣は、忙《せわ》しなく書類を捌いていた。この人とのコンビもすっかり長くなった。余人をもって替えがたし、ということなのだろうが、今のところ谷田貝との関係も上手くいっているが、次第に実務に口を出すようになってきたのが鬱陶しい。大臣は大臣らしく、神輿《みこし》に乗っているだけでいいのに。最近は、自分たちの頭越しに部下に電話をかけてあれこれ指示する。平《ひら》の職員にまで直接電話をかけるのだから、受けた方はたまらないだろう。

強化会議での報告を受ける間、大臣はずっとそわそわしていた。この後の予定が詰まっているのだろうか、と心配になり、途中から報告のスピードを上げた。谷田貝が喋り終えると、すぐにパソコンの画面に目を向ける。デスクの前に椅子を引いて座っていた谷田貝は、一瞬完全に取り残された。

「一万メートルの結果はまだのようですね」

「ええ――はい」大臣も仲島のレース結果を気にしているのか。そう言えば最近、普段の会話の中でも、仲島の話題が出ることが多くなった気がする。それだけ、期待の星として注目しているのだろう。

「一つ、言っておきたいことがあります」

大臣が切り出したので、谷田貝は身構えた。それを見て、大臣がほんのわずかに相好を崩す。

「人事ですが、私の権限でしばらく凍結します」

「それはどういう――」

「次のオリンピックは、極めて重要なものです。それまでは、今の体制で続けたい、ということですよ。今のところ、事態は上手く動いていますから、いじりたくない。もちろん、こんなことは表立っては言いませんが。異例のことになりますが、あなたは了解しておいて下さい」

「分かりました」谷田貝は素早くうなずいた。次官レースに勝つためには、まず今よりワンステップ上がって官房長を目指さなければならない。だが現実的に、そこに気を割いたり根回しをしている余裕はないのだ。

ズボンのポケットに入れた携帯が震動した。慌てて立ち上がり、「失礼します」と言って部屋を出ようとした瞬間、大臣が遮った。

「誰？」

確認すると沢居だった。その旨を告げると、「ここで受けて。すぐに結果を教えて下さい」と命じる。

焦ってるな、と思いながら電話に出る。沢居の声が勢いよく耳に飛びこんできた。

「勝ちました！」

一瞬、言葉を失う。同年代の選手たちが相手だが、ついに世界で勝ったのか……谷田貝は、目の前に無限の海原が開けたような幻想に陥った。そこを、仲島という巨大な船が進んで行く……谷田貝は大臣に向かって、人差し指を上げてみせた。彼女は満足そうな笑みを浮かべてうなずく。すぐに結果を確認しようと、またパソコンに視線を落とした。

「記録は？」

「日本記録までは届きませんでした」沢居の声は雑音に紛れ、聞き取りにくかった。競技場に多くの観客が詰めかけ、騒然としているのだろう。

「レース展開はどうでしたか」

「終盤、かなり競りましたが、最後の二周は独走でした」

「結構です。仲島選手の様子は？」

「まだ接触してませんけど、例によって例のごとく、ですね」沢居が苦笑する。

「後で話を聞いておいて下さい」タイムが伸びなかったせいで無愛想なのだろう、と想像する。海外のメディア向けには、せめて笑顔の一つも見せて欲しい、と願った。日本人的な「アルカイックスマイル」で構わないのだから。

「分かりました。一度切ります。後で詳しくご報告しますので」

向こうは一時間進んでいるから、詳しい報告が入るのはこちらの時刻で午後六時過ぎになるだろう、と読む。今夜は財務省に勤める同期の人間と、非公式に——とはいえ、予算を巡って結構真剣な突っつき合いになるだろう——会食の予定がある。それには間に合うだろう。

電話を切り、表情を緩めて報告する。

「公式記録が上がってきたわね」パソコンに視線を据えたまま大臣がつぶやく。すぐに眼鏡を取って、やや険しい視線を谷田貝に向けてきた。「全体に低調なレースだったみたいね。記録が伸びてないけど、この辺についてはどう分析するの？」

「海外の試合では、コンディションをキープするのも難しいですから、その中で勝てたことをまず評価したいと思います。とにかく、メダルを取るのが最優先です」谷田貝は力をこめて自説を展開した。「我々が仲島選手に求めているのは、記録ではなくメダルです。その件については、意思の統一はできていると思いますが」

「そうは言っても、記録は欲しいわね」

欲張りな人だな、と少し苛立った。オリンピックという、最も目立つ場所で記録を出すのは大事なことだ。ただし、勝ってメダルを獲得することとは、意味合いが違う。特に陸上の長距離の場合には、タイム無視で勝負にこだわる選手も多い。彼女自身が走ったマラソンなど、その最たる例ではないか。オリンピックの走りと、「高速レース」として定評のあるベルリンマラソンなどの走りでは、まったく質が違う。オリンピックでは、「記録」よりもメダルの「名誉」を選ぶ選手が多い。勝つためには駆け引きが重要になり、その結果、序盤は牽制し合って最終的なタイムが伸びない、というケースはしばしばである。もちろん、一万メートルや五千メートルではもっと露骨なスピード勝負になるのだが。一歩ごとに環境の変わるマラソンと、まったく同じコンディションのトラックを周回する一万メートルなどとでは、戦い方が違ってきて当然だ。

「あとは……黒埼君が五位入賞だったんですね」

「健闘しましたね」予想外の好成績だった。これで仲島は「前向きの」焦りを感じただろうか。「ホームページでは、レース展開までは分かりませんよね」

「残念ながら」大臣が首を振る。「でも、黒埼君にも、今後はかなり期待できるんじゃないですか」

「それは……分かりません」

沢居からの報告では、黒埼にはこれ以上の伸びは期待できないだろう、ということだった。分析部のスタッフからも同様の分析を受けている。走り終えて常にまだ余力を残している仲島と、必ず倒れこんでしまう黒埼。全力を出し切るのは大事なことだが、やはり才能の差はいかんともしがたい、ということか。天才と努力家の違い、だろうか。しかし、気にすることはない。黒埼は所詮、使い捨てなのだ。仲島のレベルを上げるために、新たなライバルを見つけ出す時期に来ているのかもしれない。

「いずれにせよ、黒埼が一種の触媒になっているのは間違いありません」

「ただし、黒埼君がオリンピックに出られるかどうかは分かりませんね」大臣が両手を組み合わせ、デスクに置いた。

「その通りです。仲島は当然、海外の選手をライバルにして戦っていくことになります。一段レベルを上げるんですよ。黒埼選手はあくまで、仲島選手が昇る階段の途中にいる選手です」

「残酷な話ですね」

「黒埼選手も納得していますから。とにかく一人の選手を勝たせるためには、多くの犠牲が必要なんです」

死屍累々《ししるいるい》、などという言葉を思い出していた。多くの犠牲の上に成り立つ金メダル。

踏み台にされた人間は、それで満足するかもしれないし、憤るかもしれない。だが、それはそれで仕方ないことなのだ。実力をつける上で、ライバルの存在は絶対に必要である。基本的には、負けた方が悪い。それが用意された「負け」であっても。

沢居から電話で詳しい報告を受けた時には、既に午後六時を回っていた。約束の時間まであと三十分。すぐに出れば間に合うな、と荷物をまとめようとした時、広報部長の黒井《くろい》が局長室に飛びこんできた。既に背広を着こんでいる谷田貝を見て一瞬躊躇したが、すぐに厳しい表情を浮かべて前に進み出る。

「何か？」嫌な予感を覚えて、谷田貝はわざと素っ気なく訊ねた。

「おかしな話になりました」

そんな予兆があっただろうか、と谷田貝は心配になった。無用なトラブルでないといいのだが……立っていたのを座り直し、報告を受けることにする。黒井は、メモを握り締めていた。

「実は、UGのことなんですが」

「ああ」言われるまで、その話はまったく頭から消えていた。時々情報が流れてくるのだが、自分たちには関係ないことだ、と割り切っている。所詮、一私企業の宣伝のようなイベントではないか。

「招待状が回っているようです」

「招待状？」

谷田貝は眉をひそめた。黒井がすかさずメモを差し出す。英文で書かれたメモは、メールではなく紙文書のコピーだった。ヘッダには確かに「Invitation」とある。

「これは？」内容を確かめる前に、黒井に訊ねる。

「昨日から今日にかけて、選手に一斉に届いたものです。これは、競泳の柴崎《しばさき》選手から入手しました」

読み進むに連れ、谷田貝は鈍い頭痛を感じ始めた。

UGは最初、次回オリンピックと同年の開催を予定していたのだが、それが早まったようだ。来年秋に、リトル・バハマ島に完成する競技場を主会場にして開催する。主催者が各国の選手に対して、招待状を発送した。

「基本的なやり方は変わっていないようですね」嫌な予感を押し殺し、低い声で訊ねた。

「選手の縛りが少し緩くなりました。当初は大会の三か月前から会場入りということだったんですが、一か月前からに緩和されています。ただし同一コンディションの下で調整をして試合に臨む、という基本方針は同じですね」

「まさか、実現するとは思いませんでしたけどね」谷田貝は皮肉に言ったが、自分の読みが甘かったのを思い知っていた。いかに大きなスポーツ大会であっても、開くだけなら誰でもできる。然るべき会場を押さえ、無償で手を貸すスタッフが大量にいるか、いくらでも使える資金があれば、それほど難しいことではない。今回は既に会場があり、おそらくは無尽蔵と言っていい金がある。

ただ、谷田貝はこの段階になってもまだ、ＵＧが開催されるかどうか、疑っている。この大会には「権威」がないのだ。人は権威が大好きである。「あの」大会で勝ったと胸を張りたいのだ。それがオリンピックであり、回数を重ねた国際大会の強みである。それ故選手たちが、参加することに魅力を見出すかどうかは疑問だ。ＩＯＣが強硬に反発してくる可能性も高いだろう。当然、「公認」の大会にはしないだろうし、そうなったらそこでどんな記録が出ても、歴史には残らない。

主催のラーガ社は、何を餌に選手を集めようとしているのだろう。

「どうしますか」黒井が遠慮がちに聞いてきた。

谷田貝はちらりと腕時計を見た。しょうがないな……今すぐ問題が起きるとは思えないが、危ない芽は早目に潰しておかねばならない。次官、それに各局長と打ち合わせをしておく必要がある。公式な声明はいらないが、対象となる選手に対しては対策を取っておく必要がある。「ＵＧの詳細に関してはスポーツ省で調査中。軽々な行動は慎むように」という通達を出すか。それだけで、選手は「変な誘いに乗るな」という実質的な命令だと気づくだろう。露骨に命じるよりも、今の段階ではその程度に収めておいた方がいい。

「まあ、これが本当に実現するかどうかは疑問ですがね」谷田貝はコピーを黒井に返した。

「いや、そうとは限りません」

「と言うと？」

「サッカーなんですが……」

「サッカーは、ＵＧの実施競技に入っていないのでは？」それこそ、ＦＩＦＡが黙っていないだろう。ＦＩＦＡはＩＯＣと並ぶ既得権益団体であり、そこに出入りする金は、小国の国家予算を大きく上回る。自分たちが絡んで甘い汁を吸えない大会に関しては、潰しにかかる可能性が高い。

「エキジビションマッチを開催する動きがあるようです」

「エキジビション、ねえ。それなら特に気にすることはないでしょう」谷田貝は苦笑した。ボールゲームのエキジビションマッチが、それほど注目を集めるわけがない。甘いディフェンスで、とにかく点が入れば観客が喜ぶ温《ぬる》い試合になるのが常だからだ。バスケットボールなどで顕著な傾向だが、それがサッカーでも事情は変わらないだろう。もちろん、チャリティマッチとはそういうものだ。スーパースターが顔を見せて客が集まれば、寄付すべき収益金の額は膨れ上がる。

「ただのエキジビション、というわけではないようです」黒井の表情は暗かった。

「というと？」

「オルテガ率いる南米選抜と、ヘインズのヨーロッパ選抜のゲームになる、という情報がありまして」

「それは……」一瞬目眩《めまい》がした。「好ゲームになるでしょうね」

サッカーにはそれほど詳しくない谷田貝でも、この二人が現代サッカー界を代表するスーパースターだということは分かる。オルテガはアルゼンチン出身で、今がまさに全盛期の二十七歳。ポジションはフォワードで、天性の点取り屋として知られている。ゴールに対する嗅覚が図抜けているのだ。主にヨーロッパのクラブチームで活躍し、ワールドカップ出場二度、バロンドールに三年連続で選出されている。スピード感に溢れたトリッキーな動きを得意としており、怪我が少ない。「無事これ名馬」という言葉を地で行く選手なのだが、それも抜群のスピード感があってこそ、である。決して無様に倒されないそのプレースタイルから「貴公子」のニックネームを奉られていた。現在の年俸は、日本円で三十億円にも達しているはずだ。

一方ヘインズは、イングランド代表の鉄壁のディフェンダーである。百九十センチの長身を生かして空中戦に絶対の自信を持っているが、何より買われているのは、そのキャプテンシーである。「サッカーの精神を体現する男」と高い評価を受け、イングランド代表の主将を長く務めている。既に三十代に入っているが、闘志溢れるプレー振りに衰えはなかった。

「貴公子」と「闘将」の戦いか。

「チャリティマッチの収益は、中東の紛争地域の難民に対して寄付される、という趣旨ですね」

「理想は素晴らしいですね」つい皮肉が口を突いて出る。そんな寄付が上手くいくかどうかは分からないのだが……政治的な思惑が多過ぎて、分配に苦労しそうな感じもある。そもそもまともに現地まで届くのかどうか。

「いずれにせよ、二人が選出するベストイレブンがこの大会で顔を合わせる、という趣旨で、賛同している選手も多いようです。人望のある二人が引っ張っているので、乗りやすいんでしょう。UGでは、これをオープニングセレモニーの位置づけにしたいようです」

「確かに、注目は集めるでしょう」

「ええ。少なくとも、スポーツファンは惹きつけられると思います。例の、ラーガ社による中継もありますから……」

「そして注目を集める大会なら、選手は乗るかもしれない。イメージ的にもいいことでしょうね」嫌な予感が膨れ上がってきた。「早急に引き締めを図る必要があります」そう、お調子者の選手たちを図に乗せないように。

「分かりました」

「すぐに各局に連絡を回して、官房長と次官にも連絡を取って下さい」

部屋を出て行く黒井の背中を見送りながら、谷田貝は、UGの裏にはもっと複雑な事情があるのではないか、と訝った。

スポーツの世界では――特にいわゆるアマチュアスポーツの世界では、ヨーロッパ勢が絶対的な力を持っている。アメリカは商業主義的なプロスポーツでは大成功を収めたが、それはあくまで国内に限られる。いわゆる四大スポーツの試合は世界各国に配信されているが、ヨーロッパの守旧勢力は、それを鼻で笑っている節があった。アメリカは金を生み出す道具に過ぎない、主導権はあくまでこちらにある、と。

それに対してUGは、IOCが中心になって展開する国際スポーツの流れに一石を投じる可能性がある。特に、選手を拘束して全員を同じ条件下に置くというやり方は、非常に重い意味を持つ。重要なのは、決定的な有効策のないドーピングに対する、新たな対処法になるかもしれないことだ。この問題に関してはいたちごっこが続いており、どれほど規制を強化しても、違反者は消えない。もしかしたらドーピングというのは、人間の根幹的な欲望にかかわることかもしれない。あらゆる真面目な努力を水泡に帰してしまうドーピングは、スポーツの根本的なバランスを崩してしまうが、選手は往々にしてその誘惑に負けがちだ。ばれて追放される恐怖も、後に自分の体がぼろぼろになって早死にするかもしれないリスクも無視し、一瞬の栄光のためにドーピングに手を出す。こうなると、人間は本能的にずるをしたがる存在ではないか、と思えてしまう。

UGは根本的に、それを排除しようとしている。それも非常に強制的に。乱暴な手段ではあるが、公平性という点では、現在はこれ以上適した方法はないだろう。

世間が、これを評価するかもしれない。となると、UGに出た選手は、公平性に関して意識が高く、出場を拒否した選手は何か後ろめたいことがあるのでは……と裏読みする風潮も出てくるだろう。

厄介なことになったな、と谷田貝は首を振った。相手は金を持っている。そしてスポーツの世界でも、金で自由にならないことはほとんどない。

5

このことだったのか……オーストラリアから帰ってきて宿舎の郵便受けを見た瞬間、仲島は成田空港で受け取ったメールの意味を理解した。

スマートフォンを取り出し、メールの内容を確認する。

送信者：スポーツ省強化局
UGへの参加要請について

特別強化指定選手各位

現在、UG（Ultimate Games）の開催を予定している米・ラーガ社から、選手に参加の案内が届いています。

UGに関しては、その趣旨、運営方法などについて不明確な部分が多々あり、現在当局で詳細を調査しています。選手の皆さんにおかれましては、軽々な判断をすることなく、様子を見守って下さい。追って、当局から、選手の皆さんの対応について連絡します。

そして今、問題の案内状が手の中にある。ずいぶん立派なものだ。紙は分厚く、わざわざ赤い蠟《ろう》で封をしている。こんな大袈裟な手紙を受け取るのは生まれて初めてだった。気にはなったが、その場で開けるわけにもいかず、取り敢えずバッグに突っこんで部屋へ引き上げる。自分以外の人間も貰っているはずだが、誰かに見られたくなかった。
荷物を下ろし、立ったまま封を開ける。英文の手紙なので、すんなりとは読めない。

デスクについて、電子辞書を片手に読解にかかった。英語は座学でも散々やらされているのだが――海外での大会に出るためには必須、ということだった――いまだに苦手だった。

要約すると、是非UGへ参加して欲しい、ということだった。趣旨に関しては……現在のスポーツ大会に対する批判のようにも読める。競技団体、そしてスポンサーの思惑に左右される既存の大会には、既にスポーツの純粋性はない。ドーピングの問題も常について回る。UGはそれらの問題を排除した、純粋にアスリートのための大会である。その基本にあるのは本来のアマチュアリズムである、云々。

すぐには判断を下せないが、無視もできない。パソコンを立ち上げ、「UG」で検索すると、既に公式サイトができていた。まだ英語ページしかないので、全部を読むには時間がかかったが、要するに手紙に書いてあった内容をより詳しく紹介しているのだと分かった。

「Stadium《会場》」をクリックすると、いきなり巨大な競泳会場が姿を現した。どうやら完成したばかりのようで、屋根が丸く膨らんだドーム構造になっている。本当にドームかどうかは分からないが、とにもかくにも、そのような格好である。中は、青く水を湛えたプールが美しい。撮影や補整のテクニックにもよるだろうが……立派だが、それほど大きくはないようだ。「Capacity《収容人員》」は二千人。オリンピックだとしたら、小さ目の会場だと言っていいだろう。他に、全天候型トラックを備えた競技場の写真がある。こちらは、目に鮮やかな青のトラックと、フィールドのグリーンの芝のコントラストが強烈だった。こちらも収容人員は五千人ほどで、大量の観客を集めようとしているのでないことは分かる。テレビ中継がどうこうという話を誰かがしていたから、無理に客を入れて入場料を稼ぐ必要もないのだろうか。

まあ、自分にとっては関係ない話だと思うが……気になる。S指定になってからずっとまとわりついている違和感は、UGでは感じないのではないだろうか。招待されて、自らの意思で参加する。そこには国は関係ないわけだ。全ての環境をお膳立てしてもらうという意味では、SAと変わらないはずなのに、何故か自由な感じがする。

それにしても、疲れた……ベッドに体を投げ出すと、思わず眠ってしまいそうになる。遠征慣れはしてきたが、やはり飛行機の長旅はきつい。最初に海外へ行った時――中国での高地合宿だった――にはそれなりに興奮もしたものだが、比較的短期間に何度も海外へ出ていると、「面倒だ」という気持ちが先に立つようになる。今回もそうだった。とにかくスケジュールがタイトで……レースを終えた翌日夕方にブリスベンからシドニーへ飛行機で移動、一泊した翌朝に成田への直行便に乗った。移動距離も長かったせいで、やけに疲れている。それに、比較的涼しいブリスベンから体が溶けそうな暑さの東京へと環境が激変したので、全身が汗塗れだった。

とにかく、飯にするか……思い切って起き上がり、のろのろと部屋を出た。廊下に出た途端に、周囲を見回してしまう。今回のジュニア陸上に出場した選手は他に二十人いて、帰りは成田からのチャーターバスだったのだが、今は何となく誰にも会いたくなかった。廊下に人気がないのを確認して、取り敢えずエレベーターに向かう。

既に午後八時を過ぎており、夕食のピークは終わっていた。何となくほっとして軽目の食事を誂《あつら》え、窓際の席に座って食事を摂り始める。レースを終えると何日かは、軽い食事しか摂れない。これは、SAに選ばれてからのことだった。体力的にさほど消耗するわけではないのだが、やはりレース本番では緊張しているということなのだろう。何となく胃が重い感じが数日は続く。今日もオムレツとサラダ、ひじきの煮物に味噌汁だけである。淡々としたメニュー……食後に飲む濃いコーヒーだけが楽しみだった。

食事を終えようとする頃、目の前に陰が射す。顔を上げると、競泳の神取《かんどり》が目の前にいた。同じ宿舎に住むSAの中では数少ない同年齢の選手で、たまに言葉を交わす仲である。利害関係がないので、多少は気軽に話せるのは間違いない。

「おう、金だって?」軽い調子で言う。

宿舎の中では、ごく気楽な調子でこういう会話が交わされるのだが、慣れるまでには少し時間が必要だった。実際には大変なことなのだが、感覚が麻痺しているというか……。

「ああ」

「いい感じじゃん」神取が椅子を引いて向かいに腰を下ろし、コーヒーカップをそっと置いた。

「まあ、何とか」

「相変わらずしゃきっとしない男だな。もっと喜べよ」苦笑して、神取がコーヒーを啜った。

　仲島は、空になったトレイを横に押しやった。コーヒーが飲みたいな、と切実に思ったが、立ち上がるのさえ面倒臭い。口の中をさっぱりさせるのは、後回しにしよう。

　神取は、ひどくリラックスした様子だった。いつもと同じことだが……夏場は、競泳の大会も増える。宿舎にいる時ぐらいはだらけておこう、という心がけらしい。今日も袖をカットオフしたTシャツに膝までのジャージというラフな格好だった。そのために、典型的な逆三角形の競泳選手らしい体格がくっきりと目立つ。短く切った髪を無理矢理逆立てていたが、これはシーズン中の髪型だ、と分かっていた。レース中はキャップを被るので、髪の毛が長いと面倒なんだ、といつも言っている。本当は剃った方がいいぐらいなんだけど、頭の形が悪いのがばれると嫌だからね、とも。

「で、金メダルのコメントはどうよ？」

「いや……タイムがよくなかったんだ」何だか、自分はこんなことばかり言っている、と思う。言い訳。どうすれば満足して笑えるのだろうと考えると、怖くなることもあった。一度も満足しないまま現役生活を終えたら、自分には何が残るのか。

「勝ったんだからいいじゃないか」神取が面白そうに言った。

「そういう問題じゃないんだけど」

「よく分からないな。それより、黒埼も頑張ったそうじゃないか」にやにや笑ってはいるが、そう言う彼の視線は少しだけ真面目だった。

そう言えば、黒埼と神取は同じ高校だったのだ、と思い出す。スポーツの世界は案外狭いもので、競技が違っても優秀な選手は同じ高校に集まることが多い。それにスポーツ省でもそのように指導しているのだ、と聞いたことがある。地域ごとに「拠点校」「強化校」を作り、そこに優秀なコーチを配置する。そうなるとさらに強い選手が集まる、ということらしい。SA指定に入らない野球やサッカー——こちらはあくまでプロ団体主導だ——に関してはこの原則は当てはまらないので、一般のスポーツ強豪校とは被らない場合が多いのだが。

「まあ、最後の一周までは団子だったから」

「だったら、奴にも勝つチャンスがあったんじゃないかね」

「それは、ない」

仲島はきっぱりと言い切った。何度か一緒に走って、黒埼の決定的な弱点は既に分かっている。ペース配分が下手なのと、スタミナに欠けるのだ。前半から思い切り飛ばしてしまい、その結果最後にガス欠に陥る、というパターンが多い。最初に一緒に走った時こそ、ぎりぎりのタイム差で振り切ったのだが、その後は危ういことは一度もなかった。前半必死に食らいついてきた黒埼は、毎度のようにラスト何周かで自滅している。頭の上を飛び交うハエのように煩く感じることもあるが、実際には放っておいても害のない選手だ。

ただし、レース前や後に、何だかんだとちょっかいを出してくるのには辟易《へきえき》している。向こうは普通に話しているつもりかもしれないが、どうにも癇《かん》に障るのだ。一度も勝っていないのに、妙に自信たっぷりの態度。いつまでもあんな調子だったら、ただの馬鹿だ。最近は、ここで練習している時も、平気で声をかけてくる。

「あのさ、黒埼って子どもっぽいタイプかな?」

「ああ?」神取がカップ越しに仲島の顔を見詰めた。「何だよ、それ」

「何て言うか……まとわりついてくるんだよ」

「何だ、それ」

神取が声を上げて笑い、カップを乱暴にテーブルに置いた。何となく馬鹿にされているような感じがして、仲島は少しだけむっとした。

「いや、本当に……実際そうなんだから」

「嬉しいんじゃないのか?」

「舞い上がってるとか?」

「そうかもしれない」神取がうなずく。「あいつ、高校二年の終わりに腰をやってさ……原因がよく分からなかったんだ。歩くのもしんどそうで、学校にもようやく来てる感じだった。それが何とか治って、二年ぶりにレースに出られるようになったんだから、嬉しいのは当然だろう」

「でも、勝ってないけど」

「今はまだ、出られるだけで嬉しいと思ってるんじゃないかな。実際、二年近くまともに練習もできなかったんだから、簡単に勝てないのは本人も承知してるだろう。S指定ってわけでもないし、自分の実力がまだまだだってことは、自分でもよく分かってるはずだ。お前と一緒にレースに出られるのも、嬉しいんだろうな」

「何で俺が?」訳が分からず、仲島は間抜けな声で訊ねてしまった。

「そりゃそうだろう」呆れたように神取が言った。「お前、同年代の選手では一番なんだぜ。今回だって、日本一どころか世界一だって証明したんだから。そんな人間と一緒にレースに出て、仮にも競り合ったりしてるんだから、嬉しいのは当然だろう」

「そんなものかな」

「お前が不幸なのは」神取が長い人差し指を仲島に突きつけた。「本当のライバルがいないことだ」

「ライバル、ね」そもそも意識したこともない。

「世界へ出ていけば、お前クラスの選手はごろごろしてるだろう。でも、国内では無敵だ。こういうのは、いいことじゃないよ。たぶん、黒埼には野望があるんだろうな……お前のライバルになるっていう」

　確かにそんな感じはする……まとわりついてくるというか。気にならないわけではなかったが、もう一つ、気になる問題があった。思い切り声を潜めて訊ねる。

「ＵＧの招待状、届いたか？」

「ああ、来たよ」涼しい口調で神取が言った。

「どうした？」

「どうもこうも、強化局の方から余計なことはするなって言ってきたんだから、どうしようもないよ」神取が肩をすくめる。「勝手に試合に出るわけにはいかないし、俺は取り敢えず様子見だよ。でも、正式な大会にはならないらしいよ」

「そうなのか？」

「ＩＯＣが怒ってるそうなんだ」にやにや笑いながら神取が言った。「手紙、読んだか？」

「まだちゃんと読んでない」何故か嘘をついてしまった。

「オリンピックというか、あらゆる既存のスポーツ大会を否定するような趣旨なんだ。何が気に入らないのか分からないけど、別に、否定まですることはないんじゃないか？オリンピックは上手くいってるんだから、わざわざ新しい総合大会なんか作る必要はないと思うけどね。要するに、ラーガの宣伝みたいなものだろう？」

「たぶん、ね」全面否定か……神取にすればそうかもしれないな、と思う。この男は仲島の感覚では「優等生」であり、自分の立場に不満を漏らしたことなど一度もないのだ。仲島は常にかすかな違和感を抱いているのだが、もしかしたらおかしいのは自分だけかもしれない、と不安になることもある。恵まれた立場をありがたく受け入れ、ただ記録を残して勝つことだけを考えていればいいのに……どこか釈然としない。籠の鳥、という感覚が消えないのだ。

考えてみればずっと、自分はそういう存在だった。小学生の時には親にやらされ、今はSAとして常に監視され……人が与えてくれたスケジュールに従って動き、自分の意思が介在する余裕がない。このまま現役生活を終えた時、自分には何が残るのだろう。何が理想なのかすらも分からず、ただ人に言われた通りにやるだけ……理想が分からなければ、いくら走っても満足感が得られないのは当たり前だ。

そして、オリンピックにも自分の理想がなさそうなことは、既に薄々感じていた。最初に「目標」として設定されてしまったせいか、「やらされている」感も強い。

自分の理想とは何だろう。

海外の合宿やレースを終えて帰国すると、二日間だけ休みになるのが通例だ。練習を休むほど疲れてはいないのだが、これも決まりの一つである。適切な休養は次へつながる、ということだ。

ぽっかりと時間が空いてしまった。大学は夏休みなので行く必要も意味もない。実家へ戻る気にもなれなかった。適当な自主練習で二日間を潰すか……休みの一日目、遅くに起き出して、ぽっかり空いたスケジュールに戸惑いを感じ始めた瞬間、携帯に着信があった。奈々子だった。

「遊びに行かない？」

「は？」

「今日と明日、休みだって言ってたでしょう」

言った。オーストラリアに出かける前に、奈々子と鹿島には話した覚えがある。

「たまには練習なしで息抜きしたら？　自主トレもやる必要、ないんでしょう？」

「そうだな……」すぐには「イエス」と言えなかった。自分には息抜きなど必要ないと思っていたから。だが、何となく気持ちが飽和状態にあるのは意識している。気分転換は必要だ、ということも心理学の先生たちから散々言われていた。休みの時ぐらいは、練習や試合のことを忘れて遊んでもいい。「どこか、行く当てでもあるのか？」

「そっちこそ、何かしたいことある?」

「いや、別に……」

「相変わらずつまらない人ね」奈々子が苦笑した。「暑いけど、海やプールってわけにはいかないわよね」

「それはちょっと」走るならともかく、そういう形で体を動かしたくはなかった。「鹿島には、何かアイディアはないのかな」

「人に頼らないの……でも、取り敢えずドライブでも行こうか? 彼、車を持ってるから」

「ああ、そうだな……」悪くないかもしれない。行き先がどこかはともかく、試合以外で東京を離れるのは、いい気分転換になるのではないだろうか。

「じゃあ、すぐ準備して。そっちへ迎えに行くから」

「いいのかよ」

「どこへ集合するか決めてるうちに、時間が経っちゃうでしょう。私たちがそこへ迎えに行くのが一番早いわよ。別に、部外者完全出入り禁止でもないでしょう?」

「ああ……悪いな」

電話を切った後、二人は今一緒にいるのだろうか、と訝った。まだ朝だというのに……何故か軽い嫉妬を覚えていることに気づき、仲島は驚いた。二人は大事な、というか貴重な友人である。その二人に対して、こんな気持ちを抱くことになるとは。

山中湖か……SAになってから、ずいぶんあちこちを旅してきたが、こんなにも東京に近い場所へは来たことがなかったのだ、と気づく。

「免許、取らないのかよ」ハンドルを握る鹿島が訊ねた。

「禁止なんだ」

「何で」

「事故を起こされたらまずいんだろう」

「そらそうやね。でも、人の車に乗っていても、事故に遭うことはあるやろ」ハンドルを握ったまま、鹿島が言う。

「そうだよな……ちょっと、いろいろ窮屈だよな」

「贅沢言わないで」後部座席に一人でゆったり腰かけていた奈々子がぴしりと言った。

「金メダル取ってきたばかりなんだから」

「それとこれとは関係ないだろう」

反論しながら、他のSAの連中はこういう状況を何とも思わないのだろうか、と不思議になる。自分は、小さなことがかすかに不満なのだ。今のところは、そういう不満が積み重なって爆発することはなさそうだったが、ずっと抑えていけるかどうか、自信はない。

自分だけが変なのだろうか。他の連中は、唯々諾々とスポーツ省の要求に従って結果を出し、金を受け取り、それで満足しているのだろうか。そんなことは、誰かと議論するのさえいけないような気がしていた。誰もが「当然」と思っているかもしれないことを「おかしい」と言えば、自分だけが馬鹿にされるかもしれない。

中央道から東富士五湖道路へ――平日なので道路も空いていて、都心部から二時間ほどのドライブは快適だった。東富士五湖道路へ入って、富士山がくっきりと見えてきた時には、思わず息を呑んだ。一番喜んでいたのは、大阪出身で富士山には縁がなかった鹿島だったが。

鹿島は東富士五湖道路を山中湖インターで降り、すぐに国道一三八号線に入った。この辺りには何度かドライブしてきているようで、まったく迷いがない。

「さて、ここが美味いらしいで」と言って車を停めたのは、山中湖に面した広い駐車場だった。駐車場に面して二軒の店が並んでおり――駐車場は共用なのだろう――鹿島が仲島を案内したのは、奥の方の店だった。かなり広い店内は、山中湖側に対して大きく開けており、一つだけ空いていたテーブルに座ることができた。全体にウッディーなインテリアで、テーブルにかかった白黒チェックのクロスが、カジュアルな雰囲気を高めている。

「来たことあるのか？」仲島は訊ねた。

「ないない」早くもメニューに視線を落としながら、鹿島が答えた。「だけど山中湖には何度かドライブに来て、ここは気になってた。外から見たら、敷居が高そうやけど」

「そうだな……今日はわざわざ調べて？」

「こんなん、調べるまでもいかん話やろ」メニューから顔を上げ、鹿島が苦笑した。「有名な店らしいから、ちょっとネットで見たらすぐに分かった」

「本当は、彼女を連れてくるために調べてたんじゃないの？」

「煩いなあ。とにかく今日は、飯食って、日帰り温泉に入って、のコースにしたから」

奈々子のからかいを、鹿島は乱暴な言葉で切り捨てた。彼女？　そう言えば鹿島に彼女はいるのだろうか。いてもおかしくないのだが、だったら夏休みの一日、わざわざ自分たちとこんなところへ来るとは思えない。だいたい自分たち三人も変な組み合わせではないか、と仲島は思った。奈々子とは高校時代からの知り合いだが、彼女が自分に鹿島を紹介した本当の理由は何なのだろう。俺に友だちが少ないから？　それは事実だが、別に友だちなんかいなくても、問題はない。もちろん二人と過ごす時間は、厳しい練習や競技とは関係なく寛《くつろ》げる、貴重なものなのだが。

「で、何が美味いんだ？」話がおかしな方向へ行かないよう、仲島は鹿島に訊ねた。

「いや、そこまでは調べてない。何でも美味いんじゃないかね。要するにイタリアンだろう?」

メニューを見た限り、そんな感じだ。といっても、こういう場所で食べるのは、沢居に食事に誘われた時ぐらいだから、仲島もメニューの組み立てが分からない。前菜に生ハム、モッツァレラチーズ、それにサラダ。スパゲティはバジリコとカルボナーラ、そしてピザも二種類頼んだ。

「ちょっと、多過ぎない?」奈々子が心配そうに言った。

「今日は大食いがいるから大丈夫やろ」鹿島が仲島を見てにやにや笑った。

「どうかな」仲島は胃をさすった。試合と長距離の移動の後で、まだ体は本調子ではない。普通に食べられるようになるのは、明日以降だろう。

しかし、料理は美味かった。特にサラダ。ニンニクが程よく効いたドレッシングは、後を引く味だった。何だったらワインでも吞めよ、と鹿島は勧めてくれたが、遠慮する。二十歳を過ぎた時、「酒は適量なら吞んでもいい」とチームドクターから指示を受けたのだが、「適量」の程度がよく分からず、ほとんど吞んでいない。パーティなどで乾杯のビールに口をつけることはあったが、あまり美味いとも思えなかった。宿舎住まいのSAには、毎晩のように酒盛りしている人間もいるのだが、誘われたことはない。やはり自分は、エリート集団の中でも孤立しがちなのだ、と自覚はしている。それで困ったことはないのだが。

　料理が多いのでは、と奈々子は心配したのだが、結局三人で綺麗に片づけてしまった。脂っこい食事の後なのでコーヒーが欲しくなったが、鹿島はさっさと立ち上がった。伝票を摑んでいる。

「割り勘の計算しないと」仲島は慌てて言った。

「ええよ。今日は俺の奢りや」

「何で」

「阿呆か、お前」呆れたように鹿島が言った。「金メダルやで？　誰かにお祝いしてもらったか？　寂しい仲島先生のことやから、一人でしょんぼりしとったやろ？」

「そんなこともないけど……」

　大会終了後、シドニーに一泊した時に選手全員で会食したし、その時には「おめでとう」と声をかけてもらったが、あれは自分一人のための祝勝会ではなかった。選手団全体が好成績を残していたのだ。それに、どこかひんやりした空気が流れていたのをはっきりと感じた。いつもそうである。誰もが敵。露骨に攻撃してくるわけではないが、他の選手は何故か、仲島を敵視してくる。最初は気のせいかとも思ったが、実際そうなのだ。談笑しているところへ仲島が入っていくと、ぴたりと会話が止まることがある。意味が分からなかった。嫉妬？　種目が違うのに？　そうかもしれない。最近、神取のように話す相手もぽつぽつとできてきてはいたが、あくまで競技が違う選手だけである。

「いいから、今日は奢るわ。慰労会と祝勝会で」

「それじゃ悪いよ」金を稼いでいるのは俺なのだ。ほとんどは貯金しているから、手元に大した額は残っていないが。

「いいから、いいから」鹿島がひらひらと手を振った。「こっちだって、普段は割のいいバイトしてるし。仲島先生に奢るぐらい、何でもないよ」

あまり強引に断り続けても悪い。仕方なく、仲島は小さくうなずいた。祝ってくれる仲間がいるのは、ありがたいことではないか。この二人は、仲島が勝つと、素直に「すごい」と驚き、喜んでくれる。邪心は感じられない。こういう仲間がいるのは幸運なのだ。

鹿島に引き合わせてくれた奈々子にも感謝する。

「ここでデザート、食べようと思ったんだけど」奈々子が不満そうに言った。「美味しそうじゃないい」

「デザートは別の店にしようや。いいカフェがあるんだ」鹿島が自信ありげに言った。

鹿島は十分ほど車を走らせ、今度は山中湖の西端に近い場所に車を停めた。道路から少し引っこんだ、林の中にある平屋建ての店。半分は雑貨店になっており、残りのスペースがカフェだった。天気がいいので、店内ではなく、道路に向かって張り出したデッキのテーブルに陣取る。大きな木が上に張り出しており、程よい日陰ができていた。腹も一杯で、少しだけ涼しい風が吹きこんでくるせいもあり、急に眠気が襲ってくる。

ケーキのメニューが豊富なので、奈々子は喜んでいた。彼女が典型的な甘い物好きだということを、大学に入って初めて仲島は知った。高校時代は、個人的に一緒にお茶を飲みに行くようなこともなかったし……そして、彼女が太らない体質というのは本当らしい。仲島は最近、意外に自分が太りやすいのだと分かってきた。体重の変動は、一キロ程度の範囲内なのだが、まだ上手くコントロールできているとは言い難い。

奈々子はさっそくチョコレートケーキを、鹿島はアプリコットの入ったチーズケーキを頼んだ。ケーキを食べていいものかどうか……仲島は最後まで一人でメニューをこねくり回していた。

「一回ぐらい余分に食べても、問題ないやろ」こちらの心配を読んだように、鹿島が言った。

「そうだよな」それで思い切って、アップルパイを頼むことにした。何となく、このメニューの中では一番カロリーが低そうだったので。

食事に関しては、ほとんど気にしないという選手もいる。特に長距離や競泳の選手の場合、練習でのカロリー消費量が半端ではないので、一般の人が食べる二倍から三倍の量を毎日摂る選手もいる。だが仲島の場合、「普通の人より多少多い」という程度だった。実際、あまり胃が強くないのだとも思う。

アップルパイはあまり甘みがなく、むしろ心地好い酸味が美味しかった。一緒に飲むコーヒーがまた美味い。濃いのに、苦味がそれほどきつくない。外で風に吹かれながら食べるデザートとコーヒーの味は格別だった。

こんなにゆっくりしたのはいつ以来だろう。練習と試合に追われ、休みの日はぐったりして部屋で休んでいるうちに、一日が過ぎてしまう。連れ出してくれた二人に改めて感謝した。こういうのは、後でちゃんとした形でお礼をしないといけないよな、と思う。ちょっとしたプレゼントとか……鹿島は車を持っているから、何かカーグッズがいいかもしれない。奈々子はどうだろう。女の子に物をあげたことなどないから、見当もつかないのだが。

風が頰を撫でていく。この季節の東京では決して味わえない、少しだけひんやりした風だ。湖を吹き渡ってくる風はわずかに湿気を含んでおり、肌を癒してくれるようだった。腹の上に両手を置き、足を伸ばす。椅子の座り心地はよく、体全体から力が抜けていくのを感じ、意識が半分とろけ始めた。

「――大丈夫みたいね」

「せやな」

「あなた、彼女を放っておいて大丈夫なの」

「何とかね。大事な仕事やから、分かってくれてるし。そっちこそ、問題ない？」

「私は、全然」

「じゃ、今日はまったりいきますか」

「これから日帰り温泉ね」

「入湯料とタオルを借りて、千円ぐらいやて」

「へえ、案外安いんだ」

二人の会話が聞こえてきたようだが、夢としか思えなかった。頭の芯がぼんやりと痺れるようで、体に力が入らない。心地好く、怠惰な時間。

「しかし、なかなかきついバイトやね」

「しょうがないでしょう。そういう契約なんだから」

「せやけど、時間がなあ……結構拘束されるし。これやったら、工事現場で働いとる方が楽かもしれんね」

「でも、大事なことだから」

「使命感か」

「そう、使命感」

「奈々子は偉いなあ」

「……これで私たちの就職も少し有利になるかもしれないし」

「それ、本当かね？　スポーツ省って、そこまで影響力あるんかいな」

「面倒見てもらって当然のこと、私たちはやってると思うけど」

「打算的やねえ」

「そんなこと、ないよ」

「じゃあ、やっぱり使命感？」

「そう、使命感」

何なんだ？　二人の会話は妙にリアルで、夢の中のこととは思えない。それにしても……いくつかのキーワードが、不快に頭に引っかかった。仕事。使命感。打算的。

身じろぎした。少し肌寒さを感じ、体の芯が震える。「あ」と奈々子が驚いたような声を出すのが聞こえた。ゆっくりと顔を擦り、目を開ける。椅子からずり落ちそうになっているのに気づき、ゆっくりと姿勢を立て直した。欠伸をしてから腕時計を覗きこみ、十五分ほど居眠りしていたことに気づく。しかし、先ほど聞こえた会話は夢ではなかった。奈々子のきまり悪そうな表情が、想像の正しさを裏づける。

二人は、何のために自分のそばにいるんだ？　仕事か……考えるな、と意識したが、様々な言葉の断片が頭の中に入りこんできて、一つの明確な形を取り始めた。コーヒーカップを引き寄せ、一口飲む。すっかり冷えていた。カップをソーサーに戻すと、傍らにある食べかけのアップルパイが目に入る。ひどく汚らしく思えた。

「コーヒーのお代わり、いる？」奈々子が何事もなかったかのように、さらりと訊ねた。

「いや……いいや」ちらりと彼女の顔を見る。いつもと同じ——ではない。少しだけ目を細めている。失敗に気づかれたのではないか、と恐れる目つき。

そう、君は失敗した。俺が転寝《うたたね》していると思って——実際していたのだが——余計なことを喋ってしまった。心がざわつく。だが仲島は、自分がいつの間にか座学の影響を受けていることに気づいた。深呼吸。怒る前に、とにかく思い切り空気を吸って、吐く。それを二回繰り返せば、瞬間的な怒りは大抵消えて、平常心を取り戻せる。やってみた。確かに、膨れ上がった爆発的な怒りは、風船から空気が抜けるように消えてなくなった。

どうでもいいことだ。

どうせ最後は一人なのだし、語り合える友なんかいなくても、俺は生きていける。走るだけの人生なのだから。


その日の夜、仲島は競技場のサブグラウンドにいた。完全休養にする予定だったのだが、どうしても体を動かさずにはいられない。弱い照明の下、ゆっくりと走って体を解す。いや……体を動かしたかったわけではない。山中湖から早く東京へ帰る理由が必要だっただけなのだ。二人は訝ったが、強く引き止めはしなかった。話を聞かれたかもしれない、という罪悪感があったのだろう。

ジョギングのようなスピードの走りは、練習としてはほぼ意味がない。眠っている全身の筋肉を目覚めさせ、よりハードな練習への布石というだけだ。

だが、ぼんやりとした考えをまとめたい時には役に立つ。もっと追いこむような練習だと、さすがに何かを考えることはできなくなるのだ。自分の体と会話を交わしていないと、小さな異変を見逃してしまったりするから危ない。

あの二人は、予め用意された存在だった。

そう考えると、全て納得がいく。そもそも、最初からおかしかったではないか。奈々子の「紹介したい人がいる」という誘い――あれはいかにも不自然で、わざとらしかった。

スポーツ省は――沢居は、俺に友だちをあてがおうとしたのだろう。たぶん、ストレス解消のために。普通の学生らしい生活を味わわせるために。ＳＡは確かに、特殊な存在である。特に俺のようにS指定だと、外界とはほとんど切り離された生活を送ることになる。大学が唯一と言っていい社会との接点だが、実際にはキャンパスライフを楽しむ余裕などまったくない。

沢居は、それはよくないと判断したのだろう。普通の大学生として、普通の友人がいた方が、何かと気晴らしになるはずだと考えてもおかしくない。しかし、友だちまで用意するというのは、どうなんだろう。まるで子ども……いや、子ども以下だ。

そして俺は、こういう状況を手放しで喜んでいた。二人から聞く大学の同級生たちの噂話に笑い、一緒に食事をし、今日はドライブ……普通の大学生の普通のつき合い方だろうが、そこにはおそらく「賃金」が発生していた。賃金というか、スポーツ省が二人に支払うバイト代。

クソ。いつの間にかペースが上がり、足に嫌な負荷を感じ始めた。痺れるような、重いような感じ。軽いエコノミークラス症候群かもしれない。飛行機の長旅の後に、車に揺られて山中湖だ。

自分の吐く息が、かすかにこだまする。天井が低いせいだと分かっているのだが、妙な圧迫感を感じていた。今にも天井が崩落し、ここに生き埋めにされるのではないか……ふと足を止め、一瞬天井を見上げる。各所に埋めこまれたＬＥＤの照明が視界に入り、目を焼かれるような恐怖に襲われる。

全て、仕組まれたことなのか。

沢居には沢居の考えがあるだろう。こういうやり方で、メンタルのフォローをしているつもりなのかもしれない。だが、それに気づいた俺がどんな風に思うかまで、考えていただろうか。馬鹿にされたと激昂し、全てを放り出してしまうかもしれない、とは予想しなかったのだろうか。

そんなことはできない。走ることしかない人間が走るのをやめたら、死ぬしかない。

ゆっくりと歩き出す。上の競技場と同じサブトラックの感触は、すっかり足底に馴染んでいたが、今はどうにも不快である。ガラス片が一杯になった場所を素足で歩いているように、痛みさえ感じた。

俺は囲われた。

全てはメダルのために。

純粋培養とか、温室という言葉が頭に浮かぶ。そこまでしてメダルが欲しいのか……俺はただ走ることが好きで、幸運にもそれが得意なだけの人間なのに。

こんな状態が続いたら……タイムが順調に伸び、本当にオリンピックでメダルを取っても、俺は果たして喜べるのだろうか。

6

「聞かれた？」沢居は思わず声を張り上げた。

「すみません」奈々子の声は消え入りそうだった。「うっかりしてました。眠ってたとばかり思ってたので」

「迂闊《うかつ》だったな」沢居は唸るように言った。怒っても仕方ない――大学生の彼らにあまり高度な注文をしても無駄なのだ――と思いながら、どうしてもっと慎重にやれなかったのか、と怒りがこみ上げてくる。そんなに難しい話ではないはずだ。愚痴を零したければ、鹿島と二人だけの時にすればいい。あるいは俺に言ってくれてもいい。それを、眠っているかもしれないとはいえ、仲島を前にして……頭の中が白くなり、どうしていいか分からなくなった。

深呼吸して、何とか気持ちを落ち着ける。よし、大丈夫。これは致命的な失敗ではないはずだ。まだ詳しく事情を聞いていない段階だが、何とか自分を納得させようとした。

「その後で、仲島はどうしていた？」

「帰る、と言い出したんですけど」

思わず舌打ちしてしまう。気づいた、というか臍《へそ》を曲げたか。いつも考え過ぎてしまうあいつのことだ、どんどんマイナス方向に考えが向いても仕方がない。

「練習するって言ってました」

今日は、公式の練習はオフになっている。だからと言って完全休養を取る必要はなく、実際に仲島はこれまでも、オフの日に軽い練習をこなしていることが多かったから、不自然ではない……いや、誘いに乗って山中湖に行ったということは、本人も今日は完全休養のつもりだったのだろう。それを急に、練習を言い訳に切り上げたとしたら。

「分かった。この後も、できるだけ自然に接してくれ」

「大丈夫でしょうか」

「それは……分からないが、何かあってもこちらでフォローする」

「分かりました……あの」遠慮がちに奈々子が切り出す。

「何だ？」

「こういうの、正しいんでしょうか」

「何が？」

「面倒見過ぎっていう感じがするんですけど」

「あのな、俺たちの仕事は、メダルを取るために選手の生活環境を整えることなんだよ。一番フォローしにくいメンタル面でも、できる限りのことはやる。面倒なことを頼んで申し訳ないとは思ってるが、金は払ってるんだから」

「それはそうですけど、何か不自然です」奈々子は引かなかった。

「不自然？　そんなことはないだろう」

「いや……友だちなんて、自然にできるものじゃないですか。それに仲島は、昔から一人でいるのが好きなタイプですよ。友だちがいたからって、何かが変わるとも思えません」

「一人だったら余計なことを考える。そうでなくてもあいつは、普段から考えこむタイプなんだから」

「でも、それが性格なら仕方ないんじゃないですか」

「確かに性格は性格だ。でも、どんなタイプの人間でもストレスは溜まる。吐き出す相手がいないと、予想もしないところで爆発しがちなんだ」

「だったら私たち、ゴミ箱みたいなものですね？」奈々子が皮肉に言った。

「そういうわけじゃない。友だちっていうのは、打算なくつき合える相手のことだろう」

「それを人から与えられるっていうのは、どうなんですか」

大学生にやりこめられている自分にうんざりしたが、やり返せない。しかし彼女も、最初に話を持ちかけた時に、完全に納得していたはずだ。メダリストを作るための手助けができるなら、喜んでやる。自分の勉強にもなりそうだし、とむしろ積極的な態度だった。

それが、迂闊なミスで真相を知られてしまい、動揺している。しない方がおかしいかもしれないが、慌て過ぎだ、という感じはあった。問題なのは、こちらから仲島には何も聞けないことである。だいたい、どんな風に聞く？「こっちが用意した友だちと、今後もつき合うか？」。まさか。

知らんぷりをしているしかないだろう。それで、仲島の方で二人との関係を煩わしく思っている節が見受けられたら、黙って引き離せばいい。メンタル面のフォローをするためには、新しい方法を考えればいいだけだ。それこそ、今度は女をあてがってみるとか。その候補を探すのは……面倒ではあるが、やってやれないことはないはずだ。

「とにかく、自然に接してくれ」

「仲島は嫌がるかもしれませんよ」むしろ奈々子の方が嫌そうな口調だった。

「そういう素振りを見せたら、また連絡してくれ。いつでも構わない」

電話を切って、乱暴に「クソ」と吐き捨てる。「どうしたの？」と声をかけられ、慌てて振り向いた。優里奈が、ドアの隙間から心配そうに見ている。

「いや、何でもない……」

「大声出してたから」

「そうか？」

「何か問題でも？」

「大したことじゃない。悪い、もう一本電話をかけないといけないんだ」

優里奈がうなずいたが、どこか不満そうだった。基本的にあまり文句は言わない女性なのだが、最近は不満気な表情を見せることが増えた。言えないこともあるんだ、仕事なんだから……そう説明するのも面倒で黙ってしまっているのが、またよくないのかもしれない。夫婦なのだから、隠し事はなしで、困ったことがあればすぐに相談すべきなのかもしれないが、それは無理だ、と沢居は諦めていた。優里奈は基本的に、スポーツのことは何も分からない。いや、分かるかもしれないが、それはルールなどに関してだけであり、アスリートの気持ちを理解しているとは言い難かった。現役時代には散々悩みを打ち明け、その都度慰めてもらったものだが、あれは対処療法のようなものだっただろう。恋人同士、あるいは夫婦だからこそできたことであって、一般には通用しない。

優里奈が消えたところで、再び電話を手にする。今の仲島の様子を確認しないと。用もないのに電話したら不審に思われるかもしれないが……そういえば、オーストラリアから戻って来て、一度も話していない。「調子はどうだ」程度の電話を入れても不自然ではないだろう。そう思って仲島の携帯を呼び出してみたが、出ない。メッセージを残そうかと思ったが、ぎこちなくなりそうなのでやめにした。

代わりに、宿舎に電話をかけてみる。仲島は一時間前に帰ったが、すぐにまた出かけたという。行き先は分からない。本当に練習しているのか心配になり、競技場の事務室に電話をかけてみた。ここには三百六十五日、必ずスタッフが詰めており、選手の出入りも確認している。とんでもない時間に個人練習する選手もいるので、安全を確認するためでもあった。

いた。地下のサブグラウンドで走っている。ジョギングより少し速い程度のスピードのようだが、とにかく走り続けている、ということだった。事務室には監視用のモニターもあり、そこで確認できるから間違いないようだ。

まあ、走っているということは……いつものあいつ、ということだ。そう考え、何とか自分を安心させようとした。

ふと嫌な記憶に突き当たる。

何故練習しなければならないのか――強くなるためだ。だが一線にいるアスリートにとって、練習は日常の一部である。いや、練習こそが日常だと言っていい。沢居も、練習が休みで用もない時に、道場へ通って後輩たちと乱取りしたり、普段にも増してきつい筋トレをやったことがある。大抵、心に鬱屈したものがある時だった。試合で上手くいかなかった。コーチや仲間の選手と諍《いさか》いがあった――ストレスは全て柔道絡みだったが、そのストレスを解消する手立ても柔道しかなかった。

職員に、監視カメラの映像をつないでもらう。この遠隔監視システムの存在は、選手たちには知られていない。本来は、コーチたちが離れた場所にいても練習を見られるようにと作ったシステムだが、スポーツ省の中で、「アクセス権A」以上を持った職員なら誰でも利用できる。沢居も「A」の権限を持っており、以前、仲島と黒埼のやり取りを密かに確かめた時も、このシステムを利用した。

パソコンを立ち上げ、ストリーミングの動画を中継するサーバに接続する。IDとパスワードを入力すると、すぐにサブグラウンドの様子が映し出された。映像は滑らかである。

いた。ジャージ姿の仲島は、今は走ってはいない。ただ、だらだらと歩いている。落ちこんでいる？　あるいはもう走り過ぎてばてた？　どちらとも取れる。

次第にカメラのある場所に近づいて来ると、もう少し様子がはっきり分かるようになった。投げやりに足を蹴り出しながら、今にも止まりそうなスピードで歩き続ける。実際、一度は止まった。カメラのすぐ手前……まるでそこにカメラがあるのが分かっているように、上を見上げた。それで顔がはっきり見えるようになる。

どんよりしていた。目に光がない。解像度があまり高くないカメラからの映像でも、はっきり分かるほどだった。まずいな……今日の一件を引きずっているのは間違いない。何かと物事をネガティブに捉える男だから、「作られた人間関係」についても思うところがあるだろう。過保護と呆れているか、馬鹿にされたと憤っているか。

またうつむく。肩を上下させて呼吸を整えている様子だった。そして突然、まったくふいに走り出す。しかも四百メートルの選手のようなスピードだった。おいおい……もちろん、仲島たち長距離の選手も、スピード練習はする。だが今の走りは、そういうレベルの物ではなかった。本当に、四百メートルのスペシャリストがオリンピックの決勝に挑むような……カメラはかなりの広範囲をカバーしているのだが、死角になる部分も多い。仲島の姿が画面から消えた時、沢居は本気で心配になった。ああいうのは練習じゃない。ただむきになって、自分を痛めつけているだけだ。

予想していたよりも早く、仲島が画面に戻ってくる。速い——全力疾走に近いだろう。あんな走りは長くは続かない。再びカメラから消える瞬間、沢居は無意識のうちに腕時計に視線を落としていた。秒針が細かく時を刻む。四百メートルのトラックを一周する時間を確認した。約五十五秒……おいおい、四百メートルの日本記録が、確か四十四秒台だぞ。しかも二周目だ。あり得ない。

もう一周終えるところでまた時計を確認すると、二分を少し経過していた。八百メートルだとすれば、女子の日本記録に匹敵する走りじゃないか。

「やめろ！」と短く叫んで立ち上がってしまう。すぐさま電話を摑んで、事務室に電話をかけようとした。近くにいる人間がやめさせなければ……しかし人間には限界がある。次に姿を現した時、仲島のスピードはがっくりと落ちていた。すぐに歩くようなスピードになり、よろよろしながら辛《かろ》うじて前へ進んで行く。ほどなく、トラックに倒れこんでしまった。両手両足を広げ、胸が大きく上下しているのが見える。生きてはいるか……激しい鼓動を感じながら、沢居は腰を下ろした。何でこんな無理をするのだろう。

一分ほど、仲島は寝転がったままだった。ようやく立ち上がって歩き出したものの、足取りが危ない。だが、立ち止まって天を——低い天井を仰ぎ、一つ大きく息をつくと、すぐに元に戻った。

この回復力。化け物か……と呆気に取られながら、沢居は次に打つ手を考え始めた。微妙な問題であり、専門家の意見を聞く必要があるかもしれない。フォロー、確認、調整、そしてまたフォロー。

仲島は絶対に守らなければならない。あの男は、日本の宝なのだ。

7

仲島は焦っていた。

タイムが伸び悩んでいる。一万メートル、五千メートルとも、しばらく自己ベストを更新していない。

もしかしたら、自分はもう頭打ちになってしまったのではないか、と怖くなることがある。長距離の選手は、他の陸上競技に比べれば遅咲きが多いのだが、自分は珍しく、十代でピークに達してしまったのではないか。だったら、自分の人生はここで終わってしまう。このまま伸びなければ、オリンピックで勝つという目標は達成できないのだから。

目標？　あそこで勝つことに意味があるのか？　他人に押しつけられた目標なんて、クズみたいなものじゃないか。

俺は本当にオリンピックで勝ちたいのか？　自分の意思で？

夜のスポーツニュースを見ながら自分の本音を深く探っていた仲島は、そのニュースを聞いた時、思わずベッドから跳ね起きてしまった。あっという間に意識が鮮明になる。

カリウキ、復帰。

「マジかよ」と一人つぶやいてしまう。

カリウキはケニア出身で、日本の大学、実業団に長年在籍し、箱根駅伝やマラソンなどで日本人選手を圧倒する強さを見せつけていた。長年日本に住むうちに日本語が流《りゅう》暢《ちょう》になり、マラソン大会の解説にも招かれるほどだった。アフリカからは多くの選手が日本にやって来て活躍したが、その中で最も日本人に愛された選手なのは間違いない。ケニア代表としてオリンピックに出ること二度。かつての一万メートルの世界記録保持者でもある。

生でカリウキの走りを見た記憶が蘇る。中学生の時、マラソンを見学に行ったのだが、その時目の前を通り過ぎたカリウキの姿——風のように、という表現がまったく大袈裟ではなかったのだ。あっという間に目の前から消えたそのスピードは、仲島の目を、完全にサッカーから陸上に向けさせた。無駄な筋肉がまったくない肉体、エネルギーを全て走力に変える効率的な走り方。長距離ランナーはこうでなくてはいけないと、頭の中にカリウキのフォームが焼きついてしまった。仲島にとってカリウキは、今でも「師匠」なのだ。

その後、陸上イベントに講師役として来場したカリウキと直に言葉を交わす機会があった。緊張して話の内容はほとんど覚えていないが、「君は速くなるよ」と言われたことだけは、脳裏に食いつくように残っている。そうか、俺は速くなるのか——その言葉を頼りに、ここまで頑張ってこれたのだ。あの時もらったサインは、今でも大事にしている。

しかしそのカリウキも年を取った。

三十歳を過ぎてからは故障がちになり、二年前からはレースに出ていなかった。怪我の状況は深刻で、そのまま引退するのでは、と見られていた。

それが突然、三十五歳でレースに復帰したのである。あり得ない。しかも、縁の深い日本の千葉シーサイドマラソン——寒い一月に、比較的温暖な南房総を走るマラソンで、既に三十回の歴史を数えている——で。決してレベルが高いわけではないが、かつてカリウキが所属していた実業団チームが、南房総市に練習の本拠を置いていた関係で、参加することになったようだ。マラソンではなく十キロの部を走るという。取り敢えずの足馴らしだろうか。

慌ててニュースサイトを巡回して、より詳しい情報を求める。深刻な膝の怪我はどうやら完治し、カリウキは本格的な競技への復帰を画策しているようだ。このレースは、そのための腕試しらしい。本来なら、一番得意なトラックの一万メートルに出場すべきだろうが、走る距離はマラソン大会の十キロも同じである。カリウキにすれば、かつて応援してくれた地元のファンへの顔見世なのだろう。トラックではなく沿道で応援すれば、お祭り気分が高まるものだし。

仲島は、一瞬で舞い上がった。もしかしたら、カリウキと一緒に走れる。千葉シーサイドマラソンに参加すればいいんだ。そしてできれば、感謝の言葉を伝えたい。

市民マラソンで参加者も多いが、自分はＳＡである。何とかごり押しして参加するぐらいはできるのではないか。

よし、まずコーチに相談だ。何の変化もない練習漬けの日々が、少しだけ明るくなった気がした。


「カリウキ?」相馬は目を細くした。

「はい。あの、元一万メートル世界記録保持者の」

「それは知ってる」

「千葉で行われるマラソン大会の十キロの部で、競技に復帰するみたいです」

「そうか」

「一月の大会なんですよ」ストレッチをしながら、仲島は弾んだ声で言った。今日は雨なので、サブグラウンドでの練習である。普段、この場所はあまり好きではなかった。何となく、暗い感じがして……しかし今日は、それも気にならない。

「だから?」

あまりにも冷たい相馬の声に、仲島は凍りついた。俺、何かまずいことを言っただろうか。まだ本題を切り出してもいないのに……次の瞬間、相馬がいきなり訊ねた。

「まさかお前も、その大会に出るつもりじゃないだろうな」

「カリウキは、憧れの選手だったんです」仲島は立ち上がった。

「だから？」正対した相馬の冷たい視線が突き刺さってくる。

「十キロ……一万メートルですから、いつも通りに走れば問題ないと思います。ちょうどこっちも、しばらくレースはないし」

「お前はロードの大会に出る選手じゃない」

「でも、調整のために――」

「必要ない」

「オフシーズンにやることですから、迷惑はかけませんよ」仲島も少しだけむきになっていた。大したことはないじゃないか。所詮市民マラソンで、そんなに本気で走る必要はないのだし。それに練習でも、トラックではなくロードを走ることは珍しくない。決して「初体験」ではないのだ。「ロードも、普通に走れますよ」

「実際のレースは違う。市民マラソンはただのお祭りだ。そんな物に出ても意味はない」

「大丈夫ですよ」仲島はわざと軽い、明るい口調で言った。「まさか、怪我するような

ことも ないでしょうし」

「駄目だ」相馬は強硬だった。というより、既に仲島の話を聞いていなかった。冷たく言って、そっぽを向いてしまう。

「コーチ……」

「お前の予定は全て決まっている。契約書第七条第一項を読んでみろ。S指定選手の練習、合宿、及び試合日程は、全てスポーツ省が規定するものとする——そうなってるぞ。寄り道している暇はない。無駄な目標は持つな」

「憧れの人と走りたいと思うのが、無駄なことなんですか？」

「それでオリンピックで勝てるのか？」逆に相馬が質問をぶつけてきた。目が冷たく光っている。

仲島が黙りこむと、相馬が腕時計に視線を落とした。

「時間だ。スケジュールが遅れている」

それが大罪でもあるかのように、冷たい口調だった。反論は許さない、という強い調子。

何なんだ？　俺は、そんなに間違ったことを言っているのだろうか。

宿舎に戻り、夕食前に一休みと思ってベッドに腰かけた瞬間、ドアがノックされた。

誰だろう……ドアを開けると、沢居が立っている。用事はないはずだと思いながら、すぐに嫌な予感を覚えた。たぶん、相馬が連絡したのだ。仲島がこんなことを言ってきましたが、どうしたらいいでしょう？

「ちょっといいかな」

「……はい」

思わず唾を呑んだ。ドアノブを放して後ずさると、沢居が軽く一礼して部屋に入って来る。丁寧だが有無を言わさぬ態度だった。

「片づいてるじゃないか」

返事ができない。沢居はごく自然に振る舞ってはいるが、彼自身、緊張しているのは分かった。沢居は二、三歩部屋の中に入って、立ち尽くした。ドアは開けたまま。何の前置きもなしに、突然切り出す。

「千葉シーサイドマラソンは駄目だ」

「しかし——」

「駄目だ」反論を許さない、厳しい口調。「ＳＡとしての契約で、そういうことになっている。君も納得してくれたと思っていたが」沢居が、分厚いバインダーノートをわざとらしく振り上げた。

詐欺みたいなものだ、と仲島は憤った。あの契約書はやけに細かく、字も小さかった。

読めと言われたが、途中で読むのを断念させるためにあんな書き方をしているのではないか、と呆れたぐらいである。

「普通に練習になるじゃないですか」仲島は必死に反論した。

「トラックとロードは全然違う。君の練習にはならない」

「そんなことはありません――」

「君の意思は関係ないんだ」

「走りたいのに走れないんですか」

「そうだ」冷たい口調で言って、沢居がファイルフォルダを下ろす。それで全ての可能性が閉じたように感じた。

「カリウキと走りたいんです」

沢居がゆっくりと首を横に振る。何も言わずとも、この件を絶対に許可するつもりがないことは分かった。仲島は、体の脇に垂らした両手を拳に握った。ここで引いたら、俺は一生自分の意思がないまま生きていくことになる。

「どうしても出るなら、ＳＡ指定を解除するしかない」沢居が宣告する。

「構いません」

「そうしたら、今までのような援助は得られなくなる。オリンピックへの道が遠のくぞ」

「それでもいいです」

「どうしてそこまでむきになるんだ」沢居が溜息をついた。「たかが市民マラソンじゃないか。それにカリウキは、復帰しても昔のカリウキとは違う。今は、君が目標にする選手ではないんじゃないか。走っても何の役にも立たない。世界へはつながらない」

「だけど――」

「カリウキと友だちになりたいのか？」

　仲島は言葉に詰まった。そう……かもしれない。奈々子と鹿島から距離を置くようになってから、孤独感は非常に強くなっている。憧れの選手と親しく話し合えたら、明日への活力になるはずだ。

「友だちならいるだろう」沢居が突っこんだ。

「与えられた友だちが友だちなんですか？　共通の体験をして、同じ苦労を味わってこそ、本当の友だちになれるんじゃないですか。だいたい、おかしいですよ。友だちをあてがうなんて、考えられない。やり過ぎです」

「選手のメンタルをケアするのも、我々の仕事なんだ」

「それで二人をバイトに雇ったんですか？　ひどいバイトですね」つい、皮肉が口を衝いて出る。「残念ですけど、そういうことに気づいたら、もう友だちではいられませんよ。結局、打算でこっちにつき合っていただけでしょう」

「あの二人が君を心配する気持ちは本物だぞ」

「でも、結局はバイトなんですよね」金が絡まないのが、本当の無償の友情なのだと思う。金を貰っていれば、「友だちのふり」ではないか。

「だからといって、君は今まで何か、困ったことがあったか？」沢居が逆襲してきた。

「むしろ二人がいて、いろいろと助かったんじゃないか？」

「それは……」講義の情報交換。一人ぼっちにならない昼食。たまに一緒に出かけて、気晴らしもできた。二人がいなかったら、と考えるとぞっとする。

「気に食わないなら、二人にはこれから、君に近づかないように言っておく。大学生活を自分で充実させたいなら、自分で頑張れ」

「いや……」どうしたいのか、分からなくなってきた。あの二人がいなければ、自分の大学生活は砂漠のようになる。居場所はこの宿舎と競技場しかなくなり、ただ走るだけのロボットのようになってしまうかもしれない。

「二人には、このことは言わない方がいいだろうな」沢居が諭すような口調になって言った。「彼らは善意の人たちだ。本気で君の力になりたいと思っている。君は、多くの人の助力でここにいるんだ……ＳＡの本当の仕事を忘れてはいけない」

「仕事、ですか」

「オリンピックでメダルを取ることだ。君は他には何も考えなくていい」

「それが俺の人生なんですか」

「君が選んだ君の人生なんだぞ」沢居が仲島の目を真っ直ぐ見た。「気に入らないなら、最初の時点で断るべきだったんだ。契約については全て説明して、君も納得しただろう。高校生なら、十分理解できる内容だ。そして指定を受け入れたなら、ルールには従わなければならない。ルールを守るのは、スポーツの基本だろう」

仲島はきつく唇を嚙んだ。沢居の言うことは正しい。この道を選んだのは確かに自分だ。しかしあの時、他の選択肢を選ぶ余地があっただろうか……いつの間にか人生の方針が決まり、それに乗るしかなくなっていた、と思う。

「もちろんSAを断って、これから好きに生きていくこともできる。ただその場合は、当然ペナルティがある」沢居の目つきは厳しくなっていた。「今まで、故障などの理由以外で、SAを辞退した選手はいない。それは、SAの制度が優れている証拠だと思うけどね。俺も恩恵を受けた。損したとはまったく思っていない」

「沢居さんは、本当にそれでよかったんですか？」

「うん？」

「自分の意思で動いていたって言えるんですか」

「勝つことは、全てに優先されるんだ。俺はそれ以外に、何もいらなかった。俺たちは、大きなシステムの中の歯車に過ぎないんだよ。でも、歯車でいるのは楽だ」

この人は幸せだからそう考えるのだろう、と思った。結婚もしているし、私生活も充実していたに違いない。いや、もしかしたらその結婚も仕組まれたものだったのかも……スポーツ省なら、それぐらいのことはやりそうだ。選手にいい影響を与え、サポートしてくれるパートナーと、さりげなく引き合わせる。

何なんだ、これは。こんな不自然なことがあっていいのか。微妙な不快感を我慢してまで、オリンピックで勝つことが大事なのか。

分からない。勝利が全てに優先するのは、当然だと思っていた。自分でも、納得できる走りができるよう、全てを捨てて自分を追いこむ覚悟はできていた。だが、スポーツ省の掌の上で踊っているような今の状態は、人間として正しいのだろうか。「できるだけ多くのメダルを獲得しろ」という国の方針に従う、無言の兵士のようなものではないか。

混乱の中、仲島はまったく答えを見出せずにいた。

休みの日に一人で遠出することなど、滅多にない。ひたすら体を休めているうちに、一日が過ぎてしまうのだ。

厳冬の一月。南房総は東京に比べて少しは暖かいとはいえ、立っているだけで寒さが身に染みる。風邪でも引いたら厳しく教育的指導を受けるだろう、と仲島は寂しく思った。俺がここへ来ていることは、もうばれているかもしれないが……行動は全て監視されているに違いない。

千葉シーサイドマラソンは、ＪＲ内房線館山駅近くをスタートラインに、館山市の西端に当たる洲崎を含めて、ほぼ海辺を走り続けるコースだ。白浜フラワーパークで折り返し、ゴールは再び館山駅近くになる。強い海風の影響を受けるコース設定で、あまりスピードは出ない。ただし、真冬の海の景色が絶景なので、市民マラソンとしては高い人気を誇っていた。ハーフは折り返し地点、十キロの部はコースの途中がゴールになる。

仲島は、普段の自分では考えられない勇気を奮って、スタート前にカリウキとの面会を求めた。普通は門前払いを食うところだが、そこはさすがＳＡである。ジャージ姿でストレッチをしているカリウキに会うことができた。

何年も前に会っただけだから、覚えていないだろうと思っていた。会った証拠にサインも持ってきたのだが、カリウキは仲島を見た瞬間、嬉しそうに笑った。

「あの時の少年」細長い人差し指を突きつけてくる。「今は期待の選手だ」

「覚えてるんですか」仲島は目を見開いた。

「もちろん。日本記録を持ってる人には、注目してる」おどけてウィンクをしてみせた。

「あの……怪我は大丈夫なんですか」

「もちろん」カリウキが右膝を勢いよく平手で叩いた。「完全復活。それに何だか、自

「リハビリの時に、皆離れていった」カリウキが肩をすくめる。「でも、一人になったら楽。これからは、全部自分の頭で考えてやるんだ」

自分の頭で。自由。いくつかの言葉が、仲島の頭に沁みこむ。

「君は、今日は走らないの？」

「ええ」禁止されましたから、とは言えない。「自由」なカリウキに対して、「縛られた」自分。その事情を話す気にはなれなかった。

「残念。でも、きっといつか一緒に走るよ。それまで僕が引退してなければ」カリウキが両手を広げた。「僕を怖がらせるような選手になって」

まだまだ、だろう。カリウキがこれから以前の調子を取り戻すかどうかは分からないし、年齢の壁もある。そして自分がカリウキと走るチャンスは……ない。ＳＡでいる限り。

カリウキと別れた後、仲島はＪＲ館山駅から南西へ一キロほど離れた場所へ移動した。ここならスタート地点からかなり距離があるから選手もばらけ、カリウキを見失うことはないだろう。

沿道には応援の人が目立った。小さな子どもから老人まで……何だか自分は浮いているな、と思った。分厚いダウンジャケットを着ていても寒さは厳しく、足元から震えが来る。突然、横から紙製の旗が差し出されて驚いた。そちらを見ると、自分と同じぐらいの年齢の男が、笑顔を浮かべている。

「どうぞ」

「あ、どうも……」間抜けに言って、旗を受け取る。主催者である新聞社の旗か。こういうの、馬鹿馬鹿しいんだよな、と思いながら振ってみる。かさかさという音が耳障りだった。

それが次第に、大きなざわめきになる。歩道に鈴生《な》りになった人たちが、一斉に旗を振っているのだから、それなりの騒音になって当然だ。箱根駅伝なんかでもこうなんだよな……選手は、こんなもの、耳に入らないはずなのに。

来た。先頭だ。

まだレース序盤なので、カリウキの表情には余裕がある。だが真剣だった。何年も前に仲島が見たのと同じ、引き締まった顔つき。しかも完全独走である。

何が復帰戦だ。もう、長いこと走りこんできたのではないか、と仲島は想像した。そして自分で好きなレースを選んで出る。それはすなわち、自分の人生を自分で決めていることではないか。

カリウキは、あの時——初めて生で見た時と同じように、あっという間に走り去って行った。後続の選手はなかなか姿を見せない。既に独走。これは間違いなく、本格復帰だ。もう、いいな……カリウキ以外の選手を見ても仕方がない。仲島は踵《きびす》を返し、応援の人ごみの中、体を捻るようにして歩き出した。もうここにもいられない。どうやって帰ろうか……駅まで歩いていくのも面倒だし、内房線は一時間に一本ぐらいしかなかったのではないか。一瞬カリウキの走りを見るためだけに、何時間かけているのだろう。馬鹿馬鹿しい……いや、それ以上に今仲島を悩ませているのは、自分の環境だ。

カリウキと一緒に走りたい。だが、その機会はないかもしれない。彼がオリンピックや世界選手権に出る保証はないのだから。

自分の人生には、いくつかの段階があったと思う。小学生の頃は、ただ楽しくて走っていた。しかし陸上スクールに入ってからは、「義務」になり、応援してくれる両親の存在が鬱陶しくなった。中学生でカリウキの生の走りを観て、言葉を交わした時。あの時自分は、理想の走りを見つけたと信じた。どこか中途半端だった走りへの思いが一気に高みに上り、トップを取ってやるという気概も生まれた。

そしてS指定。練習環境がよくなるだろうと思ったし、実際そうだったのだが、あの時から自分の頭で考えて走ることがなくなった。練習、そしてレースでは、常に満足がいかなくて悩んでいたが、だからといってコーチの指導方針に反発することもなく……ただ操り人形のように言うことを聞いていただけだった。もしかしたら、負けた時の言い訳を常に考えていたのかもしれない。俺は自分の考えで走らなかった。指導方法が悪いんだ——。

カリウキの言葉「自由」について考える。おそらくリハビリの最中に、カリウキは母国やスポンサーからの援助を失ったのだろう。それでも突き抜けた明るい顔で「自由」だと言う。

本来、走ることなんて、自由なはずだ。自分で考えて、自分の力を信じて——でも、大きなシステムに自分を委ねた結果、仲島雄平という選手の「個」は消えてしまったのではないか。小学生、そして中学の後半からS指定を受けるまで、どれだけ自由に楽しく走っていたかを思い出すと、空しくなってくる。強くなればいいのか？　多くの選手はそう考えるだろう。実際、現代のスポーツでは、サポート抜きでは戦えない。

だけど本当は、何でも自分で考えてやるべきなんだ。

——とにかく、ここにいても意味がない。金がないわけじゃないんだから、途中でタクシーでも拾って、東京へ戻ろうか。

人ごみを避けながらうつむいて歩いていると、いきなり声をかけられた。

「仲島君？」

立ち止まって顔を上げる。振り向くと、ジャケットにネクタイ姿の、三十歳ぐらいの男が立っていた。知らない顔である。仲島は表情を引き締め、一歩引いた。最近、街でこういう風に声をかけられることが時々ある。「愛想よくしろ」と言われてはいるが、今は本能的に危険な臭いを感じ取っていた――いや、危険ではないが、どこか鬱陶しい感じがする。

「いやあ、会えてよかった」やけに馴れ馴れしい態度。「君は、摑まえるのが難しい人なんですね。だいたいいつも、コーチが一緒にいるし」

「あなた……誰ですか」放っておいて逃げ出せ、と頭は命じていた。走れば負けるわけがない。だが何故か、話を聞いてみたい、という気持ちが膨れ上がってくる。

「失礼しました。こういうものです」男が、背広の内ポケットから名刺を取り出した。恐る恐る手を出して受け取る。「ラーガ日本支社　UG担当　福田康史《ふくだやすし》」とある。

「UGへの招待状は届きましたよね」

「……ええ」鼓動が高鳴る。

「読んでもらえましたか？」

「放っておくように、と言われているんですけど」

「ああ、そうらしいね」福田が気楽な調子で手を振った。「こっちもすっかり、悪者扱いなんだよね。IOCは頭が固いから、自分たちの利権を横取りされると思ってる。そういう考えが、スポーツ省にも伝染したんでしょう。こっちは、他人の利権を横取りしようなんて考えてないんだけどね。ただ、最高のゲームを提供したいだけで。金なんか、儲からなくてもいいんだ。他の人たちは、勘違いしてる」

「最高のゲーム?」その言葉が、頭の中でぴん、と音を立てて響いた。

「そう。最高のというか、最も偉大なゲームかな。これがキャッチフレーズになるらしいよ……とにかく、何の影響も受けないゲームだ。アスリートが、自分の力だけで戦うゲームを作りたいんだ。それだけのことなのに、どうして反対するのかね。オリンピック批判をしてるから、嫌われるのかもしれないけど……でも、オリンピックにだっていくらでも問題があるじゃないか。そもそも、どうして毎回、会場を変えるかが分からない。あんなもの、アテネに固定すればいいんだよ。会場を変えるから、招致合戦なんていう意味がないことをやらなくちゃいけない。そんな金を使うなら、選手の強化費用に充てるべきじゃないのかな」

　仲島は首を横に振った。何でどいつもこいつも、余計なことばかり言ってくるのだろう。

「カリウキも、無事に復活してよかったですね」カリウキがとうに消えた辺りに、福田が目をやった。「これで無事に、UGにも出られるでしょう」

「出るんですか?」仲島は目を見開いた。

「ええ。彼は、陸上のシンボル的な選手になりますよ」

「……話、詳しく聞かせてくれませんか?」

第四部　コンテンダー

1

ＩＯＣの決定は、スポーツ省の中では当然のものとして認められた――多少、谷田貝たちの予想を上回る過激さではあったが。

「つまり、ＵＧそのものを一切認めない、ということですね」

安藤大臣が念押しした。顔が少し引き攣《つ》っている。彼女にしても予想以上のことだっただろう、と谷田貝は読み取った。

「そうです。ＩＯＣの旗振りで、各競技団体も、ＵＧでの記録は公式の物と認めない、との声明を発表しました」

「えらく嫌われたものね」

「致し方ないかと」谷田貝は肩を上下させた。この問題は、ＵＧの計画が公表された当初から燻《くすぶ》っていたが、ついにＩＯＣも正式決定を下したのだ。

「少し大袈裟というか、過敏な反応にも思えますが」大臣が感想を漏らした。

「ええ。ただ、ＵＧの方でもオリンピックを批判していますから、対抗措置の意味合いもあると思います。実際、誹謗中傷とも取れる発言もありましたからね。やはり、ＩＯＣとしても受け入れられないでしょう」

「この……オリンピック追放というのは？　本気なんでしょうか」大臣が、眼鏡を外してレポートを指差した。

「本気でしょう。ＵＧ潰しのために、選手に圧力をかけているんです。これは効果的だと思いますよ。オリンピックは、多くのアスリートにとって究極の目標ですから。そこを締め出されるとなれば、選手はＵＧを無視せざるを得ないでしょう」

「露骨ね」大臣が鼻に皺を寄せる。

「仕方ないと思います。ＵＧは、金で選手を引っ張ろうとしている側面もありますし、許容しがたいでしょう」

　オリンピック以外にも賞金の出る大会はいくらでもあるのだが、ＵＧの場合は度を越している。賞金の他に、参加費用を全てラーガ社——正確にはラーガ社の傘下にあるＵＧ財団——で持つという方針が、「やり過ぎだ」との非難を浴びている。しかも、大会一か月前から選手を隔離して共同生活を送らせるというのも、「ＩＯＣのドーピング対策を馬鹿にしている」「選手を信用しないのか」と批判の対象になっていた。もっとも、ＵＧＩＯＣがいかに「ドーピング追放」を叫んでも、なくならないのが現状なのだが。

のやり方は極端ではあるが、最も効果的かもしれない——こんなことを考えていてはいかん、と谷田貝は反省した。自分たちが守るべきは、オリンピックだ。

「スポーツ省としてはどうしますか」

「現在、大臣声明を用意しています。ＩＯＣの決定を全面的に支持する、という内容になります」

「そうですね……」眼鏡を持った手を顎に押し当てながら、大臣が言った。「選手の方はどうですか」

「今のところ、大きな動きはありません。声明とは別に、動揺しないように、という趣旨のメールを送っておきます」

「それで結構です」大臣がうなずいたが、何故か納得していない感じがする。

「何か問題がありますか」谷田貝は思わず訊ねてしまった。

「いや……選手のことが少し心配ですね」

「そうですか？　私の手元に届いている情報では、ほとんどの選手は、ＵＧに見向きもしていないようですが」

「アスリートというのはね、意外にいろいろなことを考えていますよ」大臣が身を乗り出した。「まあ……大丈夫でしょうけどね」

「余計なことをしたら、罰を与えるだけです。選手たちも、スポーツ行政の中では駒に過ぎませんから……すぐに声明文を用意します」

一礼して、大臣室を出る。その時点で谷田貝は、事態がさらにややこしい方向へ転がり始めることを予想してもいなかった。


【ロンドン＝米倉清吾】米IT業界大手、ラーガ社が中心になって予定されている総合スポーツ大会「UG」に関して、10日、イギリス代表のサッカー選手、マイケル・ヘインズが、全面的に支持する声明を発表した。UGでは、ヘインズ率いるヨーロッパ代表と、アルゼンチン代表のオルテガ選手が率いる南米代表との親善マッチをオープニングゲームとして開催すると発表しており、ヘインズの声明は、この親善マッチの開催を改めて確認すると同時に、UGに参加した選手をオリンピックから排除するとしたIOCの方針を批判している。

UGの開催に関してIOCは、「スポーツの本質を損ねる行為であり、IOCは一切関与しない。記録も公認されない」との方針を発表。各競技団体も、選手に対して「UGに参加しないように」と非公式に要請を出している。

これに対しヘインズは声明の中で、「スポーツは選手の物であり、本来それをサポートするべき立場のIOCが足を引っ張るのは、許されるべきではない」と激しく非難。世界的に有名なサッカー選手が、IOCを公然と批判したことで、問題はさらに拡大する気配を見せている。


【ニューヨーク＝佐野彰男】米IT業界大手のラーガ社が開催する総合スポーツ大会「UG」で、サッカーに続いて野球がエキジビションゲームとして行われることになった。米大リーグ機構が11日発表したもので、大リーグ選抜とキューバ代表という組み合わせは、エキジビションゲームとはいえ、「最強決定戦」の呼び声も上がっている。

突然のキューバ代表との試合決定に対し、大リーグ機構のチャンドラーコミッショナーは、「UGの趣旨に賛同する。野球はオリンピック競技ではないが、その魅力を世界中に伝える手段としてUGは最高の舞台であり、キューバとの一戦では最もレベルの高いゲームをお見せできると考えている」とコメントしている。大リーグ選手会も、全面的な協力を表明した。

UGの主催者である財団でも、「オリンピックの実施競技は極めて恣意的に、主催者側の密室の判断で決められており、アスリートの意思は無視されている。野球が名乗りを上げてくれたことを歓迎し、最大級のバックアップを約束する。他の非オリンピック競技に関しても、エキジビションの形であっても参加を要請していきたい」と歓迎のコメントを発表した。

UGでは、既にサッカーの南米選抜対ヨーロッパ選抜のエキジビションゲーム開催が決まっており、ＩＯＣ側の「非公認」の方針に反して、注目が集まっている。ＵＧが開催されるリトル・バハマ島では、既に競技施設の建設が大詰めを迎えている。サッカーは陸上競技用のスタジアムでの開催が可能だが、野球に関しては、今後急ピッチで建設を進めていく、としている。

【ダブリン＝米倉清吾】国際ラグビーボードのホスキンズ議長は、15日、本紙の単独インタビューに応じ、「ＵＧへの参加を前向きに検討している」と明かした。実現すれば、サッカー、野球に続いて、球技では三競技目の参加となる。

ラグビーは、15人制に関しては１９２４年のパリ五輪を最後に行われていない。国際ラグビーボードでは、世界各国で放映されるＵＧに参加することで、今後の普及に弾みをつけたい考えだ。

ホスキンズ議長は「ゲームに関しては、各地の選抜チームによるエキジビションゲームが、大会の趣旨に相応しいと思われる。北半球選抜と南半球選抜の対決などを想定している」としている。

雪崩《なだれ》を打つとはこのことか、と谷田貝は唖然とした。ＩＯＣの公式見解発表から一週間ほどで、サッカー、野球、ラグビーのエキジビションマッチがＵＧで行われるのが、ほぼ本決まりになった。エキジビションはあくまでエキジビションだが、影響力は小さくない。特に野球の試合が行われることで、北米や中南米のファンが盛り上がることは容易に予想できた。

もちろん、オリンピックへの直接的な影響はないだろう。だが、「世界へのアピール」という点では無視できない。

正式競技としては、陸上と競泳の各種種目、レスリングやボクシングなどの格闘技の開催が決まっている。個人競技中心で、「国の枠」を外すことにもなるらしい。そういう枠組みで果たして大会が成功するのか、谷田貝にはまったく読めなかった。国際大会では、選手は「国を背負う」ことを常に意識するものなのに。それがモチベーションになっていることも多い。

どうしたものか……局長室でソファにだらしなく腰かけ、谷田貝は目を閉じて考えた。今のところは、日本選手への影響は皆無と言っていい。野球もサッカーもラグビーも、あくまでエキジビションである。一試合だけで、対戦カードも既に決まっているようなので、そこへ日本の選手が絡んでいくとは考えられない。

他の競技の選手はどうだろう。メーンになる陸上と競泳、それに格闘技に関しては、選手たちへの指示は徹底していた。絶対に話に乗らないこと。もしも参加を表明すれば、ＩＯＣはオリンピックへの出場を認めないだろうし、スポーツ省としてもフォローできない、と。それで沈静化すると思っていた。何もオリンピックを捨てるリスクを冒してまで、新しい大会に出場する選手がいるとは考えられなかった。選手は大会の一部。脅しをかけるのは簡単なのだ。

事態がさらに大きく動いたのは、ＩＯＣの声明が出されてから一か月後の五月だった。ＵＧが、正式に「今年十月の開催」を表明したのに合わせて、小畠航《こばたわたる》が大会への参加を表明したのだ。

谷田貝にすれば、虚を突かれた感じだった。小畠は長年ＳＡのＡ指定選手としてマラソンで活躍してきたが、既に三十二歳。ここ数年は成績も下降気味で、次回オリンピックの出場は危ぶまれていた。ＳＡ指定の解除も議題に上っていた選手である。

その小畠が今、テレビ画面に映っている。久々に見る小畠は、少しだけ老けていた。三十二歳と言えば、普通のサラリーマンならこれから働き盛りというところだが、ずっと外で直射日光を浴び続けるマラソン選手の場合、肌がなめし革のようになってしまい、実年齢よりも上に見られることが多い。日焼けした顔に刻まれた皺は、これまでの小畠の苦労を感じさせた。

一目見た瞬間に谷田貝が覚えた違和感は、小畠の服装に関してだった。

ＳＡが会見などに出る場合、公式ユニフォーム、ないしブレザーの着用が義務づけられている。だが今日の小畠は、匿名性の高いグレーのスーツ姿だった。谷田貝は思わず息を呑んだ。小畠は非常に真面目、かつスポーツ省の方針に忠実な男で、これまで面倒を起こしたことは一度もない。実は沢居に次いで、スポーツ省本省に迎え入れる準備もしていたぐらいである。ただし、引退時期についてははっきりしないので、具体化していたわけではなかったが。本人はあくまで、現役に未練がある様子で、「次のオリンピックも狙いたい」と周囲には零していたというが……まさか、諦めるとは。

夕方のニュースのスポーツコーナーに挿しこまれた動画なので、ごく短く編集されたものだったが、小畠の真意は伝わった。額に汗を浮かべ、極めて緊張した表情の小畠が、手元のメモに視線を落としながら声明を読み上げる。

「私、小畠航は、今年十月にアメリカで行われるＵＧへの参加を表明します。来年のオリンピック出場に関しては、現段階では何とも言えませんが、まずＵＧで自分の力を試してみたいと考えています」

小畠が直接喋っているのはその場面だけで、後はスタジオからの解説になった。この件で、小畠はある種の象徴になりかねない、と谷田貝は心配になった。解説する記者も、そこを懸念しているようだった。

「小畠選手が、来年のオリンピックに出られるかどうかは、微妙なところです。引退説もささやかれていますが、小畠選手自身は以前から現役続行を希望しており、自分の力が出せる場として、ＵＧへ出場する方針を決めたようです」

「ＵＧに関しては、多くの選手が興味を引かれているようですが、何がそんなに魅力的なのでしょうか」女性アナウンサーが質問を割りこませる。

「一つには、選手が事前に集まって合宿のような共同生活を送ることで、ドーピング対策がほぼ万全になることです。現在のドーピング対策は、百パーセントの効果を上げているわけではありません。隔離された場所で選手同士が監視し合う形になれば、ドーピングをする機会はゼロに近くなると言っていいでしょう。もう一つが、しがらみが一切ないことです。ＵＧに関しては、アメリカのＩＴ大手、ラーガ社が財団を作って主催する形になっていますが、一私企業の単独主催ということになるので、スポンサーの問題など、様々なしがらみがなくなります。現在、国際的なスポーツの大会の開催には、多くの関係者の思惑が絡んで、ルールやお金の分配などで複雑な状況が生じていますが、単独開催ということなら、この辺りの問題は抑えられます」

「全てラーガ社の思惑通りに開催されるということで、結局宣伝ではないか、という批判もあるようですが」

「それを言うなら、現在はほとんど全ての大会にスポンサーがついて、会場で宣伝が行われている、という反論もあります。いずれにせよ小畠選手の参加表明は、他の選手の動向にも影響を与えそうです」

何を無責任なことを。選手たちの意思は統一されている……はずだ。そう考えても、安心はできない。小畠の「飛び出し」が、一線の選手に悪影響を与えないかと、谷田貝は本気で心配になった。小畠は大きなことを言うタイプではないし、他の選手に参加を呼びかけるようなことはしないだろうが、このニュースを見て余計なことを考える選手はいるかもしれない。

先手を打たないと。谷田貝は立ち上がって電話を手にし、沢居を呼んだ。沢居はすぐに飛んで来た。やはり今のニュースを見ていたのか、表情は硬い。

「小畠選手のSA指定を、直ちに解除して下さい」

「本人に事情を聴かなくていいんですか」沢居は少し腰が引けた様子だった。

「構いません。こちらの方針と指示を無視してUGへの参加を表明したのだから、ペナルティが必要です。IOCの方針に従えば、そうするのが自然ですから……今後はこれを基本方針にします」

「小畠には小畠で、考えがあると思いますが……」

普段の沢居なら、即座に反応して動く。口答えはしない。今日はどうしたというのか……そういえば、この前のオリンピックには二人とも出ていたのだ、と気づく。

「あなたは、小畠選手とは知り合いですか」

「オリンピックの選手村で一緒でした。大学の後輩でもありますし」

「そういう個人的な事情は忘れて下さい。あなたは今、スポーツ省の人間なのですから」

「はあ……」

「どうしても小畠選手に事情を聴きたいなら、あなたの裁量で自由にやってもらって構わない。しかし、処分は処分です。変な例外を作ると、後々悪い影響が出る。それに、あなた自身のことも考えてもらわないといけませんよ」

「小畠をスポーツ省に迎える話はどうなるんですか」沢居が遠慮がちに切り出した。

「当然、白紙に戻します」谷田貝は即座に答えた。

「しかし、本人にはもう、それとなく伝えてあるんですよ」

「彼は、自分からそのチャンスを捨てたんです。となると、何が起きるかは、当然分かっているでしょう」

「そう、ですか」沢居が目を伏せる。

「ここは、非情にならなくてはいけません。スポーツは全てルールの世界です。どんなに非合理なルールであっても、決まったことに関しては従うのがスポーツマンでしょう。それを無視したら、スポーツは成り立たなくなってしまう」

「……分かりました」沢居が唇を噛む。

あまりにも悔しそうなその雰囲気を見て、沢居と小畠の関係は自分が考えていたよりも深いのだろうか、と谷田貝は訝った。

「この件は、一刻も早い処理をお願いします。終わったら直ちに報告を」

「……すぐに小畠に接触します」

一礼して、沢居が踵を返す。部屋には、どこか緊迫した空気だけが残された。まさか、これで大きな歯車が回り始めることはないだろう——そう信じてはいたが、気持ちは揺らぐ。俺は、アスリートの気持ちを本当には分からないのかもしれない。

2

沢居は、小畠の携帯電話を鳴らし続けた。しかし、夕方の記者会見の後でずっと個別に取材を受けていたようで、なかなか電話に出ない。ようやく話せたのは、午後十時過ぎだった。

小畠は言葉少なだった。沢居が「すぐに会いたい」と言っても、はっきり返事をしない。しまいには沢居は、スポーツ省の職員という肩書にプラスして、大学の先輩という立場を利用せざるを得なかった。こんな形で相手に圧力をかけるのは、本当は気が進まないのだが……。

落ち合う適当な場所が見つからず、結局ＳＡの宿舎に呼び出した。かつては小畠もここに住んでいたので、互いによく知っている場所である。しかも関係者以外の出入りは原則的に禁止されているから、外に情報が漏れる心配はない。

十時半、先に宿舎に着いた沢居は、建物の入り口で仁王立ちしたまま、腕時計を睨んでいた。小畠は基本的に時間に正確な人間で、今まで約束の時間に遅れたことは一度もない。それが五分、さらに十分が経過しても、姿を現す気配がなかった。逃げたか……また電話を入れようかと思った瞬間、小畠が小走りにこちらにやって来るのが見えた。次第にスピードが上がり、最後は全力疾走に近くなる。スーツ姿なので違和感はあるが、そのスピードは沢居を感心させた。これならあいつ、まだまだやれるんじゃないか。UGなんかに出ないで、もう一度オリンピックを目指せばいいのに。記録が公認されない大会でどれだけ頑張っても、誰にも認められないのに、何を考えているのだろう。

ブレーキがかかったように、小畠が急停止した。沢居は怒りの言葉を呑みこみ、何を言うべきか考えた。これから自分には辛い仕事が待っている。そう考えると、軽い挨拶の言葉さえ気軽には言えなかった。

「中へ入ってくれ」

一声かけて、後ろを振り向く。宿舎はごく普通のマンションのような造りで、オートロックになっているので普通の人は入れない。沢居はリモコンキーを操作し、ドアを開けた。振り向くと、小畠は遠慮した様子で立ち止まっている。

「どうした」厳しい口調で声をかける。

「いや……ここへはずいぶんご無沙汰でした」

「昔と変わってないよ。人が変わっただけで」つい、気さくな言葉をかけてしまう。こんなことではいけないのだが、昔なじみを相手にすると、どうしてもこうなってしまう。何とか表情を引き締め、続けた。「とにかく中へ入ろう。外では話はできない」

宿舎の一階部分は管理セクションや食堂、トレーニングルームになっているのだが、ロビーの一角にはソファがいくつか置いてある。さすがに十時半ともなると、そこに腰を下ろして無駄話をしている人間はいない。沢居はすぐに、小畠に二人がけのソファを勧めた。自分は向かいの小さなソファに座り、小畠の様子を素早く観察する。会見した時と同じ背広とネクタイ。ただし、ワイシャツが少しよれている。取材を受け続け、果ては走って汗をかいたのだろう。少しだけ同情したが、まずやるべき仕事をやってしまわなければならない。

「SAを解除する」

小畠が大きく息を吸って、肩を上下させた。もっとショックを受けるかもしれないと思っていたが、意外と平気な様子である。沢居には、まずそれが意外だった。全てを捨てたと思っていたのだが、むしろ表情は明るい。少なくとも、目は輝いている。「分かりました」とうなずいて答える声にも張りがあった。

くだけだった。

「簡単に言うなよ」

文句を言ったが、小畠の様子は変わらない。穏やかな笑みさえ浮かべ、またもうなず

「SAの指定解除は、遅かれ早かれくることですから」

「そんな予定は、まだなかったんだぞ」

「いや……どうですかね」

小畠が唇を嘗《な》めた。どうもこの男は、全体に乾いているというか……普段から体の水分を全て絞り出すような練習をしているせいか、枯れ木のような印象がある。しきりに唇を嘗めるのも癖だった。

「そんな予定はなかった」沢居は繰り返した。確かに「予定」はなかったが、当落線上の選手として小畠の名前が検討されていたのは事実である。そうでなければ、自分に続くSA出身職員として、スポーツ省入りの話が出たりしない。

「自分で分かりますよ」小畠が首を振った。「タイムを見ればね……ただ、これで終わるつもりはありませんから」

「だったら、オリンピックを目指せばいいじゃないか」

「それは無理でしょう。今の自分には、代表に選ばれるだけの力はない」

「つまりUGは、オリンピックに出られないレベルの選手を集めた大会になるのか？

だったらお前が、そんな大会に出る意味はないんじゃないか」沢居は小畠のプライドをくすぐりにかかった。

「いや、レベルとかそういうことじゃないんです……UGには、しがらみがないんですよ。選手は基本的に、国レベルじゃなくて個人参加ですから」

「そうかもしれないけど……」

「国を代表して大会に出る意味って、何なんですかね」

突然根源的な質問を投げかけられ、沢居は言葉に詰まった。国際大会は、国と国の戦い。平和な戦争とも言える。それが当たり前だと沢居は思っていた。日の丸を背負って戦う重みについては、十分理解しているつもりであり、いわば証明不要の「公理」である。だが小畠は、いきなりそれに疑義を呈した。

「俺たちは、基本的に個人競技なんですよね。一人の人間として参加するのが、本当なんじゃないでしょうか」

「それは理屈——理想だよ。誰の援助も受けずに個人で大会に参加するなんて、物理的に無理だ。SA一人に、年間どれだけ金がかかっているかは知ってるだろう？　それを全部個人で負担するようなものじゃないか」

「でも、個人競技は個人で出るのが理想だと思います」

「そんなことを言ったら、陸上や競泳は、金持ちじゃないとできなくなる。そんなことにならないように、才能ある選手に機会を提供するのがスポーツ省の仕事なんだ」一気に言って、沢居は口をつぐんだ。いつの間にか、自分の仕事の宣伝になってしまっている。

「そのために……失う物も多いんです」慎重に言葉を選んだようだが、小畠の宣言は強烈だった。

「……君は何を失ったんだ？」

「自由」

「自由なんて……」笑おうとしたが、言葉が止まってしまう。スポーツ選手にとっての自由とは何だろう。全てをお膳立てしてもらい、練習も金も面倒を見てもらうＳＡには、確かに「自由」はないかもしれない。出るべき試合は誰かが決め、それに向かって練習スケジュールも組んでもらう。食べる物すら自分では決められず、時には監視の元で過酷な減量に取り組まなければならない。だがそれは、沢居にとっては心地好い束縛だった。「家」にいる安心感もあったし。結果的に金メダルを摑んだのだし、あんな状態は束縛とは言えない。ただ、国に面倒を見てもらっていただけではないか。

「俺ももう、現役としては長くないです。それは自分でも分かっていますけど、もう一度、いい環境で自分の力を試したいんです」

「記録にならない大会なんだぞ。どんなに納得できる走りができても、記録には残らない」

「記録は駄目でも、事実は残りますよ」小畠は何故か自信たっぷりだった。先ほどまでの枯れた感じさえ消え失せている。

「残せると思ってるのか」言ってしまってから、しまった、と思った。現役のアスリートに対して「勝てるのか」と問うのは、最大の侮辱である。

「それは、走ってみなければ分からないでしょう」

何かあったのだろうか、と沢居は訝った。確かに小畠は、かつて日本記録を叩き出したことがある。しかしそれを頂点に成績は緩やかに下がり始め、今は非常に厳しい状況にあるのだ。

「分かってると思うが、正当な理由なくSAを辞退した場合は、強化費などを返還してもらうことになっている」このままだと小畠がその第一号になるのだ、と気づいた。額は計算してみないと分からないが、数千万円――もしかしたら九桁になる。SAとしてトレーニングと試合に専念してきた小畠には、他に収入があるわけもない。それだけの金をどうやって返すつもりなのだろう。

「承知してます」小畠が真顔でうなずく。

「金を返す当てはあるのか」

「UGの賞金で何とかなるんじゃないですか」

「おい——」

「勝ちにいかなくて、どうしますか」急に小畠の表情が引き締まった。「俺は、勝つためにUGに出るんですから」

「本気なのか」

「本気でなければ、こんなことはしませんよ」微笑みを浮かべ、小畠が人差し指で顎を掻いた。「スポーツ省が、俺はもう駄目だと判断するのは分かりますけど、俺はまだ死んでませんから」

「だったら、もう一度オリンピックを目指せばいいじゃないか」話が最初に戻ってしまった。

「それとこれとは話が違うんです。とにかく俺は、しがらみがないところで、新しいレースに賭けたい。競技人生の最後は、それをゴールにしたい——それだけなんです」

本当に？　疑わざるを得なかった。実は、巷間《こうかん》言われているよりもはるかに大きな金が動いているとか……参加するだけでそれなりの金が貰える、ということも考えられる。金目当てというなら、それはそれで分かりやすい話なのだが。

「沢居さん、現役の頃に息苦しく感じたことはないですか」

「いや、別に」突然話を振られ、素っ気なく返すしかなかった。

「本当に？」

「ああ。子どもの頃からSAだったし、宿舎は俺の『家』だったから」

「そうですか。俺はずっと、変な違和感がありましたよ。国の金で養ってもらってるっていうのが……スポーツなんて、結局は自分のためにやるものじゃないんですか？　俺らはプロじゃないんだから、お客さんを喜ばせるために走るわけじゃない。それを、国から金を貰って……どうなんでしょうね」

「どうなんでしょうって言われても、俺はそれが自然だと思ってたから」

「国の看板の方が、当然個人の看板より大きいですよね。でも、それを背負わないといけないんですか」

「お前も実際、背負ったじゃないか」

「昔は、それでいいと思ってたんですよ。でも引退が近くなってくると、いろいろ考えるもので……全員が、沢居さんみたいに最高のエンディングを迎えられるわけじゃないでしょう」

「それは……人それぞれだろう」

「最後ぐらい、誰にも邪魔されずに、自分のために走りたいってことです。他に意味はありませんから。それで借金を背負うことになっても仕方ありません。覚悟はできてます」

　小畠がぴしゃりと膝を叩いた。喋っているうちに元気を取り戻したようで、膝を叩いた音は心地好いぐらいに甲高《かんだか》かった。

「沢居さんに話を聴いてもらってよかったです」

「どうして」

「会見でも、上手く伝わったとは思えないんですよ。沢居さんなら同じアスリートだし、分かってくれると思いますから」

「俺にはさっぱり分からない」沢居は首を振った。

「……あの、俺たち、基本的にわがままじゃないですか。最後は自分のため――そういう、単純な話なんです」

小畠が立ち上がる。まだ話し足りない――この話を谷田貝に報告しても、納得してもらえないだろう。また、報告する意味があるとも思えなかった。

アスリートは所詮、最後は一人。わがままになるのは当然である。それが直感的に理解できているが故に、沢居はこれ以上小畠を引き止めることができなかった。

ソファに深く腰かけたまま、小畠の背中を見送った。ぴしゃりと言えなかった自分に腹が立つが、何となく理解できる話でもあるので、邪険に扱うことはできない。今の自分はあくまでスポーツ省の人間だが、元はアスリートだったのだ。しがらみのない戦い……実際、それを夢見たこともあった。柔道の場合、組み合わせ次第では、当面のライバルとぶつからないまま大会が終わることもままある。どちらの実力が上なのか、決着をつけてみたいと願いながらも、とうとう叶わなかった選手もいる。

　今自分は、現役のアスリートとスポーツ省をつなぐために、このポジションにいる。どちらかに偏らず、双方の利益になるように頑張るべきなのだが……実際には選手ではなく、スポーツ省の職員という立場で仕事をしてきたのだ、と気づく。小畠は、俺のアスリートとしての本能に訴えようとしたのだろうが、そんな物はとうに失われてしまったのではないだろうか。

　とにかく俺は、失敗した。命令はＳＡの解除を伝えることだったのだが、わずかながら引き止められる可能性もあるのでは、と思っていたのだ。谷田貝の指示は守ったが、自分に課したミッションは達成できなかった。

　空しい……立ち上がる気になれず、ソファに深々と身を沈めたまま、ぼんやりとロビーを見渡す。

　仲島が歩いて来た。Ｔシャツ姿で、タオルに首を巻いているのは、ウェイトトレーニングでもしてきたからかもしれない。すぐに、顔が汗塗れなのに気づいた。シャワーでも浴びてくればいいのに……と思ったが、自室で汗を流す方が気が楽なのかもしれない。

「仲島」

　声をかけると、ぴくりと体を震わせて立ち止まる。沢居に気づくと、一礼してそのまま立ち去ろうとしたので、沢居は慌てて立ち上がった。

「ちょっといいか」

仲島が露骨に不満そうな表情を浮かべる。近づいて来ない。さっさと部屋に戻りたいと思っているのは明らかだった。

「話がある」

さらに突っこむと、渋々ソファに近づいて来る。首にかけたタオルを両手で引っ張ったまま、緊張した面持ちを浮かべていた。

「座れよ」

言って沢居は座ったが、仲島はなおも立ったままだった。厳しい視線を向けると、ようやくソファに腰を下ろす。しかしすぐに立ち去るつもりなのか、ごく浅く尻を引っかけているだけだった。

「UGの件は、その後どうだ?」

「いや、別に……」

何かあったのだ、とぴんときた。仲島は目を合わせようとしない。沢居はぐっと身を乗り出した。

「向こうから接触はないのか」

「ありません」

「嘘をつくな!」

仲島は反論しなかった。が、険しい表情――これまで沢居が見たことのない表情で睨みつけてくる。沢居はゆっくりとソファに背中を預けながら、仲島の顔を凝視した。

「なあ、これから大きな波が来るかもしれないぞ」

「波、ですか？」仲島がようやく顔を上げた。

「小畠がUGに出る話は、聞いたか？」

「はい」

「これで小畠は、SA指定を外される。俺が今、通告した。金も返してもらう」

仲島の喉仏が上下した。さすがにこのニュースはショックだったらしい。いつの間にか、両手を拳に握っている。

「本当なんですか」

「SAの規定はそういうことになっている――正当な理由なく辞退すれば、それまでの強化費などは返納しなければならない」

「沢居さんは、そういう決まりをおかしいと思わなかったんですか」

「思わなかった」

「一度も？　不自由を感じたことはないんですか」

一瞬だが言葉に詰まる。仲島はそれをチャンスと捉えたようで、一気に畳みかけてきた。

「ありますよね？　一から十まで誰かに面倒を見てもらって、最先端のトレーニング環境で練習できて、金まで貰える。待遇は最高ですけど、自分の意思でやっている気がしないんです。俺らはロボットじゃない。どんな風に練習して、どのレースに出るかは、自分で決めるべきじゃないんですか」

「そんな時代が、日本にもあったよ」沢居はぽつりと言った。もちろん、自分がＳＡになるずっと前のことだ。「各競技団体は金集めに四苦八苦して、選手の個人的な負担も大変だった。多くの選手が大学や実業団に属して援助を貰っていたけど、それにも限界があった。だいたい、それぞれの選手や競技団体の思惑がばらばらだったんだ。これじゃ、世界では戦えない。国が責任を持って選手を育てるのが、一番いいんだよ。スポーツが強くなれば世界に誇れる。それに、スポーツに力を入れる余裕があるのは、文化的に進んでいる証拠なんじゃないか」

「そんなに難しいことなんですか？」

「何だって？」

「スポーツなんて、本来は単純なはずです。いろいろな人の思惑が絡んで、金の問題が生じたりして、ややこしくなっているだけじゃないですか。もっとシンプルに――」

「だったら君も、ＳＡを辞退するか？　君はＳ指定なんだぞ。今までどれだけの金がかかっているか、計算してみるといい。それを背負えるのか？　そんな状態で競技生活を続けられると思うか？」

　仲島が力なく首を横に振った。やはり、そこで行き詰まってしまうのだろう。どう考えても、今と同等の練習環境を維持できるはずがない。

「馬鹿なことを考えないで、今まで通りに頑張れ。君は、俺にとっても特別な選手なんだ。初めて受け持ったのが君なんだから」

「俺は――」

「何だ？」

「分かりません」また首を横に振る。「今は何も言えません」

「馬鹿なことは考えるなよ」もう一度忠告する。「道を間違わなければ、君は間違いなくオリンピックへ行ける。オリンピックで、メーンポールに日の丸が揚がるのを見たいだろう？　君の力で揚げるんだ」

　沈黙。数秒の後、仲島はいきなり立ち上がった。深々と一礼すると、そのままの姿勢を保持する。髪を伝った汗が、タイルの床にぽつりと一滴垂れた。バネじかけのように頭を上げると、すぐに踵を返して去って行く。

「仲島！」

　立ち上がって呼びかけたが、振り返らない。この男は要注意人物になった、と沢居は確信した。揺れている。いや、あるいは既に、ＵＧへの参加を決めているのかもしれない。果たして引き戻すことができるのか——自分の力が問われている、と考えると、顔が蒼くなるのを意識した。現役時代には感じたことのないプレッシャーだった。

自由か、と考える。

何が自由で、何が自由でないのか。

沢居はベッドに寝転がり、頭の下に両手をあてがって天井を見上げていた。自分は小学生の時からSAだった。それを決めたのは実質的には親であり、自分ではない。沢居本人としては、SAになった時から急に環境が変わった、という意識はなかった。単に練習場所が、町の道場からトレセン内の道場に変わっただけである。毎日、学校帰りにトレセンに通うのは大変だったが、クラスメートも皆塾通いなどで放課後は忙しかったから、同じようなものだろうと考えていた。

練習は常にきつかった。その年齢の限界である練習量のほんの少し上をいつも要求されてきたが、考えてみればそれは、基礎体力をつけるべき期間だったからだろう。中学生になってからは、学校へ行っている時間以外はほとんどが練習か合宿、あるいは試合だった。時に中学校を休まなければならないこともあったが、特に勉強が好きだったわけではないから、むしろありがたいぐらいだった。高校生になるとその傾向は一層強くなり、今考えると出席日数が足りなかったのではないかと思う。だがその辺は、スポーツ省の方で調整していたのだろう。

大学は、本当に形だけの在籍だった。ろくに講義にも出ずに、よく卒業できたと思うが……スポーツ省が裏で手を回していたはずだ。実際、自分が職員になってみて、そういう裏技というかずるい手が日常茶飯事になっているのを、目の当たりにしてきた。テストの誤魔化し、単位の不正取得……しかしスポーツを強化したい大学側としても、スポーツ省との良好な関係を保っておくのは極めて重要なことである。言われるままに、SAを保護するしかないのだろう。

そして仲島のように非社交的な人間には、友だちもあてがう……ふと気になって、飛び起きてしまった。俺は優里奈とどうやって知り合った？　大学時代の友だち——とはいっても同じSAだ——の紹介だ。自分とはまったく違う世界の住人だが、何かと面倒見のいい優里奈との出会いは、俺を変えてくれたと思う。もちろん、いい意味で。

だが、それが誰かの差し金だったら？　紹介してくれた友だちが、スポーツ省の指示を受けてやったことだとしたら……人生の伴侶を、国に決められたことになるのではないだろうか。

唐突に不安が襲う。ベッドから降り、足音を立てないようにリビングルームに歩いて行く。優里奈はお茶を飲みながら、今日最後のニュースを見ていた。気配に気づいたのか、急に振り向いて笑みを浮かべる。みぞおちに軽い一撃を食らったように感じさせる、柔らかい笑み。それは自分だけの物であり、どれだけ癒されてきたか……それもスポーツ省の計画だったら、どうなる？　それが分かったら、俺の中で何かが変わるのか？

実際スポーツ省では、若い選手をなるべく早く結婚させようという動きがある。正式なプロジェクトではなく、若い職員が中心になって、ボランティア的に選手に異性を引き合わせているだけだが。「やり手ババアかよ」というジョークが出るぐらいで、むしろ微笑ましいこととも言えたが、これが仕事だったらどうなるのか。予算がついて、真面目に選手の嫁探しをする……自分の時はどうだったのだろう。

「お茶、飲む？」優里奈が湯飲みを掲げてみせた。

「いや……いい」

「どうかした？　疲れてるみたいだけど」

「何でもない……あのさ、俺たちが会った時のことなんだけど」

「何、いきなり」優里奈が苦笑した。「ずいぶん昔の話を持ち出すのね」

昔の話――確かにそうだ。学生時代の終わり頃だから、もう十年以上前になる。

「田中《たなか》に引き合わせてもらったじゃないか。君の友だちの、増山《ますやま》を通じて」

「そうね」

「その時、君は何て聞いてたんだ？」

「合いそうな人がいるから紹介するって、増山君から言われたんだけど」

「本当に、合いそうだと思った？」

「何、いきなり」優里奈が声を上げて笑ったが、すぐに目が真剣になった。「何かおかしい？」

「いや……」

おかしい、と思う。自分は金メダリストだ。しかし優里奈と出会った頃は、「日本国内の柔道」という狭い世界の中でしか知られていない存在だったし、オリンピックに出たのも、結局二十代後半になってからである。小学生の時からＳＡになり、Ｓ指定も受けていた選手としては、遅咲きと言っていいだろう。金メダルを獲得したことで、スポーツ省としてはようやく「元が取れた」はずである。出会った時点では、先がどうなるか分からない柔道選手――しかも特にルックスがいいわけでもない――を、優里奈のような女性が気に入るわけがない。優里奈はすらりとした長身で、十人が十人とも「美人」と認めるタイプだ。一緒に街を歩いている時など、今でも気後れすることがある。

「俺と会った時、本当に自分に合いそうだと思ったか？」

「最初の時？　そんなの、忘れたわよ」

笑いながら優里奈が言ったが、沢居は背筋に恐怖感が這い上がるのを感じた。忘れたのではなく、言えないのではないか？

「俺と君じゃ、釣り合わないと思わないか？」

「何言い出すの、いきなり」優里奈が湯飲みを置いて立ち上がった。沢居に近づくと、手を取る。「夫婦って、釣り合うとか釣り合わないとか、そういうことで一緒にいるわけじゃないでしょう。だいたい、私は初めて会った時からあなたとずっと一緒にいるんだから、それで十分じゃないの？　それが答えにならない？」

「そうだな」正面から、真っ直ぐ優里奈の顔を見る。嘘をついている様子ではなかった。

これも仕組まれた出会いかもしれない。だがそうだとしても、優里奈も事情を知らないのではないだろうか。スポーツ省の指示を受けた田中が、自分に合いそうな女性を探して軽い調子で紹介しただけ——それなら問題ないのではないか。

沢居は無理に微笑んだ。ここで二人一緒に暮らしているのは、仕組まれたことではない。出会いが用意されたものでも、結婚したのは二人の意思だ。どれほど多額の金を受け取っても、結婚まで踏み切れるものではあるまい。

そう思わないと、心が揺らいでしまいそうだった。

3

今年は春から秋にかけて、仲島が参加する大会が目白押しだ。六月には日本陸上競技選手権。七月後半には世界陸上が控えている。世界陸上が終わると短い夏休み——トレーニングが多少緩くなるだけだ——があり、その後にアメリカでの高地合宿に入る。一か月近い合宿から帰国すると、今度は東アジア競技大会。それで今年のスケジュールはほぼ終わりになる。国際大会への参加、さらにアメリカでの合宿は、来年のオリンピックを視野に置いたものだ。なるべく海外での経験を積んで——ということである。

相馬から今後のスケジュールを聞きながら、仲島の意識は遠く漂っていた。こんなことをしていていいのだろうか……もちろん、練習やレースに参加することは、確実に自分の力にはなる。だがそれは、自分で考えたことではないのだ。ただ他人の敷いたレールに乗って走っている自分が、ひどく頼りない、人として情けない存在に思えてくる。

八月か……手元のスケジュール表を見下ろした。高地トレの聖地・デンバー入りするのが八月二日。二十五日には打ち上げて、翌日、帰国の途につくことになる。デンバーには去年も行ったのだが、あそこの空港は巨大で、ターミナル間を移動するためだけに電車が走っていた……行方をくらましても、誰にも分からないのではないか。いや、いなくなったことは分かるかもしれないが、探すのは大変だろう。携帯の電源を切ってしまえば、あれだけ広い空港の中で一人の人間を見つけるのは不可能だ。

いや、まさか……そんなことができるわけがない。やれば小畠と同じように、SA解除処分を受けるだろう。リスクを考えれば、余計なことは一切やらない方がいいのだ。そして、粛々と来年のオリンピックに備える。

それでいいのか？

調べてみよう。デンバーからマイアミ方面への移動が可能かどうか……一人で飛行機にも乗れないのでは、と考えると不安ではあったが、自分には助けてくれる人がいるはずだ。上手く手引きしてもらえば、何とかなるのではないか——いや、それでは今と同じか。一人でマイアミへ辿り着き、競技場入りする。それができてこそ、「自分の意思で」生きることになるのではないか。

「雄平、聞いてるか？」相馬の鋭い声が飛ぶ。

はっとして、仲島は顔を上げた。この男とのつき合いも、もう三年近くになるのだ、とふと思った。しかしプライベートに関しては、一度も深く突っこんだ話をしたことがない。結婚しているのは、左手薬指の指輪を見れば分かるのだが、奥さんがどんな人なのか、子どもがいるのかすら知らない。たぶん、最初に顔合わせをした時に、自分のことをろくに喋らなかったせいだ。聞かれた時に何となく誤魔化してしまい、相馬の方でも話しにくそうな雰囲気になって、それきりである。おそらく相馬は、家族の問題など関係ないと判断したのだろう。俺は隔離された状況で生きていて、相馬は全てを把握している。精神状態を除いては……相馬をコーチとして採点するとすれば、そこがウィークポイントになるだろう。本当のコーチは、選手を身内のように扱うのではないだろうか。実際、他の選手とコーチの関係を見ていると、兄弟、あるいは親子のように見えることがある。

「スケジュール、了解したな?」

「はい」

「日本選手権では無理しない。派遣標準を突破しておけば、それでいい。今年は世界陸上を一つのピークに置いて調整していく。ここで自己ベストの更新を狙っていこう」

「分かりました」

簡単に言うな……かすかな憤りを感じた。仲島は最近、「頭打ち」を意識している。ここしばらく、自己ベストを更新していないのだ。ただし、自己ベストを大きく下回ることはなく、そこに近いタイムで毎回レースを終えている。波はなく、安定していると言っていいのだが、タイムを短縮できないことには苛立ちを覚える。将来的にはもっといいタイムが出るだろうと信じているが、それが保証されているわけではない。

「もっと上を狙うつもりでいかないと、自己ベストは更新できない」

「はい」そんなことは分かっている。

「オリンピックで勝つためには、今年一度ピークを作る必要がある。そのためのタイムへの挑戦だ」

「はい」

相馬がどこか胡散臭《うさんくさ》そうに仲島を見た。生返事ばかりで覇気がない、とでも思っているのだろう。だが仲島は、常に平常心を保つ方を選んでいた——怒らない、興奮しない、落ちこまない。

「分かってると思うが」相馬の声が鋭くなった。「UGのことなんか考えるなよ」

「コーチはどう思います？」つい訊ねてしまった。相馬の口からこの話題が出るのは初めてだった。基本的に練習とレースのことしか口にしないのだが……。

「分からない。俺には関係ない世界だ」

「そうですか？」

「俺は現役じゃないからな」

相馬は無表情だった。少なくとも、無表情を上手く装っていた。何なのだろう、言いたいことも自由に言えないこの雰囲気は。何故、沢居も相馬もこれが当然という顔をしているのだろうか。「飼い馴らされる」などという言葉が脳裏に浮かんでしまった。衝突を怖がる自分の性格のせいもあるかもしれないが。

「現役だったらどう思います？　ああいう大会で走ってみたいと思いませんか」

「あれで本気になる奴はいないだろう」

「そうですか？」

「野球やサッカーをエキジビションでやるのは、要するにお祭りだからじゃないか。他の競技でも、記録が公認されなかったら、何の意味がある？」

思わず口ごもる。それはそうなのだが……しかし陸連公認の記録、そして大会が全てなのだろうか。公正にタイムを計ることなど難しくもないわけで、要するに「権威」が必要なだけではないか。

仲島は、メキシコの高地に住む「ララムリ」の人たちのことを考えることがある。彼らは何故か「走る」ことを生き甲斐にしている。古タイヤで作ったサンダルで何十キロも何百キロも走り続ける彼らは、世界最強のランナーではないだろうか。きちんとしたシューズを履いて、まともなトレーニングをすれば、世界中のマラソン大会を席巻するかもしれない。何しろ普段から標高二千メートルの高地で暮らし、心肺機能が抜群なのだ。そういう人たちに比べ、自分たちは……必死の努力が、どこか馬鹿馬鹿しく思えてくる。

ララムリの人たちが、いきなりオリンピックのマラソンに参加して走ったら面白いだろうな、と思う。ろくにトレーニングもしない人たちが、ぶっちぎりの世界最高で優勝してしまったら、他の選手や陸連関係者はどう思うだろう。極論すれば、全ての長距離選手は標高一マイル（千六百メートル）以上の高地に住むべし、とならないだろうか。

それはそれで、人為的なやり方なのだが――スポーツの自然な姿とは何だろう？

「小学生の頃……走るのは楽しかったです」

仲島がぽつりと漏らしても、相馬は反応しなかった。仲島の顔をじっと見てはいるが、目は空ろな感じがする。

「うちの小学校、高学年になると五キロ走があったんですよ。学校の周りを走るだけなんですけど、あれが楽しくて……ぶっちぎりで勝てたんです」

「だから？」

「そういう感覚、今はないです」

「ただ楽しく走りたいだけなら、素人ランナーに戻ればいい」

「そうじゃなくて……」上手く説明できない。トップランナーになった今でも、楽しく走ることはできるはずなのに、レースの度に俺が何を考えているかというと、「平常心を保つ」ことだけだ。つまり、やはりレースの時には普通でいられない。あの感覚……鼓動が高鳴り、足が震えてくる。目の前の光景から色が抜け、自分が灰色の砂漠にいるように思えてくる。頭にあるのは、「負けたらどうする」という不安だけだ。

「じゃあ、何なんだ？　お前はいったい何がしたいんだ」

楽しく走りたいだけです――そう言うのは簡単だ。小学校の五キロ走のように、ただ自分が速く走れることを確認するためだけのレース。タイムのことなど考えずに、魂が突き抜けるような走りがしたい。

そしてそれは、いつも自分が参加しているレースでは決して味わえないだろうという予感があった。ひりひりと肌を引っ掻くような緊張感の中で走ると、勝っても記録を更新できても、何故か嬉しくないのだ。永遠に終わらない、苦難の旅の途上、という感じ。今日の記録は、明日破られるためだけに存在する。ゴールが見えないのに、どこで喜べばいいんだ？

ＵＧには、違う雰囲気があるのだろうか。

分からない。まだ開かれていない大会のことなど、想像すらできない。ただ、普通の大会と違うであろうことだけは何となく分かる。そこに賭けたい、という気持ちはどんどん大きくなっていた。

たとえ失う物がどれだけ大きくても。

「走るのはどこでも同じだ」

「そうは思えないんです」

「俺は……怪我で諦めた人間だ」

相馬が溜息をついて打ち明けた。そんな話をされるのは初めてだったので、仲島は動揺した。プライバシーを明かさないことを金科玉条にしているようなこの男が、俺を引き止めるためにポリシーを曲げたのだろうか？

「大学生の時にな……俺はＡ指定だったから、箱根に出ることもできた。一年生の時から三年連続で五区を走って……そこそこの成績だったよ。区間新は出せなかったけど、二年生と三年生の時には区間賞も取った」

仲島は思わず座り直した。広いミーティングルームに二人きり。相馬の声だけが静かに響く。

「四年生の時にも、五区を任されることになっていた。それに関して、スポーツ省や俺の他のコーチはいい顔をしなかったけどな。五区の山登りは、その後にまったくつながらないんだ。クロカンならともかく……いや、クロカンでも、あんなに勾配のきついコースはない。走り方があまりにも特殊で、他の種目に応用できないんだ。実際、スポーツ省から大学の方に介入があったらしい。走らせるのはいいけど、五区じゃなくて二区や九区にしろってね。二区と九区は比較的フラットでスピードも出るから、ハーフマラソンの感覚で走れる」

「分かります」

　思わず相槌を打ったが、声がかすれたのが自分でも分かった。相馬がわずかに表情を緩め——この三年間で初めて見る笑顔に近い表情だった——声を柔らかくして続ける。

「だけど結局、大学側の主張が通った。その年は、優勝を狙えるメンバーが揃っていたからな。絶対的なエースが二人、二区と十区で走る予定になっていた。難関の五区には、スペシャリストの俺がいた。区間賞を狙える選手が三人揃うのは珍しいだろう」

「はい」憧れから、箱根駅伝についてはいろいろ調べていたので、相馬の言うことは簡単に理解できる。

「スポーツ省からは、何度も脅されたよ。何しろ当時、大学生で陸上長距離のＳＡ指定を受けていたのは、俺を含めて二人しかいなかったから。でも俺は、五区を走ると言い張った。結局強制はされなかったけど、間違いなく向こうはむっとしてたね」

「……走ったんですか」

「走った。そして潰れた」

相馬が右手で頬を撫でた。顔が引き攣るのを抑えているのではないか、と仲島は思った。

「大平台の大カーブ……分かるか？」

「はい」ほぼ百八十度方向転換する、きついカーブだ。テレビの中継の、定番のポイントでもある。

「あそこで、トップで走ってたんだよ。区間記録も狙えそうなペースだった。今思えば、そのペースが命取りになったんだろうな……カーブを曲がり切ると、少しだけ直線で長い坂になるんだけど、そこでペースを上げようとした瞬間、ぴしってきた」相馬が、右の太腿をぴしりと叩いた。「こいつの裏側がね。ハムストリングだ」

脚では一番大きい筋肉だけに、ダメージを受けると完全に走れなくなってしまうこともある。仲島は、胃にかすかな痛みを感じた。

「激痛というか、細い針を何本も突き立てられているような感じだった。何とか走り続けたけど、完全にペースが狂ったね。自分の中では、ジョギングどころか早歩きのような感覚になっていた。抜かれたなあ……その後で十人に抜かれて、シード権外まで落ちたんだから、史上最大のブレーキだったたんじゃないか」

それはあくまで皮肉で、実際にはもっとひどいブレーキになった選手はいくらでもいる。だが相馬の中では、そういう認識なのだろう。

「何とか走り切ったけど、最悪だった。大学の監督や仲間は慰めてくれたけど、スポーツ省の扱いはひどかったよ。呼び出されて、何時間も説教を受けた。怪我をする危険が分かっているのに、どうして走ったんだってね……そんなこと、走る前に分かるわけがない。そうだろう？」

「はい」

「肉離れだったんだけど、それからも何キロも走り続けたから、悪化したんだ。なかなか治らなくて、その後も練習やレースで無理したから、さらにひどくなった。結局、大学を卒業してから二年で、ＳＡ指定は解除されたよ」

「でも、今は……スポーツ省で仕事をしてますよね」仲島は、指定解除イコール、完全にスポーツ省と縁が切れるものだと思っていた。それこそ、過去の名簿からも抹殺されてしまうような。

「土下座したのは、後にも先にもあの時だけだったな」相馬が力なく首を振る。

仲島は思わず唾を呑んだ。土下座は……見たことがないわけではない。選挙の最後の追いこみで、候補者が涙の土下座をする場面とか。しかし、自分の知っている人間がそんなことを経験していたとは……意外な事実が、緊張感をさらに高める。

「それで何とか、コーチでスポーツ省に入れることになった。その時は実業団のチームにいたんだけど、そっちだって怪我で走れなくなったら馘《くび》、だったからな。こっちも生活していかなくちゃいけない。で、俺に何ができるかといえば、人に教えるぐらいだったから。仕方なく頭を下げた――土下座したんだよ」

「だったら、今ここにいるのも、嫌々なんですか?」だからいつも、淡々と感情を見せない態度なのだろうか。熱のないコーチに教わる身にもなってくれ……と思ったが、相馬のコーチングは理に適っているとは思う。今は踊り場で足踏みしている状態ではあるが、相馬が特に焦っていないのは、選手として心強くはあった。

「今はこれが仕事だ」相馬が首を横に振った。「だからちゃんとやる。それだけだ」

「後悔してませんか?」

「一度も後悔したことのない人間なんかいないだろうな」

「怪我してなければ……」

「S指定を勝ち取って、今のお前のような立場になっていたかもしれない。オリンピックにも出られたかもしれない。今も一万の日本記録を持っているのは、お前じゃなくて俺だったかもしれない……全部『しれない』だな。でも、怪我したことに関しては、今は後悔してない」

　意外だった。「怪我さえなければ」と恨み節を言うのは、まったく普通の感覚だと思う。過去を振り切るには長い時間が必要だろうし、振り切れないまま一生を終えてしまう人もいるはずだ。

「どうして後悔してないんですか」

「箱根の五区を走りたくて大学に入って、四回も走れたからだ。選手として出場できないまま、四年間終わる奴もたくさんいるんだよ。やりたいことがやれたから、後悔はしていない。怪我は仕方ないことなんだ。どんなにケアしていても、怪我する可能性はあるんだから」

「俺も後悔したくないんです」

　相馬が唇をきつく引き結んだ。細く開けた目を見た限り、怒っているようにも見える。だが相馬は、何も言わなかった。ただじっと、仲島を見詰めている。彼自身、気持ちにさざ波が立っているのではないかと思った。

　誰も、他人の立場には立てない。自分の心を人に説明することもできない。

　ましてや今、自分の心に浮かんだ決心は話せない。何をやれば満足できるか分からないが、一つの可能性が心から離れなかった。自分を本格的に長距離に目覚めさせてくれたカリウキと走ること――その舞台はＵＧしかない。

4

合宿はきつかった。高地合宿では毎度のことなのだが、最初の数日間が特に厳しい。酸素が薄い状態に慣れるには、それなりの時間が必要なのだ。

今回の合宿は四週間に及ぶ。クソ暑い日本の夏を離れられるのはありがたかったが、ハードな練習が続くので気が抜けない。仲島にとっては負い目もあった。世界陸上一万メートルでの惨敗……今回は五千にエントリーせず、一万に絞っての出場だったが、自己最高に遠く届かず、十四位に終わった。優勝したエチオピアのアデレに遅れること、五十秒。アデレも自己の持つ世界記録にはまったく及ばず、全体に低調なレースだったのだが、それは言い訳にならない。

世界との壁を痛感させられて終わった大会は、心と体に確実にダメージを残した。ＳＡに指定されてから初めての挫折だったと言っていい。これでは、オリンピックでも勝てる道理がない――相馬はこの敗戦についても「予定通りだ」と言っていたのだが、その根拠を示さないのも気になる。何が予定通りなのか……相馬は、一年先の俺のタイムまで読んでいるというのだろうか。そんなことは誰にもできない。それこそ、怪我するかもしれないのだから。

合宿の目的の一つは、自分を追いこむことだ。もちろん高地トレなら、心肺機能の向上という最大の目標があるのだが、それに加えて「これだけ頑張った」という心理的な影響も大きい。

標高千六百メートルで「マイル・ハイ・シティ」と呼ばれるデンバーより、さらに高い場所にあるボールダーでのトレーニングは、終始「もうやめたい」という弱気との戦いだ。ロードの練習では、眼下に広がる景色を見て走っているだけで、頭がくらくらしてくる。

地元大学のトラックを借りての練習もハードだ。今回は心肺能力を強化すると同時に、相馬は「ストライドをさらに広げる」という課題を突きつけてきた。身長のある仲島は元々ストライド走法なのだが、さらに「二センチストライドを伸ばす」のが今回の合宿のテーマになっている。同じピッチで走れば、ストライドが長い方がタイムは短縮できる――単純な計算なのだが、この「二センチ」を実感するのが難しかった。「走る距離」÷「歩数」……計算は単純なのだが、その計算通りにいくわけではない。

まず、百メートルを走る。こんな短い距離を走ることも滅多にないのだが、ストライドを確認するための一番簡単で確実な方法がこれなのだ。全体で一歩分短縮できれば、二センチずつストライドが伸びている、という計算。しかし、意識して二センチ伸ばすのは、体に染みついた自然な走りを阻害した。まるで走りながらストレッチしているようなものであり、どうしてもぎくしゃくしてしまう。

百メートルで二センチずつ伸ばしても、距離が伸びるに連れ、結局その感覚は失われてしまう。少しずつ距離を伸ばし、毎回歩数を計り、誤差を調整していく……小刻みに、そして執拗に繰り返される練習は、精神的な疲労も蓄積させた。

体が高地に慣れた二週目になっても、相変わらずストライドは安定しなかった。疲れが溜まった時には、特にストライドが短くなってしまう。「広く」と意識すると、今度は体のバランスが崩れて、下半身にさらに強い疲労を感じる。ジレンマに陥りながら練習を続けているうちに、このやり方が正しいのかどうかも分からなくなってきた。果ては、ストライドを伸ばすのを諦め、思い切ってピッチ走法への転換を図るべきではないか、などと考えてしまう。

相馬にはとても相談できないことだったが。却下されるに決まっている……俺には自分の考えなんかいらないんだ。

これまでにないハードな合宿で、夕飯を取るとしばらく居眠りするのが習慣になってしまった。今まで、こんなことは一度もなかったのだが……練習の日々は、常に同じペースだ。どんなに疲れていても、寝るのは夜だけ。変な時間に昼寝したりすると、体のペースが狂ってしまうと説明を受けていたし、その通りだと自分でも思っていたのだが、この合宿では体が休憩を求めていた。

その日——合宿が三週目に入った月曜日、仲島はベッドでうつらうつらしていた。日曜日は一応休息日で、軽い練習しかしないので、一度体がリセットされてしまう。それ故練習を再開する月曜日の疲労感は激しく、このまま眠ってしまってもいいのでは、とぼんやりと考えながら眠りに引きこまれ始めた瞬間、携帯電話の呼び出し音で叩き起こされた。誰だ……無視しようかとも思ったが、ついサイドテーブルの電話を摑んでしまう。

きた。

この相手から直接電話がかかってきたことは、一度もない。通話記録がチェックされているのではないかと恐れて、仲島の方から「電話はしないでくれ」と頼んでいたからだ。連絡はこれまで、もっぱら使い捨てのフリーメールを利用していた。ラーガのサービスを使えばプライバシーは確保されると福田は言っていたのだが、そもそもそのサービスを使っていることがばれたらまずい。もちろんラーガのSNSサービスは、日本でも多くの人が利用するものであり、自分が使っていても不自然ではない。スポーツ省も、サービスを使うな、という指示までは出していないが、時期が時期である。疑われることなく、ぎりぎりで作戦を成功させたかった。

「そちらの様子はどうですか」福田が気軽な調子で切り出してきた。

「疲れてます」

福田が声を上げて笑った。冗談だと思ったのかもしれないが、それこそ冗談じゃない……こっちは本当にくたくたなんだ。

「予定に変更はないですね」

「ないです」

「大丈夫、上手くいきますよ。だいたい、スポーツ省の監視なんて、大したことがないんだ」

「そうですか?」

「メールの追跡だって簡単にできるはずなのに、やってないんですからね。今時メールがあれば、大抵の用事は済んでしまう。そういう簡単なことすら、分かっていないのかもしれませんね」

「そうですか……福田さんは、今どこにいるんですか」

「まだ日本です。来週、アメリカ入りします」

「他にも誰か、選手を担当しているんですか」

「あなただけですよ。そんなに何人もの選手の面倒を見ていると、失敗しやすい。うちの会社も、ちゃんとスタッフは揃えていますから、ご心配なく」

「はあ……」溜息のように相槌を打ってしまう。「参加選手は、もう確定したんですか」

「日本人は……ほとんどいないですね」電話の向こうで福田が苦笑している。「やはり、スポーツ省の締めつけが厳しいんでしょう。でも海外の選手は、それなりに駒が揃いましたよ。一万メートルも、いいレースになるんじゃないですかね」

　一万メートルの目玉と言えるのが、かつての世界記録保持者、ケニアのカリウキだろう。彼の出した記録は、五年間も破られなかった。全盛期は過ぎているが、怪我からも復帰し、今は積極的にレースに参加している。しかも、まだ正規のエントリーが発表されていないのに、報道各社のインタビューに応じて参加を表明した上、堂々とＩＯＣ批判を展開したのである。その結果、陸上の選手としてはＵＧのシンボル的な存在になっていた。

　そのカリウキと走れる——彼の今季のベストタイムと仲島の自己ベストを比較すれば二十秒ほどの差があるが、それでも競い合えるのではないか、という希望はあった。千葉シーサイドマラソンで一緒に走り損ねた夢が、ようやく実現するのだ。負けても構わない、とさえ思う。子どもの頃の憧れのトップランナーと同じトラックで走れるのは、数値化できない幸運だった。

　主催のラーガ社は、出場選手を公式にはまだ発表していない。ＩＯＣによる妨害を恐れてらしいが、それだけに、「もしかしたらもっと大物がいるのでは」と思わせる。福田に言わせれば、「ＩＯＣのやり方に不満を持っている選手は少なくない」ということだった。それに参加選手が多ければ多いほど、選手の立場が有利になる、という読みもあるようだ。仮に、現在の一万メートル世界記録保持者、アデレが参加したらどうなるだろう。当初の予定通り、「UGに参加した選手はオリンピック出場を認めない」という方針をIOCが貫けば、世界記録保持者——チャンピオンのいないオリンピックになってしまう。そうなったら必然的に、UGの方がオリンピックより「格上」になるのではないだろうか。

結局IOC側も、ぎりぎりで折れて選手の参加を認めるのではないか、と福田は分析していた。ラーガ本社も、本気でIOCに喧嘩をしかけていたわけではない、という。あれはプロレスのようなもので、怒鳴り合うことで世間の注目を集めようとしただけだ、と。

福田の理屈を聞きながら、この件はまるで「陰謀論だ」と仲島は思った。いったい誰が正しくて、誰が間違っているのか、さっぱり分からない。たぶん、自分が信じたものだけが正義になる。

とにかく自分は、既に引き返せないポイントのすぐ近くまで来てしまっている。そこを過ぎれば、今までの生活は百八十度変わってしまうだろう。

それでも、殺されるようなことはないはずだ。死ななければ何とかなる——甘い考えかもしれないが、少しでも楽天的になろうとした。

「じゃあ、体調だけには気をつけて」

「Aの47、ですね」

「そう、Aの47。難しいことはないですから」

デンバーから成田への直行便であるユナイテッドのカウンターは、ターミナルBにある。Aの47は、マイアミ行きの便を扱うアメリカン航空のカウンターだ。トイレに行くふりをしてターミナルBを離れ、連絡電車でターミナルAへ移動し、アメリカン航空のカウンターで福田と落ち合う。そこから先は、福田が全て手配してくれているはずだ。単純な方法だが、巨大空港のデンバーだからできることである。あまりにも単純過ぎて、すぐに見つかってしまうのではと心配になる一方、身一つで動いて、携帯の電源を切ってしまえば簡単には見つからないはずだ、という計算もあった。そう、身の回りの品を入れた手荷物一つを持っていけばいい。UGではあらゆる物をスポンサー――協力企業と呼ばれている――が用意するので、トレーニング用のウエアすら必要ないのだ。普段使い慣れているシューズを履けないのは心配ではあったが、条件は全員同じである。まさに公平性を担保するためなのだが、この件が、選手をスポンサードするスポーツ用品メーカーも激怒させることは予想できた。だいたい、オリンピックのオフィシャルサプライヤーを外れたメーカーが対抗措置でやっているだけだ、と言われているのだが、実際に宣伝になるのは間違いない。

福田は、普段着るための服なども全て用意する、と言ってくれた。とにかく準備は万端整っている前提で動いていいだろう。今は彼を信じるしかない。

電話を切り、もう一度ベッドに寝転がる。高鳴った鼓動は、いつまでも落ち着かなかった。

自分が間違ったことをしている、という意識はある。だが、興奮はそれを上回っていた。俺はやっと、足かせから解放される――自分を縛りつけていたものがなくなったら、飛ぶように走れるかもしれない、と考えてしまうのだった。そしてついに、カリウキと走れる。

空港というのは巨大な建造物だが、デンバーの場合、一つの街ほどの規模がある。事前にネットで構造を調べておいたのだが、なかなか頭に入らなかった。メモにしておこうとも思ったが、証拠が残るのも嫌だった。

結局、自分の記憶を信じるしかなかった。

ユナイテッドのカウンター前に集まった時、仲島は合宿に参加した他の選手やコーチとは少し離れた位置にいた。荷物は小山のようで、搭乗手続きをして荷物を全部預けるには、かなり時間がかかる。そういう手続きは、雑務をこなす専門のスタッフの仕事なので、選手たちはやることがない。カウンター前のベンチに腰かけ、スマートフォンを覗きこんだり、お喋りをしたりして時間を潰している。疲労はピークに達しているはずだが、ようやく合宿から解放されたとあって、皆表情は明るかった。手続きがようやく済んだようで、スタッフが搭乗券とパスポートを選手ひとりひとりに手渡した。

仲島は、チームから抜け出すタイミングを狙っていた。約束の時間が迫っている……まずはトイレに行くつもりだが、問題はその後だ。トイレは、カウンターから三十メートルほど離れており、ここから見るとかなり遠いが、チームには目のいい人間も多い。三十メートル先で変な動きをしていたら、すぐに呼び戻されるだろう。トイレを出て、カウンターと反対方向にある連絡列車の発着場所まで、さりげなく歩いて行く――頭の中でシミュレーションを繰り返した。走っては駄目だ。そんなことをしたら目立つ。距離にして約百メートル。離れれば離れるほど見つかる可能性は低くなるが、だからといって焦ってはいけない。

立ち上がり、機内持ちこみ用のショルダーバッグを肩にかけ直す。中に入っているのは一日分の着替えと機内で羽織るジャージ、それにノートパソコンと各種のサプリメントぐらいである。先ほど受け取ったパスポートはブレザー――SAが公の場で着用を義務づけられているブレザー――のポケット。この真っ赤なブレザーは、どこかで脱がなければならない。最高の目印になってしまうのだから……歩き出しながら、ブレザーの内ポケットからパスポートを取り出し、バッグの外ポケットに入れ直す。これでよし。

トイレの中でジャージを羽織り、変装終了だ。

だが、着替えた瞬間に困った。ジャージを取り出しても、バッグの空きスペースはそれほどなく、どうやってもブレザーは入らない。ここへ捨てていくか——それは、SAに対する永遠の決別になるだろう。もう関係ないのだと思いながら、ゴミ箱から目を逸らしてしまう。お前は本当に臆病者だ、と自嘲的に考えながら、ブレザーを裏返した。真っ赤で目立つブレザーだが、裏地は紺色なので、これなら目につかなくなるだろう。

ブレザーを抱きかかえてトイレを出た瞬間、相馬と出くわす。びくりとして、つい立ち止まってしまった。相馬が上から下へ、這うような視線を向ける。仲島がブレザーからジャージに着替えていることには、すぐ気づいた様子である。何か言い訳すべきだろうか、と迷った。ブレザーは堅苦しいし、飛行機に乗るからジャージに着替えた、と……駄目だ。口を開きかけたが、言い訳するとかえっておかしくなる、と思ってしまう。何も言わないでくれ。黙って見送ってくれ。

「おい」

相馬に声をかけられ、さらに鼓動が跳ね上がる。軽く頭を下げてさっさと立ち去ろうとしたが、次の言葉でその場に釘づけにされてしまった。

「後悔するなよ」

それはどういう——確かめようとした時には、相馬はトイレに消えていた。

「大丈夫でしたか」初めて会った時と同じ愛想のいい笑顔で、福田が仲島を出迎えた。
「何とか」言われて、携帯の電源を切り忘れていたのに気づき、慌ててバッグから取り出す。どこからも連絡は入っていなかった。もしかしたら、俺がいないことに誰も気づいていないのかもしれない。そう考えると少しだけ寂しい気持ちになったが、まだ誰も騒ぎ出していないのは間違いない。好都合だ。

電源を切り、バッグに落としこむ。それで突然、これまでの全てが消え失せ、新しい時代がやって来たように感じられた。携帯一つで……しかし、この携帯には散々縛りつけられてきたのだ。SAに指定されたのと同時に貸与されたもので、「他の携帯は使わないように」と指示されていた。何があったか分からないが、GPS機能で常に居所を把握されるのを、鬱陶しく感じていたのは事実である。こんなことなら、私用の携帯をこっそり買えばよかった……実際、規則を破ってそうしている選手もいるのだ。
「チケットです」福田がチケットを差し出した。

受け取る時に、少し手が震えてしまった。これを持って飛行機に乗ったら、もう後戻りはできない。マイアミに着いた後は、チャーター船でリトル・バハマ島へ向かう。会場入りしてしまったら、スポーツ省も簡単には手が出せないだろう。諦めてくれれば、当面の心配はなくなるのだが……沢居の顔が脳裏に浮かぶ。彼はしつこいというか、極度に責任感の強い男である。自分を連れ戻すために、会場入りしようとする沢居が警備員と大揉めになる場面を想像すると胸が痛んだ——警備員が痛めつけられる場面ばかりが頭に浮かんでしまって。沢居はオリンピックの金メダリストである。いかに大柄な警備員が相手でも、関節を極《き》められてしまってはどうしようもないだろう。

だが今は、そんなことを心配してもどうにもならない。ふいに、先ほどの相馬の言葉——「後悔するなよ」は、脅迫ではなく自分を後押しする台詞《せりふ》だったのだと気づいた。自分の信じた道を突き進め。あの日——相馬が自分の怪我について打ち明けてくれた日以降、二人の関係は微妙に変わったと思う。それまでずっと感じていたぎすぎすした雰囲気がなくなり、少しだけ柔らかく話せるようになった。UGが話題に上ることはなかったが、相馬はことあるごとに「人生は後悔したら駄目だ」と呪文のように繰り返したものである。

たぶん、見抜かれていた——俺が、走る意味をオリンピックではなくUGに見出そうとしたことを。その「意味」がどんな物になるかは想像もつかなかったのだが。

リトル・バハマ島までは福田が同行する。ビジネスクラスの席が用意されていた。国内便の小さな飛行機なので、ビジネスクラスといっても高が知れているが、シートが大きいのは助かる。身長だけ見ればアメリカ人並みなので、いつも足元がきついのだ。マイアミまでは、ノンストップでも四時間近くかかるので、足元に余裕があるだけでもありがたい。

福田の席は後ろだったので、話もできない。だが今は、一人でいられるのがありがたかった。

何かを考えようとしたわけではない。考えるのには飽きてしまったし、考えてもどうしようもないことが分かっている。SAの座を実質的に投げ出してしまったので、面倒事が次々に起きるのは分かっており、そんなことを想像しても気が滅入るだけだ。

自分でも驚いたことに、眠ってしまった。実際、夕べはあれこれ考えてほとんど眠れなかったせいもあるが、意外なことに深い眠りとすっきりした目覚めだった。それにしても、離陸したのにさえ気づかなかったとは……両手で顔を擦り、腕時計を確かめる。今、どの辺を飛んでいるのだろう。時差があるので、正確な時刻を摑みかねたが、飛行機が飛び立ってから三時間近く経っていたのは分かる。マイアミまではもうすぐだ。

シートの上で手足を伸ばし、緊張を解してやる。今頃どうなっているだろう。いくら何でも、自分がいなくなったことは気づかれたはずで、大騒ぎになっているのは間違いない。それで出発が遅れたりしたら、他のメンバーには申し訳ないが……たぶん、相馬がフライトをキャンセルして残る、という形を取っているだろう。自分がいなくなれば、真っ先に責任を問われるのが相馬なのだから。しかし相馬は、探し回っても無駄だと分かっている。しばらく――もしかしたら数日、デンバーで時間を潰し、手ぶらで日本へ引き上げることになるのではないか。その無駄な時間を考えた時には、少しだけ胸が痛んだ。相馬は無駄を嫌う人間であり、仲島だけではなく、自分にも分刻みのスケジュールを課しているのだ。

眠気がゆっくりと引いていくのを感じながら、前座席のポケットに押しこんだペットボトルを手に取る。ちびちびと水を喉に流しこむと、両手で顔を思い切り擦った。マスクをしておくべきだったな、と悔いる。機内は乾燥していて、喉が少し痛い。これからまったく未知の環境に身を置くのだから、せめてベストの体調でいたかった。

数時間後、仲島は喉の痛みを忘れていた。

新たな世界へのゲートが開いた。

自分が呆然と口を開けているのに気づき、仲島は慌てて口を閉じた。海風が全身を貫くように吹いているが、気温が高いせいで寒さは感じられない。標高一マイルのデンバーから、マイアミ沖の離島へ——あまりの環境の違いに、体調の悪さも吹っ飛んでしまった。

リトル・バハマ島は、マイアミビーチ——マイアミ市の対岸にある細長い砂州のような街——の沖合にあり、チャーター船で二十分ほど揺られることになった。次第に大きくなっていく島は孤島なのだが、とてもそうは見えない。港の周りに、巨大な施設が広がっているのが分かる。白で統一された二つの大きな建物——陸上競技場と競泳場だろう——が嫌でも目立った。おそらくその奥に、球技などに使えるアリーナがあるはずだ。この三つの施設を中心にして、細いタワー型の建物が建ち並んでいる。あれがコンドミニアムというかホテルというか、期間中に自分たちが滞在する宿舎だろう。全体には、高級リゾート地のイメージが強い。

チャーター船には、明らかにUGに参加する目的のアスリートが何人も乗っていた。ほとんどがアメリカの選手のようで、日本人どころかアジア系の姿さえ見かけない。もしかすると、日本で参加するのは自分と小畠だけかもしれない。

早く小畠に会いたい、と強く願った。福田はよく面倒を見てくれているのだが、同じ立場にあるアスリートと言葉を交わしたい。海外の選手に話しかけられないのは情けない限りだが、複雑な気持ちを打ち明けるには、やはり日本人が相手でなくてはならない。

「どうですか、リトル・バハマは」いつの間にか近づいて来た福田が、笑みを浮かべながら訊ねた。

「あれが本当に……普通の会社が作ったものなんですか」

福田が声を上げて笑った。

「別におかしくないでしょう。もっと大規模なディズニーリゾートだって、私企業が作ったんですよ。ああいう娯楽施設に比べれば、金はかかっていません。所詮は運動するためだけの施設ですからね……もちろん、設備は最新鋭ですけど」

「日本人は、何人参加するんですか」

「何人かはいますが、今はまだ言えません。情報漏れが怖いですからね……リトル・バハマへ行けば、自然に分かりますよ。しかし、疲れたでしょう」

「大丈夫です」

午前半ばにデンバーを発って、既に夕方近く。フライトは四時間、二時間の時差……疲れていないと言えば嘘になるが、ここは意地でも平気な振りをするつもりだった。自分はここへ、最高のレースを求めてやって来たのだ。弱音なんか吐きたくない。

「向こうへ着いたら、何か手続きがあるんですか」

「簡単なメディカルチェックがありますけど、三十分程度で済むでしょう。ちなみに、ドーピングに引っかかるとそのまま強制送還ですけど、大丈夫でしょうね？」

「もちろんです。ところでその後、練習できますかね？」

福田が一瞬真顔になり、まじまじと仲島を見た。冗談なのかどうか、判断できない様子だったので、「本気です」とつけ加える。

「もちろん、練習は自由にできますけど、あまり無理をしない方がいいんじゃないですか。合宿を打ち上げたばかりだし、長旅で疲れてるでしょう」

「体を解したいんです」仲島は肩を上下させた。「飛行機に乗っていると、いつも体が凝るので」

「分かりました。手配します。それと、よく考えて下さい」

「何をですか？」

「練習メニューのことです。これから本番まで、一か月以上あります。その間の練習は、全て自分自身で計画しなければなりませんからね。コーチもいないんですから……私も、練習のことには口を挟めません。そもそも素人ですから」

「大丈夫です」仲島は少しむきになって言い張った。「ちゃんと予定を立ててきていますから」

「それなら結構です」福田がうなずく。「じゃあ、そろそろ到着しますから。準備をしましょう」

うなずき返し、仲島は福田の後に続いた。海は穏やかだった。ずっとデッキに立っていたから、体が強張っているわけではない。ただ、走りたいという気持ちは本当だった。一刻も早く夢の世界に馴染むためには、さっさと第一歩を踏み出すのが大事なのだ。

この島全体の様子を摑むのは無理だ、と仲島は早々に諦めた。小さな島だと思っていたのだが、実際に上陸してみると、それなりに大きい。周囲は二十キロ弱だというが、足がないから見て回るわけにもいかなかった。まあ、観光に来たわけではないし……。

宿舎にあてがわれた部屋は、コンドミニアムの十五階だった。広さは、トレセンの自室の二倍はあるだろうか。UG用に建てられたので、当然まだ新築である。家具も真新しく、白で統一された室内は眩しいほどだった。簡単なキッチンもついているが、SAの宿舎と同じように食堂は完備されているので、普段はそちらで食べればいい、という話だった。

ベランダに出てみる。目の前には大西洋。対岸にあるマイアミビーチ市の巨大なコンドミニアムやホテルが、辛うじて見えている。伊豆大島——高校の時に一度合宿で行ったことがある——から熱海や伊東を望むよりも、ずっと近い感じだ。だが、マイアミビーチ市との間に横たわる海は、これまで仲島が過ごしていた世界と現在を隔絶している。不安と期待が入り混じり、胸が膨れ上がるように感じた。鼻から思い切り息を吸いこむと、かすかに潮の香りがする。もう夕方なのに、まだ相当暑い。湿気もかなりのものだ。これは長距離選手にとっては、あまりよくないコンディションである。

手すりに両腕を預け、身を乗り出す。下を覗くと、ソラマメのような形をしたプールが見えた。泳いでいる……というか水遊びをしている連中がいる。あれもUGに参加する選手たちなのだろう。もちろん練習ではなく、暑さしのぎなのだろうが。このコンドミニアムは、UGの時以外は観光客用に使われるのだろう。ああいうプールは、いかにもファミリー向けだ。

「何やってるんだ、お前」いきなり声をかけられ、仲島は手すりからぱっと離れた。こんなところで日本語……誰だ？　声がした右の方を見ると、隣のベランダに小畠が立っていた。Ｔシャツに膝までのジャージというラフな格好で、シャワーを浴びたばかりなのか、髪は濡れている。

会うのは久しぶりだった。合宿などで一緒になって、何度か話したことがあるのだが、実年齢よりもずっと年上っぽい印象を持っていた。老成しているというか、疲れているというか……顔の皺も目立った。それが今は、何歳か若返ったように見える。元々、老けこむような年齢ではなく、実年齢に見かけが近づいただけなのかもしれないが。

「どうも……」驚きのあまり、無礼な挨拶しかできなかった。

「何だ、お前もＵＧに参加するのか」

「ええ」

「脱走してきたのか？　馬鹿だな」小畠がにやりと笑った。「何も自分から、恵まれた立場を捨てることはないのに。俺なんか、これから一生借金に追われることになるんだぞ？　あ、お前はＳＡになってまだ日が浅いから、そんなにたくさん金は受け取っていないか」

気楽な喋り方に、呆気に取られた。仲島が知っている小畠は、こういうタイプではない。いつも慎重に言葉を選んで話していた。

「いつ来た？」

「ついさっきです」

「リミット二日前か」

「そうですね」UG参加者の集合は、大会の一か月前と決められている。それからドーピング抜き、全員が同じ食事をして、戦う条件を揃える手はずになっている。ある意味「監獄」だが、何故か息苦しさはまったく感じられない。「小畠さん、いつからここへ入っているんですか」

「一週間前……もう詳しい説明は受けたか？　ドーピングやトレーニング方法、食事なんかについて、細かい規定があるんだ。結構面倒だぞ」

「だいたい話は聞きました。詳しい説明は、夕食の後だそうです」

「よし、じゃあ、軽く走りに行こうか」

「小畠さん、トレーニングは終わったんじゃないんですか？」

「終わったよ」小畠がにやりと笑う。「練習じゃなくて、走りたいから走る。何か問題でもあるか？」

啞然としてしまった。小畠はこんな軽い——陽気な人だっただろうか。もっと重苦しく、苦渋を背負って走っているような印象があったのに……それはレース本番で特に顕著だった。走り出すとすぐに、どこか故障しているのではないかと思えるぐらいの苦悶の表情になる。レースが進むに連れ、それはますますひどくなり、今にもリタイヤしてしまってもおかしくないようになる。左肩が次第に下がり、体全体が傾いでフォームが崩れるのに、無理矢理走り続けているような……しかし必ず完走する。確か、一度も途中棄権したことはないはずだ。

ＵＧに出場する、と会見した時には、レースの時よりも苦しそうだった。今までの人生を全て否定するような感じで、今にも泣き出しそうに見えた。あの重苦しい雰囲気が、今は微塵《みじん》も感じられない。元々こういう人なのか、それともこの島へ来てわずか一週間で、変わってしまったのか。

「ほら、ぼけっとしてないで着替えろよ」

「あ、はい」

「早くここの気候に慣れた方がいい。暑いから、俺たち長距離の人間にはきついぞ」

「分かりました」

ベランダから部屋へ引っこむ。トレーニングウエアは……福田が運びこんでくれた二つのボストンバッグの片方にまとめて入っているはずだ。引っ張り出して、慌てて身につけるものを探す。普段使っているのと違うブランドだが、これはすぐに慣れるだろう。ウエアにあまりこだわらない長距離選手もいるが、自分もその一人だ。

問題はシューズだ。シューズは足の延長、というか一部であるだけに、これまで細心の注意を払って選んできた。何十足も試してようやく辿り着いたのが、カジマの「スーパーラン・グリーン」シリーズである。仲島は甲高で、既製品のシューズがなかなか合わないのだが、これは紐を通すアイレットが左右それぞれ二列ずつあり、自分の足幅に合わせて好きな方を選べるようになっている。そしてソールの形も、自分のプロネーション――着地の際に踵が内側に倒れこむ現象――に合っていた。オリンピック出場が決まったら、スポーツ省の肝いりで、カジマがオーダーメードでシューズを作ってくれることになっていたのだが、この「スーパーラン」でも十分ではないかと思っている。

UGではそれが使えない。ツールを提供しているのは、アメリカに本社のある新興の「アップワイルド」社一社だけなのだ。数年前にファッション性の高いスポーツウエアでブレークし、その後本格的な競技用製品の分野にも進出している。シューズは……「スピードアート」シリーズの最新モデルだ。ランニングシューズの基本は満たしているが、実際に走るとどうなのか。考えるよりもやってみよう。シューズに足を通し、紐をきつく締め上げてみる。少し細身で、足が締めつけられる感じはある。慣れるのに期待するか、それとも別のモデルに替えてもらうか。全員が同じモデルで走らなければならないわけではないだろうから、選択の余地はあるはずだが。

部屋を出ると、既に廊下で小畠が待っていた。

「新しいシューズはどうだ？」小畠が仲島の足元を見下ろす。

「少し細身ですね」

「足幅に合うやつを用意してもらえるよ。俺も替えてもらった」

「そうですか」これで一安心だ。

コンドミニアムから陸上競技用のスタジアムまでは、歩いて五分ほど。その間、仲島はこの島が既に一つの「街」として機能し始めていることを実感した。真新しいカフェやレストランの他に、アップワイルド社のショップがあちこちにある。あとは土産物屋でもあれば、まさにリゾート地という感じだ。ただし、歩いている人がほぼ全員トレーニングウエアを着ているので、異様な雰囲気も漂っている。小さなスーパーがあるのは、自炊する選手向けということだろう。

スタジアムへ向かう途中、広い道路を横切る際に、揃いのウエアを着て走り抜けて行く一団とすれ違った。

「マラソンに出る連中なんだ」小畠がちらりと視線を向けて言った。

「小畠さんのライバルですね」

「まあ、向こうが俺をライバルと見てるかどうかは分からないが」小畠が自嘲気味に言った後、ふっと優し気な表情になった。「ここ、いいコースなんだよ」

「この島、フルマラソンのコースが取れるほど広いんですか」

「それは無理だ。だから二周して、トラックで距離を調整する感じだな」

「もう走ったんですか？」

「二回、な。マラソン用にわざわざ作ったコースだから、ほとんどフラットで走りやすいよ。心配なのは風かな……崖の近くを走る場所は、所々で海風が強く吹くから、そこだけは気を遣わなくちゃいけない。でも、記録は出やすいコースだと思うな」

ずいぶん準備は進んでいるんだ、と気持ちが引き締まる。俺は小畠ほど自然の影響は受けないが、トラックにもそれなりに癖がある。それを見て、シューズを決めていかなければならないし、ただ練習を続けているだけでは駄目だ。

競技場は、仲島が想像していたよりもシンプルでコンパクトだった。ＵＧの開催には巨額の費用がかかっているはずだが、競技施設自体は華美を排して実用に徹している。スタンドも小さいが、観客で埋めるというより、テレビの中継優先なのだろう。

既に夜……照明が、青いトラックに白い光を投げかけている。走っている選手が何人かいた。知った顔はいないかときょろきょろしてみたが、見つからない。まあ、いいか。人のことはまだ気にする必要はないだろう。

「さ、軽く走ろうか」

「お願いします」

ストレッチもなしで、ゆっくりとトラックを走り出す。むきにならないように、と自分を戒めた。合宿の疲れは確実に体を蝕んでいるし、長旅で体に強張りも感じている。

あくまで解すだけ……ともすればスピードが上がりそうになるのを抑えるのは大変だったが、小畠が格好のペースメーカーになってくれた。

トラックの感触は……少し硬めだ。一番走り慣れているトレセンのトラックはもう少し柔らかく、クッション性が高い。それが自分にとっての標準になっているせいか、着地のショックがダイレクトに膝にくる感じがした。アスファルトの上を走る感覚に近いかもしれない。だが、慣れれば自分の感覚に合うはずだ。何しろ一か月も準備期間があるのだから。

「ここのトラックはどうだい？」小畠が話しかけてきた。

「少し硬いですけど、そんなに違和感はないです」

「かなり研究されたものらしいよ。疲労感を最小に抑えるように調整したそうだ」

「そうですか」またもや、誂えられた環境。だがこれは、参加する全ての選手に当てはまる条件だ。ＳＡとは意味合いが違う。

島へ上陸した時に比べると、気温は大分下がっていた。常に微風が吹いている感じで、体表温度を上手い具合に下げてくれる。湿気もあまり感じなかった。レースが夕方に行われるなら、コンディションをそれほど心配する必要はないだろう。

「何か、不思議な感じです」

「何が？」

「楽しいですね」

小畠が声を上げて笑った。走りながらそんなことをするのは難しいのだが、小畠はごく自然に笑っている。笑い声を聞いて、仲島は自分も自然に頬が緩むのを感じていた。

そうなんだよな……俺が求めていたのはこれなんだ、と思う。走り始めた頃に感じていた、極めて原初的な喜び。スピードが乗ってどこまでも走っていけそうな感覚と、誰よりも早く走れる喜び。何より、ＳＡになって以来ずっと感じていた、締めつけられるような不快感がない。

俺は、やっと理想の環境を見つけたのかもしれない。

ゆっくり走っているつもりだった。それこそ、ジョギングのペースで。しかし、前を行く小畠の背中を見ているうちに、いつの間にかスピードが上がっていく。きつい合宿明けで体は重い。こういう時に無理をすると、どこかに余計な負荷がかかって怪我しがちなのだが、嫌な感覚もすぐに薄れてきた。体に積もった澱《おり》のような物が流れ出し、足取りが軽くなってくる。自分の呼吸と足の動きだけに意識を集中する。最初感じていた暑さ、湿気の多さも、いつの間にか気にならなくなってきた。本当は、かなり気温が低く、乾いた気候が好きなのだが、実際にはそんな状況でレースをすることはまずない。陸上の大会は、マラソンを除いては春から秋に集中しているのだ。

十二周まで数えた。五キロに少し欠けるだけ。ジョギングにしても距離は短かったが、その時点で小畠はスピードを落とし、すぐに速歩きになった。もう少し走りたいと不満を感じたが、小畠の背中は「やめておけ」と言っているようだった。

　少し歩調を速め、横に並ぶ。

「今日はこれぐらいにしておこう」

「まだ汗もかいてませんよ」仲島はすぐに反論した。

「気持ちは分かるけど、今は止めてくれる人がいないことを考えないと」

「どういう意味ですか？」歩きながら首を捻る。

「ここにはコーチはいない。だから、自分で自分を律するしかないんだ。限界だと思う少し手前でやめるように気をつけておかないと、潰れるぞ」

「……はい」それは確かだ。だいたい、今はレースの一か月前。これから次第にペースを落としていかなければならない時期である。二週間後には、普段の練習量の半分にまで落として体力の温存を図る。今までは相馬の言うがままに練習スケジュールをこなしてきたのだが、これからは自分の体調と相談して、全て自分で決めなければならない。自分なりに綿密に予定は立ててあったが、途中で狂いが生じた時に修正できるかどうかは分からない。

「ま、俺も相談に乗るよ」小畠が気さくな口調で言った。「ほとんどの選手は、コーチ抜きで来てるんだ。だからお互いに助け合わないとな」

「はい」本当に、小学生時代に戻ったような気分だった。本格的に陸上を始める前で、「もっと速く走りたい」と思ったら、足の速い先輩か先生に自分で聞きに行くしかなかった時期。自分が懐古主義者だとは思わないが、長い間求めていたのは、こういう感覚なのだと気づいた。

楽園がある——その豊かな気分は、一瞬にしてぶち壊された。

「仲島！」

聞き慣れた声。まさか……夢でも見ているのかと、啞然とした。しかし声のした方を見ると、そこには間違いなく、あの男がいた。

黒埼。

5

「仲島が消えた？」

電話の向こうの声が、ひどくくぐもって聞こえる。これは夢ではないか、と沢居は訝った。しばしばする目を擦りながら、ベッドサイドテーブルの時計を見ると、まだ午前三時である。電話をかけてきた相馬は、とうに機上の人になっているはずなのに……。

「そっちは今、何時ですか？」

「昼の十二時だ」

「帰りの便に……」

「自分はキャンセルした」非常時なのだが、相馬の声は不思議に落ち着いていた。「空港で探してるが、見つからない」

「携帯は？」

「出ない。電源を切っているのか、あるいは……」

クソ、何が起きたんだ。空港の中で事件が起きたという話は聞いたことがないが、海外では何があってもおかしくない。

「どうしますか？　空港の警備には連絡したんですが、どこまで真面目に探してくれるか、分かりませんよ」

警察を呼ぶか……だが、アメリカの警察がどんな風に捜査するのかは分からない。事件だという証拠でもあればともかく、今の時点では動いてくれるかどうかも——何と説明したらいい？「いなくなった」以上のことが言えるか？

相馬に多くを期待するのは無理だろう。英語は話せるが、こういうややこしい事情で、警察相手に難しい交渉ができるとは思えない。どうするか……そうだ、アメリカには、ニューヨークの他に、ロサンゼルスにもスポーツ省の駐在がいる。会ったことはないが、普段アメリカで仕事をしているのだから、こういう場合の対処方法ぐらいは分かるはずだ。そいつをデンバーへ飛ばして、連絡・調整をやってもらおう。

「ロスからそっちへ人をやります」

「そうですか」相馬が、露骨にほっとした口調で言った。

「少し時間をください。こっちもいろいろ連絡を回さないといけない。悪いけど、空港で待機していてもらえませんか？　できるだけ早く連絡しますから」

電話を切って、ベッドから抜け出す。興奮して大声で話していたので、優里奈もとうに目を覚ましていた。

「大丈夫？」かすれた声で訊ねる。

「大丈夫じゃないな」パジャマを脱ぎ捨て、クローゼットの扉を開ける。乱暴にワイシャツを引っ張り出して腕を通した。

「出かけるの？」優里奈もベッドを抜け出してきた。

「ああ……大事《おおごと》なんだ」

優里奈は「どうしたの？」とは聞かなかった。沢居の様子が、よほどおかしいと気づいたようである。確かに、自分でも「おかしい」と分かる。試合の前でさえ、これほど険しい表情を浮かべたことはないだろう。黙っているべきなのだが――スポーツ省にとっては最高機密事項だ――後でニュースで知って驚くのも可哀想だ。

「内密にして欲しいんだけど、仲島がいなくなった」

「え？」

優里奈の顔に戸惑いが浮かぶ。事情が分かっていないのだから、当然だ。突然「いなくなった」と言われた自分だって、何が何だか分からない。

「アメリカの空港で姿を消したらしい」

「何があったの？」

「分からない。これからそれを調べに行く」

ズボンに足を通し、ネクタイは省略して上着を羽織る。クールビズの季節で、昼間はワイシャツ一枚なのだが、今は夜中なので多少気温が下がっているだろう。これからどうなるか――いつ帰れるか分からないから、準備だけはしておいた方がいい。

優里奈がハンカチ、靴下と必要な物を出してくれた。彼女も明らかに戸惑っている。沢居は、スポーツ省に入ってからいつも忙しく働いていたし、大会の視察などで土日が潰れるのもしばしばだったが、こんな風にトラブルが起きて、夜中に叩き起こされたことはなかった。

何が起きたのか、想像もできない。しかし最悪の事態――事件や事故に巻きこまれた――も想定しておかなければならないだろう。デンバーは比較的安全な街のはずだが、やはりアメリカである。銃社会では、日本人が想像もできないトラブルが起こり得る。

タクシーを摑まえてスポーツ省へ向かう途中、まず谷田貝に連絡を入れた。いつも理解の早い谷田貝でさえ、すぐには状況を把握できなかったようで、一瞬言葉をなくしたが、すぐに「脱走」の可能性を示唆した。

「UGに参加するつもりなんでしょうか」

「同じアメリカ国内ですからね」谷田貝の声は怒りに震えていた。「用心が足りなかったとしか言いようがない。ただし、もしもそうなら探す方法はあります」

「会場、ですね」

「状況によっては、現地駐在に任せず、こちらからも出向く必要があるでしょう。すぐに向こうへ飛べるよう、準備だけはしておいて下さい。絶対に連れ戻すんです」

マイアミか……行ったことのない街だが、遠いのは分かる。日本からの直行便があったかどうか。谷田貝から細かい指示を受けている間も、自分がマイアミへ飛び、さらにUGの会場である離島へ渡って仲島を説得する場面を想像すると、気持ちが萎えてしまう。こんなことが俺の仕事なのか？　選手をサポートし、メダルを取らせることなら、男が一生を賭けるやりがいのある仕事だと思う。だが、逃げ出した選手を追いかけて説得し、後々の尻拭いをするなど、とても自分のやることとは思えなかった。思いたくもなかった。

スポーツ省へ着くと、ロサンゼルス駐在に電話を入れ、すぐにデンバーへ飛んでもらうよう依頼する。折り返し電話があり、デンバーに着くのは現地時間の夕方になる、と報告が入った。もっと早く行けないのかと焦ったが、ロサンゼルスからデンバーまでは飛行機で二時間以上かかるのだ。だいたいデンバーは「西海岸」ではなく「山岳地帯」で、かなり内陸に入っている。いかに航空網が発達しているアメリカとはいえ、縦横無尽に動けるわけではない。

　手配を終えた後ですぐ、相馬に連絡を入れた。

「状況に変化はありません」

「夕方、ロスから応援が入ります。高里《たかさと》という男ですが、知っていますか？」

「いや」

　携帯電話の番号と到着時間を教える。

「落ち合って、今後の方針を決めて下さい。何か手がかりは？」

「今のところ、ゼロだ」

「合宿の間に、何か変わったことは？」

「普段通りだった」

「……ＵＧについては？　あいつはＵＧに出たがっていたんです。馬鹿なことは考えないように説得したけど、アメリカに――ＵＧの会場の近くまで行ったから、思い切って抜け出したとは考えられませんか？」

「あいつは、そんなに大胆なことをする男なんですか？」自分は仲島のことを何も知なかったのだ、と悔いる。

「それは……」

「しっかりしてください！」自分以外に誰もいない部屋で、沢居は思わず声を張り上げた。「あなたが、仲島の一番近くにいるんですよ」

「すみませんね」不貞腐れたような口調で相馬が言った。まったく反省しておらず、どうして自分に責任が押しつけられるのか、分かっていない様子だった。

「この責任をどう考えるんですか」

「どう責任を取ればいいいんですか」

無責任な態度にかちんときたが、今ここで言い合いをしていても、仲島が見つかるわけではない。一つ咳払いしてから、低い声で告げる。

「何かあったらすぐに連絡して下さい。俺はスポーツ省に詰めていますから」

「分かりました」相変わらずむっとした口調で言って、相馬は電話を切ってしまった。

ほとんど照明が落ちた部屋の中で一人きりになり、腕組みをする。興奮と怒りで、眠気はとうに吹っ飛んでいた。ちらりと壁の時計に目をやると、まだ午前六時前。何ができる？　何をすればいい？　使える武器は電話だけ。誰かと話すにはあまりにも早い時間だが、迷っている暇はない。沢居はまず、仲島の父親に電話をかけた。

「——朝からすみません。申し上げにくいんですが、仲島選手がいなくなりました。アメリカで」

「どういうことですか」父親の声が一瞬で目覚めた。

「まだ分からないんです。危険なことはないと思いますが」不安を押し潰しながら言った。「何か連絡はありませんでしたか」

「いや、全然」父親の声には不安が滲む。「ここ最近……半年ほどは話もしていません。電話はかかってきませんし、こっちからはかけにくいので」

「分かりました。何か分かったら連絡しますし、電話やメールがあったらすぐに知らせてもらえますか」親子の間に溝があったのだろうか。ここもフォローしておくべきだった、と沢居は悔いた。

「いったい何が起きたんですか」

「まだ分かりません。調べています」

相手の返事を待たずに電話を切った。手がかりがない以上、いつまでも話していても仕方がない。奈々子と鹿島にも電話したが、やはり、ここしばらく話はしていないという。誰にも相談していなかったのか……他にできるのは、UGを主催するラーガ社に電話を突っこんで事実関係を確認することぐらいだ。主催者なら当然、仲島が参加しているかどうかは把握しているはずで、隠す意味があるとも思えない。

パソコンを立ち上げ、UGについて調べたファイルを引っ張り出す。スポーツ省は、ラーガ社の日本支社にいるUGの担当に接触していたし、ニューヨーク駐在が本社の担当者とも面会している。いずれも、何となくはぐらかされたような内容だったが……ラーガの担当者は「何が悪いのか」と半ば開き直った感じで、こちらが必死になっているのを面白がっている気配さえあった。あれは、IT業界の人間に特有の態度だったのか、それとも自分たちが空回りしていただけなのか。

いずれにせよ、こんな時間には日本支社には人はいないだろうし、ニューヨークの本社に電話しても、自分の英語力でまともに会話ができるとは思えない。面と向かっていると何とか意思の疎通はできるのだが、電話は苦手だった。誰か、英語のできる人間を呼び出すか……その時、名刺をスキャンした画像があるのに気づいた。福田……そうか、こいつが日本におけるUGの担当者だった、と思い出す。沢居は直接面会していないが、岡部が会っていたはずだ。どんな人間なのか、岡部に電話して確かめようかとも思ったが、そんなことをしている時間も惜しい。福田の携帯にかけた。

この時間に出るわけがないと思っていた。電話がつながることだけを確認して、後でかけ直すか、それともメッセージを残すか……しかし、福田は呼び出し音が一回鳴っただけで電話に出た。

「福田です」

一瞬、言葉に詰まる。まさか、電話に出るとは……わずかな沈黙の後、福田が「もしもし？」と確かめるように言った。

「スポーツ省強化局の沢居と言います」

「沢居さん」確かめるような喋り方だった。「お名前は伺っています。それより、今この携帯に電話して大丈夫なんですか」

「というと？」

「アメリカにかかっていますよ」

「料金のことなら心配いらない。役所が払います」アメリカ……こいつもアメリカに来ているのか。嫌な一致に、沢居は鼓動が早くなるのを感じた。

「そうですか……で、ご用件は」

「仲島雄平は、あなたと一緒にいるんじゃないですか」

「それは申し上げられません」言えないのが当然、とでも言いたそうな口調だった。

「言えないということは、何か知っているんですね」沢居は突っこんだ。

「それも含めて言えません」

「あなたね」沢居は声を荒らげた。「仲島はうちの大事な選手なんだ。その仲島がいなくなった。大事《おおごと》でしょうが。あなたがUGに連れて行ったとしても、我々には、彼と話す権利がありますよ」

「申し訳ないですが、今は言えません」

「今は？」

「二日ほど……日本時間で二日ほどお待ち下さい」

「どういう意味だ？」

「UGの仕組みについては、スポーツ省さんはかなり詳しくご存じですよね」福田の声に皮肉が滲む。「妨害も予想されますから、参加選手については、二日後に一斉に発表する予定なんです。二日後は、つまり、参加選手が合宿に入る締め切りのタイミングでもあります」

「それは、そっちが勝手に決めたことだ。こちらは、所属する選手の安全に責任を持たなければならない」

「彼は元気ですよ。それは保証します」そう言ったのは、多少だが譲歩したつもりかもしれない。

「つまり、あなたと一緒にアメリカにいるんだな？」口を滑らせたな、と沢居はかさにかかって攻めた。

「それは申し上げられないんです。とにかく二日、待って下さい」

「認めたも同然じゃないか。どうして言えないんだ」

「決まりだからです……理不尽な決まりがたくさんあるのは、スポーツ省もＩＯＣも同じじゃないですか」

「こんなことをしてどうなるか、分かっているのか？」

「残念ですが、何も起きません。何も問題がないことは、弊社の法律顧問が様々なシミュレーションを行なって結果を出しています。それと一点、あなたは間違ったことを言っていますよ」

「間違い？」上から決めつけるようなその言い方に、かちんときた。

「仲島選手のことを、『うちの大事な選手』と仰いましたが、彼はあなたたちの所有物じゃありませんよ。彼は、仲島雄平という、一人の人間なんだから」


異常事態はそれだけで終わらなかった。

黒埼明憲も姿を消していた。

黒埼はＡ指定にまでランクが上がっていたが、普段は美浜大の合宿所で暮らしていた。それが、沢居がアメリカから連絡を受けた前日に、姿を消したという。

その情報が沢居の元へ入ってきたのは、その日の夕方だった。デンバー組の相馬たちと連絡を取り合い、上への報告に追われてくたくたになっていたところへ、美浜大の監督から直接連絡が入ってきたのである。

「どういうことですか」もう十数時間働きづくめでうんざりしていた沢居は、投げやりに訊ねた。

「よく分からないんです。一昨日の夜から昨日の朝にかけて姿を消したらしいんですが、どこにもいないんですよ。実家にも連絡がないようですし」

今や、黒崎の存在などどうでもよくなっていた。嚙ませ犬としての役目は終えた、というより、仲島がSA指定を解除される可能性が高まってきた今、存在意義がなくなっていた。

「警察には？」

「冗談じゃないです。そんなことをしたら大学の評判が……」

あんたたちはいつもそればかりだ、と怒りが膨らむ。まず考えるのは、自分の大学の利益。評判に傷がつくようなことは、何としても避けたいだろう。そこが、全体の利益を考えて動いている自分たちスポーツ省の人間とは違う。

「心配なら、警察に届けた方がいいですよ。スポーツ省には、そういうことを調べる力はないですから」沢居は冷たく言い放った。S指定の仲島ならともかく、黒崎にまで手を焼いている暇はない。

「それが……もう出国している可能性もあるんです」

「どういうことですか？」

「部屋を調べたら、ラーガ社の封筒が出てきました」

「まさか」沢居は言葉をなくした。本当に「まさか」である。黒埼もUGに参加しようとしている？　そもそも正式な招待はあったのだろうか。基本的に主催者は、呼ぶ選手を絞りこんでいるようだが……。「ちょっと待って下さい」と言って、ラーガ社から招待状を受け取っていた選手の一覧のファイルを開く。黒埼の名前はなかった。報告を怠っていたのか、実際になかったのか。

気になり、「もう少し待って下さい」と言ってから受話器を置いた。かすかに記憶にあったのは……ラーガ社の開催要項だ。どういう選手を集めるかに関する基準が、この中に書いてあったはずである。

あった。「標準記録を突破している選手の中から主催者で指定」。これが基本のようだが、例外規定がある。「主催者の指定を受けていない選手も、本人からの申し出があれば検討する」。UGは、「希望者は拒まない」という基本方針を持っており、黒埼はこのパターンかもしれない。

あの馬鹿が……もしも本当にUGに参加したら、あいつもSA指定は取り消しだ。ふざけたことをしたら罰があると、身を以て知らなければならない。だいたいSAたちは、調子に乗っているのではないか。自分がどれだけ特権的な立場にあるのか、理解していないのかもしれない。何のために税金を投入し、競技に専念できる環境を作ってやっているのか。全ては日本のためである。オリンピックで、できるだけ多くの日の丸をメーンポールに揚げるためだ。

奴らはそれを忘れ、勝手なことをしている。簡単に許されるものではない。自分の決断が間違っていたことに気づく日が、程なく来るだろう。


UGの主催者であるUG財団は、仲島が姿をくらましてから二日後、アメリカ東部時間で午前十時に、参加全選手の名簿を発表した。それを見て沢居は戦慄した。アメリカを中心に、一線級の選手が多数、参加を表明していたのだ。リストを仔細に検討すると、「かつての記録保持者」が多いのがすぐに分かる。陸上では百と二百の記録を長く保持していたジャマイカのパウエル。ベルリンマラソンで世界最高を叩き出したケニアのマラソンランナー、ロルーペ。競泳では四百メートル個人メドレーの世界記録を三回にわたって塗り替えたアメリカのヘイデン——綺羅星《きらぼし》のような名前が並ぶ。オリンピックへの出場は難しいかもしれないが、なお現役に執念を燃やす選手たちはネームバリューも高く、注目を集めることになりそうだ。

日本人選手もいる。陸上では小畠、仲島、そして黒埼と三人の長距離選手。さらに競泳では、平泳ぎの森野が参加を表明した。森野もまったくノーマークだった。次期五輪での金メダル候補。特例でアメリカに留学していたのだが、監視が緩んだ隙にUG財団に勧誘されてしまったのだろうか。他に自由形の香西《こうざい》、背泳ぎの水谷《みずたに》の名前もある。この二人は盛りを過ぎているが、依然としてSAのA指定である。沢居は、顔に泥を塗られた気分だった。

そして、かつての一万メートル記録保持者、カリウキ。その名前を見て、沢居はぴんときた。仲島が、本格的に長距離を目指すきっかけになった選手ではないか。千葉のマラソンで一緒に走りたいと言ってきたのを却下したこともある。もしかしたら二人は、裏で話をしていたのか？　もう少し厳しく締め上げておくべきだった。

その発表の日から、風向きが明らかに変わってきた。

メディアとＩＯＣは、だいたいべったりの関係を続けているのだが——放映権の関係が大きい——日本でも各テレビ局が「ＵＧの中継を行う」方針を打ち出したのである。この裏には、ラーガ社の映像配信サービスと通常のテレビ放送の間の折り合いの問題があるようだが、それはスポーツ省には関係ない話だった。テレビ局がＵＧの放送を決めたこと自体がニュースで——番宣と言うべきか——取り上げられるようになると、にわかにＵＧを応援する声が高まってきた。

スポーツ省では、ネットの声も拾って状況分析を行なっているのだが、「オリンピックには飽きた」「ＵＧこそ『世界一決定戦』ではないか」という意見も散見されるようになった。中には「ラーガ社の宣伝」「アメリカの陰謀」と揶揄する声もあったのだが、それはむしろ表層的な捉え方だ、と沢居は思っている。確かにUGは、ラーガ社にとっては大きな宣伝になるだろう。ただし、宣伝費として考えれば金がかかり過ぎている。何しろラーガ社は、複数の競技場を中心にした一つの「街」を作ってしまったのだ。予算規模は、五億ドルとも六億ドルとも言われている。広告代理店に全面的に任せて宣伝対策をする方が、よほど安上がりだ。

しかし……まさか、自分がこんなところまで飛んで来ることになるとは思ってもいなかった。

日本からの旅は長かった。直行便がないので、アトランタ乗り換えで成田から十五時間。マイアミ湾からラーガ社が用意したチャーター船で二十分。最後の短い船旅で結構ダメージを受けた。元々、船にはほとんど乗ったことがなかったし、散々飛行機で揺られた後なので、三半規管がおかしくなっていたのかもしれない。立てなくなるほどではないが、船が動き出して五分ほどで、軽い目眩《めまい》と吐き気に襲われた。船室からデッキに出て、生暖かい風に当たると、少しは気分がよくなった。

既に前方には、リトル・バハマ島が見えていた。一大リゾート地……高層のコンドミニアムと真新しい競技場が海岸近くに建ち並んでいる様には、妙な迫力があった。建物は基本的に白をベースにしており、海の青と綺麗なコントラストを成している。そうか、この格好が合わないのかと、沢居はネクタイを外した。地味なグレーの背広ではなく、水着か短パンならなおいいだろう。だが俺は、あくまで仕事でここに来たのだ、と自分に言い聞かせる。仕事には仕事用の格好があるのだ。

「本当にやるんですね」いつの間にか近くに来ていた岡部が、ぽつりと言った。

「君としてはどうなんだ？　ラグビーのエキジビションはどう思う」

「いや、それは……」

言い淀んだが、彼がそのゲームを楽しみにしているのは知っている。UGの公式サイトをチェックし、エキジビション——北半球代表と南半球代表の試合になった——の出場選手を確認していたのを、沢居は何度も見ているのだ。正直むかっ腹が立ったものだが、個人の趣味の範囲なら口出しはできない。今回も、彼を連れて来るのはあまり気が進まなかった——仕事より趣味を優先させてしまいそうだったから。しかしここで話題にするようなことではないので、すぐに打ち切って本題に入る。

「仲島と会えるとは思わなかったな」

「軟禁状態かと思ったんですけどね」

「ああ」

「取材なんかもオープンらしいですよ。ただ、選手との接触は、かなり警戒されるようです」

「要するに、変な物を持ちこむなということだろう」選手を隔離された合宿状態にするのは、薬物などから遠ざけるためだ。ドーピング用の薬物や器材を持ちこむ選手がいるかもしれないと沢居などは皮肉に思うのだが、その辺の対策にもぬかりはないらしい。一種のリハビリ病院か、とも思った。しかし、そもそもドーピングをするような連中は、この大会に出ようとは思わないだろう。大恥をかくことになりかねない。

二十分の船旅の後半で、沢居は何とか体調を取り戻した。リゾート地のような雰囲気に相応しくないのは承知の上で、ネクタイを締め直す。それで一気に気合いが入った。

チャーター船に乗っていたのは十人ほどで、沢居たちのほかには、UGの関係者——ポロシャツにロゴが入っていたのでそれと分かった——とテレビの取材クルーである。クルーはフランス語を喋っていた。ヨーロッパのテレビ局も関心を持っているのか……仮にこれが「アメリカの陰謀」だったとしても、着実に世間に影響力を及ぼしつつあるようだ。メディアは、様々な計算をしている。UGに関しては、ずっとIOCの顔色を伺っていたはずだが、黙殺するよりもUGのことを積極的に報じた方が金になる、と判断し始めたのだろう。そういう日和見《ひよりみ》主義的なやり方にはむかつくが、スポーツ省として抗議する理由も見つからない。

港はごくささやかな物で——大型船の寄港は予定されていないようだ——船を降りると沢居はすぐに、自分たちを待っている男に気づいた。

「あいつが福田だな?」

「ええ」岡部がすぐに確認する。

沢居は胃が痛むほど緊張していたのだが、それはすぐに解れた。福田がまったく敵対的な様子を見せず、にこやかな笑みを浮かべていたのだ。あろうことか、UGのロゴが入ったTシャツの前面には、各国の言葉で「ようこそ！」と入っている。そこまで歓迎してもらういわれはないよ、と沢居は皮肉に思った。

型通りの挨拶から始まった——名刺を交換するという形で。まだ真夏のような日差しが降り注ぎ、潮風がその暑さを緩和するような環境の中で、日本人同士が普通に名刺を交換する様は、相当間抜けに見えるのではないだろうか。周りはトレーニングウエア姿の選手たちや、マスコミ関係者ばかりなのだ。

だが福田はまったく気にする様子もなく、名刺の交換を終えると、すぐに先に立って歩き出した。

「すぐそこです」

「会えるんですか」

「面会用のスペースを用意してありますから」

面会？　それこそ刑務所のようではないか。だが、福田の表情は相変わらずにこやかで、「看守」のようには見えない。思わず岡部と顔を見合わせたが、彼も力なく首を振るだけだった。

案内されたのは、港から歩いて百メートルほどのところにある、コンクリート製の小屋だった。窓が小さく、非常に閉鎖的な雰囲気を感じる。嫌な予感を覚えたが、相手がこの場所を指定してきたのだから仕方がない。

建物に入ると、まず五メートル四方ほどの小さな部屋があった。窓を大きく取れば、豊富な陽光が中を明るく照らし出してくれるはずなのに、室内に満ちているのは人工的な光だった。ここが何に似ているかというと——空港のセキュリティゲート。くぐる方式の金属探知機があり、その横で係員が二人、待機している。ゲートの前後には、これも空港と同じように、荷物を流すためのベルトコンベアが置いてあった。

「厳重過ぎないですか」つい文句を言ってしまう。

「申し訳ないですが、スーツケースの中も調べます」申し訳ないと言いながら、福田はいかにもそれが当然だ、といった様子だった。

「危険な物は持っていませんよ」沢居はすかさず反論した。

「危険な物というか、薬物です。何か、持病の薬でもあるようでしたら、事前に申告していただいた方が……」

「持病はありません」苛立ってきて、ついむっとした口調で答えてしまった。勝手にしてくれ、という気持ちになってくる。こっちはスポーツ省で、反ドーピングにもかかわってきたのだ。選手に変な薬を渡すわけがない。

「実際、ここで引っかかった人もいるんです」福田が、今度は本当に申し訳なさそうに言った。

「まさか」

「荷物に、筋肉増強剤を忍ばせていましてね。すぐに見つかって没収、ただちにお帰りいただきましたが」

沢居は首を振るしかなかった。馬鹿が……日本は、ドーピング規制に関しては世界の模範だと言っていい。最近は、ちょっとした事故――成分を知らずに風邪薬を飲んでしまうとか――以外には、ドーピングで引っかかった選手はいなかった。

ここで文句を言っても仕方がない。スーツケースと機内持ちこみ用のバッグを預け、金属探知機を通る。反応はなかったが、出た後もハンディ型の金属探知機で全身をチェックされた。担当しているのは、白人の若者だったが、睨みつけないように、かなり我慢しなければならなかった。いつ服を脱げと言われるのかと思っていたが、さすがにそれはなかった。チェックが甘いな、と皮肉に思う。薬物など、下着に隠しても持ち運べるのだから。

金属探知機から解放されると、すぐ目の前にシェパード犬が二頭、待っているのに気づいた。麻薬犬のようなものか？　いきなり飛びかかってこられたら、さすがに沢居でも始末に困る。人間相手なら何とでもなるが……だが二匹の犬は「おすわり」の姿勢を保ったまま、長い舌をだらりと垂らしていた。

先回りしていた福田が、「お手数おかけしてすみません」と頭を下げ、先に立って歩き出す。案内されたのは、それこそ刑務所を連想させる部屋だった。刑務所を実際に見たことはないが、ドラマか何かのイメージで……白い清潔な部屋の中央をプレキシガラスが仕切り、椅子がずらりと並んでいる。ガラスの前には長テーブル。そこに、マイクとスピーカーがしこまれているのが見える。何という、露骨な。呆気《あっけ》に取られ、沢居は前へ進むのを忘れた。

「これは……いくら何でもひど過ぎないですか」

「申し訳ないですが、決まりなんです。選手と外部の人間との無用な接触は避けたいんですよ。どんな形で選手に違法な薬物が渡るか、分かりませんから」

「私は、そんなことは絶対にしない」沢居は表情を強張らせながら言った。

「決まりなんです」福田が繰り返して強調した。「UGの趣旨に賛同していただける方の場合は、もう少し緩い措置になりますが、残念ながらスポーツ省は、いまだに全面否定ですよね」

うなずくしかない。福田は依然として笑顔を保っているが、その下に鋭い刃物を隠しているのだ、と沢居は気づいた。

「どうぞお座り下さい。二人並んで、で結構です。マイクとスピーカーがありますから、普通に話せますので」

　プレキシガラス越しの会話は普通とは言えないが、仕方ない……仲島と話すためにここへ来たのだから、目的は果たさないと。椅子に腰を下ろす。こういう素っ気ない場所なのに、高級な事務用の椅子で、かけ心地はいい。何となく馬鹿にされているような気になった。目の前のプレキシガラスに触れてみる。冷たく硬い感触……透明度は高く、よく磨かれたガラスのようだった。少し汚してやろうかと考え、指先を上下に何往復かさせてみたが、曇りもつかない。どういう構造になっているのだろう。

　ふと気づいて後ろをみると、いつの間にか福田の他に二人のスタッフが待機していた。監視体制は完全ということか……プレキシガラスに向き直った途端、部屋の一番奥にあるドアが開き、仲島が姿を見せる。まさに刑務所。いや、そんなことはないか。彼は手錠をはめられているわけではないし、同行しているスタッフと談笑している。普段見たことのない、明るい表情だった。

　しかし、沢居たちの方を向いた瞬間に表情を引き締め、小さくうなずく。それで挨拶したつもりになったようで、椅子を引いて座った。

「俺だけでいいんですか」

　聞き慣れた彼の声がスピーカーから響いた。まるで直接話しているようで、マイクとスピーカーがいかに高性能かが分かる。

「君だけだ」

「小畠さんと黒埼はいいんですね？」仲島が念押しする。

「ああ。君と話したい」

「でも……話すことはあまりないと思いますよ」仲島が、耳の上を人差し指で掻いた。

こいつ、変わった——短い会話の中で、沢居は敏感に感じ取っていた。容貌さえだいぶ変化している。顎は鋭角的になり、日焼けが進んでいた。そして何より、過去にはなかった快活な喋り方。沢居は「洗脳」などという言葉を思い浮かべてしまった。

「戻る気はないんだな」

「今は、レースに集中したいんです」決然とした口調だった。何の悩みもなく、純粋に本番を心待ちにしている。

「これから大変なことになるのは分かっていると思う」

「はい」仲島はすっと背筋を伸ばした。

金のことを言うのは気が引ける。だが、引き返させる最後の手になるのではないかと沢居は思った。実際、ここで「UGに参加せず戻ります」と言えば、今までの経緯はなかったことにして、SAに復帰させることが決まっていた。スポーツ省としては最大限の譲歩だが、今後同じような問題が起きないようにするためにも、仲島には戻って来てもらう必要がある。小畠と黒埼については……見捨てることになるだろう。小畠は先のない人間だし、黒埼はあくまで噛ませ犬だ。

「SAに指定してからこれまで、君にかかっている費用は総額約五千五百万円になる。毎月の生活費の他に、コーチの費用、合宿や大会参加のための遠征費などが全て含まれる」

「はい」仲島は動揺した様子はなかった。

「これを返還してもらわなければいけない。これは決まりなんだ」

「分かっています」

「返す当てはあるのか」

仲島が苦笑した。その表情は、沢居にとってはひどく意外だった。蒼褪めるとばかり予想していたのに……現在の表情を見た限り、大変そうだが何とかなるだろう、と甘く見ているようにしか思えない。五千五百万円がどれほどの金額なのか、理解していないのかもしれない。

「何とか……」

「郊外にいい家が買える額だぞ」

「そうですね」

「金を返すのがどれだけ大変か、本当に分かっているのか?」

「実感はないです。でも皆、もっと高い家のローンも払っていますよね」

「親御さんにも迷惑をかけるだろう。それに、君の今後の生活は滅茶苦茶《めちゃくちゃ》になるぞ」

「でも、走れなくなるわけじゃないですから」

それは……仲島の言う通りだ。大会への出場を止める手立ては、今のところはない。強引に「資格停止」のような処分を取れば、逆に世間の非難を浴びかねないのは容易に想像できる。参加選手が正式に発表されてから、UGに対する関心はうなぎのぼりなのだ。ラーガ社が提供するネットTVサービスへの加入者が急増していることからも、それは裏づけられている。スポーツ省としては、悪者になるつもりはなかった。

「そんなに気楽でいいのか」

「そうなんですよね」声まで間延びしている。今まで常に緊張して言葉少なだった仲島は、ここにはいない。「不思議なんですけど、本当に気楽なんです。自分でも、どうしてかは分かりませんが」

「オリンピックに出られなくなるぞ」

金の問題よりも強烈な脅し文句である。仲島を黙らせるには、最後はこれしかないだろうと思っていた。

「何とかなりますよ」

「無理だ」

「今はオリンピックのことは考えていませんし、別に、日本の選手として出場しなくてもいいんです」

「国籍を変えるつもりか？　それはかなり面倒な——」

「来年じゃなくても構いません」仲島が沢居の言葉を遮った。「次の次でも、その次でも……長距離走者は、他の種目に比べて寿命が長いんです」

長距離選手の少ない国の国籍を取得して、オリンピックを目指す……条件さえ満たせば違法ではないし、そういう風にしている選手は少なくないのだが、決して褒められた行為ではない。

「できるだけレベルの高い国の代表で出られれば、と思います。アメリカでもいいですね」

自分の想像とは全然違うことを考えていた……この男は、いったいどこへ向かおうとしているのだろう。しかし、どんな風に聞いても、沢居の知りたい答えは引き出せないような気がした。しかし仲島は、ぽつぽつとだが積極的に話し続ける——どこか嬉しそうに。

「本当は、国なんかどうでもいいんです。どこの国籍でも、俺は俺ですから。たまたま日本に生まれたけど、走っている時には国籍は関係ないでしょう？」

「日の丸を背負って走る勇気がないのか？」

「沢居さんはどうでした？」

逆に聞かれて、一瞬言葉に詰まる。だがすぐに「日の丸を背負う意識で、俺は強くなれた」と答えた。答えることのできた自分が誇らしかった。

「そうですか……」仲島が一瞬天を仰ぐ。「俺は違います。そういうことを意識しないでも、走れます」

非国民、などという言葉が頭に浮かぶ。国から金を貰っている以上、「国のため」に走るのは当然ではないか……しかしすぐに、仲島はその権利も義務も捨てる覚悟なのだと気づいた。沢居にすれば、人生を捨てるに等しい、愚かな行為。だが、プレキシガラス越しに見る仲島の顔は、憑き物が落ちたように落ち着いている一方、晴れやかに輝いてもいた。

理解できない。

「走る時は一人です。そういう時は、自分がどんな人間か……どこに属しているかとか、どの国の人間なのかとか、考えませんよ」

「応援してくれる人がいるから頑張れるんじゃないか？　オリンピックなら、日本中の人が君を応援する」

「応援は関係ないんです」仲島が肩をすくめた。「俺は一人です。今は一人で、自由なんです」

話が嚙み合わない。谷田貝から出された指示は「説得」だったが、引き際というものはある。このままレース本番まで毎日説得を続けても、仲島の気持ちを変えることはできそうになかった。一度会っただけでも、それは分かる。

「小畠と黒埼はどうしてる?」

「小畠さんには、練習メニューの相談もしています。黒埼は……」仲島が苦笑した。

「あいつ、何でここへ来たと思います?」

「分からない。話をしていないから」

「俺と走りたかったから、だそうです」

「意味が分からない」沢居は首を横に振った。

「あいつは要するに……沢居さんは、俺を刺激するためだけに、あいつをSAに指定したんでしょう?」

　いきなり核心を突かれ、沢居は黙りこんだ。黒埼が喋ったのか、仲島の勘なのか。

「やっぱり、そうだったんですね」真顔で仲島がうなずく。「でもあいつも、純粋に走る楽しさが分かったんだと思います。怪我で二年も走れなくて、復活したらずっと調子がよくて。自分の力を試したくなる気持ちも分かります……ちょっと鬱陶しいですけどね。あんまりくっつかれても困ります」

「そうか」

「俺の方からは、これ以上は……すみません、わざわざこんな遠くまで来てもらったのに」仲島が素直に頭を下げる。

「いや、それはいいんだ」

仕事だから。そして仲島にとって、走ることは「仕事」ではなくなっているようだ。ただ楽しみのため。自分の誇りのため。そんな甘っちょろいことでは世界で勝てないだろうと思いつつ、沢居は自分がかすかに嫉妬していることに気づいて驚いた。

スポーツなど、元々金にならないものだったはずだ。本来は極めて単純……誰が速いか、誰が強いかを決めたいという、人間の原初的な欲求に突き動かされて始まったのだろう。それが祝祭のような意味合いを持っていた時代もあったはずだ。

だが今、ほとんどのスポーツには金が絡む。そして金と立場を捨てた仲島は、何を手に入れつつあるのだろう。

遊ぶ権利だ。

己の能力だけを武器にして、それを解放する機会を得たわけか……しがらみは何もない。スポンサーが国から企業に変わっただけと言えるかもしれないが、余計な物を背負う必要がなくなっただけで、本人は一皮剝けたように感じた。

最後に皮肉を言っておくか……

「君が求めるようなタイムは出ないかもしれないぞ」沢居はワイシャツの首元にわざとらしく指を突っこんで、ネクタイを緩めた。「この暑さだ。湿気もひどい。長距離の選手にとっては悪条件じゃないか」

「そうですね。でも、それは皆同じでしょう。平等な環境で走るんですから、勝つか負けるかは、全部個人の責任だと思います。俺はただ、納得できる走りができればいいんです。記録もメダルも関係ありません」

結局そこか。オリンピックでは得られなくとも、UGで得られるかもしれない満足感とはそういうことなのか……ボールの芯を打ち抜く感触。それが得られる保証もないだろうに。

「最後に一つだけ聞かせてくれ」

「はい」

「デンバーの空港で、よく抜け出せたな。相馬コーチは何か知ってたんじゃ――」

「知らないと思います」

沢居の質問に被せるように、仲島が否定した。そのあまりの速さに、沢居は相馬は全て事情を知っていた、と確信した。知っていて見逃したのか、あるいは仲島が逃亡するのに積極的に手を貸したか。だが、実態を知るのは難しいだろう。当事者二人が口をつぐんでしまえば、後はどうしようもない。もちろん、共謀の事実があるかどうかはともかく、仲島を管理できなかったという理由で、相馬は処分を受けるだろうが。

「じゃあ……」沢居は立ち上がった。最後にどんな言葉をかけていいのか、分からない。

頑張って、というと仲島の行動を許してしまうことになるし、捨て台詞を吐くのは、人として間違っている気がする。

結局、何も言わずに軽く一礼するだけにした。プレキシガラスの向こうで、仲島も立ち上がって深々と頭を下げる。直立の姿勢に戻った時、その顔に浮かんでいたのは「晴れ晴れ」と言うしかない表情だった。

「俺には分からない」

沢居はぽつりとつぶやいた。既に暗くなった海を渡るチャーター船の上は風が強く、弱い言葉は吹き飛ばされてしまう。しかし岡部は、耳ざとく聞きつけたようだ。

「俺にも分かりませんよ」

「仲島のことも分からない。ラーガのことも、福田のことも分からない。俺には理解できない世界だ」

福田は、施設に泊まっていってもいい、と言ってくれた。立派なゲストハウスもあるというのだ。だが、むざむざ敵の塩を受ける気にはなれず、断った。そして今、マイアミへ戻るチャーター船の上にいる。手ぶらで。

谷田貝には既に連絡を入れていた。返事は一言「分かりました」。彼も、この計画が上手くいかないことを予想していたのかもしれない。だったら二人をマイアミまで送りこんだのは、それこそ税金の無駄使いだったわけだが。

「何なんでしょうね、スポーツって」岡部がぽつりとつぶやく。デッキの上にいると、海風をもろに受けて少し寒い。ずっと半袖一枚でいた岡部も、さすがに上着に袖を通していた。

「何なんだろうな」答えの分からない質問をするな、と思った。俺たちは今、現代スポーツの存在意義について、問題を突きつけられているのだ。オリンピックを頂点として発達してきた現代スポーツ……それと真っ向から対立するようなUGが、一定の支持を得るのは間違いなさそうだ。

「自分のやってることの意味が分からなくなってきました」岡部が零した。

「そう言うなよ。これが俺たちの仕事なんだから」

そう、仕事だ。だが仲島は「仕事」を拒絶し、かつて見たことのない輝きを見せ始めている。だったら、今まで自分たちが仲島を後押ししてきたのは間違っていたのか。一人の優秀なアスリートを、希望もしない枠に嵌《は》めてしまっただけかもしれない。

マイアミの夜景が、次第に大きくなってくる。巨大都市の夜景は華やかで、夜の賑やかさを予感させた。だがそれは、仲島の晴れやかな笑顔ほどには輝かないのだった。

6

「膝、どうしたんだ」カリウキが訊ねた。

「ああ、ちょっと……サッカーをして」仲島は少しぎくしゃくしながら答えた。

「サッカー」カリウキがうなずく。「陸上だけじゃ物足りない？」

「そういうわけじゃないですけど」

仲島は苦笑した。あの経験は……サッカー少年たちが聞いたら卒倒するだろう。

昨日のことだった。エキジビションマッチで対戦するサッカーのヨーロッパ代表「ヘインズ・オールスターズ」と、南米代表「チーム・オルテガ」のメンバーも会場入りし、陸上競技場の隣に急遽造られたサッカー場で練習を始めていた。こういう大会でないと生で観られないスーパースターの姿を拝んでおこうと、仲島は他の選手たちに混じって見学に赴いた。要するに、単純なミーハー気分である。

そこで奇跡が起きた。スタンドの最前列で練習風景を観ていた仲島に、いきなりオルテガが声をかけてきたのだ。訛《なま》りの強い英語で、「ちょっと一緒にやらないか？」と。

あのオルテガが？　何で俺に？

仰天したが、周りがはやし立てるので、つい調子に乗ってピッチに立ってしまった。

これはまた……中学校の土のグラウンドとは全く違う、強い芝の香り。周りは知った顔ばかりだ。何で俺みたいな素人にボールを蹴らせようとした？　エキジビションだから、遊びだと思っている？

よく分からなかったが、ミニゲームに五分ほど参加した。久しぶりなのでさすがにボール回しにはついていけなかったが、それでもオルテガが一度だけパスを出してくれたので、右サイドラインを一気に駆け上がってみた――中学時代は俊足の右サイドバックだったのだ。厳しいチェックを受けることもなく、ゴールライン間際まで迫り、右足でクロス。あろうことか、それに合わせたオルテガが、ヘディングでシュートを決めてしまった。どっと笑いと歓声が起き、選手たちとハイタッチ。

まったく、何というか……一億円払っても、オルテガと同じピッチに立ちたいと思っている人もいるだろう。とんでもないことをしてしまったとビビったが、それよりも喜び――楽しさの方がずっと大きかった。

俺は自由だ。何でもできる。

気持ちが緩んでいるわけではなかった。調整は上手くいっていたし、タイムも悪くない。頻繁に行われるドーピング検査は少し鬱陶しかったが、公平を期すためだと思えば我慢できた。自分はどうしてあんな風に締めつけられ、自由にならない状態でもがいていたのだろう。ＳＡの意味って何なのか。今は誰とでも話して、自由に考えて練習できている。何より、憧れのカリウキといつでも会えるのが、嬉しくて仕方なかった。

「千葉シーサイドマラソンで、あなたと走りたかった」仲島は打ち明けた。

「ああ、館山の?」カリウキが、大きな目をさらに大きく見開いた。「走ればよかったのに」

「無理でした」仲島は肩をすくめた。日本に長年いたカリウキは、SAのことも知っているはずである。しかし、正確に説明するのは難しそうだった。

カリウキは、何となく事情を察してくれたようだった。

「自由に走れないと、楽しくないね」

「楽しくなかったです」

カリウキの前だと、何故か素直に話せる。

夕暮れが迫る陸上競技場。二人はスタンドに並んで腰かけ、ちびちびと水を飲んでいた。思い切って話しかけて、今は時々こうやって無駄話をする間柄になっている。カリウキの少し怪しい日本語と、仲島の相当危ない英語。ちゃんぽんでの会話はたどたどしくなりがちだったが、意思の疎通はできている。

「日本は、楽しかったよ。皆、親切にしてくれた。千葉の人は、特に優しかった」

「実業団にいた頃ですね」

「そう」カリウキが水を一口飲む。「僕は、ケニアの選手。でも、実業団のレースで走る時は、自分の仲間として応援してくれた。それがよかった。僕は、日本の選手だと思うね」

「国際大会では、ケニア代表で走ったじゃないですか」

「それはそれ、これはこれだから」大きな塊を二分するように、カリウキが右手を上から下へすっと下ろした。「ケニアの選手としても走る。日本の実業団の選手としても走る。その二つは……あー、何て言うかな」

「矛盾しない？」

「そうそう」カリウキが嬉しそうに笑う。「どっちも同じ。立場が違うだけ。ケニア代表として走って、実業団の仲間とも一緒に走って、楽しかった。また戻って来られて嬉しいね」

自分は……東体大の選手として走れなかっただろうか。自分がチームに馴染めるかどうかはともかくとして、一緒に箱根を目指す手はなかっただろうか。最初から「駄目だ」と言われて諦めてしまっていたが、その結果自分が得たのは、単なる息苦しさである。カリウキのように国を背負って走るのと、もっとローカルな物を背負って走るのと、両立させることは可能だったはずである。

こんな訳の分からない大会に飛びこんでしまったのだから、我ながら滅茶苦茶な人生だと思う。これでよかったのかな——日々心が緩み、いい感じにリラックスしてきたのと裏腹に、SAとして過ごしてきた日々が正しかったのかどうか、疑問が募ってくる。あんな風に締めつけなくても、選手は強くなれるんじゃないだろうか。

「君には負けないよ」

「はい。胸を貸して下さい」仲島は素直に頭を下げた。

「胸を貸す……」

カリウキが困ったような表情を浮かべた。意味が分からないのか……英語で説明しようと思った瞬間、自分にはその語彙《ごい》がないのだと気づいた。

「ええと……上手く説明できません」

「僕も君も、走るより言葉の勉強をした方がいいね」

カリウキが声を上げて笑う。釣られて仲島も笑ってしまった。

腹の底から笑うなど、いつ以来だろう。


この島では、午後五時を過ぎると急に暑さが遠のくのを、仲島は経験で知った。まだ陽は高く、昼間のような明るさなのに、大気からは熱が引いていく。ベストなコンディションではないが、我慢できないわけではない。これが同じアメリカでも、もっと緯度が高い場所なら……と思わないこともなかったが。

一万メートルのスタートまで、あと一分。スタートライン近くで、爪先を地面につけて足首をこね回しながら、仲島は周囲を見回した。スタンドは寂しい限りである。埋まってはいるのだが、そもそもスタンド自体が小さいのだ。いつもトレセンの競技場で練習し、大きな会場で何十回もレースをこなしてきた仲島の感覚からすると、高校のグラウンドに毛が生えた程度のささやかな会場に過ぎない。日本選手権の方がよほど賑やかである。ただし、テレビカメラの数はすごい。あちこちに配置されていて、レースで起きるすべてを記録しようとしているようだった。特に目立つのが、トラックの内側を走る円周のレール上に設置されたカメラ。先頭の選手に同伴する形で自動的に走り、選手の顔を正面から捉えるものだ。直線を走るカメラは、既にお馴染みだが、これは初めてである。仲島は既に、会場内のテレビで四百メートルや八百メートルのレースを見守っていたが、かなり迫力ある映像だった。自分も先頭を走って、あのカメラにしっかり映りたい。

ここまで全体に、記録は低調だった。UGに最高レベルの選手が集まったかと言えばそんなことはなく――やはりIOCとの軋轢《あつれき》を避けて回避する選手が多かった――世界記録は一つも出ていない。それは競泳も同じだったが、福田らスタッフは、むしろ満足している様子だった。一回目でこれだけ多くの人に観てもらえたら、何の問題もない。次回は競技場のスタンドを増設しなければならないし、配信システムも強化する必要がある――と。生臭い金儲けの話にはついていけなかったが、自分が商業主義に侵された、という感覚は何故かなかった。

この一か月は楽しかったと、今なら迷いなく言える。自分一人の練習には戸惑うことも多かったし、決まりきった不味《まず》い食事――結局トレセンの食堂はレベルが高かったのだ――や度重なるドーピング検査にはうんざりしたものだが、それでもどこか自由な雰囲気は、今まで味わったことのないものだった。

大会が始まると、練習の合間に他の競技の試合にも顔を出してみた。野球では、キューバの内野手たちのトリッキーな動きに驚かされ、サッカーではエキジビションと思えないレベルの、本気の戦いに度肝を抜かれた。馴染みのないラグビーだけはよく分からなかったが、初めて生で観て、自分の知らない世界がどれほど多いかを実感できただけでも収穫だと思った。

そうやってUGは順調に日程を消化し、明日の最終日を残すだけになった。陸上最後の種目はマラソン。本番が近づいてもまったく緊張しない小畠の姿を見て、仲島もいつの間にか緊張することを忘れてしまった。普通、そんな風になると気持ちも体も弛緩してしまうのだが、そうではなく「リラックス」している。いつも肩を怒らせ、鼻息を荒くしながら臨むのが――今までは「平常心」になり切れず、だいたいそんな感じになった――今回は違う。何かを意識したわけではないが、自然に平常心でいられる方法を見つけたようだった。座学でいくら理屈を頭に詰めこんでも、こんな風にはならなかっただろう。

「今日は勝ちにいくからな」隣のレーンにいた黒埼が話しかけてくる。

「もうやめろよ、そういうの」仲島は苦笑した。こいつのテンションの高さには、散々悩まされている。まさか、本気で俺をライバル視していたとは……仲島からすれば、冗談にもならなかった。ここまで一度も負けていないのだから。タイム的にはかなり際どいところまで迫られたこともあったが、常に頭を押さえてきた。それでも「勝てる」と考えているのなら、黒埼は楽天的というか、考えが浅いというか。まあ、いい。考えるのは勝手だ。今日はお前に圧勝してやる。理想の走りをして、「二度と一緒に走りたくない」と泣きたくなるような差をつけて勝ってやる。

「Ready《レディ》」のアナウンス。ざわついていたスタンドが一気に静まり返った。スタートラインに向かって歩き出しながら、仲島はカリウキの姿を探した。一番イン側からのスタート。ふと目が合うと、カリウキが一瞬だけ笑った。普段のレースでは、絶対に見られない表情。皆真剣なのに、どこか楽しそうなのは何故だろう。

スタートの号砲に歓声が重なる。ささやかな物だが、それが仲島には心地好かった。俺にはやっぱり、歓声や応援なんか必要なかったんだ。競技場で名前を呼ばれ、「頑張れ！」と叫ばれる度に感じた違和感……何を頑張る？　誰のために頑張る？　結局、自分自身のためじゃないか。だから、応援など必要ない。自分を燃やす炎は自分の中にしかなく、誰かがそこに燃料を投下することはできないのだ。

一気にイン側に切れこむ。他の選手と接触しそうになったが、巧みにスピードを調整して切り抜けた。目の前にはゼッケン「11」のカリウキ。まず彼についていこう、と決めていた。カリウキをペースメーカーに使う、豪華なレースにするのだ。

だがその思惑は、トラックを一周走ったところで吹っ飛んだ。経験したことのない感覚が全身を襲う。

初めて走った時には「硬い」と感じたトラックが、今はしっくりと足に馴染んでいる。足の力が確実にトラックに伝わり、蹴り返してくるような感触が心地好い。まるで一歩を踏み出すごとに、トラックからエネルギーが伝わっているようだった。カリウキの足取りも軽そうで、全盛期の走りを彷彿させる。だが今、自分が勝てない相手ではないと思った。

アウトサイドに寄り、一気にスピードを上げる。それでもまだ体力には余裕があった。かつてないほどスピードが乗っているのを意識する。

本当は、そんなはずはないのだ。ボールダーでの高地トレが終わってから既に一か月が経ち、体は低地の酸素濃度に慣れてしまっている。一人きりでのトレーニングでは相当自分を追いこんだつもりだが、最高のコンディションにはならなかった。加えて、夕方に涼しくなったとはいえこの気温と高い湿気。記録が出るような状況ではなく、レースが進むに連れてスタミナが失われてしまうのは明らかなのに、何故か絶好調だと感じる。

たちまちカリウキに並んだ。すぐにカーブにさしかかる。ここでは無理をせず、バックストレッチに入ったところで一気に抜き去ろう。

そう計算して、カリウキの斜め後ろ、距離にして一メートルもないところにつける。彼の手足が動くリズムと、自分の動きがぴったりと合った。ペースメーカーというより、事前に打ち合わせをしていたような、シンクロ感。不思議な感覚だった。中学生の頃、胸をときめかせて観ていた選手が、手を伸ばせば届きそうな場所を走っている。

今——数十秒後には、そこから引《ひ》き摺《ず》り下ろしてやる。恨みがあるわけではなく、ただ自分の走りをしたいだけだったが、何故か「勝てる」という確信があった。二つのカーブをクリアしていく間、ひたすら同じ距離と位置をキープするよう意識した。だが程なく、そんなことをする必要もないと分かる。無意識のうちに、まったく同じ走りをしているのだった。

カーブを抜ける。ストライドを少しだけ広げろ——意識して足の運び方を変えると、カリウキの背中がぐんぐん大きくなってきた。二人の足の動きがずれ始める。仲島はアウトサイドへコースを変え、一気にギアを入れ替えた。もう一度、カリウキに並ぶ。行きますよ——追い抜く瞬間、ちらりと横を見てカリウキの表情を確かめる。今までは他人を意識しないよう、自分の走りにだけ集中するように自分に強いていたのだが、今はカリウキの顔を見てもいいような気がしていた。

カリウキが笑った。まだ汗もかいていない顔に、一瞬だが満面の笑みが広がる。何とでも取れる表情だった。「若造、やるな」のようでもあり、「そんなにペースを上げたら潰れるぞ」という皮肉っぽい忠告のようでもあり……どうでもいいや、と思った。今この瞬間をカリウキも楽しんでいるのは間違いないんだから。

バックストレッチの中ほどまで来て、カリウキの気配が完全に消えた。少なくとも二メートルは離したと確信し、さらにスピードを上げるよう、自分を叱咤《しった》する。

初めての光景、初めての経験だった——少なくとも海外のレースでは。仲島はまだ、海外で一回も勝てていない。それどころか、一度たりともトップを取ったことがなかった。スタミナ、スピード、レース運び、全てが足りない——レースが終わる度に唇を噛んだものである。

だが今、自分の前に広がるのは無人のトラックだ。邪魔する者が誰もいない空間。分厚く生温い空気の壁が立ちはだかるのを、たった一人で切り開いていく。

カーブにさしかかった瞬間、自分の前三メートルほどのところをリードするように自動的に走っていくカメラの存在に気づく。そうだ、あれに映りたいと思っていたんだ。何だったらピースサインでも出して……そんなことはできるわけもないが、そう考えてしまった自分に驚く。一か月前だったら、こういうふざけた発想さえ浮かばなかっただろう。

一瞬だけカメラを凝視してやる。今、世界中でどれほどの人がこれを観ていることか。まったく実感できなかったし、どうでもいいことだ、とも思う。自分は今、たった一人。行く手を邪魔する人間は誰もいない。レースはまだ始まったばかりだが、今日が人生最高の走りになる確信は既に芽生えていた。股関節、それに膝にわずかな緊張感を意識する。ストライドが確実に広がっているのだ。デンバーでの合宿でもなかなか会得できなかったこのやり方が、ここにきて何故かできている感じだ。おそらく二センチか三センチ広がっただけなのだろうが、感覚では五十センチほどにも思える。その分のしわ寄せが股関節と膝に疲労としてきているのだが、致命的な問題になるとも思えない。あるいは、この暑さのせいかもしれない。体が解れるのが早い感じなのだ。

肺には十分な空気。苦しさはまったく感じられず、ただひたすら走る快感だけが全身を満たした。こんな感覚は、今まで一度も経験したことがない。

不思議と、競技場の風景が色鮮やかに見える。スタンドのシートは白、暑さのせいか観客も白い服の人が多いのに、何故か極彩色の景色の中を走っているように感じられた。祝祭だ。

オリンピックのように派手に演出され、何万人もの目が見守る中で走ることこそ、祝祭——お祭り騒ぎなのだと思っていたのだが。

違う。

祝祭は、自分の体の中から溢れてきて、周囲をその色に染めるのだ。

行こう。誰もいないこの道を。四百メートルのトラックを淡々と二十五周回るだけなのに、今、仲島は果てしなく真っ直ぐ続く道を走っているような気分になっていた。行き着く先がどこかは分からないが、ゴールした時に絶対に後悔しないことだけは、確信できた。

7

現地からの生放送に合わせて、午前七時にスポーツ省に集合——話し合ったわけでもないのに、早朝のスポーツ省強化局には、ほぼ全職員が顔を出していた。谷田貝も。仲島の暴走には相変わらず怒りを感じていたが、レースは見届けなければならないと思っている。スポーツ行政を推進してきた人間としての義務だ。

俺は失敗を期待しているのだろうか、と谷田貝は訝った。仲島は、手塩にかけて育てた選手である。オリンピックでのメダル倍増計画の中核として、育てていくつもりだった。金も人手もかけた、ＳＡの中でも特別な存在。それが、自分たちの手から飛び出し、自分の意志だけを頼りに、遠いフロリダの地で走っている。

負ければ、仲島の判断は間違っていたことになる。

ひどい考えだな、と苦笑する。低レベルの悔し紛れだ。強化局長という立場上、もっと大局的に物事を考えなければならないのに、仲島は目をかけていた分、つい卑近な見方をしてしまう。谷田貝は、自分たちがやってきたことが崩壊するかもしれない、と覚悟してきた。オリンピックを頂点とした既存の大会があってこそのＳＡ。一私企業の思いつきで、世界のスポーツの伝統とバランスが崩れつつある今、スポーツ省はどこへ向かえばいいのか。

大部屋で部下たちと観戦しようかとも思っていたのだが、そうすると、自分が仲島のレースを気にしていることが知られてしまう。レースに合わせてこんな時間に登庁しているのだから、とうにばれているだろうが。

谷田貝は、日本のテレビの生中継を見守っていた。巨大なデスクの片隅に置いたテレビは小さなもので、つい身を乗り出すようにしてしまう。

現地時間午後六時、号砲。仲島はスタート直後の混乱を上手くすり抜けて、すぐに二番手につけた。トップを走っているのは、かつての一万メートル世界記録保持者、カリウキだ。実業団にも所属していた経歴から、日本でも名前と顔が知られているせいもあって、このレースの日本への中継が決まったのだろう。実際谷田貝も、カリウキには会ったことがある。穏便な、非常に「大人」の感じがする選手で、将来的に日本へ指導者として迎え入れたい、と考えたものである。アフリカ諸国は、今や長距離先進国なのだ。ヨーロッパやアジアのコーチの指導を受けて才能を全開させた選手が多いのだが、そろそろ自分たちが手につけたノウハウを、他の国の選手に広める時期が来たのではないだろうか。

しかし、彼がUGに出場してしまった以上、そういう計画を進めるわけにはいかないだろう。谷田貝は頭の中で、カリウキの名前を大きなバツ印で消した。

仲島が早々としかける。最初のカーブに入る時点でカリウキの背後にぴたりとつけ、バックストレッチに入ったところで一気に抜き去った。そのままペースを落とさず、カリウキを三メートルほど引き離す。そこでカリウキと仲島のペースが、再びぴたりと合った。

開いたドアから、歓声と拍手がわき上がるのが聞こえた。そこで盛り上がってもらっても困るんだが……と苦笑したが、谷田貝は自分も興奮しているのを認めざるを得なかった。このレベルの国際大会で、日本人選手が一度でも先頭を走ったことがあったか？少なくとも谷田貝の記憶にはない。

これから二十数分の長丁場だ。じっと座ったままレースを見守る根気はないと判断して、立ち上がる。依然として、自分は仲島の走りを見守る必要などないのだ、という気持ちもある。

局長室を出ると、事務室が妙な熱気に包まれているのを感じた。普段の昼間ほど人が多いわけではないが、それでもかなりの職員が出勤してきている。これが全員、仲島の——もしかしたら黒埼も——応援なのか。自分たちの仕事を否定するようなものじゃないか。

ドアを手で押さえて開けたまま、ざわついた雰囲気を味わう。まさか、こんなことになるとは……メダル倍増計画に乗り出し、その象徴として仲島をSAに指定した時には、UGなど影も形もなかった。民間の力の恐ろしさを知る。スポーツ省は、他の省庁に比べて腰は軽い方だが、民間の行動力には目を見張らざるを得ない。UGはラーガ社のビジネスのためのイベントであり、選手は広告塔に使われているだけだと思いながらも、これほど大きな大会が短期間の準備で無事に開催され、しかも成功裏に終わろうとしている現状を、羨ましく思わざるを得ない。

気づくと、沢居が目の前にいた。居心地悪そうに、もじもじしている。沢居のような歴戦の猛者《もさ》がそんな風にしていると、気味が悪いのだが……様々な考えが頭の中で入り交じって、居心地が悪くなっているのは間違いないだろう。

「仲島は、すっかり人気者ですね」

「そうですね」

沢居が、室内で一番大きなテレビに目をやった。レースは始まったばかりだが、仲島は既に独走態勢に入りつつあるようだ。もちろん、一万メートルはマラソンとは違う。最初に飛び出した選手がそのまま逃げ切る展開ばかりではなく、かなりの確度で終盤の逆転劇が飛び出す。

「今回は……」言いかけて、沢居が口を閉ざす。

「私もあなたも、力が及びませんでしたね」

「私は、よく分からなくなりました」

「というと？」

「仲島は、楽しそうだったんです」

「ほう？」谷田貝は眉を上げた。仲島との面会については詳しく報告を受けていたが、そういう個人的な印象については何も聞いていない。「どういうことですか？」

「あいつはいつも、苦しそうな顔をしていましたよね。SAに指定されたことが重荷になっていたんだと思います。もしかしたらそれで、本来の走りが分からなくなっていたのかもしれない。レースで勝っても、記録が出ても、いつも不満そうでした。でもあの顔……今はどうですか？　ほとんど笑っているじゃないですか。あんなハイペースで走っているのに」

谷田貝は沢居を誘い、局長室に入った。テレビの向きを変え、二人で立ったまま観られるようにする。

確かに。あり得ない。

先頭の選手だけを追うカメラが用意されているので、仲島の顔は常に大映しになっていた。笑っている、という沢居の言い方は大袈裟だが、気負いや緊張感はいっさいない。

そして滲み出るのは——喜び、だ。

8

自分たちは、こういう喜びを押し潰してしまっていたのか、と沢居は暗い気分になった。谷田貝が、押し殺したような声で訊ねる。

「あなたは現役のSAだった時、重苦しさを感じていましたか」

「いえ」沢居が自分の手を見下ろした。「そういうことも感じないほど、慣れてしまっていたんだと思います。特に私の場合、家庭の事情がありましたから」

「ああ、それは聞いています」

「SAでいれば楽でした。宿舎が私の家だったんです。でも、それが正しかったかどうかは……結果として金メダルが残ったんだから、正しかったとは思いますが」自分が信じていたことがかき回され、沢居には真実が見えなくなっていた。

「結局、スポーツの全ては個人に帰する、ということですかね。喜びも、苦しみも」
「局長、それではスポーツ省の仕事を否定することになります」
「そうかもしれません」谷田貝がうなずいた。「しかし、私たちのしてきたことは何だったんだろうか。見て下さい。私は、ＳＡの選手のこんなに充実した顔を見たことがない」

自分たちは決して間違ってはいないと思う。勝てる選手を育て、選手本人ももちろん、応援する人にも勇気と希望を与えてきたのは間違いないのだから。だが、それとは違うベクトルのスポーツの形があるのだ、と沢居は思い知っていた。誰にも縛られず、ただ自分のためだけに行なうスポーツ。究極の孤独の中には、誰かに後押ししてもらう時には得られない何かがある。

君は今、何を感じているんだ。このレースで何を得ることになるんだ。沢居は画面を凝視した。もちろん、そこから答えは得られない。画面の中の仲島は、自分が知っている若者——自分の才能が信じられないネガティブな男ではない。飛ぶように、あるいは滑るように走るその姿は、間違いなく何かを掴んでいた。

この先彼がどうなろうが——自分たちがどんな対応を取ろうが、帰国したら仲島には話を聞かなければならないだろう。君は一人きりで何を感じた。何を掴んだ、と。

君は自由なのか？

解説

生島淳
（スポーツジャーナリスト）

『独走』は、ひょっとしたら存在したかもしれない「もうひとつの日本」を書いた作品だ。スポーツを舞台として。

柔道家として、三十二歳でオリンピックの頂点を極めた沢居弘人は、金メダルを花道に引退を決め、妻と二人の生活をおくっている。

金メダル獲得の報奨金は一億円。一生食べていくには十分ではないかもしれないが、沢居には小学校時代から手厚い保護が国によって施されていた。

沢居は小学五年生の時に「SA（ステート・アマチュア）」、国が定める特別強化指定選手に選ばれ、人生をオリンピックでメダルを取るために捧げてきた。SAに指定されると、強化費として多額の資金が投入され、各競技のエリートが集まる宿舎に住みながらトレーニングを続ける。高校、大学も指定された学校に進む。

堂場瞬一さんの『独走』は、日本が国策としてスポーツの強化に取り組む世界を舞台に物語が始まる。

こうした強化体制は、かつてのソビエト連邦や東ドイツ、あるいは中国や韓国といった国を連想させるが、最近ではフランスでも中央集権的な強化体制が整っており、必ずしも夢物語ではない。

そしてこの作品では、引退した沢居にスポーツ省の強化局長から呼び出しがかかり、ひとりの陸上長距離選手のサポートを命じられる。

そのエリートの名は仲島雄平。高校生ながら、トラックの５０００、１００００ｍで日本記録をマークした逸材だった。

しかしこの仲島は性格に問題を抱えていた。どんなレースであっても満足することがなく、マイナス思考が強すぎる。スポーツ省はその対策として、金メダリストの沢居に仲島のサポートをすることを託す。

読み進めていくと感じるのは、『独走』が単なるスポーツ小説ではなく、奥行きを持った作品だということだ。

スポーツ省を舞台にした官僚小説でもあり（自らの出世のために選手にメダルを取らせようとする官僚たちの姿！）、さらに大きなテーマとして、「管理」と「自由」が提起される。

中でも、私が興味を惹かれたのは次の箇所だ。高校生の仲島と契約を交わすべく、沢居は様々な説明をする（なんだか、不動産の契約のようにも読める）。長距離ランナーの仲島は東京体育大学に憧れ、そのユニフォームを着て箱根駅伝を走ることに憧れている。しかし、沢居はこう言い放つのだ。

「あ、ただし箱根駅伝は駄目だ」

これで、『独走』におけるスポーツ省の役割がお分かりいただけると思う。選手の練習メニューに始まり、出場する大会についても徹底的に管理する。

仲島は箱根駅伝を走ることを諦め、SAとしてエリートの世界に飛び込んでいく。「籠の中の鳥」となった仲島は違和感を覚えながらも練習に励む。どうしたら、自分は閉塞感から抜け出せるのか、と考えながら——。


堂場さんは一九六三年生まれ。この年は、前回の東京オリンピックが開催された前年に当たる。堂場さんの作品といえば、警察小説とスポーツ小説の両輪があり、特にスポーツでは、箱根駅伝の学連選抜を舞台にした『チーム』、マラソンを題材にとった『ヒート』や『キング』があり、私も愛読した。

私は一度、今は亡き児玉清さんが司会を務めた『週刊ブックレビュー』(NHK BS2)の収録の席で、堂場さんにご挨拶したことがある。

堂場さんは、物腰の柔らかい人だった。「熱」を感じさせる作品とは違った雰囲気を醸し出していたから、ちょっとばかり意外で、だからこそ興味を惹かれた。

その頃、堂場さんはこの作品のアイデアを練っていたのかもしれない。『独走』が発表されたのは二〇一三年の十一月のこと。その年の九月七日にはアルゼンチンのブエノスアイレスで開催されたＩＯＣ総会で、東京オリンピックの開催が決まった。

それから、不思議なことが起きた。オリンピックのホスト国となった現実の日本が『独走』を追いかけ始めたのだ。

本書では「スポーツ省」が重要な役割を果たしているが、二〇一三年時点ではスポーツを監督する官庁は文部科学省だった。しかし、二〇一五年に文部科学省の外局としてスポーツ庁が発足し、初代長官にはソウル・オリンピックの金メダリスト、鈴木大地氏が就任した（『独走』の中でも、オリンピックのメダリストが大臣になっている）。

そして二〇一六年のリオデジャネイロ・オリンピックで、日本は十二個の金メダルを獲得したが、作品の中で沢居が参加したオリンピックで日本は十五個の金メダルを取った。状況が似通っているのだ。

そしてスポーツ省は、「金メダル倍増計画」を練り始める。そのプロジェクトの一環として、仲島に白羽の矢が立てられたのだ。

そして二〇一六年、現実の日本でも同じようなターゲットが設定されている。リオデジャネイロ・オリンピックが終わり、自らもメダリストである橋本聖子団長は、「東京オリンピックではメダル獲得数で上位三位以内に入ることを目標とし、各競技団体はメダルを少なくとも一個は獲得することを目指して欲しい」

「官」がスポーツのゴールを定め始めた。

リオデジャネイロでの金メダル獲得数を見てみると、アメリカが四十六個でダントツのトップ、続くイギリスが二十七個で、三位の中国が二十六個。橋本団長が目指す「上位三カ国」を達成確実のものとするならば、今回のリオデジャネイロ大会から、それこそメダルを倍増させなければならない。

まさに日本の現実が『独走』を追いかけ始めたのである。この作品には、時代を先取りしたアイデアがふんだんにちりばめられており、堂場さんの先見性がエンターテインメントとして成立していることに感心した。

これから二〇二〇年に向かって、日本のスポーツ界はどうなっていくのだろう？　強化にまい進し、選手やスタッフだけでなく、一般の人たちにもボランティアで関わることが奨励され、国民が一体となってオリンピックを盛り上げていくことが期待されるだろう。おそらく、メディアもひと役買うことになるはずだ。

しかし、新・国立競技場問題や競技予定地の混乱は、東京オリンピックだけでなく、この国のスポーツ・ガバナンスの脆弱性を露呈させた。

熱狂はすべてを覆い隠してしまうことがある。しかし、常に冷静な眼は必要だ。それは自国開催のオリンピックとて、例外ではない。文明批評があってこそ、社会は成熟する。

堂場さんの『独走』は、日本がオリンピック熱に浮かされはじめたいま、とても貴重な視点をたくさん提供してくれるエンターテインメントだ。

そして、人にとってスポーツがどんな意味を持つのか、根源的な問いを投げかけてくる作品でもあるのだ。

二〇一三年十一月　実業之日本社刊

＊本作品はフィクションであり、実在の組織や個人とは一切関係ありません。（編集部）

実業之日本社文庫　最新刊

赤川次郎
忙しい花嫁
この「花嫁」は本物じゃない…謎の言葉を残した花婿がハネムーン先で失踪。日本でも謎の殺人が!? 超ロングランシリーズの大原点！（解説・郷原 宏）
あ1 12

相場英雄
復讐の血
新宿歌舞伎町で金融ヤクザが惨殺。総理事務秘書官と警視庁刑事が事件を追う。名物ママの死、金融庁審議官の失踪、幾重にも張られた罠。衝撃のラスト！
あ9 2

梓 林太郎
姫路・城崎温泉殺人怪道　私立探偵・小仏太郎
冷たい悪意が女を襲った――！ 衆議院議員の隠し子失踪事件と高速道路で発見された謎の死体の繋がりは？ 事件の鍵は兵庫に…傑作トラベルミステリー。
あ3 10

草凪 優
愚妻
専業主夫とデザイン会社社長の妻。幸せな新婚生活のはずが…。浮気現場の目撃、復讐、壮絶な過去、ひりひりする修羅場の連続。迎える衝撃の結末とは!?
く6 3

今野 敏
襲撃
なぜ俺はなんども襲われるんだ――!? 人生を一度は放棄した男と捜査一課の刑事が、見えない敵と闘う痛快アクション・ミステリー。（解説・関口苑生）
こ2 10

堂場瞬一
独走　堂場瞬一スポーツ小説コレクション
金メダルのため？ 日の丸のため？ 俺はなぜ走るのか――。「スポーツ省」が管理・育成するエリートランナーの苦悩を圧倒的な筆致で描く！（解説／生島淳）
と1 14

実業之日本社文庫　好評既刊

堂場瞬一
水を打つ（上）
堂場瞬一スポーツ小説コレクション
競泳メドレーリレーを舞台に、死闘を繰り広げる男たちのドラマを迫真の筆致で描く問題作。実業之日本社文庫創刊記念、特別書き下ろし作品。
と11

堂場瞬一
水を打つ（下）
堂場瞬一スポーツ小説コレクション
誰のために、何を求めて俺たちは勝利を目指すのか――コンマ０・０２秒の争いを描写した史上初の競泳小説、スポーツファン必読。（解説・後藤正治）
と12

堂場瞬一
チーム
堂場瞬一スポーツ小説コレクション
〝寄せ集め〟チームは何のために走るのか。箱根駅伝「学連選抜」の選手たちの葛藤と激走を描ききったスポーツ小説の金字塔。（対談・中村秀昭）
と13

堂場瞬一
ミス・ジャッジ
堂場瞬一スポーツ小説コレクション
一球の判定が明暗を分ける世界で、因縁の闘いに決着は？　日本人メジャー投手とＭＬＢ審判のドラマを描く野球エンタテインメント！（解説・向井万起男）
と14

堂場瞬一
大延長
堂場瞬一スポーツ小説コレクション
夏の甲子園、決勝戦の延長引き分け再試合。最後に勝つのはあいつか、俺か――野球を愛するすべての人に贈る、胸熱くなる傑作長編。（解説・栗山英樹）
と15

堂場瞬一
焔　The Flame
堂場瞬一スポーツ小説コレクション
あいつを潰したい――メジャー入りをめざす無冠の強打者の苦闘と野心家エージェントの暗躍を描く、緊迫の野球サスペンス！（解説・平山　譲）
と16

実業之日本社文庫　好評既刊

堂場瞬一
ラストダンス
堂場瞬一スポーツ小説コレクション
対照的なプロ野球人生を送った40歳のバッテリーに訪れたフィナーレ――予想外に展開する引退ドラマを濃密に描く感動作！（解説・大矢博子）
と17

堂場瞬一
BOSS
堂場瞬一スポーツ小説コレクション
メッツを率いる日本人GMと、師であるライバルの米国人GM。大リーグの組織を率いる男たちの熱き闘いを描く。待望の初文庫化。（解説・戸塚 啓）
と18

堂場瞬一
20 ニジュウ
堂場瞬一スポーツ小説コレクション
ルーキーが相手打線を無安打無得点に抑え、迎えた9回表に投じる20球。快挙達成なるか!? 堂場野球小説の最高傑作、渾身の書き下ろし！
と19

堂場瞬一
ヒート
堂場瞬一スポーツ小説コレクション
「マラソン世界最高記録」を渇望する男たちの熱き人間ドラマとレースの行方は――ベストセラー『チーム』のその後を描いた感動長編！（解説・池上冬樹）
と110

堂場瞬一
10 -ten- 俺たちのキックオフ
堂場瞬一スポーツ小説コレクション
大学リーグ四連覇を前に監督が急死。後任監督とキャプテンとの間に確執が……。名手が放つラガーマン達の熱きドラマ、初文庫化！（解説・大友信彦）
と111

堂場瞬一
キング
堂場瞬一スポーツ小説コレクション
五輪男子マラソン代表選考レースを控えたランナーの前に、ドーピングをそそのかす正体不明の男が……。衝撃のマラソンサスペンス！（解説・関口苑生）
と112

実業之日本社文庫　好評既刊

周木律
不死症《アンデッド》
ある研究所の瓦礫の下で目を覚ました夏樹は全ての記憶を失っていた。彼女の前に現れたのは人肉を貪る異形の者たちで!? サバイバルミステリー。
し21

小路幸也
モーニング Mourning
80年代に大学時代を過ごした親友の葬儀で福岡に集まった仲間4人。東京に向けて、あの頃へ遡行するロングドライブが始まった……。(解説・藤田香織)
し11

小路幸也
コーヒーブルース Coffee blues
このカウンターには、常連も事件もやってくる。そして店主と客たちが解決へ——。紫煙とコーヒーの薫り漂う喫茶店ミステリー。(解説・藤田香織)
し12

小路幸也
ビタースイートワルツ Bittersweet Waltz
弓島珈琲店の常連、三栖警部が失踪。事情を察した店主ダイと仲間たちは捜索に乗り出すが……。甘く苦い過去をめぐる珈琲店ミステリー。(解説・藤田香織)
し13

田中啓文
漫才刑事《デカ》
大阪府警の刑事・高山一郎のもうひとつの顔は腰元興行の漫才師・くるくるのケンだった——事件はお笑いの現場で起きている!? 爆笑警察&芸人ミステリー!
た63

知念実希人
仮面病棟
拳銃で撃たれた女を連れて、ピエロ男が病院に籠城。怒濤のドンデン返しの連続。一気読み必至の医療サスペンス、文庫書き下ろし!(解説・法月綸太郎)
ち11

実業之日本社文庫　好評既刊

知念実希人
時限病棟
目覚めると、ベッドで点滴を受けていた。なぜこんな場所にいるのか？　ピエロからのミッション、ふたつの死の謎…。『仮面病棟』を凌ぐ衝撃、書き下ろし！
ち12

鳴海 章
オマワリの掟
北海道の田舎警察署の制服警官〈暴力と平和〉コンビが珍事件、難事件の数々をぶった斬る！　著者入魂のポリス・ストーリー！（解説・宮嶋茂樹）
な21

鳴海 章
マリアの骨　浅草機動捜査隊
浅草の夜を荒らす奴に鉄拳を！――機動捜査隊浅草日本堤分駐所のベテラン&新米刑事のコンビが連続殺人犯を追う、瞠目の新警察小説！（解説・吉野 仁）
な22

鳴海 章
月下天誅　浅草機動捜査隊
大物フィクサーが斬り殺された！　機動捜査隊浅草分駐所のベテラン&新米刑事が謎の殺人犯を追う、好評シリーズ第2弾！　書き下ろし。
な23

鳴海 章
刑事の柩　浅草機動捜査隊
刑事を辞めるのは自分を捨てることだ――命がけで少女の命を守るベテラン刑事・辰見の奮闘！　好評警察シリーズ第3弾、書き下ろし!!
な24

鳴海 章
刑事小町　浅草機動捜査隊
「幽霊屋敷」で見つかった死体は自殺、それとも……!?　拳銃マニアのヒロイン刑事・稲田小町が初登場。絶好調の書き下ろしシリーズ第4弾！
な25

鳴海章
失踪　浅草機動捜査隊
突然消えた少女の身に何が？　持ってる女刑事・稲田小町の24時間の奮闘を描く大人気シリーズ第5弾！　書き下ろしミステリー。
な26

鳴海章
カタギ　浅草機動捜査隊
スーパー経営者殺人事件の特異な手口に、かつて対決した元ヤクザの貌が浮かんだ刑事・辰見は――大好評警察小説シリーズ第6弾！
な27

鳴海章
刑事道　浅草機動捜査隊
その道の先に星を摑め！　犯人をとり逃がした北海道警の刑事が意地の捜査、機捜隊の面々も……人気シリーズ最高傑作！（解説・吉野　仁）
な28

貫井徳郎
微笑む人
エリート銀行員が妻子を殺害。事件の真実を小説家が追うが……。理解できない犯罪の怖さを描く、ミステリーの常識を超えた衝撃作。（解説・末國善己）
ぬ11

東川篤哉
放課後はミステリーとともに
鯉ケ窪学園の放課後は謎の事件でいっぱい。探偵部副部長・霧ケ峰涼のギャグは冴えるが推理は五里霧中。果たして謎を解くのは誰？（解説・三島政幸）
ひ41

東川篤哉
探偵部への挑戦状　放課後はミステリーとともに
美少女ライバル・大金うるるが霧ケ峰涼の前に現れた――探偵部対ミステリ研究会、名探偵は『ミスコン』＝ミステリ・コンテストで大暴れ!?（解説・関根亨）
ひ42

実業之日本社文庫　好評既刊

東野圭吾
白銀ジャック
ゲレンデの下に爆弾が埋まっている――圧倒的な疾走感で読者を翻弄する、痛快サスペンス！　発売直後に100万部突破の、いきなり文庫化作品。
ひ11

東野圭吾
疾風ロンド
生物兵器を雪山に埋めた犯人からの手がかりは、スキー場らしき場所で撮られたテディベアの写真のみ。ラスト1頁まで気が抜けない娯楽快作、文庫書き下ろし！
ひ12

誉田哲也
主よ、永遠の休息を
静かな狂気に呑みこまれていく若き事件記者の彷徨。驚愕の結末。快進撃中の人気作家が描く哀切のクライム・エンターテインメント！（解説・大矢博子）
ほ11

木宮条太郎
水族館ガール
かわいい！だけじゃ働けない――新米イルカ飼育員の成長と淡い恋模様をコミカルに描くお仕事青春小説。水族館の舞台裏がわかる！（解説・大矢博子）
も41

木宮条太郎
水族館ガール2
水族館の裏側は大変だ！　イルカ飼育員・由香の恋と仕事に奮闘する姿を描く感動のお仕事ノベル。イルカはもちろんアシカ、ペンギンたち人気者も登場！
も42

木宮条太郎
水族館ガール3
赤ん坊ラッコが危機一髪――恋人・梶の長期出張で再びすれ違いの日々のイルカ飼育員・由香にトラブル続発!?　テレビドラマ化で大人気お仕事ノベル！
も43

実業之日本社文庫 と114

独走《どくそう》 堂場瞬一《どうばしゅんいち》スポーツ小説《しょうせつ》コレクション

2016年12月15日　初版第1刷発行

著　者　堂場瞬一《どうばしゅんいち》

発行者　岩野裕一
発行所　株式会社実業之日本社
〒153-0044　東京都目黒区大橋 1-5-1
クロスエアタワー 8階
電話 [編集]03(6809)0473 [販売]03(6809)0495
ホームページ http://www.j-n.co.jp/
ＤＴＰ　株式会社ラッシュ
印刷所　大日本印刷株式会社
製本所　大日本印刷株式会社

フォーマットデザイン　鈴木正道(Suzuki Design)

ISBN978-4-408-55330-6（第二文芸）